WOLFGANG HOHLBEINS
SCHATTENCHRONIK

Band 3

WOLFGANG HOHLBEINS
SCHATTENCHRONIK

MARC-ALASTOR E.-E.

Die Kinder der fünften Sonne

BLITZ

Redaktion: Jörg Kaegelmann
Cover Artwork: Mark Freier (www.freierstein.de)
Illustration: Pat Hachfeld (www.dunkelkunst.de)
Lektorat: TTT, Mallorca
Satz: M. Freier, München
Druck und Bindung: Drogowiec, Polen

www.BLITZ-Verlag.de
ISBN 3-89840-353-X

Inhalt

WAS BISHER GESCHAH

Dilara versucht Licht ins Dunkel ihrer rätselhaften Vergangenheit zu bringen und sich von dem Einfluß des mysteriösen Fürsten der Nosferati, Antediluvian, zu befreien, der ihr einst durch den Kuß der Verdammnis ewiges Leben schenkte, als sie – zu Unrecht der Hexerei angeklagt – den Tod am Galgen im Londoner Hyde Park finden sollte.

Hilfreich könnte ihr dabei die geheimnisvolle Schattenchronik sein, die eine undurchsichtige Rolle spielt und die Antediluvian vor ihr verbirgt. Der Foliant, in dem Dilara eine Abbildung von sich entdeckt hatte, ist verschwunden.

Das läßt in ihr die Frage reifen, wer sie wirklich ist, welches alte „Ich" in ihr ruht.

Dilara läßt der Gedanke an die Schattenchronik nicht ruhen. Sie will das alte Buch wiederfinden, denn sie ahnt, daß es ihr mehr über sie selbst und ihre Kräfte verraten kann.

Als Gefährten gewinnt die faszinierende Frau, die sich von anderen Vampiren in einigen bemerkenswerten Details unterscheidet, den jungen Buchhändler Calvin, den sie auf dem Portobello-Market kennenlernt. Doch auch ihn umgibt etwas Rätselhaftes.

Und dann ist da noch der wohlhabende Roderick Herrington, der in einer Galerie von dem Bildnis einer Frau fasziniert ist – und von dem Original, das er eines Tages davor sitzen sieht. Sein Wunsch ist es zuerst nur, die schöne Unbekannte wiederzufinden; aber nach und nach meldet sich noch etwas anderes in ihm, denn wie Dilara, so besitzt auch er ein früheres Ich. So entpuppt sich Roderick als Wiedergänger des *Vampirs von London*, John George Haigh, der seine Mordserie wieder aufnimmt.

Dilara beschließt, zusammen mit Calvin in die unterirdische Welt der widerständlerischen Vampirgruppe *Cemeteries*, in den Katakomben des größten Friedhofs von London – dem Brompton Cemetery – beheimatet, zu fliehen und zusammen mit dieser Splittergruppe den Kampf gegen Antediluvian aufzunehmen. Guardian, deren Anführer, nimmt sie bereitwillig in der Gemeinschaft auf.

Doch bevor der Kampf gegen Antediluvian beginnen kann, bittet Calvin Dilara, ihm mehr über ihr bisheriges Leben und den Fürsten der Nosferati zu erzählen...

1. KAPITEL

Rauben die, die glauben, das Wissen?

„A te, de l'essere
Principio immenso,
Materia e spirito,
Ragione e senso; (...)[1]"
Giosuè Carducci (1835-1907)

Herbst 1883, Avignon

Dilara zog und zerrte an der Form des Korsetts und begutachtete sich dabei streng im großen Spiegel ihres Zimmers. Es war von den roten, feurigen Farben eines prächtigen Sonnenuntergangs durchflutet, so daß die Blumenmuster der handbedruckten Tapeten, die üppigen Polster und der Samt und die Seide anmuteten, als leuchteten sie selbst mit dem Glanz von Messing und Kupfer.

Sie liebte diese Abende im *Maison de Vervins*, wenn durch die geöffneten Fenster ihres Zimmers die leise Straßenmusik drang, wenn es nach der Wärme des Tages und nach den Bäumen roch und wenn man kaum vernehmlich die ruhige, beflissentliche Arbeit des Personals irgendwo in dem prächtigen Hotel vernahm. Sie war dann selbst ein Pol der Ruhe. Jedoch machte sie das Flair auch nachdenklich, denn alles in ihr befand sich dann mit sich in anregender Uneinigkeit. Dieses alte

[1] „Zu dir, des Seins unermeßlicher Anfang, Materie und Geist, Vernunft und Sinn;(...)"

Gebäude, welches zu der Zeit, da es noch einen Papst in Avignon gegeben hatte, ein Kardinalssitz gewesen und erst im 17. Jahrhundert zu einem Stadthaus umfunktioniert worden war, wirkte mit seiner heimeligen Atmosphäre stets wie ein Filter, der sie vom Ballast des Alltags und vom Schmutz der Reisen reinigte, ihr Zeit zur Muße und zum Nachdenken gab. Da war der Ball, der an diesem Abend im Hotel stattfinden sollte, schon eine aufregende Abwechslung, die sie zu genießen gedachte.

Mit flinken Fingern schob Dilara zwei weitere Metallschienen in die dafür vorgesehenen Taschen des Mieders, schnaufte unter der zusätzlichen Steife und strich hernach ihre Brüste mit der flachen Hand in die Körbchen zurück. Dabei dachte sie an Torquato, den sie nun schon einige Zeit nicht mehr gesehen hatte. Einerseits beruhigte es sie, denn der spanische Geschäftsmann und Sproß einer angesehenen Familie löste in ihr immer eine verhaltene Unruhe aus, andererseits war sein Charme und seine innere Kraft etwas, das an ihre Weiblichkeit appellierte. Irgendwo in ihr war noch genug Frau, um in ihm den Mann zu sehen und sich womöglich sogar zu ihm hingezogen zu fühlen.

Dennoch ängstigte es Dilara. Zuneigung war sehr reizvoll, doch sie war auch unmöglich unter ihresgleichen, so daß sie durchaus in Betracht zog, sich damit zu belügen und zu betrügen. War es womöglich eine ferne Erinnerung und eine verloren geglaubte Sehnsucht? Sie gedachte für nur einen kurzen Augenblick der Zeit mit Charles, doch sie war zu eng mit ihrem eigenen Schicksal verknüpft. Sie verwarf die Gedanken rasch.

Im Spiegel sah sie das große, schlanke Mädchen mit der weißen, strahlenden Haut und dem lieblichen Gesicht, den dunklen, strengen Brauen und diesem feinen, kleinen Mund, der so folgsam jedem Worte Einlaß in die Welt gewährte.

Niemand vermutete unter der zarten, zerbrechlich wirkenden Haut den dunklen Schimmer eines vergangenen Todes. 282 Jahre lag dieser nunmehr zurück, und mit ihm der höchst zweifelhafte Beginn eines neuen Daseins.

Jemand faßte sie zart am Arm und zog sie zu sich herum.

„Nicht versinken, *reine de la lune, qa n'est pas bon*[2]", sagte Cippico. Seine Stimme klang dabei leise und brüchig. Sorgsam zog er an den Ringen des Reifrocks und hatte dabei für sie keinen Blick übrig.

Dilara schaute zu ihm hinab und fragte sich, was in dem kleinen Mann vor sich ging. Er sorgte sich um sie, war treu und loyal, mischte sich nie unmittelbar in ihre Angelegenheiten, selbst wenn er ihr dabei zur Seite stand, und wurde dennoch zuweilen Opfer ihrer Strenge und Hartherzigkeit. Im Grunde haßte sie es, ihn zu plagen oder gar lieblos zu sein, jedoch war es ihr ein inneres Bedürfnis, als wolle sie damit seine Ergebenheit prüfen, und sie vermochte diesem gemeinen Hang nicht abzusagen. Dabei gab es an seiner Treue wenig, dessen sie sich nicht sicher sein konnte. Cippico, von Natur aus eher von zwergwüchsiger Statur, besaß eine viel wertvollere Größe. Er war knochig und ein wenig verwachsen, breit im Ganzen, und genau das schien seinen Vorteil anzuzeigen, alldieweil er wie eine gebälktragende Statue wirkte, auf die man alles laden konnte und die alles zu tragen bereit war.

„Ich weiß, das es nicht gut ist. Ich weiß es", antwortete sie. Für einen Augenblick nur bedachte er sie mit einem Blick, der nur Verwunderung enthielt. Danach griff er mit seinen knotigen, langen Fingern nach ihrem Überkleid, um es ihr zu reichen und ihr damit zu sagen, daß es an der Zeit war. Allmählich verlöschte das Licht der untergehenden Sonne in ihrem

2 *franz.:* Königin des Mondes, das ist nicht gut

Zimmer. Schon glühten und glommen Altgold und Karfunkel über Brokat und Schantungseide.

Zögerlich nahm sie das Kleid entgegen und fühlte sich miteins betreten. Dilara legte es auf einem Sessel ab und ging zum Fenster und schaute hinaus. Sie konnte von hier aus nur die riesigen Mauern hinter dem Garten sehen, doch in unmittelbarer Nähe stand der prächtige Palast des Papstes von Avignon – ein Ort, der sie magisch anzuziehen schien. Das lag nicht daran, daß es für sie dort offenbar etwas zu schaffen gab, denn Antediluvian hatte sie sicherlich nicht ohne Grund herzitiert. Er wußte nicht, daß sie in der Vergangenheit des öfteren im *Maison de Vervins* abgestiegen war. Irgendwie hatte dieser Ort immer schon etwas Anziehendes für Dilara gehabt.

Dieses schmucke Gebäude mit seinen hohen, irgendwie aufmerksam wirkenden Fenstern mit Rundbogensegmenten im Erdgeschoß und nachdrücklich eckig am Piano Nobile, mit all seinen verspielten Tafeln aus Löwenköpfen, palmenumrankten Medaillons und drolligen Putten mit Füllhörnern und Garben und dem jugendlichen Apollon im Strahlenkranz über dem flachbogigen Haupteingang, der ein wenig Licht und eine Spur mehr Ordnung auf das Flair des Hauses zu übertragen schien – dieser Bau war ein verschwiegener Ort der Einkehr. Der feine Garten, den das Haus geheim hieß, weil er für flanierende Passanten nicht gleich ersichtlich war, und der verhohlene Innenhof, um den sich das einnehmende Gebäude geradezu väterlich schlang, verliehen dem *Maison de Vervins* einen unvergleichlichen Charme, der von französischer *élégance* bestimmt war und dennoch bereits genügend südländische Freimütigkeit aufwies, um nicht steif zu wirken. Und was Dilara geradezu närrisch liebte, das waren die verspielten, luxuriösen Eigenarten eines jeden Raumes, das florale, kostbare Muster der Stoffe, die üppigen Amphoren und Vasen, die ausladenden Stukkaturen hie und das strotzende Rokoko da, die Reliefs aus allen möglichen Materialien und die Porträts und Engelchen, und es war alles so erfüllt davon, daß man den Besitzern allerlei geschmacklose Übertreibungen und virtuose Entgleisungen nachzusagen imstande gewesen wäre, ihnen aber dagegen eher noch die Courage infantiler Gratwanderung zugute halten mußte. Alles lag beständig und ebenso tapfer unter dem Schatten der gewaltigen Mauern des *Palais des Papes.* Vielleicht hatte sich Dilara deshalb vor Jahren dieses schmucke Hotel ausgesucht, weil es dem Palast so nahe lag und es auf diese Weise ermöglichte, unmittelbar vor Ort zu sein, ohne ihm selbst ansichtig zu werden. Denn in gewisser Weise ertrug Dilara den Anblick der Gebäude, die zum Palast zählten, nicht. Und es hatte nichts mit den christlichen Aspekten zu tun oder war gar verbunden mit einer vermeintlichen Ausstrahlung göttlichen Daseins. Nicht im geringsten.

Im geheimen Garten des *Maison de Vervins* flog ein Zitronenfalter scharmierend unter einer schattenspendenden Kastanie entlang und vermittelte einen Eindruck von Unbedarftsein und Lebensfreude. Alles duftete süßlich nach Rosen und nach Lorbeer. Und das Bild, das sich Dilara bot, wirkte wie ein Stilleben, das abseits von Sinn und Unsinn betrachtet werden konnte. Sie fand für einen Augenblick die Ruhe, an der ihr derzeit sehr gelegen war.

Die letzten Wochen waren eine einzige Hetze gewesen, und hatten sie Dilara auch in die entlegensten Ort dieser Welt gebracht, so empfand sie gerade deshalb eine bleierne Müdigkeit in sich. Antediluvian hatte sie mit wenigen Hinweisen und rätselhaften Andeutungen mal hierhin und mal dahin berufen, und irgendwelchen vagen Spuren und bruchstückhaften Rätseln folgend, hatte es sie auf diese Weise nach Peru, nach Mexiko und nach Ägypten geführt. Am Ende schien alles nur noch verworrener zu sein und nichts ergab noch einen Sinn. Nur tief in sich verspürte sie ein seltsames Gefühl von Überlegenheit, so als wäre sie Hüter eines vergessenen Schatzes, eines Wissens, dessen sie selbst nicht habhaft werden konnte. Noch nicht...

Bei Antediluvian liefen alle Fäden zusammen. Und deshalb ahnte Dilara auch schon lange, daß der Fürst der Nosferati sie alle in der Hand behielt, nach außen hin aber vorgab, als suche er selbst nur nach den Anfängen. Und in der Tat ging es dabei offenbar um den Beginn ihrer ureigenen Geschichte. Dilara schien dabei nur ein Mittel zum Zweck zu sein, etwas, was sie natürlich verabscheute, wie es wohl jedem verhaßt gewesen wäre, wie ein Instrument benutzt zu werden.

Cippico hatte sich auf die Bettkante gesetzt, seine Ellenbogen auf die Beine gelegt, und ließ die Hände zwischen seinen Knien baumeln. Dabei war der Arm eines anderen Mannes unter der Zudecke hervorgerutscht und hing nun steif über der Bettkante in den Raum. Er rang Cippico einen besonnenen Blick ab. Jedoch er schwieg still.

Und dies Schweigen haßte Dilara, denn zuweilen wäre es ihr lieber gewesen, wenn Cippico etwas gesagt oder gar gefragt hätte. Er wiederum schien das zu wissen und vermied es daher beflissentlich, etwas zu sagen, ehe sie nicht den Anfang gemacht hatte.

„Der Wüstensand kratzt noch immer in meiner Kehle“, sagte Dilara und bezwang sich, ruhig zu klingen.

„*Il devient tard*[3]“, bemerkte Cippico.

„Es war so sinnlos. Die ganze Zeit über. Und jetzt will er uns hier. Ausgerechnet hier.“

„Der Ball fängt an.“

[3] *franz.:* Es wird spät.

Dilara wandte sich zu ihm um, und ihr Gesicht war von stillem Zorn gezeichnet.

„Glaubst du daran, daß die Dinge einen Sinn haben?“

„Sicher.“

„Was für einen Sinn hat dann dein Spiel?“

„Spiel?“

Dilara schnaufte, griff sich das Kleid vom Sessel und begann hineinzusteigen. Sogleich sprang Cippico auf und half ihr dabei. Er bemerkte den Ärger, wie er ihren Bewegungen vorstand und auch ihrem Atem. Er liebte es, wenn sich ihre Brust unter Spannung und Groll hob und senkte. Und dann bekam er stets das Gefühl, ihr etwas schuldig geblieben zu sein.

„Die drei Orte sind mystisch und irgendwie miteinander verbunden. Und dabei meine ich nicht einmal nur die Ähnlichkeit der Bauwerke...“, bemerkte er leise, während er begann, die Schnürung des Kleides enger zu ziehen.

Jetzt hielt Dilara inne. „Altehrwürdig“, raunte sie.

Cippico trat vor sie, um den Überrock auf dem Reifrock auszurichten. Dabei nickte er bestätigend, zupfte hier und zupfte da, sah dabei aus wie ein drolliger Schneider aus Paris, der es gewohnt war, für das Königshaus anzufertigen. Mit flinken Fingern zog und pflückte er am Stoff und war sichtlich beschäftigt.

„Was finden die Menschen am Glauben, daß sie Bauwerke wie den Palast errichten? Weshalb beten sie zu Götzen und zu Göttern?“ fragte sie und kam sich umsorgt wie ein kleines Mädchen vor.

„Menschen glauben gern, was sie sich wünschen. Es gibt ihnen Kraft und läßt die Seele leben, denke ich.“

„Ihr Verstand versiegt.“

Cippico nickte. Und es entstand eine Pause, in der jeder seinen Gedanken nachhing. Als Cippico fertig war und Dilara in ihrem Kleid kritisch beäugte, kam sie sich ein jedes Mal entblößt vor, wie so oft, wenn sie ihm von ihren Gedanken redete.

„Wünschst *du* dir etwas, Cippico?"

Itzt erschrak er und wirkte wie ein Kind, welches man beim Stibitzen in der Speisekammer erwischt hatte. Doch er bezwang sich flugs und schüttelte dennoch zögerlich mit dem Kopf, wich dabei aber ihren Blicken aus.

„Man nannte mich eine Hure des Teufels, dabei ist mir ein solcher vollkommen unbekannt", meinte Dilara. Und Cippico mußte über diese Äußerung verhohlen schmunzeln. „Also wenn es einen Satan gibt, mir hat er sich nicht vorgestellt", fuhr sie fort und lächelte ebenfalls milde, als sie Cippicos Belustigung erspäht hatte. Doch sie wurde schnell wieder ernst und meinte dann: „Ich glaube nicht einmal an seine Existenz. Kein Teufel, kein Gott, kein Schöpfer."

Nun schien Cippico überrascht, ließ jedoch keinen Ton verlauten.

„Ich denke, wir sind eine bizarre Entwicklung, irgendwo zwischen Mensch und Tier. An uns ist im Grunde nichts Besonderes, nur weil wir andere Fähigkeiten wie die Sterblichen haben. Tiere haben die abnormsten Anlagen. Sie ernähren sich von Blut, sie können Wände emporklettern und sich verpuppen und verwandeln. Sie vermögen Säure zu versprühen, haben tödliche Gifte in sich und handeln instinktiv und nicht rational", erklärte Dilara, und es schien, als pflücke sie soeben die reifen Früchte vom Baum der Erkenntnis.

„Doch sie leben", warf Cippico bedächtig ein.

Dilara blickte ihn streng an, so daß er glaubte, eine Bestrafung mochte auf dem Fuße folgen, doch nach einer Weile erkannte er, daß sie lediglich abzuwägen schien.

„Ich denke, es gibt keinen Tod.“

„L'homme et l'animal meurent.[4]„

„Sie wechseln ihre Form. Werden zu etwas Besserem. Etwas Anderem. Und wir haben diesen Prozeß nicht nötig“, antwortete Dilara schlicht und einfach und klang dabei, als habe sie das gerade erst beschlossen und als sei es fortab für alle gültig. Alsdann schaute sie auf den männlichen Arm, der unter ihrem Bettdeck hervorragte. „Wirkte er auf dich irgendwie gläubig?“

Cippico folgte gehorsam ihrem Blick und zuckte dann nur mit den Schultern, als spiele es keine Rolle mehr.

„Klingt, als wäre alles so, wie es sein soll“, stellte Cippico fest und begann teilnahmslos im Zimmer aufzuräumen, Wäsche aufzulesen, einige Teile in einen Koffer zu stopfen, andere auf einen Haufen aufzuschichten.

„Ich weiß nicht.“

„Du kommst immer wieder her, doch dieser Palast da draußen bedrückt dich und läßt dich verzweifeln. Seit wir aus London weg sind, willst du hierherkommen, doch im Grunde warst du stets froh, wenn wir abwichen. Jetzt sind wir hier, und alles scheint beim alten. Ich nenne das Schicksal. Irgend etwas muß an diesem Ort sein, daß es dich immer wieder hierherzieht, obschon du es verabscheust, den Palast vor deinen Augen zu haben.“

„Verabscheue ich es?“ erstaunte sich Dilara, und es klang, als stelle sie sich selbst die Frage. Dabei begann sie sorgsam ihr Haar zu bürsten und es mit kleinen Kämmen zusammenzustecken.

„Ich sehe das so.“

„Dann sag du mir doch, weshalb das so ist.“

[4] *franz.:* Der Mensch und das Tier sterben.

„Ich weiß nicht“, gestand Cippico und erntete einen strengen Blick. „Ich denke, du erträgst es nicht, wenn andere an etwas glauben, wenn sie Wünsche haben und sie auf eine vermeintliche Zukunft ausgerichtet sind.“ Kleinlaut mündete seine Stimme beinahe in ein unhörbares Wispern, da er ahnte, welche Wut eine solche Äußerung nach sich ziehen konnte.

„Das stimmt nicht.“

„Was ist mit Torquato?“ fragte Cippico und spielte damit auf Dilaras unerreichbare Jugendliebe an.

„Was soll mit ihm sein?“

„Ich habe den Eindruck, er glaubte und wünschte seinerzeit“, stellte Cippico fest und ahnte, daß er sich zu weit vorgewagt hatte.

„Das war einmal“, erwiderte Dilara jäh, und erst da wurde ihr klar, was sie damit eingeräumt hatte. Im Grunde raubte sie mit dem Blut auch den Glauben und die Wünsche.

„Ich habe es befürchtet.“

„Was heißt das, Cippico? Du bist mir heute zu keck.“

„Was soll aus alledem denn werden?“

„Was meinst du?

„Antediluvian? Die Bluthochzeit? Torquato?“

In Dilara begehrte plötzlich eine Empörung und Streitsucht auf, die sie jedoch nicht auszudrücken vermochte, alldieweil kein Zweck daran lag. Sie versuchte in die Zukunft zu sehen, doch es gab dort nichts – nur eine schwammige Düsternis. Sie fühlte sich außerstande, auch nur eine einzige Mutmaßung anzustrengen, was werden mochte. Da war keine Veranlagung zu einer Überzeugung oder Annahme in ihr, sondern es bestand nur eine antriebslose Leere. Sie handelte, agierte und reagierte, doch sie war nicht imstande, auch nur einen Plan zu fassen.

War sie bereits so sehr Marionette des allgegenwärtigen Antediluvian? Und hatte sie Torquato damit dem gleichen Unheil übereignet? Sie hatte den jungen, adretten Händlersohn immer begehrt, doch war er für sie einstens unerreichbar gewesen. Er, ein Sohn aus gutem, spanischem Hause und mit der goldenen Zukunft eines zu führenden Familienunternehmens, und sie, eine Tochter aus ärmlichen Verhältnissen, geboren, um in den Straßen zu leben und in ihnen auch zu sterben. Wer hätte nicht die Chance, den Begehrten zu seinesgleichen zu machen, um ihn auf ewig an sich zu binden, für sich genutzt? Sie erzitterte bei dem Gedanken, ihn trotzdem an Antediluvian verloren zu haben, und ward innerlich noch aufgewühlter.

„Wir reisen umher und suchen Teile eines Puzzles. Antediluvian sammelt sie ein und macht aus ihnen eine neue, uns unbekannte Wahrheit. Es dreht sich um das Wissen. Es dreht sich um die Macht“, sagte sie.

„Sein Wissen, seine Macht. Was glaubst du, wohin das führt?“

Erneut gelangte Dilara in das Dilemma, sich im Geiste zu drehen und zu wenden, jedennoch nur im Dunkeln zu landen. Und jetzt keimte Panik auf, weil es den Anschein hatte, als bliebe ihr nicht einmal mehr das Wissen.

„Ich weiß es nicht“, flüsterte sie.

Und jetzt schwieg Cippico, der fand, daß schon viel zu viel gesagt worden war.

„Aber ich weiß, wohin euch Menschen der Glaube und die Wünsche führen. Je buckeliger und kleiner einer ist, desto größer sein Wunsch, groß und gerade zu sein. Ist es nicht so, Cippico? Wie verzweifelt muß da einer sein, wenn ihm bewußt wird, wie wenig ihm da wünschen und glauben weiterhilft?“

Dies traf den Kleinwüchsigen, doch er kannte ihre Vorliebe, ihn zu quälen, war er doch ihr Eigentum. Er blieb ruhig und ertrug den Schmerz beherzt. Und als ihn Dilara ohne ein weiteres Wort verlassen hatte, gönnte er sich einen Moment der Ruhe. Dabei zogen seine Gedanken zurück in die Ferne des *Urubamba-Tals* in Peru. Irgendwie ließ ihn die Reise dorthin nicht wieder los und es erschien ihm noch immer, als verweile ein Teil seines Geistes und seiner Seele noch immer dort. Der Besuch in Mexiko und Ägypten hatte ihm nicht viel geben können, wohl aber die sagenhafte Kulisse der malerischen peruanischen Berglandschaft mit ihren Zedern- und Eukalyptuswäldern und dem ockerfarbenen Hartgras namens *Ichu.* Er entsann sich an die Höhenlagen – *Puna* genannt –, in denen Kuh- und Schafherden standen, und wie sehr er sich mit einem Male daran erinnert fühlte, daß der Mensch in den Augen der Nosferati womöglich nichts anderes war – ein Nutztier auf der Weide.

Cippico war aus Padua gebürtig und hatte sich dennoch sogleich in der rauhen Gegend, den Gebirgen und den Talmulden heimisch gefühlt. Antediluvian hatte sie beauftragt, in diesem harschen und urtümlichen Gebiet eine verschollene Stadt zu finden und sie zu datieren, und so sehr es Cippico auch widerstrebte, mit Dilara auf Geheiß hin von Ort zu Ort gejagt zu werden, hatte ihm diese Aufforderung dennoch ein Höchstmaß an Interesse abgerungen. Zwar war es Cippico nicht ganz klar, wie eine solche Stadt ohne Hilfsmittel zu datieren war, allerdings kannte er auch Dilaras Fähigkeiten, sich in Träumen und Gedanken in die Vergangenheit zu versetzen – Antediluvian nannte sie einen Traumstürmer.

Es hatte lange gedauert, bis einige Bergbauern ihnen die Wege gewiesen hatten, und nach einigen Irrungen und kühnen Kletterpartien waren sie schließlich in einer Mulde zwischen zwei Berggipfeln angelangt, wo die dünne, schneidende Luft besonders rein schmeckte und sich dunkle Wolken um die Bergspitzen rangen, so daß die Sonne nur selten die Gelegenheit hatte, den ein oder anderen Strahl wie ein Lichtschwert hindurch zu schicken. Hier waren Cippico und Dilara auf unzählige Gebäude gestoßen, die offenbar ganz ohne Mörtel aus gewaltigen, behauenen Steinblöcken errichtet worden waren. Und ringsum lagen zahlreiche Feldbauterrassen, die einem den Eindruck von längst vergangenen, fürstlichen Gärten vermittelten.

Einer der beiden Berggipfel hatte eine besondere majestätische Ausstrahlung, und Cippico hatte von einem Einheimischen erfahren, daß er *Machu Picchu* hieß. Wenn man von den bemoosten Terrassen im Norden hinunter ins Tal geblickt hatte, war der heilige Fluß zu erkennen gewesen, wie er sich gleich einer Schlange um die Bergausläufer schlang und dabei von oben tiefgrün wirkte, weil sich die Urwaldhänge darin spiegelten.

Der zweite Gipfel, *Huana Oicchu*, war unter seiner Spitze zu fein säuberlichen Terrassen ausgebaut worden, und allein bei seinem Anblick hatte Cippico diese Naturkulisse mit ihren Bergen und schroffen Felsen, den Bäumen, den Steinen und dem Wasser wie ein monumentales Meisterwerk empfunden, eines, das von herzzerreißender Schönheit war.

Dennoch entsann sich der Kleinwüchsige auch an die Abendstunden, die Dilara und ihm mit wachsenden Schatten und gedeihender Kälte verdeutlichten, daß sie sich in einer Geisterstadt aufhielten.

Der untere Teil hatte aus kleinen Häusern bestanden, die in langen Reihen angeordnet worden waren und kaum mehr als einen Raum aufwiesen. Sie hatten brauchbar und dauerhaft gewirkt, allein von Überfluß war keine Spur gewesen. Einen Zugang besaßen die Häuser nur über die schmale Straße.

Anders dagegen hatte sich der Teil der Stadt offenbart, welcher eher zeremoniellen Charakter besessen haben mochte.

Selbst für Dilara und Cippico war es ersichtlich gewesen, welch beträchtliche Fertigkeit hier zu einem deutlich höheren baulichen Niveau geführt hatten. Sie waren bei ihren Wanderungen auf riesige Blöcke von mehreren Metern Länge gestoßen, glattpolierten, polygonalen Monolithen, die möglicherweise zweihundert und mehr Tonnen wiegen mochten. Dutzende dieser Giganten waren zu Wänden mit ineinandergreifenden Winkeln verbaut worden, und dabei paßten sie makellos aneinander, so daß nicht die Klinge eines Messer zwischen sie gepaßt hätte. Es brachen nicht selten fünfzehn oder mehr Winkel aus den Wänden hervor. Kolossale Vielecke und vollkommene Quader mit messerscharfen Kanten hatten auf die beiden Besucher mit ihrer Makellosigkeit gewirkt, als wenn die Erbauer versucht hätten, sich an diesem entlegenen Ort ein Monument zu errichten, welches selbst die Zeit zu überdauern wußte.

Und dabei waren sie durchaus daran erinnert worden, daß es Antediluvian darum ging, zu erfahren, wie alt diese urtümliche Stadt, in der mit Sicherheit einmal zehntausend Menschen gelebt haben mochten, war.

Die Antwort auf diese Frage fand Dilara am *Intihuantana*, dem Anbindepflock der Sonne. Der Altar bestand aus einem grauen und irgendwie kristallin anmutenden Felsgestein und wies einige komplizierte Rundungen und Winkel, Vertiefungen und Vorsprünge auf, die von ebensolcher Vollkommenheit waren wie die Bauwerke, die sie hergeführt hatten. In der Mitte der Platte ragte ein senkrechter Zapfen empor. Hier hatten sie die Nacht verbracht, und Dilara hatte ihre Träume erstürmt, war fiebrig und verkrampft gewesen, und als sie in den frühen Morgenstunden erwacht war, hatte sie Cippico wortlos zu einem bemerkenswerten Gebäude gescheucht. Es hatte einem runden Turm geglichen, welcher einen Felsen umschlossen hielt, und darauf, so hatte Dilara mit brüchiger Stimme erklärt, hatte man

Opfer dargebracht. Sie war danach in einen höhlenartigen Raum unter dem Turm gerannt, hatte die Wände berührt, mit einer Ehrfurcht, als preise sie eine alte Gottheit, und hatte schließlich erklärt, die Stadt sei viele tausend Jahre alt. Ein Dutzend. Vielleicht zwei. Und als der Morgen dämmerte, war Cippico mit Dilara, die in einem schwermütigen, nahezu phlegmatischen Zustand versunken schien, bergab gewandert.

Jetzt entsann sich Cippico noch an *Cuy*, die peruanische Delikatesse, welche er auf der Reise dorthin so oft essen mußte, an Salzkartoffeln, die fette Soße und an das halbe Meerschweinchen. Er lächelte ob des Hungers, der ihn überkam, schüttelte sich jedennoch, da ihm *Cuy* wahrlich kein Vergnügen bereitet hatte. Da sagte ihm die französische Küche eher zu.

Und deshalb beschloß Cippico auch, sich schleunigst des Leichnams zu entledigen, damit er ins Gesindehaus gehen konnte, um dort die ihm zugedachte Mahlzeit zu erhalten. Gewöhnlich wurde bei diesen Bällen immer hervorragend aufgetischt, und da ihn die Köchin sehr mochte, ahnte er, daß er an diesem Abend nicht nur wie die anderen Bediensteten und Angestellten von den Überschüssen der Küche kosten durfte, sondern auch darüber hinaus aufgetragen bekäme. Als er den nackten, kreidebleichen Leib des jungen Mannes unter dem Bettdeck hervorzerrte, dachte er an den hervorragenden Nußkuchen, den es zum Anschluß an die Mahlzeit zum Café und zu den Schokoladentrüffeln gab, während die Bediensteten und Angestellten bis tief in die Nacht dasaßen, pausierten, wieder arbeiteten, zurückkehrten, schwatzten und lachten und kein rechtes Ende finden wollten. Zwar war Cippico in der Gesellschaft eher ein verschwiegener Teilhaber, jedoch lauschte er gerne den Gesprächen und dem Tratsch, schmunzelte dabei unverhohlen, oder genoß einfach nur die Küchendüfte, das rege Treiben, die Geräusche klirrenden Glases und klappernden Geschirrs und den starken Ruch von Café, Kräutern und Ölen.

Als der Tote schwer vom Bett auf die knarrenden Bohlen des Bodens fiel, bedachte Cippico ihn mit gleichmütigen Blicken. Er war dünn, fast schon hager und dennoch mit sehnigen Muskeln, die große Kraft besessen hatten. Sein Haar war dunkel, und es wuchs auch auf seiner Brust, den Armen und Beinen und an seiner Schamgegend. Er wirkte fast wie ein Südländer, doch er stammte aus Holland. Im Grunde, so dachte Cippico, war es ein charmanter, gutaussehender Kerl gewesen, der das Vertrauen erweckt hatte, einer Schönheit wie Dilara durchaus gefährlich werden zu können, jedoch war es stets andersherum. In solchen Momenten versuchte der Kleinwüchsige, der seit seiner Geburt knochig am Leib und verwachsen an Muskeln und Haltung war, im Stillen zu ergründen, ob er, wäre er mit einem solch adretten Körper gesegnet, für Dilara interessanter sei oder auch nur Tand und Beköstigung? Er vermutete letzteres und fand sich darin bestätigt, daß nicht einmal sein Geist befähigt genug schien, Dilara genügend Stirn zu bieten oder ausreichend Aufmerksamkeit zu entlocken.

Dann kam er sich stets wie ein erbärmlicher Narr vor. Gewiß, er hatte einige Jahrzehnte seines Lebens hinter sich, verfügte über einige Erfahrung und womöglich über erste Ansätze einer bedauerlichen Altersweisheit, aber er war bloß ein Mensch, ein Sterbender, eine Vergänglichkeit in den Augen einer Frau, die all das hinter sich gelassen hatte, die noch in 100 Jahren aussehen würde wie eine junge Grisette und die Konflikte problemlos hätte aussitzen können – bis sie sich in Staub oder Asche oder Erde verwandelt hatten. War er tatsächlich ein solcher Dummkopf, daß er sich die Aufmerksamkeit eines

Wesens erhoffte, welches imstande war, alle Leben hinter sich zu lassen, und welches dem Tode zudiente? Die Antwort lautete ja.

Ein einziges Mal war es ihm bislang gelungen, ihre grünen Augen, die wie zwei unauslotbare Schächte in schwindelnde Tiefen erschienen, ihr inniges Verlangen, das zuweilen grimmig und entsetzlich zu Tage trat, und ihre ungeteilte Beachtung zu erheischen. Cippico entsann sich noch heute an den Tag, da er Dilara zum ersten Mal begegnet war. In ihren Armen hatte der Körper eines Kolosses von Mann gelegen und wie ein verwundetes Tier gezuckt. Dabei war Dilara erschienen, als hätte sie nur das Trachten im Sinn gehabt, das Mannsbild in mütterlicher Geborgenheit zu betten und ihm dabei den unerschütterlichen Schutz vor jedweder Harm angedeihen zu lassen.

Aber nichts hatte darüber hinweggetrogen, daß sie ihre langen Eckzähne in seine Halsvene gestoßen und sein Blut getrunken hatte.

Cippico hielt dieses Bild noch immer so lebendig im Kopf, obschon es Jahrzehnte zurücklag. Er konnte sich nicht an Mutter und Vater erinnern, doch an das wabbelnde Zucken des Mannes und an Dilaras unsägliche Umarmung entsann er sich nur zu gut.

Er hatte in ihr weich geschwungenes Gesicht gesehen und darin Raubtier und Königin zugleich gefunden. Er hatte das Gesicht des Mannes beschaut und darin Frieden und sonderbare Gelassenheit entdeckt. Ob er sterbe, hatte Cippico gefragt und mit einem Nicken auf den Mann gedeutet. Derweil erkannte er, daß Dilara unbekleidet gewesen und er offenbar in ein Schäferstündchen geplatzt war, welches einen abnormen Ausgang genommen zu haben schien. Sie hatte schützend ihre Arme um ihn geschlungen und es bestätigt.

„Ich kenne dich“, hatte Cippico darauf gesagt.

Dilaras dünne Brauen hoben sich, und sie bekam das Aussehen eines Falken auf der Jagd. „Willst du einen Mord vermelden?“

„Nein“, hatte er gesagt, und das Gefühl, alles dafür geben zu wollen, an der Stelle jenes unbekannten Mannes zu sein, all der Geborgenheit und dem taumeligen Ende in ihren Armen teilhaftig werden zu können, war seit jener Antwort nicht wieder aus ihm gewichen, so daß er sich zuweilen schon hypnotisiert oder Opfer eines Bannes gewähnt hatte. Die Hoffnung und der Glaube, sie könne sich eines Tages wie eine Geliebte um ihn winden, sein Gesicht mit ihren Haaren bedecken und den letzten Tropfen seines Blutes trinken, erregte und beglückte Cippico, während er den Leichnam des jungen Schönen grob in einen Sack wickelte.

2. KAPITEL

Ein Fest der Sinne ohne Stimme

„(...) Mentre ne' calici
Il vin scintilla
Sí come l'anima
Ne la pupilla; (...)[5]*“*

Giosuè Carducci (1835-1907)

Nachdem sich Dilara eine Weile im *Le salon Napoleon III* aufgehalten hatte, weil dort das Buffet aufgetafelt worden war, ging sie mit der Gastgeberin des Abends – Mademoiselle Mayan – in den *Salle Cardinalice*, wo eine kleine Gruppe Musiker bereits eifrig die Bögen über Geigen und Cellos zog, um zum Tanz aufzufordern. Jedoch war dies Unterfangen offenbar von noch keinem allzu großen Erfolg gekrönt, denn nur zwei Paare schwangen über die Tanzfläche, während sich viele kleine Gruppen von schwatzenden Gästen darum scharten und durch das Essen zu träge wirkten, um sich der Musik sonderlich aufgeschlossen zu zeigen.

„Dort drüben ist Madame Boisellier, ihre Stieftochter hat geheiratet, doch sie verrät niemandem, wer der Glückliche ist. Es soll ein Ausländer sein, wer weiß, womöglich noch einer dieser puritanischen Engländer. Erinnert Ihr Euch an sie? Sie war im letzten Jahr ebenfalls hier“, sagte Mademoiselle Mayan leise. Dilara hatte die rundliche und im Grunde herzensgute Frau schon lange nicht mehr in dieser freudigen Laune erlebt,

5 „(...) Während im Kelch der Wein funkelt so wie die Seele in der Pupille; (...)“

was sie nicht zuletzt schon deshalb erfreute, weil sie selbst sich schwermütig und müde fühlte und sich schwertat, ihre Trägheit zu verbergen. Im letzten Jahr war Mademoiselle Mayan an einem Fieber erkrankt und hatte während ihres eigenen Balls danieder gelegen. Nun aber schien sie wieder das blühende Leben zu sein, und ihre Freude und Lebendigkeit hatte Dilara während all ihrer Besuche in den letzten Jahren zu erreichen vermocht, zuweilen sogar angesteckt.

Ein Kellner brachte ein Tablett mit Champagner, und Mademoiselle Mayan griff nach zwei Gläsern, woraufhin Dilara sogleich eine ablehnende Handbewegung machte.

„Was ist nur, mein Kind? Zur Freude gehört auch ein gutes Gläschen, Sie haben doch durch Ihren Aufenthalt in England nicht die Freuden des Lebens eingebüßt, oder?“ Mademoiselle Mayan lachte und hielt das zweite Glas noch immer Dilara hin. Schließlich nahm jene das Glas, weil sie erkannte, daß die Gastgeberin nicht eher Ruhe geben würde, bis etwas getrunken oder aber zumindest an den Engländern kein gutes Haar mehr gelassen wurde. Zwar wußte Mademoiselle Mayan, daß Dilara eine Engländerin war, doch ihr unvergleichlicher Charme und ihre beherzte Liebenswürdigkeit neigten dazu, aus einem Freund der französischen Lebensart schnell einen reinen Franzosen zu machen, und im Grunde beachtete sie dabei weitaus weniger politische Zusammenhänge als ihre eigenen Interessen. Marie-Mayan Barnicaud mochte Dilara, und wenn sie jemanden mochte, war es gleichgültig, wie das Weltgeschehen über eine solche Verbindung befand. Dennoch hielt Mayan es sorgsam geheim, welcher Nationalität Dilara angehörte, da es zu diesen Zeiten, da es wieder einmal nach Krieg aussah und der selbstgerechte Zorn der beiden Völker in den englischen und französischen Zeitungen sproß, leicht zu Verärgerungen bei einigen Gästen führen mochte, die sehr wohl politisch engagiert und daher erpicht auf rhetorische Feldzüge waren. Doch Mademoiselle Mayan entsagte letzteren nicht, und so spöttelte sie auf ihre liebenswürdige Art über die Engländer und deren Kolonialismus. Dilara ließ dies willfährig geschehen und nahm sich nichts davon an, war sie doch im Herzen keiner Nationalität ergeben. Die Welt war ihr Revier.

Nun hielt sie das kühle Glas in der Hand, beobachtete die Gäste, deren Zurschaustellung von Pomp und Liebreiz die größte Anregung des Abends war, und sann im Grunde darüber nach, weshalb Antediluvian sie herzitiert hatte. Sie wäre ohnehin der Einladung von Mademoiselle Mayan gefolgt, jedoch konnte ihm das kaum bekannt sein. Oder irrte sie sich da? Sammelte Antediluvian womöglich nicht nur Informationen über Geschichte und legendäre Orte, sondern auch über seine Jünger und Kinder?

Eine alte Wut sank aus Dilaras Herzen in den Magen, um dort zu krampfen.

„Kommt, Dilara, wir wollen ein wenig Luft schnappen gehen. Laßt uns in den Innenhof gehen“, forderte Mademoiselle Mayan und zog ihren Gast bereits am Ellenbogen zur Tür des Saales. Dilara kam das sehr entgegen, denn dort würde sie sich besser des Champagners entledigen können, jedoch erhaschte sie im Hinausgehen einen Blick auf eine wunderschöne Frau in einem blutroten, schulterfreien Ballkleid mit weitem Reifrock und einem gefälligen, taillenbetonten Manteau. Sie war groß und rassig, hatte langes, dunkles Haar und erinnerte Dilara auf den flüchtigen Blick hin an eine Inderin oder Südländerin, denn ihre Haut war dunkel wie ein schwerer, öliger Sherry. Und sie hatte Dilara offensichtlich schon geraume Zeit im Auge gehabt, und ein elegantes, wenn auch gefallsüchtiges Lächeln hielt sich um ihren lieblichen Mund geschwungen, als sie erkannte, daß Dilara sie und ihr offenkundiges Interesse bemerkt hatte.

„Was ist denn aus dem Spanier geworden? Diesem Mann, von dem Sie mir geschrieben haben?“ Mademoiselle Mayan zog Dilara wie ein Kind in den Innenhof des Hauses, den man mit großen Palmen in einen Garten verwandelt hatte. Tische und Stühle standen in kleinen Séparées, die man mit Pflanzen geschaffen hatte, und einige Gäste schätzten die Intimität und ließen sich von den Bedienungen die leiblichen Genüsse hierherbringen. Der Innenhof hatte sich zwar durch die Wärme des Tages, die auch im Gemäuer des Hotels aufwallte, erwärmt, und ein abendliches Lüftchen ging wahrscheinlich eher im geheimen Garten einher, jedoch war das Ambiente zu heimelig, um ihm allein ob der Wärme zu entsagen.

„Wie hieß er noch? Na, sprecht“, forderte Mademoiselle Mayan lächelnd.

Dilara, deren Gedanken noch der fremdländischen Schönheit nachhingen, versuchte aufmerksam zu erscheinen. „Perez. Torquato Perez.“ Die Erwähnung seines Namens holte ihn zu ihr zurück, ihn, den charmanten, ungestümen Herrn, der ihr zwar folgte, sie aber dennoch verachtete. „Er ist in Spanien“, behauptete sie.

„Och, war er nur eine Liaison?“

„Wie bitte?“ Dilara hatte nicht zugehört, denn ihre Gedanken waren träge wie flüssiges Metall und genauso glühend.

„Eine Poussage, Kindchen. Ein Verhältnis.“

„Nein, absolut nicht.“

„Ah, dann ist er geschäftlich verhindert. Was war er doch gleich? Kaufmann, ich entsinne mich. Bedauerlich, daß er nicht mitgekommen ist. Ich hätte ihn gerne einmal kennengelernt. Aber vielleicht kommen Sie ja zum Jahreswechsel her und er mag Sie begleiten.“

„Das wäre schon möglich.“ Doch Dilara bezweifelte es. Zwar entsprach es ihrer Gewohnheit, den Jahreswechsel im *Maison de Vervins* zu begehen, weil es im Hotel dann geradezu familiär und behaglich wurde, doch nach der Vereinigung mit Torquato war es ihr zur Eigenart geworden, ihm ihre bevorzugten Orte vorzuenthalten und ihm ihre Vorlieben zu verwehren. Das waren eben jene Augenblicke, in denen sie sich eingesperrt vorkam, obgleich Torquato nie ein Wort darauf verwandt hatte, ihr die Unabhängigkeit abträglich zu sprechen.

Es ist schon seltsam, wie sehr sich alles verkehrt hat, dachte Dilara. In ihrer Jugend hatte sie ihn begehrt wie nichts sonst auf dieser Welt. Sein edles Gebaren, die seidigen Stoffe, die er trug, auch seinen kultivierten Intellekt, sofern sie in den Genuß kam, eine Kostprobe davon erhaschen zu können. Er aber hatte in ihr nur eine Magd oder eine junge Ricke aus ärmlichen Verhältnissen gesehen, die er allenfalls beachtete, um ihr einen Auftrag zu erteilen, oder weil er sie zu schelten hatte, wenn der Boden nicht sorgfältig geschrubbt worden war. Doch alles ward anders an jenem Tag, da Antediluvian ihr das neue Leben und damit die Fähigkeit schenkte, sich eigene Sprößlinge nehmen zu können. Und sie nahm, was sie schon lange begehrte – Torquatos Leben. Nach seiner Verwandlung war er ganz und gar bemächtigt vom Wesen Dilaras. Er liebte sie. Er trug sie geradezu auf Händen, machte ihr Geschenke und drängte sie, ihn zu ehelichen. Sie mußte lächeln, als sie daran dachte, denn in seinem Kopf hatte der Tod noch immer keinen Einzug gehalten. Gelöbnisse waren ohne Bedeutung, selbst wenn sie mit Blut geschrieben waren. *Sie* war kein Gelöbnis eingegangen.

Dilara erinnerte sich dennoch gut an diese Zeiten, da sie auf dem Landgut der Perez gelebt hatten. Es war eine schwelgerische Zeit gewesen, erfüllt mit Lust und Tod und sonstigen Vergnügungen, doch Dilara war diesem Leben und der quälenden Harmonie bald überdrüssig. Und daran entsann sie sich am besten, denn es hatte sich nichts mehr verändert. All der Pomp und die Verehrung ihrer Person waren ihr schon bald zuwider. Noch schlimmer wurde es, da Torquato sein Interesse für Antediluvian und die Nosferati entdeckte. Er erkannte wohl, daß es noch andere ihrer Art gab und daß Dilara, die seine ganze Welt schien, mehr vermochte als nur neben ihm die Frau zu sein. Antediluvian fand zu großes Gefallen an ihr. Torquato wollte deshalb stets dabei sein, wenn sie sich trafen. Er wollte wissen, was für Angelegenheiten besprochen worden waren und was Dilara im Auftrage zu verrichten hatte. Ja, er schien sich bei Antediluvian einzuschmeicheln und sich ihm gegenüber aufzuführen, als wäre sie sein Besitz, den es für Antediluvians Belange lediglich zu entleihen gelte. Ihr gegenüber war Torquato noch buhlerischer als schon zuvor. Von da an ertrug Dilara seine Nähe immer weniger, ging fortwährend auf Reisen und tat dies stets alleine. Sie beliebte nur hin und wieder in ihr gemeinsames Heim zurückzukehren, doch gleich wie schroff und gereizt sie dann auftrat, Torquato blieb herzlich und zuvorkommend, machte ihre keine Vorwürfe und haftete an ihr wie ein kleines Hündchen am Schoße seiner Herrin, die stets eine Leckerei parat hielt.

Irgendwann ahnte Dilara, daß sie an Torquato etwas hatte wieder gutmachen wollen, was bei Charles mißraten war, doch daß dieser Vorsatz allein nicht ausreichend war, um eine Verbindung einzugehen, ganz gleich wie diese geartet sein mochte. Und es war auch der Moment gewesen, an dem sie zum ersten Mal über eine Bluthochzeit – einen Bund für die Ewigkeit – nachgedacht hatte, jedoch wieder nur mit dem leidigen Trachten, etwas einer günstigeren Wendung zuzuführen, was im Grunde genommen aber längst gescheitert war. Sie hatte sich nie etwas auszumalen vermocht und war noch immer außerstande, es zu tun.

Mit diesen Gedanken gewahrte Dilara, wie sehr ihr das alles verleidet war. Auf irgendeine Weise schätzte sie Torquato noch immer, fühlte sich zu ihm hingezogen, doch im Grunde traute sie seinem schmeichlerischen Wesen nur bedingt, und ertragen konnte sie es kaum. Es ist fast heraus, dachte sie, als sie Mademoiselle Mayan beim Reden zusah und doch kein Wort vernahm, es war fast aus ihr heraus. Wer war Torquato eigentlich? Und welchen Stellenwert hatte er noch inne? Sie wußte es nicht mehr zu sagen. Und alles, woran sie sich entsann, wenn sie nach seiner Bedeutung fragte, war bloße Erinnerung, verblichen, ungenau und irgendwie ihr nicht länger eigen. Dilara schied von diesen Gedanken, die ihr allein den Beigeschmack von Sinnlosigkeit ließen.

Mademoiselle Mayan begann derweil ausführlich über die Karte zu sprechen, die sie für den Jahreswechsel bereits mit der Küche abgestimmt hatte, und beschrieb dabei, wie es ihre Art war, schwärmerisch und frohgemut eine jede Gaumenfreude, die vorgesehen war. Dilara betrachtete ihre Gastgeberin, die eine Frau fortgeschrittenen Alters und dabei sehr erpicht auf ein natürliches, jugendliches Aussehen war. Ihre langen brünetten Haare waren am Hinterkopf zusammengesteckt, und nur einige Korkenzieherlöckchen federten frech an ihren Seiten. Ihr Gesicht war braungebrannt und lebendig. Und zum ersten Mal nahm Dilara auf dem Dekolleté das kleine, goldene Kreuz wahr. Fast erschrak sie darüber, starrte auf das kleine funkelnde Ding und fragte sich, ob Mademoiselle Mayan eine gläubige Frau war.

Sie konnte sich nicht daran entsinnen, je etwas Gläubiges oder Religiöses aus ihrem Mund vernommen zu haben. Und weil sie allzulange auf das Schmuckstück starrte und sich nicht zu bezwingen vermochte, fiel es Mayan schließlich auf.

„Ist etwas, mein Kind? Sie sind so ernüchtert? Hat sich meine

Kette wieder verknotet?" sprach sie und legte ihre flache Hand dorthin, um zu fühlen, was dort sei.

„Nein. Nein, entschuldigt, Mademoiselle Mayan, mir fiel nur das Kreuz auf, und ich habe mich gefragt, ob Sie es schon immer getragen haben."

„Zumeist. Es war ein Geschenk von einem jungen Verehrer, und irgendwie hänge ich noch immer an dem kleinen Ding", sagte Mademoiselle Mayan und gibbelte verschmitzt.

„Glauben Sie an Gott?"

Jetzt lachte Mademoiselle Mayan und war dabei sichtlich erstaunt über solche Impulsivität, die nicht zuletzt ein wenig die Höflichkeit vermissen ließ. Auch Dilara bemerkte dies und blickte betreten zu Boden und raunte eine Entschuldigung, doch Mademoiselle Mayan hatte längst verziehen.

„Natürlich glaube ich an ihn."

Nun schaute Dilara überrascht auf.

„Warum auch nicht? Er schuf die schönen Dinge der Erde, und sehen Sie sich um, wie sehr wir seiner Segnungen teilhaftig werden. Was ist, mein Kind? Ich merke es schon den ganzen Abend. Sie scheinen mir schwermütig. Und wenn *ich* frei heraus sprechen soll, dann sollten *Sie* es auch."

Dilara hielt dem Blick der Gastgeberin nicht stand und bereute im Grunde, die Frage gestellt zu haben, denn der Anstand verbot ihr, jetzt einen Rückzieher zu machen.

„Mir ist aufgefallen, daß mich der Papstpalast irgendwie beunruhigt, schon immer beunruhigt hat, und daß ich dennoch mit Vorliebe herkomme, obgleich er direkt nebenan liegt und sein Vorhandensein mich bedrückt."

Nun war es an Mademoiselle Mayan, überrascht zu sein. „Aber Kindchen, es ist nur ein pompöses Bauwerk und schon längst nur noch von historischem Wert. Es wurde sogar schon als Kaserne genutzt."

„Es sieht auch aus wie eine Festung."

Mademoiselle Mayan lachte erleichtert auf, hielt sie doch Dilaras Empfindlichkeit für die damenhafte Ehrfurcht vor allem, was militärisch und kriegerisch erschien. „Seien Sie unbesorgt. Gott weilt sicher noch immer dort und hält seine Hand auch über dieses Haus."

„Weshalb?"

„Was?"

„Weshalb meinen Sie, Gott würde seinen Segen auch hier walten lassen?"

„*Walten* lassen? Dilara. Mein Kind. Was ist denn nur in Sie gefahren? Gott ist doch kein Verwalter von Segen und Gnaden. Glauben Sie etwa nicht an Gott? Sind Sie Katholik oder Protestant? Letzteres würde ich jetzt wetten", sagte die Gastgeberin.

„Ich glaube nicht an Gott. Nein. Verzeiht, Mademoiselle Mayan, aber ich wollte keine Diskussion über etwas anstrengen, das zu nichts führen kann."

„Ach herrje, fast denke ich, Sie sind einem dieser geheimen Zirkel angehörig, die sich um Nietzsche und diesen Feuerbach ringen. Wenn ich eines sicher weiß, Dilara, daß Unglaube und Gottesleugnung zu nichts führt, außer zur Zerrüttung des Geistes und der Kraft. Aber wahrscheinlich haben Sie recht, es ist weder der richtige Ort noch die richtige Zeit, das zu erörtern."

„Seid nicht böse, daß ich davon anfing. Ich wollte nicht die Stimmung verderben", sagte Dilara etwas bekümmert über die plötzliche Scheu der Gastgeberin.

„So leicht geht es auch nicht", antwortete Mademoiselle Mayan, die mit einem Male zum Treppenhaus im Innenhof spähte, als ereigne sich dort etwas Ungeheuerliches.

Und tatsächlich mühte sich Cippico im Inneren des engen Stiegenheims mit einem großen Koffer ab, den er die Stufen hinuntergleiten ließ und der aufgrund seiner Größe von außerordentlicher Sperrigkeit war, so daß er kaum die Rundungen der geschwungenen Treppe zu nehmen imstande war. Das Rumpeln und Fluchen klang aus der offenen Tür des Treppenhauses, und der lästerliche Cippico mußte immer wieder über den Koffer klettern, um ihn anders auszurichten und ein weiteres Stück auf seinem beschwerlichen Weg zurücklegen zu können.

„Was macht er da?" fragte Mademoiselle Mayan, die nur erahnen konnte, was sich im Inneren des angebauten Turmes abspielen mochte.

„Er schafft ein Gepäckstück aus dem Hotel, denke ich", erklärte Dilara, die nicht verstand, weshalb Cippico ausgerechnet diesen Weg nehmen mußte. Trotz ihres Erstaunens nutzte Dilara unterdes die Gelegenheit und entledigte sich des Champagners. Danach ging sie zum Eingang des Treppenhauses und spähte in die Höhe. Mademoiselle Mayan tat es ihr nach und fragte: „Gedenken Sie abzureisen?"

„Nein, es gehört nicht zu unseren Gepäckstücken. Wir haben es für jemanden hergebracht, der es noch heute abend entgegenzunehmen gedenkt."

Mademoiselle Mayan wirkte verstört, nickte jedoch, ohne einen Blick von dem bemühten Diener zu nehmen, dem die Erschöpfung und auch Verzweiflung bereits im Gesicht geschrieben stand. Mittlerweile hatten die Bemühungen Cippicos auch weiteres Aufsehen erregt, und Mademoiselle Mayan, die ein Einsehen zu haben schien, rief einen der Kellner, die im Hof bedienten, und schickte ihn nach einem Portier, der auch kurz danach zur Stelle war, um Cippico zu helfen. Jener bemerkte erst da, daß er auffällig geworden war, und schien zwischen Verlegenheit und Abneigung hin- und hergerissen.

„*Je n'ai pas besoin d'aid, merci*[6]", rief er aufgebracht,

[6] *franz.:* Ich brauche keine Hilfe, danke.

während der Portier bereits den Tragegriff des großen Koffers gepackt hielt, um ihn die Treppe hinunter zu ziehen. „Mademoiselle Mayan, *rendrez vous à la raison*[7], ich brauche keine Hilfe. Ich will auch niemanden stören oder von seiner Arbeit abhalten."

Noch bevor die Gastgeberin antworten konnte, zog das Gewicht den Koffer durch das Ziehen des Portiers in die Tiefe und hätte den jungen Mann sicherlich mit hinabgerissen, wenn jener nicht einen waghalsigen Sprung zur Seite und ans Geländer der Wendeltreppe unternommen hätte.

Der Koffer rutschte die letzten Stufen hinab, traf in seiner Schräglage mit der Unterkante seiner Seite auf den Boden, woraufhin der Inhalt des Koffers im Inneren nachzurutschen schien, es polterte, und für einen Augenblick sah es so aus, als richte sich das braune Ungetüm auf, doch es wurde vom Türrahmen gestoppt. Dilara schaute weg und hoffte, die Verschlüsse des Koffers würden halten, ganz gleich was geschehe.

Cippico stand noch immer auf der Treppe und starrte erschrocken in die Tiefe. Der Portier blickte ungläubig auf das Gepäck.

Als der Koffer schließlich gehörig auf seinen Boden zurückfiel und unscheinbar zu Stehen kam, sorgte das Manöver für Gelächter unter den Gästen, die es halbwegs mitbekommen hatten, und auch Dilara mußte lachen, weil ihr ein Stein vom Herzen fiel. Cippico schaute zu ihr und konnte trotz ihrer Belustigung den Ärger an ihren Bewegungen und Augen bemessen.

„Wohin soll denn das gute Stück?" fragte Mademoiselle Mayan und trat an den kleinwüchsigen Diener heran, der zum Koffer heruntergestürmt kam, als vermute er, ein jeder müsse sich nun fragen, was sich denn Schweres darin befände.

[7] *franz.:* habt ein Einsehen

„Zum Vordereingang, Mademoiselle, aber... ich schaffe es selbst. Ich wollte wirklich niemanden stören. Es war eine törichte Idee, die Wendeltreppe zu nehmen. Verzeiht."

„Lassen Sie sich ruhig von Romand helfen. Wenn das gute Stück so schwer ist, wie es den Anschein hat, dann ist es für Sie allein ohnehin kaum zu schaffen."

„Er ist schwerer noch", warf der Portier ein, als habe die Nennung seines Namens überdies auch seine Meinung eingefordert.

Cippico warf ihm einen verärgerten Blick zu.

„Nun eilen Sie sich aber, dies ist ein Fest, kein Güterbahnhof", spornte Mademoiselle Mayan die beiden an und klatschte dabei zweimal mit den Händen.

Dilara hatte sich auf Abstand gehalten, denn wenn das Ganze auch nicht einer gewissen Komik entbehrte, so kamen ihr die Auffälligkeiten doch eher ungelegen. Und als sie dabei ihren Blick unauffällig über die Gäste schweifen lief, sah sie im Türrahmen zum Speisesaal die schöne Fremde stehen, deren belustigtes Gemüt bei Dilara für Unwohlsein sorgte. Sie wußte zwar nicht genau, woher es rührte, daß ihr dieses Fiasko geradezu peinlich war, doch es schien ihr, als hinterließe sie dabei einen schlechten Eindruck. Zwar kümmerte sie sich üblicherweise nicht darum, doch bei jener schönen Fremden war es ihr aus unerfindlichen Gründen nicht gleichgültig.

Ihr Lächeln welkte auf den Lippen, als sie in die dunklen Augen der Schönheit sah und sich in einer warmen, klammen Nacht wiederfand. Dilara erkannte, daß sich das Lachen der Unbekannten in ein pythisches Schmunzeln gewandelt hatte und daß es ihr irgendwie guttat, denn es entbehrte jedwedem Hohn. Für eine ganze Zeit verlor sie sich in dem Blick und an den Lippen, deren Schwung von gönnerhaftem Stolz erfüllt war. Und auf die Distanz geriet Dilara ein feiner Geruch in die Nase, als flüchte er sich auf die Entfernung hin zu ihr. Er erinnerte an Rosmarin und an menschliche Haut, wenn sie von Sonne getränkt war.

„Wenn es nicht Ihr Gepäck gewesen ist und es ohnehin abgeholt werden sollte, dann hätten Sie sich gar nicht mit dem schweren Stück abmühen müssen. Sie hätten es im Foyer einlagern können. Es war mir bei Ihrer Anreise auch gar nicht aufgefallen“, erklärte Mademoiselle Mayan und kehrte zu Dilara zurück.

Jene war ganz versunken, und allen übernatürlichen Sinnen gewiß, begann sie Wahrnehmungen zu verfolgen, die sich nur ihr dartaten. Dilara vermochte festzustellen, daß der Wohlruch des Rosmarins und der gebräunten Haut von der Schönheit kam. Sie konnte deren Atem über die Distanz hören und den Pulsschlag an den Venen wie ein Stakkato vernehmen, das feine Rauschen der Kleidung erhaschen, wenn sie sich über die Haut schob und dabei wie ein scheuer Frühjahrsregen klang, und die unausgesprochenen Worte einfangen, die ihre Lippen nicht geneigt waren auszusprechen. Es erhob sich keine Stimme. Doch verständlich war es dennoch.

„Vielleicht liegt Ihr Unwohlsein ja auch daran, daß dieses Gebäude von Papst Clemens V. bewohnt beziehungsweise benutzt worden ist. Dieses Haus beherbergte immer mal wieder Kardinäle, den ein oder anderen Papst, Mitglieder der Rota und des Konsistoriums“, sagte Mademoiselle Mayan nachdenklich, als sie die abwesende Dilara betrachtete, und kehrte damit zum ursprünglichen Thema zurück.

„Wie bitte?“ Dilara konnte keinen Blick von der schönen Fremden lassen.

„Oh, viele berüchtigte Männer stiegen hier ab oder bewohnten dieses Haus, bevor es ein Hotel wurde. Viele Bittsteller trugen ihr Ansuchen in der kurzen Zeit – den vielleicht siebzig Jahren, in denen Avignon den sieben Päpsten als Regierungssitz diente – dem Kirchenoberhaupt vor, darunter Rabelais, Boccaccio, Petrarca, Michelangelo und auch Kopernikus“, erzählte Mademoiselle Mayan.

Nun ließ Dilara einen kurzen Augenblick von der Unbekannten ab, um ihre Gastgeberin anzusehen. War es möglich, daß dies Gemäuer ein gesegneter Ort war und daß er ihr deshalb soviel Unbehagen bereitete? Zwar fühlte sie sich ihm verbunden und hatte die andauernde Beklemmung eher auf den Papstpalast geschoben, wenn jedoch auch dieser Ort geheiligt worden war, konnte das unbeachtete Eventualitäten heraufbeschwören. Was war daran, daß ihr christliche Symbole und Weihungen nichts anzuhaben vermochten, ihr aber dennoch größtes Unbehagen bereitcten? War *das* eine Frage des Glaubens?

Dilara fand an Mademoiselle Mayan keine Antworten und schaute wieder zu der unbekannten Schönheit. Jene bewegte leicht ihren Kopf, als nicke sie zum Gruße, wandte sich dann ab und ging, was Dilaras Sehnsucht unbarmherzig war. Und als neige die Fremde dazu, ihrer stillen Bewunderin noch eine größere Wißbegierde abzuverlangen, warf sie noch einen kurzen Blick über die Schulter, auf der sie offenbar eine Tätowierung besaß. Aus der Entfernung und im Halbschatten des Innenraums jedoch verschwamm das kleine Mal zu einem dunklen Fleck.

„Kennen Sie die Frau in dem roten Kleid?“ Dilara hörte ihre eigene Stimme aus großer Ferne.

„Dies ist heiliger Boden, Dilara. Ganz Avignon leidet unter dem Fluch, daß sich damals die katholische Welt in zwei Lager spaltete. Das große Schisma der westlichen Welt, das letztendlich Rom gewann. Trotzdem ist hier geweihter Boden. Gott ist mitten unter uns“, erklärte Mademoiselle Mayan und war mit einem Mal sehr ernst, wirkte nahezu besorgt.

„Mademoiselle Mayan..."
„Was Sie spüren, Dilara, ist Gottes Anwesenheit."
„Was ich spüre, ist das genaue Gegenteil."
„Das sind die Zweifel eines Gläubigen in innerer Zwietracht", warf Mademoiselle Mayan streng ein.
Dilara schluckte und biß die Zähne zusammen, daß sie knirschten. Dann: „Kennen Sie die Frau in dem roten Kleid?"
„Welche meinen Sie?"
„Sie war eben mit uns im Saal und stand vorhin dort am Eingang."
„In dem karminroten Ballkleid? Nein, ich denke nicht. Sie könnte ein regulärer Gast sein. Allerdings habe ich auch nicht allein zu diesem Fest geladen. Es kann sein, daß sie von jemand anderem eingeladen worden ist."
Dilara seufzte und war im Grunde sogar wütend, daß ihre Gastgeberin mit ihr wie mit einem Kind gesprochen hatte. Und offenbar hatte Mademoiselle Mayan bemerkt, daß sie sich verstiegen hatte. Man sah ihr an, daß sie bekümmert um die rechten Worte schien, um sich wieder in das rechte Licht rücken zu können.
„Ich war sehr krank im letzten Jahr. Ich war dem Tode nah."
Jetzt bestürmte Dilara die ungeheuerliche Ahnung, zum letzten Male hier in Avignon und dem *Maison de Vervins* gewesen zu sein. Sie ertrug das alles nicht mehr. Es war ihr ganz plötzlich verleidet, und am liebsten wäre sie sofort geflohen. Dieser Ort, an dem sie sich immer unruhig, aber dennoch wohl gefühlt hatte, war nun Salz in einer offenen Wunde.
Als Mademoiselle Mayan merkte, daß Dilara dazu nichts zu sagen hatte, sah sie noch bekümmerter aus und faßte es zugleich als Aufforderung auf, fortzufahren.
„Selbst die Ärzte hatten mich schon aufgegeben. Ich erinnere mich, daß ich sehr verzweifelt gewesen bin, weil ich mich noch

nicht am Ende wähnte. Ich dachte, das könne es unmöglich gewesen sein“, erzählte die Gastgeberin und wirkte augenblicklich aschfahl und verängstigt, als befürchte sie, alle Harm könne wie ein Dämon, den man beim Namen bezwang, zurückkehren. „Eines Nachts sah ich das Tor, von dem so viele Menschen zu berichten wissen, die sich dem Jenseits jemals näherten. Ich sah Licht und spürte Güte und Frieden. Ich glaube, ich war sogar irgendwie bereit hindurchzutreten. Denn ich tat es. Ja, ich tat es. Die Ärzte sagten später, ich sei tot gewesen. Für wenige Augenblicke habe mein Herz im Fieber versagt. Ich ging durch das Tor und sagte immer wieder: lieber Gott, lieber Gott. So wie man „Ach du lieber Himmel“ sagt. Ich trat durch das Licht und wurde wach im Licht. Ich lebte. Es ist noch immer wie ein Wunder. Es war Gottes Werk.“

„Mademoiselle Mayan, es ist erbärmlich, zu glauben, ein überirdisches Wesen habe Ihnen das Leben ein zweites Mal geschenkt. Ihr Körper hat sich so sehr gegen die Krankheit gewehrt, daß er sie schließlich bezwungen hat. Und genauso leicht, wie es Ihnen gegeben wurde, könnte jemand anderes, von dem Sie es nicht erwarten würden, Ihnen dieses Leben nehmen. Ohne Wunder, ohne einen Gott und ohne Schicksal.“ Jetzt näherte sich Dilara ihrer Gastgeberin, bis ihr Mund dicht an dem Ohr der erschütterten Frau war. „Es gibt gar keinen Tod. Nur die Verwandlung in ein neues Dasein, das soviel besser ist als das Menschsein.“

Alsdann nahm Dilara Abstand, zwinkerte ihrer Gastgeberin zu und meinte nur noch: „Denkt über die Möglichkeiten nach. Erträumen Sie sich, welcher Sie sich beraubt.“

Und nachdem sie kehrtgemacht hatte, verschwendete Dilara keinen Gedanken mehr an Avignon und das *Maison de Vervins* und Mademoiselle Mayan, sondern näherte sich dem Speisesaal auf der Suche nach der bezaubernden Fremden.

Dilara fühlte sich nicht erleichtert oder besser durch ihre Boshaftigkeit, sie fühlte sich eher wie in einer heißen, stickigen Nacht unter einem klebrigen Bettdeck gefangen und war bereit, es schlicht und ergreifend zu zerreißen, selbst wenn sie am kühlen Morgen zu frieren fürchten mußte.

Sie trat in den Saal, in dem nun einige Paare tanzten und in dem eine stickige Luft herrschte. Und als Cippico zukam, schwieg sie verbissen.

Schließlich: „Wir reisen ab."

„Zu spät. Ein Bote Antediluvians ist da. Er wartet auf der Terrasse."

„Dann eben danach."

„*Nous avons un problème*[8]", fügte Cippico an und sah betreten zu Boden.

„*Du* hast ein Problem."

„*Va bene, ho un'problema io.*[9] Der angeheuerte Kerl, der den Koffer abholen sollte, ist nicht gekommen. Ich kann ihn nicht loswerden."

Dilara blickte ernst zu Cippico hinab, der wahrhaftig zu leiden schien. Auf seiner Stirn glitzerten Perlen aus Schweiß, und in seinen Händen wand er ein gefaltetes Taschentuch. Dann begann sie leise zu lachen, und als er zu ihr emporschaute, nickte sie nur gutmütig. Sie wandte sich ab und stand ganz plötzlich vor der Schönheit in dem roten Kleid. Urplötzlich nahm sie deren Geruch wahr und fühlte sich in der stickigen Atmosphäre des Saales geradezu erfrischt. Dilara erwiderte erschrocken den warmen, innigen Blick der Frau und rang in sich nach Worten oder Gedanken, doch fand sich leer und lediglich opferbereit.

[8] *franz.:* Wir haben ein Problem.

[9] *ital.:* Gut, *ich* habe ein Problem.

Die schöne Unbekannte stand mit einem eleganten älteren Herren zusammen, der mit ihr sprach, während sie nur innige Blicke für Dilara erübrigte und dabei dieses ungeheuerliche Schmunzeln auf den Lippen hielt.

Cippico warf drakonische Blicke zwischen den beiden Frauen hin und her. In einem solchen Moment hätte man ihn ohne zu zögern für einen abscheulichen, garstigen Gnom halten können, der nur Böses im Schilde führte. Er zupfte verärgert an Dilaras Kleid und räusperte sich. Und seine Herrin ließ keinen Blick von der Schönen, machte aber dennoch Anstalten, zur Terrasse zu gehen, und als sie die Möglichkeit hatte, nahm sie die Tätowierung auf der Schulter der Fremden in Augenschein. Es war eine Rosenblüte, in deren Herz sich ein gegabeltes Kreuz befand.

„Wer war das?“ fragte Cippico.

„Ich weiß es nicht“, antwortete Dilara und trat unter den dunklen Sternenhimmel. Auf der Terrasse und überall im Garten hatte man Fackeln und Öllampen aufgestellt. Alles wirkte sehr romantisch und wunderbar, so daß Dilara für einen kurzen Augenblick ihren Entschluß, diesem Ort für immer den Rücken zu kehren, zu reuen bereit war.

Da aber stellte sich ihr ein Nosferatu in den Weg. Er trug eine rockartige, gewickelte Seidenhose, eine weite Ärmeljacke, alles in glänzendem Nachtblau, und sein Haar hatte er streng zu einem Knoten auf dem Haarwirbel zusammengebunden. Sein Gesicht wirkte markant und ernst, seine Augen funkelten irgendwie metallisch, und er stierte Dilara mit einem glühenden Haß an, daß sie in sich den Verdacht aufkommen spürte, die ganze Welt könne sich gegen sie verschworen haben.

„Antediluvian läßt grüßen“, sagte er mit durchdringender, rauher Stimme.

„Warum erscheint er nicht selbst?"

„Dies ist nicht der Ort und nicht die Zeit."

„Sagt wer?"

„Antediluvian, dein Fürst."

„*Mein* Fürst?" prustete Dilara. „Geheiligt werde die Selbstüberschätzung."

„Du mußt zur dritten Stunde des Morgens im Papstpalast erscheinen. Vierzig Treppenstufen vom Gemach des Papstes befindet sich das Quartier des Camerarius, der ersten Würdenträgers des Hofes."

„Weshalb kommt er nicht her und sagt, was er zu sagen hat?"

„Darüber liegt eine Hohe Schatzkammer – die persönliche Bibliothek der Päpste – und darunter eine quadratische, überwölbte Untere Schatzkammer, die auf der einen Seite unter der Erde liegt und auf der anderen durch eine hohe Mauer geschützt wird. Dort hast du dich einzufinden. Du gelangst dorthin, indem du den Geheimgang im Keller des Hotels benutzt."

„Es gibt einen Geheimgang?"

„Verirre dich nicht. Die Untere Schatzkammer ist geheim. Der Gang endet im Quartier des Kammerherrn, von da solltest du den Weg finden", bellte der Nosferatu und schickte sich an, die Terrasse in Richtung des Gartens zu verlassen.

„Wie ist dein Name?" rief Dilara hinterher.

Da wandte sich der Nosferatu um, und ein einsames Lächeln fand sich an seinen schmalen Lippen ein. „Kyuzaemon."

„Kyuzaemon, ich habe ein Geschenk für *meinen* Herren. Willst du so gütig sein und es mitnehmen?" fragte Dilara und lehnte sich locker über die Balustrade der Terrasse.

Kyuzaemon wandte sich um und meinte nur: „Warum gibst du es ihm nicht selbst, wenn ihr euch trefft?"

„Weil es etwas zu auffällig für ein geheimes Treffen ist. Deshalb."

Für einen kurzen Augenblick wog Kyuzaemon sein Risiko ab und forschte dabei in Dilaras Augen nach Anzeichen des vermuteten Verrats. „Gib es mir."

„Es steht vor dem Hotel. Es ist ein Koffer."

Cippico, der die ganze Zeit über erschöpft auf einer schweren Amphore gehockt hatte, sprang erschrocken auf und starrte Dilara erstaunt an.

Kyuzaemon sah dies, nahm es aber nur zur Kenntnis, schnaufte verächtlich und wollte gerade etwas erwidern, von dem sich denken ließ, was es gewesen wäre, da betrat jemand die Terrasse. Im letzten Moment schluckte er herunter, was auch immer er hatte sagen wollen, und ging ins Haus, um sich den Weg zum Vordereingang zu bahnen.

Cippico zischte Dilara zu, wie verrückt sie sei, und daß man sich des Gepäcks auch anders zu entledigen gewußt hätte, da bemerkte er, daß die Aufmerksamkeit seiner Herrin längst jemandem anderen galt.

In der Terrassentür stand die schöne Fremde in ihrem prachtvollen roten Kleid wie eine Göttin des Blutes.

„Auf ein Wort", sagte sie.

3. KAPITEL

Vom Geheimnis, dem gefangenen...

„(...) Mentre sorridono
La terra e il sole
E si ricambiano
D'amor parole, (...)[10]*“*

Giosuè Carducci (1835-1907)

„Mit Verlaub, Gnädigste, der Zeitpunkt ist sehr ungünstig, aber ich bin mir sicher, daß Sie genügend andere Klatschbasen auf diesem Fest finden werden“, sagte Cippico ungnädig.

„Cippico!“ entfuhr es Dilara, da sie fand, Cippico habe sich für einen Abend genug Fauxpas herausgenommen. Und die Heftigkeit ihres Ausrufs ließ den kleinen Mann wie unter einem elektrischen Schlag zusammenzucken. „Es reicht. Du hast dir genügend Schnitzer erlaubt.“

Der Kleinwüchsige verstummte und kehrte sichtlich in sich. Dann nickte er und setzte sich wieder auf die Amphore zurück. Dabei steckte er eine Hand in seine Hosentasche und spielte dort mit seinem Glücksbringer; eine Angewohnheit, die Cippico so eigen war wie seine Körpergröße.

Dilara schaute nun der Fremden in die Augen und war erstaunt, daß sie darin weder Verärgerung noch Verunsicherung fand. Sie war bemerkenswert gefaßt. Aber sie fand auch noch etwas anderes in ihrem Blick. Etwas Warmes.

10 „(...)Während lächeln die Erde und die Sonne und austauschen Worte der Liebe, (...)“

„Weshalb wünschen Sie mich zu sprechen?“ fragte Dilara und fand den Einstieg sogleich zu streng, zumal diese Strenge Cippico galt.

„Ich möchte Sie warnen, Madame.“

„Warnen?“

„Ich nehme an, Sie kennen den *Herrn*, mit dem Sie eben gesprochen haben.“ Ihre Stimme hatte ein weiches, rauchiges Timbre, klang jedoch nicht anrüchig oder falsch.

„Sicher.“

„Er ist nicht vertrauenswürdig. Er verfolgt üble Machenschaften“, erklärte die Fremde und wirkte dabei unbeteiligt. Ihre Augen und ihre Mimik bewegten sich sanft und waren um eigene Offenheit bemüht.

„Darf ich fragen, wer Sie sind?“ fragte Dilara, die den Freimut im Gesicht der Fremden sehr wohl fand und verehrte.

„Sie werden meinen Namen nicht kennen. Ich heiße Gelophee Roche.“

„Französin, nehme ich an?“

„Engländerin. Wie Sie.“

Dilara lehnte sich halb und so sehr, wie es ihr Kleid zuließ, an die Balustrade der Terrasse und ließ nicht ab von jener geheimnisvollen Schönheit. „Woher stammen Sie, Miss Roche, wenn Sie mir die Frage erlauben?“

„Lowestoft gebürtig. Heute lebe ich in St. Albans.“

„Lowestoft? Cornwall. Hübsche Gegend.“

Gelophee lachte, denn sie hatte Dilaras Versuch, ihre Aufrichtigkeit zu prüfen, durchschaut. „Lowestoft, Norfolk. Hübschere Gegend. Die *Sunrise Coast*, wunderschöne Strände und noch immer kaum Industrie.“ Sie wischte sich eine Locke aus dem Gesicht und strahlte Dilara an, die sich fast an diesem Sonnenaufgang in Gelophees Offenheit verlor.

„Sie sind auf der Hut, Miss Roche."

„Gelophee, wenn Sie wollen. Ich habe aber ehrlich gesagt nicht den Eindruck, daß ich es müßte."

Cippico warf den Kopf in die Höhe. Was hier vor sich ging, wurde allmählich ungeheuerlich.

„Was macht Sie da so sicher, Gelophee?" fragte Dilara, die anfing, sich über die Herzlichkeit der unbekannten Frau mehr als nur zu wundern. Jedoch konnte sie auch nicht leugnen, daß es hier sehr angenehm und willkommen war. Im Inneren mahnte sie sich stets zu der ihr eigenen Zurückhaltung, doch sie war nun außerstande, sie in die Wege zu leiten.

„Ich bin nicht sicher. Aber ich wäre es gern."

Dilara erschrak über dieses Geständnis, das Gelophee mit so viel Innigkeit vortrug, daß es ihr den Atem raubte. Sie spürte einen Knoten im Hals und ein unbekanntes Leben in ihrem Leib. Sie würgte an einer Entgegnung.

„Neigen Sie immer dazu, ohne Umschweife anzusprechen, was Ihnen auf dem Herzen liegt?" wollte Dilara wissen, die noch immer verstört darüber schien.

„Es ist, wenn es einem tunlichst *am* Herzen liegt, doch wohl die leichteste und ehrlichste Art, anzuzeigen, was einem begehrenswert erscheint. Zudem, denke ich, gehört es mitunter auch zum guten Ton, so daß man bereit sein sollte, aufzuwenden, was man selbst einzunehmen beabsichtigt." Und während Gelophee sprach, erkannte Dilara in deren dunklen Augen das uneingrenzbare Feuer einer Eurasierin, das hell auflohderte und große Hitze feilbot.

„Mir ist dabei nur nicht ganz klar, liegt Ihnen jetzt etwas an der allgemeinen Sicherheit, die aus der Warnung resultieren kann, oder an der Naivität, sich derart offen auszusprechen und dabei zu meinen, niemand könne dergleichen gegen einen verwenden?" fragte sie hernach spitz.

„Wenn Sie mir Sicherheit bieten können, will ich sie wohl gerne annehmen, und wenn es in Ihren Augen Naivität darstellt, sich jemandem um seinetwillen anzuvertrauen, dann begehre ich auch davon etwas“, entgegnete Gelophee selbstsicher und schmunzelte dabei.

„Um meinetwillen?“ tat Dilara überrascht.

„Nun, ist es nicht um Ihretwillen, wenn ich Sie um Vorsicht im Umgang mit jenem *Herrn* und seinesgleichen anrufe?“ meinte Gelophee und tat naiv.

„Weshalb meinen Sie, mich warnen zu müssen?“

„Weil ich weiß, wie gefährlich manche Angelegenheiten sind, wenn man in sie verwickelt wird. Sehen Sie, mir sind die Machenschaften dieser Herrschaften nicht unbekannt und sie sind stets eigensüchtig, gefährlich und rücksichtslos. Ich denke mir zwar, daß ich Ihnen damit nicht wirklich etwas Neues berichte, doch in dieser speziellen Obliegenheit kann ich Sie nur eindringlich warnen“, sagte Gelophee und erschien dabei sehr besonnen und besorgt.

Cippicos Blicke waren während des Verlaufes dieses höchst sonderbaren Gesprächs von der einen Frau zur anderen hin- und hergesprungen, und er schien nunmehr verdutzt und erstaunt zu sein.

Auch Dilara schien noch verwirrter, denn Gelophee erweckte in der Tat den Eindruck, besorgt zu sein, eine Bedachtsamkeit, die sonst nur Cippico an den Tag zu legen pflegte, und wenn sie jetzt seinen erstarrten Blick zu interpretieren suchte, las sie gleiche Erkenntnis in ihm. Weitaus verwirrender war jedoch die Tatsache, daß Gelophee offenbar um die Machenschaften der Nosferati wußte. Doch das war eigentlich nicht zu erklären, denn sie war eine Sterbliche. Dilara konnte Gelophees Puls auf ihren Lippen spüren, und sie empfand ihn als angenehm und beruhigend, fast als berühre sie mit ihren Lippen den zarten

Hals der schönen Frau. Es erregte sie irgendwie. Gelophee war sterblich, und die Nosferati gaben sich nicht mit den Menschen ab, denn die Unterschiede waren einfach zu groß. Was Dilara und einigen wenigen unter ihresgleichen gelang, mit den Menschen umzugehen, war den Nosferati verwehrt. Sie schienen den Menschen in ihrer Welt nicht einmal wirklich wahrzunehmen, fast als wären sie Geister längst Verstorbener. Dilara war deshalb verstört.

„Woher kommt dieses Wissen, Gelophee?"

„Spielt das eine Rolle, da Sie selbst nur zu genau wissen, wovon ich spreche?"

„Durchaus, denn womöglich mißtraue ich allzu offen Dargebotenem, denn es könnte immerhin auch mit argem Hintergedanken verknüpft sein, der, selbst wenn er mir nicht begründet scheint, jedennoch gefährlich ist", wandte Dilara ein.

„Sie um Umsicht zu ersuchen, und nicht mehr, kann wohl kaum von Schaden für Sie sein. Und *was* mich zu dieser Fürsorge trieb, schmälert keinesfalls mein Ansinnen und bleibt doch dabei für *Sie* belanglos", sagte Gelophee und wirkte dabei spröde und auch verzweifelt. „Sie haben die Freiheit, es sich zu nehmen und damit umzugehen, wie es Ihnen beliebt."

„Wie begrenzt ist meine Freiheit, wenn ich so freigiebig und offen beschenkt werde und nicht imstande bin, es als solches zu erkennen. Sehen Sie es mir nach, Gelophee. Womöglich mache ich mir mehr Sorgen um *Sie*."

Jetzt schien Gelophee erstaunt und blickte mißtrauisch umher. Auch Cippico runzelte die Stirn und sah Dilara an.

„Sie kennen den Mann, der hinter allem steht", sagte Gelophee Roche, und ihre Stimme klang nun belegt.

Ein Schock durchfuhr Dilara. Gab Gelophee vor, Antediluvian zu kennen?

„Er ist breit, kompakt und von mittlerer Größe. Seine Haut

ist nachtschwarz und er hat die wulstigen Lippen und die breite Nase eine Afrikaners. Seine Haare sind lang und schwarz, bestehen aus feisten Strähnen, in denen eigenartige Troddeln hängen", beschrieb Gelophee nüchtern und meinte sodann, „ich kenne nicht seinen Namen, doch er ist ein furchtbarer... eine furchtbare Kreatur."

Antediluvian, erkannte Dilara. In all seiner Abscheulichkeit wußte diese reizende Unbekannte ihn zu beschreiben.

„Ich sehe, daß Sie ihn kennen", bemerkte Gelophee.

„Das wußten Sie doch, jedoch bestärkt es nicht gerade mein Vertrauen in Sie", meinte Dilara, der die Kälte in der Stimme mißlang.

„Ich glaubte, es zu wissen. Zugleich versichere ich Ihnen, daß Sie mir unrecht tun, wenn Sie meinen, ich hätte mehr mit ihm zu schaffen, als einem Menschen lieb scin könne – auf Ehrenwort, an dem ist nicht so. Ich war in der unglücklichen Lage, seine Bekanntschaft machen zu müssen. Es war nicht, wonach mir verlangte. Wahrhaftig nicht", erklärte Gelophee und wirkte innerlich aufgebracht, doch nur wenig drang an ihre Oberfläche.

„Was macht Sie aber so sicher, da Sie wissen, daß ich Kontakt zu ihm habe, daß ich Sie nicht verraten werde?" fragte Dilara und beantwortete sich bereits selbst, indem sie sich eine Närrin schalt.

„Weil ich Ihnen vertraue", meinte Gelophee schwach.

„Eine Begründung", antwortete Dilara. „Aber offen gestehe ich, daß es ein Wagnis ist. Denn ich stehe nun einmal in seinen Diensten, und er könnte jederzeit seine Rechte einfordern."

„Das will ich Ihnen gerne zugeben, doch ich zweifle daran, daß ich von irgendeiner Bedeutung bin, die eine Preisgabe meiner Person erforderlich werden ließe – nun, ich gestehe Ihnen ja, daß ich ihm keine Unbekannte bin. Allerdings versichere ich Ihnen nochmals, daß meine Warnung aufrichtig und wohlgesonnen ist. Womöglich setze ich mich auch so schon einem Risiko aus, um Sie zu warnen. Sie lächeln! Aber es ist mir ernst."

„Ich weiß das, Gelophee. Ich zweifele nicht daran. Ich frage mich nur, weshalb Sie meinen, jemanden warnen zu müssen, der in seinen Diensten steht und ihm so verpflichtet ist. Es ist mir dabei, als vermöchten Sie sich selbst an ihn verraten."

Jetzt blickte Gelophee betreten zu Boden und schien peinlich berührt. „So ist das nicht", gab sie hinzu.

„Wer sind Sie, Gelophee Roche? Sie sprechen, als dienten Sie ihm, wie ich es tue. Doch wie kann das sein? Erklären Sie mir das?"

Plötzlich sprang Cippico auf und zischte: „Kyuzaemon kehrt wieder. Schnell! Versteckt Euch dort hinter dem Erker."

Gelophee reagierte verwirrt, und Dilara zog sie am Ärmel zu sich heran, nahm sie am Arm und zerrte sie seitlich von der Terrasse herunter, setzte mit ihr über ein Blumenbeet und drückte sich schließlich hinter einen flachen Erker, vor dem ein Gebüsch stand und zusätzliche Deckung bot. Doch Dilara fürchtete dennoch eine Entdeckung, da das Rot des Kleides, welches Gelophee trug, zu sehr hervortrat. Sie drehte sich, warf Gelophee, die offenbar alles mit sich machen ließ, gegen die Wand und drückte sich eng vor sie. Danach konzentrierte sich Dilara für einen Augenblick und beschwor die abendlichen Schatten, ihr beiseite zu stehen. Schwammige und dunstige Dunkelheit nistete sich am Buschwerk ein und ließ Farben und Kontraste ergrauen, so daß die beiden Frauen mit der Nacht zu verschmelzen schienen. Dabei erklang auch schon die verärgerte Stimme Kyuzaemons, der Cippico nach seiner Herrin fragte. Sie sei irgendwo auf dem Fest, und er wisse nicht genau wo, antwortete der, doch eine Kontrolle obliege ihm schließlich auch nicht. Antediluvians Diener fauchte wie eine Wildkatze, Cippico möge seine Herrin heranschaffen, sonst passiere ein Unglück; das „Geschenk" könne er unmöglich transportieren. Cippico merkte nur an, daß Antediluvian ohne Zweifel sehr enttäuscht sei, daß die Aufmerksamkeit nicht schon längst in seinen Händen wäre, und daß man ihm nun mitteilen müsse, daß seine eigenen Diener nicht in der Lage gewesen seien, es wie besprochen abzuliefern. Der Disput dauerte noch etwas an, während sich die beiden Frauen in die Nische drückten und sich kaum zu atmen trauten.

Sie blickten sich dabei tief in die Augen, und ihre Atmung glich sich einander an, als wären ihre enganliegenden Leiber bestrebt, ein gemeinsames Auf und Ab zu finden. Dilara roch Gelophees reinen Atem, der würzig und frisch wie ein Waldquell duftete. Sie blickte der Frau in die Augen, die etwas Verschämtes hineinlegte. „Warum tun Sie das?" hauchte Gelophee, und ihr seidiges Gesicht war derart dicht vor Dilaras, daß jene die heißen Atemzüge auf ihrer Haut zu spüren vermochte.

Dabei griff ein ausgelassener Wind in die zotteligen Kronen der Kastanie und der Feige, um sich in ihnen wie ein aufgewühlter Sturmdämon zu wiegen.

„Gelophee, Sie kommen her, um mich vor den Machenschaften jener zu warnen, und setzen sich dabei meinetwillen selbst den Gefahren der Entdeckung aus, von denen ich Ihnen sagen kann, daß sie Ihnen nicht bekämen. Erwarten Sie tatsächlich einen Verrat von mir, bevor ich nicht weiß, weshalb Sie das tun? Sie haben keine hohe Meinung von mir, fürchte ich."

Hatte Gelophee während der Schelte noch betreten zu Boden geschaut, überführte sie Dilara bei ihrer abschließenden Bemerkung mit nur einem Blick der Verleumdung, sagte jedoch kein Wort.

Kyuzaemon bezichtigte Cippico derweil der Lüge und meinte,

die Gegenwart seiner Herrin sei deutlich zu spüren, und wenn man versuche, sich einen Spaß mit ihm zu machen, dann würde ihnen allen sehr bald das Lachen vergehen. Er forderte Cippico auf, Dilara umgehend zu rufen, ansonsten müsse er Antediluvian auch berichten, wie verräterisch sich die beiden aufgeführt und wie respektlos sie sich ihm gegenüber geäußert hätten. Cippico überging diese Drohung beflissentlich und versuchte Kyuzaemon ins Haus zu lotsen, während er ihn befragte, was sein Problem beim Transport des Koffers sei.

Dilara verlor sich noch immer in Gelophees Augen und war verführt, ihre Kräfte auf die junge Frau zu verwenden. Allerdings wähnte sie sich selbst schon von fremden Kräften geleitet, denn obschon sie den Puls der Schönheit bereits schmecken konnte und das Verlangen erlebte, sich in ihr zu verlieren, verspürte sie doch keinen unsäglichen Hunger. Gelophee war wunderschön. Eine unsichtbare Verlockung ging von ihren Lippen aus, deren Geschmack nach warmer, menschlicher Güte schon auf die Distanz zu spüren war.

„Bitte, entlassen Sie mich", flehte Gelophee, die von Dilaras Blicken in Unruhe versetzt wurde.

„Ich kann noch immer nicht den Grund sehen, weshalb Sie mich zu warnen trachteten", flüsterte Dilara und las Unheil in Gelophees Gesicht. „Sagen Sie es mir."

Die Stimmen von Cippico und Kyuzaemon ergaben sich in der Menge von Unterhaltungen, die gedämpft aus dem Haus drangen. Offenbar war es Cippico gelungen, Antediluvians Diener hineinzulocken.

„Es war mir ein Bedürfnis", sagte sie und versuchte festen Blickes Dilara zu widerstehen.

„Weshalb?"

„Ich sagte es bereits. Es sind üble Machenschaften, die jene verfolgen, und es ist besser, sich nicht darauf einzulassen."

„Ich glaube Ihnen nicht."

„Würden Sie mir überhaupt je glauben?"

Jetzt wich Dilara verstört zurück, als habe sie etwas gebissen und sie wäre in der Dunkelheit nicht imstande gewesen, erkennen zu können, was es gewesen sei. Diese Frage verstörte Dilara, die für einen Augenblick keinen klaren Gedanken fassen konnte. Sie warf einen Blick zur Terrasse, die verlassen war. Cippico war nicht mehr da. Womöglich setzte er sich der Gefahr aus, Kyuzaemon weiter zu täuschen.

Würde sie Gelophee überhaupt je glauben? Was war das für eine Frage? Natürlich würde sie die Wahrheit glauben. Aber woher wußte sie, wann jemand die Wahrheit oder wann er sie nicht sprach? Man verließ sich auf seine Menschenkenntnis, auf seine persönliche Einschätzung. Doch wie sicher waren diese? Wie verläßlich waren diese Beurteilungen? Dilara wurde ganz seltsam zumute, so als habe Gelophee ihr mit nur diesem einen Satz den Boden unter den Füßen weggezogen.

Zögerlich richtete sich Gelophee auf und trat von der Wand des Hauses weg. Dabei blickte sie auf ihre Schuhe, als müsse sie jeden Schritt sorgsam überwachen, und sagte: „Nehmen Sie sich die Warnung zu Herzen. Was auch immer diese Teufel planen, es ist nicht gut. Für niemanden. Retten Sie sich, solange Sie es vermögen."

Danach schaute Gelophee sich um und schenkte Dilara einen letzten Blick, der wieder fest und unnachgiebig war. Dann ging sie schnellen Schrittes auf die Terrasse und verschwand von dort ins Haus.

Dilara indes fühlte sich wie gelähmt. Sie begann darüber nachzudenken, in welchem Zusammenhang Gelophee mit Antediluvian stehen mochte, konnte jedoch keine schlüssige Mutmaßung aufstellen. Gelophee war noch immer ein Mensch. Lebendig. Pulsierend. Heiß wie Feuer.

Nosferati und ihre Kinder waren tot. Erstarrt. Kalt wie Eis.

Dennoch schien es, als wisse Gelophee etwas über sie und ihren Herrn.

Mit bedächtigen Schritten ging auch Dilara ins Haus. Und sie hatte nicht damit gerechnet, daß Gelophee noch immer anwesend sein würde. Sie stand nahe der Tanzfläche und trank gierig ein Glas Champagner. Als Dilara den Saal betrat, merkte Gelophee auf und blickte ihr fest entgegen. Doch in diesem Blick flammte eine heiße Leidenschaft, die Dilara keinesfalls verkannte. Und vielleicht, so mutmaßte sie, konnte sie sich jene zunutze machen, um endlich mehr zu erfahren.

Dilara trat auf Gelophee zu und schaute ihre für einige Momente nur tief in die Augen, bis es sie zu entmutigen begann.

„Sein Name ist Antediluvian", sagte Dilara.

Gelophee leerte ihr Glas in einem Zug, stellte es bei einem nahestehenden Kellner auf das Tablett und nahm sich ein weiteres Glas, nur um Dilara nicht anschauen zu müssen.

„Ein wirklich seltsamer Name ist das. Selbsterwählt, will mir scheinen, um seine Identität zu wahren. Ihn kenne ich, doch nicht diesen seinen Namen", sagte sie.

„Woher, Gelophee, kennen Sie ihn? Ich muß es wissen."

„Ich kann es Ihnen nicht sagen."

„Schweben Sie in einer Gefahr?"

„Darum geht es nicht."

„Aber vielleicht mir."

Überrascht schaute Gelophee auf. Sie wirkte streng und zweifelnd. Zögernd schüttelte sie den Kopf und nahm einen Schluck vom Champagner. „Machen Sie mich nicht glauben, es ginge hierbei um mich. Ich habe Sie gewarnt, damit Sie auf der Hut sind. Ich sagte es bereits. Machen Sie daraus, was Ihnen beliebt."

„So einfach ist das?"

„Ja, so einfach ist das."

„Ich habe die Macht, Ihnen die Wahrheit zu entlocken", meinte Dilara, die sich auf ihre Fähigkeiten besann.

Jetzt war Gelophees Blick voller Schrecken und Zorn, denn auch wenn sie sich keinen Reim auf den Inhalt der Drohung machen konnte, widersprach jener doch ihrem eigenen Ansinnen. „So einfach ist das?" stellte sie nun die Frage, die zuvor noch ihr gegolten.

„Ich..."

„Ich denke, Madame, dies Gespräch ist nun beendet", entfuhr es Gelophee, deren Gesicht vor Eifer glühte.

„Gelophee, bitte...", sagte Dilara und verstand nicht, weshalb sie auf einmal befürchtete, Gelophee könne sich auf dem Absatz herumdrehen, ihr die Drohung derart übelnehmen, daß sie verschwände und alle Geheimnisse mit sich nähme. „Verzeiht."

„Da gibt es wohl nichts zu verzeihen."

„Es ist gefährlich für mich. Und die Drohung... sie entsprang meinen Befürchtungen", versuchte Dilara eine Erklärung und erkannte sich dabei selbst nicht. Für einen Augenblick kam sie sich furchtbar unterlegen vor. Niemand, nicht Torquato und nicht Cippico, wäre imstande gewesen, ein solches Gefühl bei ihr auszulösen. Und es war ihr derart unbekannt, daß sie ob der Befremdlichkeit erbebte.

„Deshalb warnte ich Sie", gab Gelophee zu bedenken.

„Wir drehen uns im Kreis, befürchte ich, denn wie kann ich jemandem glauben, den ich nicht kenne, der aus sich und den Zusammenhängen seiner Warnung ein Geheimnis macht und der sich mir sofort entzieht, wenn ich berechtigtes Interesse bekunde? Geben Sie mir einen Anhaltspunkt. Geben Sie mir irgendwas", forderte Dilara eindringlich.

Gelophees Mimik milderte sich etwas. „*Sie* drehen sich im Kreis, Madame. Ich ganz sicher nicht. Ein weiteres Mal erkläre ich Ihnen, daß ich Ihnen nichts weiter zu sagen vermag, als daß Sie keine Geschäfte mit diesem Antediluvian tätigen sollten, um Ihrer selbst willen. Und so gerne ich Ihnen etwas geben möchte, befürchte ich, Sie müssen sich zuerst selbst etwas geben.“ Und mit diesen Worten leerte sie das Glas, ging zur Flügeltür, die in den Hof führte und stellte dort das Glas bei einem Kellner auf das Tablett.

Und ohne sich ein weiteres Mal umzusehen, verschwand Gelophee Roche. Dilara aber war entsetzt über die Unterhaltung und ihren Ausgang. Sie fühlte sich nicht länger wohl und wäre am liebsten von diesem Ort geflohen. Ihr Entschluß, nie wieder herzukommen, festigte sich in diesem Augenblick, und nicht zuletzt ob der Warnung wäre sie gern sofort abgereist. Alles stieß sie mit einem Male ab. Der Pomp, die aufgesetzte Fröhlichkeit der Gäste und die Musik, der Tanz und die Gemeinschaftlichkeit der Menschen waren ihr zuwider. Zudem haßte sie es, wenn Cippico zu lange fortblieb.

Unter all dem Leben stand Dilara wie eine starre, stille Säule aus Salz. Kein Blut rann durch ihren Körper, kein Herz schlug in ihrer Brust, und die Luft, die in ihre Lungen trat, blieb unwirksam, nur wilde Gefühle beherrschten das Fleisch und die Knochen und hielten ein unsterbliches Feuer in ihr, welches schmerzte.

4. KAPITEL

...zum Gefangenen des Geheimnisses

„(...) E corre un fremito
D'imene arcano
Da'monti e palpita
Fecondo il piano; (...)[11]"

Giosuè Carducci (1835-1907)

Am Vordereingang des *Maison de Vervins* schloß sich ein Vorhof an, auf dem noch immer das einsame Gepäckstück stand, welches Cippico hierher verfrachtet hatte. Als Dilara aus dem Haus trat, fand sie nur den großen Koffer vor, und von Cippico und Kyuzaemon gab es keine Spur. Das beunruhigte Dilara natürlich sehr, denn wenn der Nosferatu erkannt hatte, was sich in dem Koffer befand, so war ihnen seine Wut sicher. Andererseits, wenn sich Kyuzaemon geweigert hatte, das Gepäck zu seinem Herrn zu transportieren, hätte Cippico es sicher nicht aus den Augen gelassen.

Dilara ging zu dem Koffer, um an ihm Hinweise darauf zu finden, ob er geöffnet worden war, doch er sah noch immer verschlossen aus. Sie probierte die Schnappschlösser und fand sie verriegelt. Sie schaute sich um, und wohin das Licht der Leuchten am Eingang nicht reichte, da half ihr die Kraft, in der Nacht besser sehen zu können. Doch der kleine Hof war aufgeräumt, das Pflaster gefegt und Türen und Gatter sorgsam geschlossen.

11 „(...)Und ein Schauer läuft des geheimnisvollen Hymen von den Bergen und pocht fruchtbar die Ebene; (...)"

Dilara lief zum gußeisernen Zaun und spähte auf die schmale Gasse, die dahinter größtenteils im Dunkeln lag. Man konnte den Eindruck gewinnen, die meterhohen Mauern des Papstpalastes würden einen schweren Schlagschatten auf alles werfen, das nicht an ihre Höhe herankam. Und doch warfen sie ein entferntes Echo durch die Gasse, und es klang sehr nach Stimmen. Dilara öffnete das Tor und schlüpfte auf die Straße. Sie folgte dem Widerhall, von dem sie nicht zu sagen wußte, ob es sich um das Gespräch von Passanten oder um Cippico handelte.

Jedoch wandelte sich der Schall in Aufregung und Schritte, so daß Dilara schon die Ahnung hegte, es könne sich nur um die Gesuchten handeln, die offenbar in offenen Streit geraten waren. Sie ging auf die Mündung der Gasse zu, an deren Ende eine Gaslaterne stehen mußte, denn ihr heller Schein schien die Dunkelheit in der engen Straße versiegeln zu wollen. Und nach einem weiteren Dutzend Schritten bog Cippico um eine Mauerecke in die Gasse ein und winkte Dilara bereits aufgeregt zu, um ihr anzuzeigen, sie solle sich ebenfalls zurückziehen.

Und im nächsten Moment schoß der Schatten einer riesigen Fledermaus in die Gasse. Die Spannweite seiner ledernen Schwingen überschattete die gesamte Breite der Straße zwischen Hotel und Palast. Der Körper der Fledermaus wirkte gering und ging in der Dunkelheit, die an dem Tier zu haften schien, weil es den Schein der Laterne hinter sich hatte, fast unter. Es mutete im Gegenlicht an, als bestünde das Wesen nur aus Schwingen. Im Landeanflug nun versuchte es seine ausgestreckten Krallen in Cippico zu schlagen, doch Dilara trachtete es zu vereiteln, indem sie sich eilte, ihren Diener zuvor zu erreichen und sich dann um ihn zu schlingen. Sie schaffte es soeben noch. Durch ihr Kleid und Schuhwerk war große Eile riskant, und sie mußte sich sehr auf ihre Bewegungen konzentrieren, um nicht zu fallen.

Die Krallen der Fledermaus rissen durch die Luft und fauchten dicht an Dilara vorbei.

„Wir müssen zurück ins Hotel“, knirschte Dilara.

„Verfluchter Hund, er hat mich überrascht.“

Die Riesenfledermaus gewann schnell wieder an Höhe, wendete geschmeidig und ließ sich in die Gasse zurückfallen.

„Die Idee mit dem Koffer war keine gute“, zürnte Dilara.

Cippico knurrte etwas, das unverständlich blieb.

„Schnell!“ meinte Dilara und drückte ihren Diener durch das Tor des metallenen Zaunes. Dann baute sie sich davor auf und schaute dem riesigen Flugsäuger entgegen, der aus der Höhe heraus an Geschwindigkeit gewann und auf sie zuraste. Und als das düstere Ungetüm herangerauscht kam und mit seinen eckigen Flügeln die Luft zerschnitt, wandelte Dilara ihre Gestalt in den feinen Dunst eines Nebels und trat durch die Gitterstäbe des Zaunes in die fragliche Sicherheit dahinter.

Der fliegende Riese pfiff laut und mit großem Entsetzen, schlug hernach aber mit lautem Krachen gegen die Gitterstäbe. Es knallte und drei Stäbe brachen wie Holz, blieben aber dank der Querverstrebungen an ihrer Position.

Derweil wandelte sich Dilara in ihre Gestalt zurück und griff flugs durch die Gitterstäbe, erfaßte den pelzigen Schatten und riß ihn ein weiteres Mal vor das Gitter. Die Riesenfledermaus kreischte und fauchte, als sie gegen den Zaun dröhnte. Aus nächster Nähe wirkte ihr pelziger Körper ölig und borstig, schmal und zu klein für die riesig anmutenden Flughäute, die sich zwischen den bleichen Knochen spannten. Ihr Kopf hatte kleine, schwarze Augen, einen verwachsenen Hautlappen an der Nase und ein Maul voller messerscharfer Schneidezähne, die versuchten, sich in Dilaras Arm zu verbeißen, und war als solches voller widerwärtiger Gier nach Blut.

„Kyuzaemon, laß ab, sonst endet es hier und gleich.“

„Progenies!“ kreischte der Nosferatu und brandmarkte Dilara damit in aller Abfälligkeit als Abkömmling, als nicht vollwertig, als minderbemittelt.

Jetzt riß Dilara ein weiteres Mal an der Riesenfledermaus, die auf ihren Flügeln zu stehen versuchte, und ließ das Ungetüm ein weiteres Mal gegen die Gitter knallen. Auch sie verfügte über die ungeheuerlichen Kräfte der Blutsauger, so daß einer der geborstenen Stäbe von seiner Verstrebung brach. Als sie den Gegner ein weiteres Mal an das Gitter zu zerren trachtete, zerfiel ihr der Widersacher im Griff zu einem Rudel fiepender Ratten, die sogleich das Weite suchten.

„*Allez! À la maison*[12]“, meinte Cippico.

Dilara erhob sich, und als sie sich umwandte, sah sie Cippico erstarrt vor dem Koffer im Hof stehen, woraufhin die Lähmung auch sie ergriff.

Der flache Deckel des Koffers war geöffnet und das Gepäckstück selbst geleert.

„Was, um aller Höllen willen, geht hier vor?“ meinte Cippico, der sich über den Kofferrand beugte, womöglich um einen Hinweis auf den Verbleib des Inhalts zu bekommen. „Du hast ihm doch nicht etwa neues Leben geschenkt.“

„Unsinn!“ fauchte Dilara, die noch immer verunsichert nach den Ratten Ausschau hielt, mußte sie doch einen weiteren Angriff des Nosferatu erwarten.

„Aber wer sollte denn einen Leichnam stehlen?“

„Der Koffer war verschlossen“, bemerkte Dilara wahrhaft

12 *franz.:* Ins Haus

gereizt und verbot sich eine weitere Bemerkung, denn sie wußte, daß es für ihresgleichen keine Hinderung darstellte.

„Das lag zuvor nicht im Koffer", meinte Cippico und hielt einen gläsernen, stacheligen Gegenstand auf drei Fingern in die Höhe und beschaute ihn kritisch.

„Was ist das? Ein Bergkristall?"

Cippico nickte und bedachte Dilara mit einem verständnislosen Blick.

Als dann zwei junge Damen, ein elegant gekleideter Herr und der stets geschäftig anmutende Portier Romand den Hof betraten und ob der seltsamen Lage, der sie ansichtig wurden, stutzten, da fluchte Cippico und tat es, wie er es stets pflegte, in seiner Heimatsprache Italienisch. Es rang Dilara ein Lächeln ab, denn Cippico beherrschte neun oder zehn Sprachen, genau wußte sie es nicht zu sagen, doch eine jede schien eine Berechtigung zu haben und ihren Nutzen bestimmten Gemütszuständen abzusprechen.

Romand warf Dilara einen unterkühlten Blick zu, bevor er fragte, ob es noch immer Probleme mit dem Gepäckstück gebe.

„Keine Probleme. Wir mußten es dem Fuhrherrn nur unmittelbar übergeben, da er für den großen Koffer keinen Platz fand."

Cippico warf den Deckel des Koffers zu, stopfte seine Hände in die Taschen, spielte mit dem Kleinod darin und sann derweil darüber nach, was mit dem Inhalt geschehen sein mochte, und auch, daß er das Ungetüm, wenn auch um einiges leichter, wieder zurück ins Zimmer verfrachten mußte. „*Non c'e problema, no, tutto a posto. Problemi? Noi? Ma va! Ma va!*[13]"

Dilara gewann ein Schmunzeln, eröffnete es jedoch verhohlen, indem sie sich ein weiteres Mal der Straße zuwandte, um

13 *ital.:* Keine Probleme, nein, überhaupt nicht, woher denn auch. Probleme? Wir? Ach was! Ach was!

festzustellen, ob von ihr noch eine Bedrohung ausgehe. Aber offenbar hielt Kyuzaemon keine weiteren Angriffe für sinnvoll und blieb fern. Womöglich war er schon auf dem Weg zu seinem Herrn, um ihn von den Unanständigkeiten Dilaras Bericht zu erstatten. Es sorgte bei Dilara für eine aufregende Mischung aus Ärger und Kleinmütigkeit, denn sie kannte die Schwierigkeiten, die aus solchen Umständen erwachsen mochten. Sie ahnte das Mißfallen Antediluvians voraus und wie wenig es ihr bekommen würde.

Diese Erkenntnisse machten sie nicht gerade aufgeweckter, sondern ermüdeten sie momentan eher. Diese Wachspanne hatte genügend unvorhergesehene Ereignisse mit sich gebracht und gehörte beendet.

Mit freundlichem Getue verabschiedete sie sich, wünschte allen Anwesenden den Segen der Nacht und nahm, nachdem sie dem verwunderten Cippico die Anweisung gegeben, er möge den Koffer zurück auf ihr Zimmer schaffen, den direkten Weg eben dorthin. Und als sie mit ihrem Rücken die Türe ihres Zimmers hinter sich schloß und somit den Klängen der Feierlichkeit entsagte, genoß sie einen tiefen Seufzer und das ungehemmte Bedürfnis, diesen Ort möglichst bald verlassen zu können. Ihr graute davor, daß Antediluvian ihr womöglich einen weiteren Aufenthalt vorschreiben mochte.

Mit verhangenen Gedanken und Mattigkeit im Leibe begann sich Dilara ihres Kleides zu entledigen. Sie fühlte sich ausgelaugt und gar nicht wohl. Während sie sich verrenkte, um sich überhaupt allein aus dem Gewand schälen zu können, sann sie auch über Gelophee nach. Die Frau gab ihr Rätsel auf, und es war schon auffällig genug, daß sie es offensichtlich überlegt zu haben schien. Hinter einer solchen Absicht mußte natürlich auch ein Zweck stehen, den Dilara jedoch nicht zu entdecken imstande war. Oftmals handelten Menschen aus eitlen und allerlei selbstsüchtigen Neigungen auf ebendiese rätselhafte Weise, die ihnen die ungeteilte Aufmerksamkeit einräumte, hingegen reagierten sie dann nicht überrascht, wenn man hinter das vermeintliche Geheimnis zu kommen trachtete. Gelophee hatte viel zu verlegen reagiert, als man ihren Auftritt hinterfragte, fast, als habe sie nicht vorhergesehen, daß man dazu imstande sei, daß es von Bedeutung sein könne, was sich dahinter verberge und weshalb sie wider ihren eigenen Gewißheiten eine Warnung aussprach, die ihr zum Verhängnis werden konnte. Allein diese naive Befangenheit machte Dilara Angst – ein ihr unbekanntes Gefühl –, denn es zog sie an, beschleunigte ihre Gedanken und ließ sie fiebern. Das Verlangen, von dieser Angst trinken und deren Bedrücktheit auf diese Weise mildern zu können, wurde übermächtig.

Doch Dilara war abgekämpft und fühlte sich matt und verbraucht, als zöge allein schon dieser Ort mit seiner Schwere, seiner Ablehnung durch steinerne, wehrhafte Zinnen und Blendbögen am kolossalen Papstpalast und mit seiner Gedrungenheit durch stürzende Straßenschluchten und verschachtelte Häuser alle Kraft aus ihr. Als müsse sie sich dem unentwegt erwehren und brächte Tage und Wochen damit hin, ohne am Ende auch nur ein Ziel und einen Moment der Ruhe erheischt zu haben.

Nachdem sie sich des Kleides und seiner Zugehörigkeiten entledigt hatte, ließ sie sich auf das Bett fallen und schüttelte bedeutungsschwanger den Kopf.

Dies war kein rechter Ort mehr, und es war schon unglaublich, wie abstoßend und unerträglich etwas derart Vertrautes und Liebgewonnenes zu werden vermochte, wenn man es sich selbst überließ. Zu Beginn noch war Avignon ein Vergnügen gewesen. Bei schönem Sonnenschein war sie durch die Gassen geschlendert und die Straßen waren feierlich gewesen, das Licht golden und heiter, alles festlich und schön, wenn man aus den grauen Städten anderer Länder kam. Sie hatte das französische Völkchen mit seinem zugänglichen Gebaren genossen, die Metzger und Bäcker, die Gerber und Seidennater[14], wie sie auf besonnten Bänken vor ihren Türen saßen und übermütig geistreichelten, die Frauen, die in langen Reihen durch die Gassen spazierten, mit einem Troß tollender Kinder vornweg und hintan, und die älteren Männer mit zerknitterten Gesichtern, königlicher Freude und ausgebürsteten Sonntagskleidern, die ruhig darüber verhandelten, in welches Wirtshaus man nun zu gehen gedenke.

Jetzt war alles anders geworden.

Aus dem Gold eines Sommers war das welke Braun des Herbstes geworden, und was in der Stadt wuchs und gedieh, raubte Dilara den Atem und die Kraft. Plötzlich war hier zuviel Leben, zuviel Liebe und zuviel Glaube, als daß es für Dilara etwas Gutes gehabt hätte. Die Stadt war eine Brutstätte von etwas Fremdem geworden.

Womöglich, so sagte sich Dilara, hatte sich nicht wahrlich etwas verändert, und alles verhielt sich so, wie es schon immer der Fall gewesen war. Vielleicht besaß sie mit einem Male einfach nur die Gelegenheit und vor allem die Fähigkeit, hinter all die Zinnen, Türme und Kirchengiebel, hinter Blattgold, Mosaikstein und Régence-Kartuschen zu schauen und zu erkennen, wozu sie zuvor nicht imstande gewesen. Gerade schien eine Veränderung in ihr zu geschehen, von der sie nicht wußte, was daraus entstehen mochte. Sie lag auf dem Bett und war fest entschlossen, ihr nachzugeben, denn ärger konnte es nicht werden.

[14] Mhd.: Seidennäher

Die klamme Kühle des Lakens und der Ruch feinwürziger Nacht, der durch das geöffnete Fenster drang, hielten Dilara umfangen, und sie fühlte sich dabei zurückversetzt in die Momente, da Gelophees Atem und das Heben ihrer Brust sich gegen die ihre gestemmt hatte. Es war schon seltsam, dachte sie bei sich, wie sehr die Wirklichkeit zu verblassen vermochte neben dem liebevollen Gemälde einer Erinnerung, die wie das durchdringende Lied eines Zaunkönigs aus den Hecken friedvoller Vergangenheiten drang. Da blieb Klang und Bild getrennt und verlief dennoch in stetem Einklang eines ratternden Kinematographen. Es klang vielleicht auch ein wenig wie schüchterner Regen, der dünn und schnell fiel, oder wie das Rauschen von Bäumen im aufdringlichen Wind, der die vollen Gewitterwolken wie die geschlossenen Schlachtreihen auf dem Gemälde *Odins Wilde Jagd* von P.N. Arbo über den stürmischen Mitternachtshimmel vorantrieb. Im Toben und Tosen der Sturmwolken glaubten die Nordmänner, Odins mystische Reiter über das Firmament donnern zu hören. Und trunken von dem duftenden Ozon, welches in den Raum drang wie ein aufgeregter Geist, vernahm Dilara ein fernes Donnern, und auch das letzte Kupfer, Gold und Messing färbte sich im Nächtlichen mit dem Grünspan des Himmels.

Nebst den quälenden Befürchtungen und den widerlichen Gefühlen ihrer Gegenwart schwollen lückenhafte Gedanken in ihr. Dilara kam sich mißbraucht vor. Nicht zum ersten Mal, wenn sie nach Antediluvians Pfeife tanzte. Sie fühlte sich verschmutzt und geschändet. Für fremde Belange eingespannt. Gebrochen und elend sehnte sie sich nach einem Ablaß und nach Ruhe und Schlaf, der Abgeschiedenheit, um sich zu schämen, nach der trüben Flut unklarer Vorstellungen und unsicherer Haltung, die ihr wie ein Zudeck bis zur Nase schwappte und schließlich in sie drang, sie füllte und mit einem letzten, erbitterten Schlag in einen endlosen Schlaf führte, den nur Tote zu schlafen vermochten.

Cippico machte sich auf, um den Inhalt des Koffers auszuspüren. Und er war dabei mißmutig und grimmig gestimmt, denn an diesem Abend war nichts so gelaufen, wie es ihm genehm gewesen wäre. Ja, er hatte noch nicht einmal die Gelegenheit gehabt, etwas zu essen. Die Feierlichkeit kam an ihren Höhepunkt, die Gäste rühmten sich einer vornehmen Trunkenheit und nicht minder gewandter Ausgelassenheit und waren bereit, es damit gut sein zu lassen. Es herrschte die galante Stimmung des Aufbruchs und der Verabschiedung, während sich Cippico unter den Gästen umsah, denn er erwartete durchaus den Leichnam unter ihnen wandeln zu sehen.

Natürlich konnte das nicht sein, denn er hätte für allerlei Aufregung gesorgt, da er unbekleidet und noch dazu tot war. Cippico hatte seinem Ende beigewohnt und war nicht im geringsten darum besorgt, daß noch ein Fünkchen Leben in dem Toten gewesen wäre, das ihn hätte zur Flucht bewegen können. Vielmehr sorgte er sich, wer einen Leichnam stahl und vor allem zu welchem Zwecke. Cippico blickte in jede Nische und in jeden Winkel, trat an jedes Möbel, um dahinter zu spähen, wenn es genügend Platz und die nötige Abgeschiedenheit bot, um etwas verstecken zu können, und er kam sich dabei so lächerlich vor, daß er sich schämte und indem noch grantiger wurde.

Nach einer Weile kapitulierte er vor seiner eigenen Hilflosigkeit, denn er führte sich vor Augen, daß er nicht imstande war, in jedes Gäste- und Gesindezimmer zu schauen, mit der Entschuldigung auf den Lippen, er suche den Leichnam eines Mannes. Und wenn die Leiche irgendwo sei, so sagte er sich, so mochte sie von ganz allein für Aufsehen sorgen. Diese Überlegung führte jedoch dazu, daß er dennoch weitersuchte, denn es durfte unter gar keinen Umständen passieren, daß man den Leichnam fand und sich die Gendarmerie der Angelegenheit widmete.

Schließlich kam er auch in den Garten, in dem Laternen, Kerzen und Lampions für heimelige Atmosphäre sorgten, während sich dazwischen die stockende Dunkelheit unter Bäume und an Sträucher schmiegte. Cippico merkte durch die leicht bewegte Luft, die oleandersüß und kräuterduftig war, daß sein Körper klamm und hitzig war. Und als er einige Schritte in den Garten getan, kam es ihm vor, als gleite er unbekleidet in einen kühlen See.

Der Garten war verlassen und schimmerte irgendwie verstohlen in nächtlichem Blau. Im Hintergrund ragte machtbewußt und einschüchternd die gedrungene Dunkelheit des Papstpalastes mit einer Wand, einem Turm und einem Anbau auf und vermittelte dabei die Präsenz und Wucht eines gigantischen Staudammes. Dabei wirkten die Luft und die Geräusche abgedämmt. Fast schon geheimniskrämerisch war der Garten, einladend für jeden, der etwas zu verbergen suchte. Und einladend auch für den, der etwas zu finden trachtete, so dachte Cippico, hoffte aber in Wahrheit, daß er nichts finden mochte, damit er seine Suche beenden und etwas essen und schlafen konnte, wonach ihm sehr war. Also schaute er auch nur halbherzig hinter Zitronenbaum und Lorbeerbusch, bis er nahe der Gartenmauer auf Mademoiselle Mayan stieß, die offenbar in sich versunken auf einer Bank saß.

Cippico entschuldigte sich verschrocken und wollte sich

sogleich zurückziehen, wunderte sich aber, als er keine Antwort bekam und auch keine Reaktion wahrnahm. Behutsam rief er die Frau an, die ihre Beine auf der Bank und in einer Umarmung umschlungen hielt, und da vernahm er ein leises Wimmern.

„Mademoiselle Mayan, kann ich Ihnen helfen?“ fragte Cippico, etwas unschlüssig, was zu tun sei und letztendlich auch etwas unangenehm berührt.

Zunächst gab sie weder Antwort noch Anzeichen, daß es gut sei, oder aber daß Hilfe willkommen wäre, dann aber winkte sie ab, als fühle sie sich schließlich doch belästigt.

Cippico empfand sich beklommen und zaghaft und wußte nicht recht, ob er tatsächlich gehen und Mademoiselle Mayan ihrem Schicksal überlassen sollte, doch er fand auch nicht die rechten Worte, um sein Geschick zu wenden. Und nachdem er eine Weile unschlüssig verharrt war, wandte er sich noch immer zerrissen und zudem verdrießlich ab und beschloß, ins Haus zurückzukehren und in der Küche um einige Essenreste zu bitten.

„Monsieur, beantworten Sie mir eine Frage“, sagte Mademoiselle Mayan da, und ihre Stimme klang schwach und brüchig.

„Gerne, wenn ich kann.“

„Ist Ihre Herrin immer so?“

„Was meinen Sie?“

Mademoiselle Mayan erhob müde ihren Kopf, und selbst in der Dunkelheit vermochte Cippico zu erkennen, daß sie vom Kummer gerötet und zerfressen war. Jetzt suchte sie nach Worten und wirkte hilflos wie ein Kind und würgte an Leid und Ausdruck.

„So gottvergessen.“

Cippico schnaufte verächtlich, denn er kannte Dilara lang

genug, um zu ahnen, was vorgefallen sein mochte. Und in Anbetracht der Lage, daß sie ohnehin an diesem Abend wie ausgetauscht erschienen war, war Cippico imstande, sich lebhaft auszumalen, wie verletzend sie zu ihrer Gastgeberin gewesen sein mochte.

„Es geziemt mir nicht...", begann er und wurde unterbrochen.

„Ist sie es?"

„Ich denke ja. Sie ist ein Freigeist."

„Sie schmeicheln ihr."

„Ist das so? Nun, vielleicht."

„Was denken Sie, wo Sie doch für sie arbeiten? Glauben Sie an Gott?" fragte Mademoiselle Mayan, und ihre Stimme bebte.

„Es ist nicht von Bedeutung, was ich glaube."

„Ist es das nicht?"

„Ich bin ein Niemand, Mademoiselle Mayan. Ich sehe die Dinge, wie sie sind. Und für mich sind sie nicht allzu gut. Nein, ich beklage mich nicht. Ich füge mich drein. Doch tun wir das nicht alle? Irgendwie?"

„Glauben Sie also auch nicht an Gott?"

„Doch, ich glaube an Gott."

„Das klang nicht sehr überzeugt", meinte Mademoiselle Mayan verzagend.

„Was haben Sie erwartet?"

„Ich weiß es nicht. Vielleicht, daß Ihnen Gott Kraft gibt, Zuversicht und Trost spendet, indem er Sie mit dem Wissen um das Wesen seiner Schöpfung hinterlassen hat", sagte sie leise.

„Ich glaube an Gott. Ich sagte es ja bereits. Ich denke, er hat sich in all dem verewigt. Im Wiegen des Baumes, im Drehen der Welt und in den Gezeiten, im Ablauf der Sterne und in der tiefen Dunkelheit des Universums. Aber, Mademoiselle Mayan, sehen Sie es mir nach, etwas oder jemand, der geneigt ist, sich oder auch nur den kleinsten Teil einer seiner Ideen zu verewigen, mag ein Künstler sein, doch gewiß ist er auch ein wenig Egomane, der es liebt, sich in den Dingen wiederzufinden. Ach, ich denke", seufzte Cippico und sah zu den Sternen hinauf, die in dieser Nacht trübe und ohne rechtes Funkeln schienen, „wir haben ein gar zu verfälschtes Bild vom Schöpfer. Er ist selbstsüchtig und so weit von seinem „Kunstwerk" entfernt wie jeder Künstler, nachdem er den letzten Pinselstrich oder den finalen Meißelschlag geführt hat. Manches Mal denke ich bei mir, daß er bereits gestorben sein könnte, und wir wüßten nicht darum Bescheid."

„Sie glauben, Gott könne sterben? Sie denken, er würde *uns* verlassen?" fragte Mademoiselle Mayan mit einer Mischung aus Entsetzen und Verwunderung.

Cippico sah zu ihr hinüber. „Wie gesagt, Mademoiselle, ich bin nur klein und unbedeutend. Wenn ich über Gott nachdenke, dann wandle ich unweigerlich in einer Welt der Vergangenheit und der Erinnerungen. Dort lebt *nichts* wirklich. Das Leben vermischt sich mit der Vergangenheit. Die Geschichte und die vermeintlichen „Tatsachen", die uns die Religion glauben machen will, werden bedeutungsvoller als die Wirklichkeit, und irgendwann ist die Gegenwart leer und das Dasein eine immerwährende Enttäuschung. In Ihnen und in mir verbleibt dann Hoffnung, auf die wir hinleben vermöchten, und am Ende belobigen wir die Fortdauer von alledem. Dilara, Mademoiselle Mayan, wird mehr sehen können, denn sie hat diese Schwelle bereits überschritten. Deshalb glaubt sie wohl nicht an Gott. *Ich* tue es noch immer. Auch wenn ich glaube, daß er tot ist oder gegangen oder einfach jedwedes Interesse an uns verloren haben mag, so ist sein Schatten dennoch in allem präsent, das ist es, woran ich glaube. Vielleicht nur aus einer traurigen Erinnerung heraus. Vielleicht, weil auch ich mir einen

Erlöser wünsche. Vielleicht, weil ich die Bitterkeit nicht, sehr wohl aber den Tod fürchte."

Cippico verschränkte die Arme hinter seinem Rücken und schaute Mademoiselle Mayan in die großen, glasigen Augen. Sie sagte nichts und blickte schließlich stumm zu Boden.

„Kann ich noch etwas für Sie tun? Vielleicht einen Angestellten zu Ihnen schicken?" fragte Cippico, der es schließlich als falsch empfand, so viel geredet zu haben.

„Nein."

„Dann würde ich mich gern empfehlen. Gute Nacht, Mademoiselle Mayan."

„Weiß Ihre Herrin eigentlich, wen sie in Ihnen vor sich hat?"

„Das denke ich. Einen Narren", sagte Cippico. „Gute Nacht."

„Gute Nacht."

Enge Nischen und schmale Vorsprünge ebneten die Flucht in die stille Residenz der Dunkelheit. Erbaut aus bleichem Granit, reich ummantelt von glänzendem Schneeflockenobsidian und schimmerndem Bergkristall erhoben sich verwinkelte Türme mit Absätzen, Balustraden und weiteren Aufbauten in den rotvioletten Himmel. Ein jeder Winkel und Sims war mit dämonischen Fratzen und göttlichen Gesichtern verziert, die wiederum aufgesetzte Hauben und unterlegten Schmuck trugen, so daß letztendlich kaum ein Gebäudeteil ohne filigrane Verzierung verblieben schien. Türme wie Buckel und Strebebögen wie hervorstechende, gigantische Skelettfinger verliehen der Anlage die Undurchschaubarkeit eines wirren Trümmerfeldes, und dennoch bestand alles in einer ursprünglichen Form, der man ihre unverwüstliche

Standhaftigkeit und ausgemachte Gründlichkeit ansehen konnte.

In schwindelnden Höhen, auf Gesims und Galerie vermochte man den Geruch des Meeres wahrzunehmen und den Geschmack des Regens.

Die düsteren Wolken schoben sich klumpig vor einen eiternden Mond, der breit und unwirklich auf dem roten Entzündungsherd des Firmamentes lag.

Und Dilara stand schließlich auf der Kuppel eines siebenstöckigen Hauses mit geschwungenen Dächern, Brücken und Toren an freischwebenden Erkern und gerippten Fialen, welches ein wenig wie ein Spielzeughaus anmutete, auf das ein Kind im Anflug spielerischen Schwachsinns eine perfekte Kopie des ersten Hauses, jedoch in vergrößerter Form unmittelbar darauf gebaut und dies siebenmal wiederholt hatte, bis alles wie eine Pyramide wirkte, welche von den Göttern selbst in einem wirren Anflug allzu menschlichen Größenwahns auf ihre Spitze gestellt worden war.

Alsdann sah Dilara hinab auf die Anlage, die von hier oben wie ein wirrer Haufen zusammengetragenen Schuttes wirkte. Man vermochte ihr allein ob der Symmetrie und ihrem gesamten, rechteckigen Grundriß, welcher von einem breiten Wassergraben umgeben war, nicht die Bezeichnung eines monolithischen Monumentes abzuerkennen. Von hier oben konnte sie die dunklen, stumpfen Silhouetten weiterer Türme und Mauerringe erkennen und den bleichen und mondbeglänzten Spiegel des Wassers in seinem breiten Bett. Die tiefschwarzen Giebelkonturen eines Tempels und seiner in schwindelnden Höhen befindlichen Terrassen stachen direkt vor ihr in den Himmel. Dazwischen lag schmal und gerade wie eine Klinge die Straße aus dem Refugium und legte sich am Graben sterbensmüde auf die hageren Strebepfeiler einer mageren

Brücke, die sich Hunderte von Metern über den steifen Schacht kalten Spiegelgutes schwang und am anderen Ende eine klaffende und ebenso geradlinige Wunde in das eisige Land und seine Wälder schnitt.

Der Frost und das Eis in diesem Land flackerten wie eine flammende Glut im Wind, der an Dilaras dünnem Kleide riß. Er griff ihr an die Brüste, umfaßte ihre Taille innig wie ein Liebhaber und stieß ihr eben stürmisch in den Schritt. Und dennoch war alles von einer betuchten Einsamkeit und geradezu verschwiegenen Leidenschaft beseelt, die Dilara gemächlich ans Herz griff, um sie wie eine verhohlene Reiselust zu wecken, wie eine Neugier aufzurütteln und von sich zu begeistern.

Ihr Atem zitterte und bildete dennoch keine Fahne blanken Dunstes in der Luft. Die kalte Luft rann wie eine schwappende See schlürfend über die Ufer ihrer Lippen. Sie schaute zum bleigrauen Horizont und erspähte auf einer antiken Fassade mit Halbsäulenordnung und Pilastern, vor einem Giebelfeld in großer Entfernung ihr Spiegelbild stehen und zu sich herüberschauen. Es verunsicherte sie, sich selbst zu sehen, bis tief in ihr Bewußtsein die Erkenntnis drang, daß es schlechter um sie bestellt sein mochte, als sie vermutet hätte. Sie mußte in den unauslotbaren Schacht einer Traumruhe gestürmt sein, jedoch vermochte dies eigentlich nur Cippico vollständig herbeizuführen. Zwar war Dilara imstande, in ihre kraftspendende Starre zu verfallen, jene, die ein jeder ihresgleichen zu nutzen pflegte, jedoch umging sie diese entmutigende Leblosigkeit mit größter Vorliebe und vertraute sich Cippico an, dessen hingebungsvolles Talent bei der Traumruhe in ihr miteins das Leben und das Bewußtsein hielt und ihr dennoch die Kräfte zurückzugeben vermochte. Und von der Traumruhe war es wiederum nur einen gefährlichen Schritt weit zum Traumsturm, den niemand kontrollieren konnte und der sie für gewöhnlich weit ab von Zeit und Raum in eine andere Wirklichkeit schmetterte.

Weshalb sie nun in eine Traumruhe gestürmt war, ohne das Cippico ihr beigestanden hatte, war nicht zu klären. Doch es bestand darin die Möglichkeit, daß sie selbst aus dieser Reise nicht zurückgelangen konnte.

Beunruhigt schaute sie zu ihrem Spiegelbild hinüber, als könne sie an ihm vielleicht einen Hinweis darauf entdecken, weshalb sie hier war und was geschehen mochte. Da aber glaubte sie an sich einige Unterschiede zu entdecken. Zwar trug ihr Gegenüber die gleiche dünne, im Wind flatternde Gaze und besaß ihre Figur und eine ähnliche Haartracht, jedoch war ihre Haut deutlich dunkler als die ihre. Und bei noch genauerer Betrachtung vermeinte Dilara sogar erkennen zu können, daß die andere Frau von einem üppigeren, wohlgeformteren Bau als sie selber war.

Es war Gelophee, dessen wurde Dilara sich sicher.

Just in jenem Moment schwangen sich dunkle Schatten von der schütteren Fassade des Bauwerkes auf und krabbelten im Krebsgang auf die oberen Giebel zu, um Gelophee zu erreichen. Dilara war verführt, der scheinbar ahnungslosen Frau eine Warnung zuzurufen, wußte sie doch, daß die Schatten Nosferati waren, die es auf Gelophee abgesehen hatten, jedennoch ahnte sie, wie wenig Laut in solch einer Traumreise über ihre Lippen kam. Ihre einzige Möglichkeit war, sich in die schwindelnde Tiefe zu stürzen, sich auf die fliegenden Eigenschaften eines taumelnden Traumes zu verlassen und Gelophee zu erreichen, bevor die Nosferati ihrer habhaft werden konnten. Schon setzte Dilara zum Sprung an, eine kalte Brise riß an ihrem Hemd, und als sie über die Weite der Galerie hinaus gesprungen war und sich im freien Fall durch die Lüfte schwang, erklang das gewaltige, behäbige Geräusch schlagenden Leders wie die gigantischen Schwingen eines urweltlichen Flughundes.

Ein molochartiger Schatten huschte über das Himmelszelt und fuhr auf sie hernieder, während sie ahnte, daß es Zeit zum Erwachen war, wenn sie entkommen wollte.

Es war früh geworden und Cippico vermutete, daß es schon bald Zeit sein würde, den geheimen Gang des Hotels zu finden und sich in den *Palais de Papes* zu schleichen, was es auch immer für eine Erklärung geben mochte, daß man nicht hier darüber zu sprechen vermochte, was erörtert werden mußte. Es war ihm unlieb und auch unbequem, für die Worte dieses tückischen Bastards Antediluvian wie ein Dieb in den Palast zu schleichen.

Im *Maison de Vervins* herrschte reges Treiben um die Aufräumarbeiten. Die letzten Gäste schienen heimgefahren oder, wenn sie im Hotel untergekommen waren, auf ihren Zimmern untergekommen, und die Bediensteten richteten alles für den alltäglichen Hotelablauf her. Man trug umsichtig Möbel und strich behutsam über die gestärkten, frisch aufgelegten Decken. Man richtete Blumengestecke und fegte und putzte sorgsam und mit der regen Betriebsamkeit von Personal, das nach wohlgetaner Arbeit dem Segen und der Ruhe des Feierabends entgegensah. Dabei ging man ebenso sachte wie aufmerksam vor, um keinen größeren Lärm zu verursachen.

Man grüßte zuweilen den kleinen Verwachsenen, erkannte man in ihm doch seinesgleichen, und blieb dennoch scheu und zurückhaltend. Cippico genoß für einen Augenblick den Geruch von Wäschestärke, Kaffee und frischgebackenem Brot und fragte sich in einem solchen Moment immer, weshalb er nicht einfach ein Angestellter sein konnte, in einem kleinen, adretten Anzug und einer putzigen Kappe, und mit eben jener Sorgfalt und Tatkraft einem dankbaren Völkchen zu Diensten sein konnte. Statt dessen jagte er verschwundenen Kofferinhalten und obskuren Geheimnissen hinterher. Und als er auf dem Weg in ihr Zimmer war, denn von einer weiteren Suche mußte er zu dieser vorgerückten Stunde einstweilen absehen, da wären ihm die unendlichen Reisen zu den entlegensten Orten und der Hader seiner Herrin, der sich stets auf ihn übertrug, fast schon leid gewesen. Doch Cippico blieb und sprach kein Wort über seine eigenen Wünsche und Gedanken. Im Grunde liebte er ja das Weltenbummeln und die Eskapaden und kleinen Abenteuerlichkeiten ebenso wie seine Herrin.

Als er ihr Zimmer erreichte, klopfte er manierlich an die Türe, bekam jedoch keine Antwort, so daß er in den Raum trat und ihn verdunkelt vorfand. Nachdem sich seine Augen etwas an die Düsterkeit gewöhnt hatten, sah er Dilara auf dem Bett liegen, und sogleich beschlich ihn ein unangenehmes Gefühl. Mit einem Satz war er bei ihr, fragte nach seiner Herrin, und als sie ihm nicht antwortete, hielt er seine Hand dicht über Dilaras Stirn. Ihre stete Aura war in sich zusammengesunken und wirkte leblos und vergehend. Cippico fluchte einige italienische Lästerlichkeiten und entzündete eine Kerze, nur um Dilara näher in Augenschein nehmen zu können.

Sie lag regungslos und erstarrt auf dem Bett, war grabeskalt und dennoch wunderschön. Ihre Haut war milchig und dünn wie edles Porzellan, und die Weiche und Geschwungenheit ihres Körpers erregte Cippico ebenso wie ihr närrisches Wesen, das sie offenbar einem Traum übereignet hatte, dem sie womöglich nicht wieder zu entkommen vermochte. Zwar lag es in der

Natur von Dilara – und womöglich auch von ihresgleichen im allgemeinen – in diese kraftspendende Starre zu verfallen, ähnlich der Ruhe in der Heimaterde, doch blieben ihre Sinne immer angespannt, waren nicht gelöst und frei. Cippico hielt es für den siebten Sinn eines Raubtiers, der vor Gefahren warnen sollte und der selbst in dunkler, rauher See wie ein Korken oben schwamm. Wenn man ihren Geist aber schützte und zur vollkommenen Entspannung brachte, sackte er wie ein Stein in die Tiefe eines Ozeans aus Träumen, die viel von der Wahrheit und noch mehr von der Stärkung wußten. Jedoch mußte man den Geist wieder hervorrufen, denn sonst mochte es angehen, daß er für immer in den Tiefen verblieb.

Cippico schaute auf seine kleine Taschenuhr und erfuhr, daß er kaum mehr eine Stunde hatte, um Dilara aus ihrem versunkenen Zustand zu befreien. Das war nicht viel, und je länger sie in diesem Zustand blieb, um so schwieriger würde es werden, sie daraus zu erretten. Natürlich fürchtete Cippico auch die Gefahren, die auf Dilara in dieser Trance warten mochten. Er wußte nur zu genau, daß sich seine Herrin unvermeidlich in ihren Traumzuständen auf unbekanntes Territorium wagte, auf das zudem alle Wesen Zugriff hatten, die ihren Geist zu transferieren wußten. Die Reisen aus der grobstofflichen Ebene blieben zwar an Raum und Zeit gebunden, doch es war nie klar, *welcher* Raum und *welche* Zeit betreten wurde.

Bevor Dilara ihren Cippico als Wegbegleiter gefunden hatte, war sie diesen Trancezuständen fern geblieben, und danach hatten sie vereint gezielte Ausflüge geplant. Als sie herausgefunden hatten, daß Cippico mit seinen Fähigkeiten in der Lage war, die Ausflüge in gewisser Weise abzugrenzen, sogar zum Teil zu steuern, überließ sich Dilara des öfteren beflissentlich den Trancezuständen, denn nichts vermochte ihr mehr Kräfte zurückzugeben als eine Traumreise, sofern diese ruhig verlief. Noch zu Beginn dieser Wanderschaften waren Dilara und er davon ausgegangen, daß es reine Bewegungen auf der Mentalebene gewesen waren, vollkommen raum- und zeitlos. Doch mehr und mehr hatten sie erfahren müssen, daß sie durchaus an Raum und Zeit gebunden waren, wenn auch nie vorhersehbar war, an welche. Und Cippico hatte noch mehr herausgefunden, mehr als er Dilara verraten hatte. Zwar behagte es ihm nicht, ein solches Geheimnis vor ihr zu bewahren, jedoch spielte er die Wichtigkeit dieses Wissens vor sich selbst herunter, ahnte er doch, daß es ihm einmal von großem Nutzen sein konnte.

Cippico war imstande, Dilaras Erinnerungen zu manipulieren oder gar partiell zu löschen. Ein gefährliches Geheimnis, das er da hütete. Deshalb dachte er auch nicht gern daran. Die sonstigen Eigenheiten dieser Mentalreisen stellten nämlich eine weitaus größere Gefahr als sein kleines, unreines Geheimnis dar, welches er ohnehin nie gegen Dilara zu verwenden sich wünschte.

Er sah seine Berufung darin, ihr bei den Traumreisen beizustehen, und um so mehr ärgerte es ihn nun, daß sie sich ohne seinen Schutz auf den Weg gemacht hatte. Es war wie so oft eine Vorgehensweise, die ihm seinen Stellenwert vor Augen führen sollte, doch daran hatte sich Cippico längst gewöhnt. Es kümmerte ihn nicht, solange sie ihn als Diener an ihrer Seite duldete. Er dachte nur an die Gefahren, denen seine Herrin womöglich ausgesetzt war.

Da es eine Ebene des Geistes war, die Dilara in diesen Träumen erreichte, war die Materie darin feinstofflich und besaß darüber hinaus die Fähigkeit, mit bloßen Gedankenschwingungen eine Verbindung einzugehen. Daraus vermochten hilfreiche wie auch todbringende Gedankenformen hervorzugehen. Dilara war auf mentale Körper lebender Hexen und Magier gestoßen, auf Gruppenseelen von Pflanzen und Tieren, den Naturgeistern, aber auch auf Mentalwesen wie Dämonen und Devas oder aber die schlichte, elementare Materie fremder Gedankenschwingungen mit einem mehr oder weniger hohen Grad an Intelligenz und Verselbständigung sowie einer unvorhersehbaren Gesinnung. Alles in allem kein Ort, an dem sich Cippico gerne wiedergefunden hätte, geschweige denn einer, an dem er Dilara gerne wußte. Außerdem vermochte Antediluvian diese Reisen selbstständig anzugehen und besser zu kontrollieren. Cippico war überzeugt, daß jener verschlagene Bastard sogar über die Willkür dieser Traumzustände bestimmte. Und wenn Antediluvian dazu imstande war, erschien es nur schlüssig, daß auch das unheimliche und uneinschätzbare Lichtwesen Methalumina den Umgang mit diesen Trancereisen beherrschte. Schon bei dem Gedanken an diese rätselhafte Gestalt voller letaler Güte und kaltem Erbarmen lief es Cippico eisig den Nacken hinunter. Er hatte diese grelle Gestalt aus Lichtschleiern erst einige Male leibhaftig erlebt, weil sie nur unter ganz bestimmten Bedingungen aufzutauchen imstande war, doch er entsann sich an dieses ungeheuerliche Wesen mit großem Entsetzen. Dilara hatte über Methalumina einmal gesagt, sie existiere nur, um den Nosferati und deren Abkömmlingen nachzustellen und sie endgültig zu vernichten. Sie sei stets grimmig, habe kein Wort über, verleihe keine Aufträge oder Ehren, und es gebe zweifelsohne niemand, der sie anbete. Sie regiere über nichts, es gäbe keinen Kult und keinen Tempel, und jene, die ihren Namen kannten, wagten ihn kaum auszusprechen. Und wenn sie je auftauche, um Dilara zu schaden, so solle Cippico die Flucht ergreifen, um nicht selbst zu Schaden zu kommen, denn man könne Methalumina nichts entreißen und nichts gegen sie ausrichten. Selbst Antediluvian fürchte diesen unbekannten Geist, hatte Dilara erklärt, auch wenn er es nie offen eingestehen würde. Und alldieweil die Kräfte Antediluvians aus Cippicos Sicht schon unermeßlich schienen, fürchtete er Methalumina nach Dilaras Aussagen um so mehr. Er suchte die Gedanken an den Geist aus Licht zu vertreiben.

Mit seinen zuckenden, krummen Fingern kramte der kleine Mann aus Padua in seinem Gepäck und holte Räucherwerk und eine Salbe heraus. Es war eine ölige, schwarzbraune Substanz, die außer Fett und Ruß noch Nieswurz, Schierling und Bilsenkraut enthielt. Auf einer gläsernen Schale entzündete er das Räucherwerk, welches Schierling, Aloeholz, Safran, Opium und Alraunwurzel umfaßte und derbe roch, nachdem die Flammen entzündet, wieder verlöscht und einige schwelende Glutaugen entfacht waren. Derweil begann Cippico das Unterkleid von seiner Herrin zu streifen. Diese Angelegenheit war nicht einfach, da ihr Körper starr und bleischwer war, doch es gelang ihm schnaufend und bebend. Eifrige Erregung bemannte sich seiner, und als er sich die Anmut seiner Herrin unter Keuchen und Luftholen besah, schwindelte ihm, doch besann er sich flugs auf seine Aufgabe. Sorgsam und unter Zuhilfenahme des rußigen Fettes zeichnete er auf ihrem Bauch ein Quadrat und teilte es in sechs Reihen und sechs Spalten. In die obere Zeile schrieb er in jede der einzelnen Spalten die Buchstaben L, A, C, H, A und T. In die erste Spalte schrieb er in jede einzelne Zeile, abgesehen von der ersten, die bereits durch das L besetzt war, untereinander die Buchstaben A, C, H A und T. Vom T der linken unteren Ecke ausgehend schrieb er in der letzten Zeile in jede der 5 verbliebenen Spalten von links nach rechts noch das A, das H, das C, das A und das L. Von dort schrieb er aufwärts in jede noch ungefüllte Zeile der letzten Spalte die Buchstaben A, C, H, A. Damit war das magische Quadrat geschlossen, denn die vier mal vier Felder im Quadrat blieben ungefüllt. Dann begann Cippico einige magische Formeln schnell zu rezitieren, bat darum, daß das Flüchtige fest werde und daß den Nichtswürdigen Beschränkung auferlegt werde, daß Weisheit und Tugend im Hause bleibe und daß keine Bilder mehr den Toten übergeben werden. Danach beschimpfte er die Jenseitigen, die er nicht kannte und auch nicht sah, und gebot ihnen, sich mit Scham aus ihrem Körper zu kehren, sie nicht weiter zu bedrängen und von ihr fernzubleiben. Dann rief er: „Áš-ázigal bal! Áš bal!"

Dies wiederholte er viele Male, bis es annähernd einem Singsang glich und ihn all seine Hoffnungen verließen. Dilara war überfällig. Sie mußte weit entfernt und in großer Gefahr sein. Und zum ersten Mal bekam Cippico eine Angst, die ihn tief und erschütternd traf, denn während er noch den sumerischen Fluch ausspie, da rannten auch schon Tränen über seine Augen, und sein Herz blutete und schmerzte schwer in seiner Brust.

Und wie aus Engels Mund betete er, als all der Bann und all die Flüche nichts zu helfen vermochten, das Vater Unser: „Vater unser, IOD HE VAU HE, der du bist im Himmel..."

Da plötzlich fuhr Dilara hoch und krallte sich an Cippicos Hals fest und drückte zu, bevor er das Gebet beenden konnte. Ein trockenes Gurren und Gurgeln drang aus seiner Kehle, und seine Augen traten weit hervor, als ihm das Atmen verwehrt war und Dilara ihn mit ihren ungeheuerlichen Kräften in der Luft zappeln ließ.

„Nie wieder ein Gebet!" fauchte sie wütend, bevor sie von ihm abließ.

Cippico fiel zu Boden, stieß sich verängstigt und erschrocken vom Bett weg, bis sein Rücken hinter sich die Zimmerwand spürte. Er hielt seine schmerzende Kehle umfaßt und schaute Dilara wutentbrannt an.

„*Maledizione! Sono stato preoccupato.*[15]“

Mühsam setzte sich Dilara auf und schien ihren Diener überhaupt nicht länger zur Kenntnis zu nehmen.

„Es dauerte länger als sonst. Und du bist ohne meine Hilfe gegangen.“

„Ich weiß es.“

„Weshalb, Dilara? Weshalb?“

„Weil ich dich nicht brauche“, sagte sie.

Cippico keuchte noch immer ob des plötzlichen Ansturmes, und nach dieser offensichtlichen Lüge mußte er sogar an einer Übelkeit würgen, die ihm wehtat.

„Alle Wetter! Das habe ich gesehen“, meinte er verdrossen. „Wo bist du gewesen, zur Hölle?“

„Ich weiß es nicht. Es war wie eine riesige Tempelanlage. Ich habe so etwas noch nie zuvor gesehen. Es war Winter“, berichtete sie und klang mit einem Male leise und zaghaft.

„Bist du allein gewesen?“

Dilara blickte ihn an und ihre Augen verhießen nichts Gutes. Sie war im höchsten Maße erzürnt. Doch sie sagte nichts. Und weil dem so war, stand Cippico auf und begann Kleidung aufzulesen und sie in den Taschen zu verstauen. Er war auch imstande zu schweigen und erinnerte sich wohl daran. Aus den Augenwinkeln sah er, wie sie sich um sich selbst kümmerte, versuchte, ihre Beweglichkeit zurückzugewinnen, was sonst er mit Massagen verrichtete, und aufzustehen, um sich den Leib zu reinigen.

15 *ital.:* Verflucht! Ich bin besorgt gewesen.

Schließlich sagte sie, während sie sich mit einer Tinktur behutsam den Bauch säuberte: „Was sagt dir das Symbol einer Rosenblüte mit einem Kreuz darin?"

Cippico hielt inne und wandte sich nach einem weiteren Augenblick Dilara zu.

„Hast du es dort gesehen?"

„Du kennst es? Was bedeutet es? Sag!"

„Rosenkreuzer."

Dilara nickte, als sie erkannte, was die ganze Zeit vor ihr und doch nicht gleich nachvollziehbar gewesen war. „Haben die nicht ein Kreuz, dessen Enden wie Rosenblätter stilisiert sind?"

Cippico nickte. „Auch. Jeder Orden hat seine eigene Form. Ich bin auch längst nicht sicher, doch ich verbinde es am ehesten mit den Rosenkreuzern."

„Was weißt du über sie?"

„Der erste Rosenkreuzer-Orden soll auf Christian Rosencreutz zurückgehen. Er lebte irgendwann im 14. Jahrhundert und wurde im Heiligen Land, in Arabien und Ägypten in die Geheimnisse der Natur eingeweiht – wohl durch ein Buch namens *Liber mundi*. Zurück in der Heimat, hat er dann eine Art Naturphilosophie zu seiner Lehre gemacht und damit einige Gläubige um sich gescharrt. Ich habe mal eine Abschrift seines Werkes *Axiomata* gelesen, in dem jene seiner philosophischen Grundsätze standen, die ohne einen klaren Beweis einleuchteten und schlüssig waren." Cippico endete mit einem Achselzucken und verzog den Mund, als wisse er bis heute nicht, was davon zu halten gewesen wäre.

„Ich habe einmal gehört, daß es diesen Christian Rosencreutz gar nicht gegeben haben soll", warf Dilara zweifelsüchtig ein.

Cippico nickte, schien dabei jedoch noch zu überlegen. „Das kann wohl niemand mit Bestimmtheit sagen. Die Meinungen gehen sehr auseinander, je nachdem, wen man fragt. Vor ein, zwei Jahrhunderten machten die Gold- und Rosenkreuzer von sich reden, die sich mehr mit Freimaurern und Alchemisten verbanden und politisch sehr einflußreich gewesen sein sollen. Und mit ihnen traten auch zwei grundlegende Manifeste der Rosenkreuzer in Erscheinung. Sie hießen *Fama* und *Confessio*. Ich aber habe einmal gehört, daß Christian Rosencreutz in keinem der beiden Bücher namentlich genannt wird. Mir scheint es fast, daß sich viele esoterische Gruppen bei dem rosenkreuzerischen Gedankengut bedienten, sich womöglich sogar den Namen gaben, obgleich sie nicht an die Person des Christian Rosencreutz glaubten. Selbst derzeit, herrje, da mag es unzählige Gruppen geben."

„Aber von irgendwoher muß der Name doch gekommen sein", gab Dilara zu bedenken.

„In der *Confessio* stand er nicht. Überhaupt war der Text meines Wissens eher politischer Natur. In der *Fama* wird der Lebensweg eines gottesfürchtigen Deutschen nachgezeichnet, der als Sproß verarmten Adels ins Kloster ging und dem dort Unterricht in der lateinischen und griechischen Sprache zuteil wurde. Danach ging er ins Heilige Land und traf dort Weise und Gelehrte, tauschte über Jahre hinweg Erkenntnisse und Erfahrungen aus, bevor er über Spanien in seine Heimat zurückkehrte, wo er einige weitere Jahre völlig weltabgeschieden an bizarren Instrumentarien arbeitete. Auf deren Zweck geht die *Fama* aber nicht näher ein. Schließlich scharte er ausgesuchte Männer aus dem Kloster um sich, und es entwickelte sich so der erste Orden der Rosenkreuzer. Das klingt fürwahr wie das Leben des Christian Rosencreutz, jedoch wird der eigentliche Name des Deutschen in dem ganzen Manifest beflissentlich vermieden. Lediglich die Initialen C. R. oder C.R.C. sind zu finden."

„Wer war denn der Autor der beiden Manifeste?"

„Ich weiß es nicht genau, denke aber, daß sich darüber ohnehin die Geister scheiden werden. Sie sind auf jeden Fall anonym verlegt worden. Interessant fand ich nur seinerzeit, da ich einen Einblick in die beiden doch recht kurzen Texte bekam, daß man in der *Fama* behauptete, die Bruderschaft der Rosenkreuzer sei reich genug, von ihr ausgesuchte Könige mit Gold beschenken zu können. Man wisse um das Geheimnis der Transmutation der Metalle und kenne wirksame Mittel gegen allerlei Schmerz und Krankheit, einschließlich des Aussatzes. Zudem sei man in Besitz mächtiger Gerätschaften, doch was diese vermochten, wurde nicht erwähnt."

„Hanebüchen."

„Alchemie", suchte Cippico zu berichtigen. „Ich hörte aber noch von einem weiteren Werk, welches von einem Pastor verfaßt worden sein soll. Es heißt *Chymische Hochzeit*, glaube ich. Ich selbst habe es aber nie zu Gesicht bekommen. Man sagt jedoch, es unterscheide sich sehr zu den beiden anderen Manifesten und sei auch früheren Ursprungs. Zudem widerspreche es der *Fama* und *Confessio* in grundlegenden Dingen. Dennoch gilt es als die letzte der offiziellen Rosenkreuzer-Schriften, denn danach hüllte sich die Bruderschaft in Schweigen."

„Kann es sein, daß Mathers und Westcott auch etwas mit den Rosenkreuzern zu tun haben?" fragte Dilara und setzte sich wieder auf das Bett.

„William Wynn Westcott? Der uns bekannte Leichenbeschauer und Arzt aus London? Ja, genau. Von MacGregor Mathers, dem Magier, weiß ich es nicht zu sagen. Aber Westcott ist seit ein paar Jahren Rosenkreuzer, da bin ich sicher. Er hat schon einige Male für uns gearbeitet und davon erzählt. Er trat erst vor ein paar Jahren der *Societas Rosicruci-*

ana in Anglia – kurz S.R.I.A. – bei", meinte Cippico und nickte, da er sah, daß sich seine Herrin an das Gespräch, welches schon einige Monate zurücklag, erinnerte. Der kleine Mann schien nun nichts mehr hinzufügen zu wollen, war allerdings nach einigen Augenblicken auch nicht recht zufrieden mit seinem Schweigen, da er die Verbindung zwischen Dilaras Traum, dem Symbol der Rosenkreuzer und den Bekannten Westcott und Mathers nicht nachzuvollziehen imstande war. „Siehst du einen Zusammenhang zu den beiden?"

„Ich entsinne mich, daß Westcott uns von einem geheimnisvollen Kontakt zu einer Frau aus Deutschland erzählte", erklärte Dilara.

„Ich verstehe nicht."

„Er schien ganz fasziniert von ihr und erwähnte sie immer wieder, weil sie so geistreich und schön gewesen sein soll. Sie sei *atemberaubend* und, wie hat er gesagt? *Ausnehmend eingeweiht.*"

„Anna Sprengel", warf Cippico ein, der sich nun ebenfalls an ein solches Gespräch zu entsinnen glaubte. Er schaute Dilara eindringlich an, spürte er doch, daß sie ihm damit etwas sagen wollte, wiewohl er erkennen konnte, daß sie sich selbst darüber noch nicht schlüssig war.

Dilara schaute nachdenklich drein und sprach den Namen der Frau nach, als könne sie sich dann womöglich an etwas erinnern oder als wecke es ungeahnte Erkenntnisse, flüsterte ihn einmal und ein zweites Mal und auch ein weiteres Mal, daß es wie eine Beschwörungsformel klang. Dabei sah sie unzufrieden aus, als führe keine ihrer Überlegungen zu einem vernünftigen Schluß.

„Es gibt aber noch einige Orden hier in Frankreich und...", schickte sich Cippico schließlich an, mit seinen Erklärungen fortzufahren.

„Nein. Es ist gut, Cippico." Sie hob die Hand und wies ihn streng ab.

Der kleine Mann aus Padua schnaufte entrüstet und begann deshalb beiläufig die Utensilien seiner Erweckungszeremonie in der Tasche zu verstauen, schien aber unzufrieden mit sich und dem Ausgang des Gespräches und versuchte es erneut. „Was hat es denn mit dem Symbol auf sich?" fragte er.

„Die Frau im roten Kleid, Gelophee Roche, hat eine Tätowierung, die das Symbol der Rosenkreuzer darstellt."

Cippico hatte es irgendwie vorhergesehen, daß es etwas mit der unbekannten Schönen zu tun haben sollte. Dilara war nicht ohne Grund so neugierig gewesen, schien sie doch mehr hinter der Frau zu vermuten, als nur jemanden, der sie zu warnen gedachte, weil er seine eigenen Schwierigkeiten mit Antediluvian und dessen Schergen gehabt haben mochte.

„Das kann nicht sein. Du irrst. Es war bestimmt nur irgendeine augenfällige Tätowierung, die sie als Mitglied eines aristokratischen Clubs von Schöngeistern und Lobhudlern ausweist. Sie wollte doch nur hervorstechen, und das scheint ihr ja wohl auch mühelos gelungen", widersprach Cippico aufständisch.

„Allenfalls dadurch, daß ihr die Makellosigkeit wie ein Lichtkranz um das Antlitz lag", meinte Dilara spitz und grinste dabei derart verschlagen, daß ihrem Diener vor Überraschung fast ein Räucherflakon zu Boden gefallen wäre, wenn er ihn nicht im letzten Moment an sich gedrückt hätte.

Er schnaubte verächtlich: „Das war der Lichtschein einer Straßenlaterne, den du gesehen."

„Ja, kläff du nur. Bellende Hunde beißen bekanntlich weniger", zischte sie zurück.

„Na ja, zu beißen gibt es hier ja auch sonst nicht viel", knurrte Cippico und spürte seinen Magen es ihm gleichtun.

„Sie hat mich warnen wollen und trägt das Symbol der Rosenkreuzer, da gibt es gewiß eine Verbindung, auch wenn wir sie noch nicht sehen mögen.“

„Ja sicher. Eine Rosenkreuzerin tritt an dich heran, um dich zu warnen. Was soll das für einen Zweck haben, außer um ihrer eigenen Interessen halber?“ fragte Cippico, dem es selbst eigentümlich erschien, der es jedoch aus Trotz nicht einzugestehen gedachte.

„Ich weiß es nicht“, antwortete Dilara und bettete ihren Kopf auf das Kissen zurück, „in meinem Traum kam sie ebenfalls vor. Sie stand auf dem Dach eines bizarren Tempels, so wie ich auf einem stand, und dann kamen die Nosferati und jagten sie.“

„Was sagst du?“ Cippico war plötzlich erschrocken.

„Und Antediluvian machte Jagd auf sie.“

„Da sagst du etwas“, fuhr Cippico auf und warf eiligst einen Blick auf seine Taschenuhr, „wir müssen los, es ist zwanzig Minuten vor drei, und Antediluvian wartet nicht gern. Möglicherweise erfahren wir von ihm mehr. Es wäre an der Zeit.“

5. KAPITEL

Von Lügen, die das Gedächtnis schärfen

„(...) A te disfrenasi
Il verso ardito,
Te invoco, o Satana,
Re del convito. (...)[16]“

Giosuè Carducci (1835-1907)

Auf leisen Sohlen und mit verstohlenem Peilen schlichen sich zwei Schatten durch das Hotel, in das endlich Ruhe eingekehrt war, obgleich man verhalten vernehmen konnte, wie es in ihm atmete und sich schläfrig räkelte. Man huschte die Flure entlang und kroch längs an Wänden, lauschte, verhielt sich ruhig und unauffällig, nur um nicht entdeckt zu werden. Mit gezieltem Schritt näherte man sich der Treppe, die auch in den Keller führte.

Dort mußte eine Tür überwunden werden, die sorgfältig verschlossen war, und nachdem sich der kleine, verschrobene Schatten daran zu schaffen gemacht hatte, stellte sie nicht länger ein Hindernis dar. Dahinter herrschte die trübe Frische eines Kellers, mit dem würzigen Ruch nach Kork, Staub und Gestein. Nun entzündete man eine Öllampe, die auf einem Zimmer im Hotel eine Nachttischleuchte darstellte, hielt sie auf schüchterner Flamme und schlich umsichtig weiter. Zwar hatte man zu dieser Stunde sicherlich niemanden mehr hier zu erwarten, jedoch wollte man sich dennoch nicht unnötig dem

16 „(...) Zu dir entlädt sich der kühne Vers, dich rufe ich an, o Satan, König des Mahles. (...)“

Risiko einer Entdeckung aussetzen. Auf der Höhe des Weinkellers erklang dann mit einem Mal ein dumpfes Rumoren.

Der größere Schatten verhielt sich abrupt still und lauschte, ob sich ein weiteres Geräusch einstelle und zu vernehmen wäre, aus welcher Richtung das erste erklungen sei.

„Was ist?“ zischte der kleine Schatten.

„Hast du denn nichts gehört?“ fragte der größere der beiden gedämpft.

„Ja was?“

„Ein Geräusch?“

„Nein, nicht ich.“

„Wie ein Brummen.“

„Ei, das.“

„Also hast du es doch gehört. Was war es?“

Der kleine Schatten zuckte unwillig. Und gerade wollte sich der größere der beiden wieder dem Gang zuwenden, da erklang das Brummen erneut.

„Ich habe seit heute morgen nichts gegessen“, murrte der Kleine.

„Du wirst uns noch offen ausliefern, wenn du weiter solche Fehler machst.“

Der kleine Schatten erwiderte nichts, so wie er es für gewöhnlich hielt, denn er kannte solche, vor Unangemessenheit strotzende Vorwürfe zu Genüge und wunderte oder ärgerte sich längst nicht weiter über dergleichen. Er trat von Fuß zu Fuß.

„Hier vorn muß das Gitter sein, hinter dem es weiter in die Tiefe geht“, erklärte der Kleine und drängelte sich vor seinen Begleiter, so daß er vor dem eisernen Durchlaß stand und festzustellen vermochte, daß er verschlossen war. Auch dieses Schloß hielt sie nicht lange auf, und danach folgte eine steile, kurze Treppe in einem runden und viel zu knapp bemessenen

Schacht. Als man auch diese hinter sich gebracht hatte, erreichte man einen schroffen, mageren Stollen, der sich ausgemergelt durch das Erdreich streckte und weder vorgab, ein Ziel erreichen zu können, noch, ein Ende zu haben. In ihm mußte man zwangsläufig den Eindruck erlangen, man bewege sich der schlichten Ungewißheit entgegen, und schon nach wenigen Schritten befand man sich in der endlosen Unbestimmtheit zwischen unvergänglichem Gewahrsam und ewiger Ruhe. Die Luft in ihm war kühl und roch nach Kalk.

„Seiner Höhe nach zu urteilen, hat man diesen Weg offenbar nur für die geringsten aller Lakaien geschaffen“, raunte der größere der beiden Schatten, der sich nur gebeugt vorwärts bewegen konnte, und er genoß es dabei, weder Widerspruch noch Unmut einzubringen.

Man brachte eine Spanne des gedrungenen Weges hinter sich, die sie Zeit und Zweck leichthin vergessen machte, da sich schnell ein Gefühl einstellte, das sich nur noch auf die Erlösung aus dem erdigen Gängelband ausrichtete. Und sowohl ein Aufatmen als auch eine befreiende Eile wollten sich einstellen, als man das Ende erreichte, an dem eine klägliche Wendeltreppe aus morschem Holz auf die beiden Schatten wartete. Die Trittbretter dieser Schneckenstiege hingen an Seilen und klapperdürren Latten und riefen mit ihrer selbst in seichter Umluft schwingenden Nachgiebigkeit nicht gerade großes Vertrauen hervor. Trotzdem bestiegen die Schatten beherzt das knirschende und wankende Ungetüm und hangelten sich an dessen Handlauf in die Höhe, in der man sich die Befreiung erhoffte. Und nachdem man vier Windungen hinter sich gebracht hatte, gelangte man an eine Wand, die sich durch leichten Druck öffnete und nach außen schwang.

Cippico und Dilara traten aus dem wesenlosen Hohlraum in ihre Wesenhaftigkeit zurück und fanden sich in dem dunklen

Zimmer des Camerarius wieder. Es war ein Gemach, welches mit großen Kacheln am dunklen Boden, schweren Stoffschleppen an den düsteren Wänden und klobigem Mobiliar in finsteren Nischen aufwartete. Der dichte Staub in der Luft pries eine Unberührtheit, die zu verletzen den beiden Eindringlingen anfänglich die Überwindung einer leisen Ehrfurcht abverlangte.

Alsdann standen sie darin, und kaum war ihnen eine Erleichterung anzumerken, da spürten sie auch schon eine Gefahr, deren Quelle nicht offenbar war, bis daß die Beiden zu erkennen imstande waren, wie Schatten über Schatten huschten und sich kühleres Dunkel über wärmeres eilte.

Die Schemen kamen von oben, von den Seiten und von unten. Sie tropften vom Deckengewölbe, umfingen aus den Gewänden heraus und stachen aus der Düsternis des Fußbodens hervor und griffen mit plötzlicher Beharrlichkeit nach Cippico und Dilara. Sogleich schwante ihnen, daß eine Gruppe von Nosferati sie in Empfang zu nehmen trachtete. Pelzige und mit Dornen bewehrte Glieder streckten sich aus den Schatten der Zimmerecken und Möbelvorsprünge, blieben dabei jedoch stets selbst nur eine trübe Silhouette und durch ihre Bewegungen nahezu unwirklich. Zwar täuschte das Geräusch der Luft, die von scharfen Graten und Kanten zerschnitten wurde, das Vorhandensein leibhaftiger Verschattungen vor, aber sie durchglitten wie geisterhafte Nebelschleier ursprüngliche Stofflichkeiten und vermochten somit an nichts zu rühren.

Als Dilara das bemerkte und indem sie realisierte, daß man sie offensichtlich von hier zu verscheuchen gedachte, griff sie Cippico am Kragen und versuchte ihn zu jenem eckigen Flecken zu ziehen, in dem sie den Ausgang wähnte. Es gelangen ihr vier Schritte, als sie Cippico, der wohl nicht recht

Schritt halten konnte oder wollte, aus ihrem Griff verlor. Die rettungsverheißende Tür war allenfalls noch einen Katzensprung entfernt, und Dilara war geneigt, den letzten Satz hinter sich zu bringen und Cippico seinem eigenen Tatwillen zu überantworten, nur schaffte sie es nicht, ihre Zweifel an einer solchen Entscheidung zu überwinden. Sie bewältigte sich, wand sich herum, damit sie ihren Diener aufraffen und mit sich nehmen konnte, fand ihn jedoch nicht.

Weit, leer und geräumig genug für Mutmaßungen, so erschien der Raum des Camerarius plötzlich. Fast so, als hätten in den dichten, räumlichen Netzen klebriger Finsternis niemals lebendige Schatten gehaust und als wären von dort zu keiner Zeit Übergriffe geführt worden. Ein fassungsloses Ächzen drang aus Dilara, die nach Cippico tastete und nur in die Leere griff, als wäre ihr Diener von jeher eine bequeme Utopie gewesen. Er blieb verschwunden.

Sie rief seinen Namen eindringlich. Doch ihr Rufen blieb unbeantwortet. Und so zog Zweifel in Dilara, was nun zu tun sei, ob es Sinn ergebe, den Raum bei Licht genauer zu untersuchen, oder ob sie besser fortfahre und sich zu Antediluvian schleichen solle, um jenen zur Rede zu stellen. Womöglich hatte er die Entführung ihres Dieners angeordnet, denn es herrschte offene Feindseligkeit zwischen Cippico und dem mächtigen Antediluvian, bei der sich letzterer bislang erhaben und gleichgültig gezeigt. Aber Cippico hatte sich mit Kyuzaemon überworfen, und darin lag genug Begründung für einen solchen Übergriff.

Gewissermaßen, so stellte Dilara fest, hatte sie keine Wahl, und wie sehr es sie auch beunruhigte und aufbrachte, es mochte niemandem nutzen, itzt die Fassung zu verlieren.

Also verließ sie den Raum und schlich weiter, wie es Kyuzaemon ihr beschrieben, auch wenn jener nicht näher erläutert hatte, wo genau sich der Eingang zur geheimen Unteren Schatzkammer befand. Hinter dem Gemach des Camerarius schloß sich ein Umgang in Form einer pfeilergetragenen Bogengalerie an, der in kühler Finsternis lag und wie der übrige Teil dieses Gebäudes nicht den Eindruck erweckte, von irgend jemandem genutzt oder überwacht zu werden. Und nur wenige Schritte zur Linken fand Dilara einen prächtigen Gobelin in einer Nische, der einen jungen, kräftigen Mann zeigte, mit gelocktem Haar und großem Leiden im Gesicht. Man hatte ihn an eine Säule gebunden, und zwei Mönche in braunen Roben und mit geschorenem Haupt hatten offenbar einen Aderlaß angestrengt und ließen das Blut in einen goldenen Kelch fließen. Einen solchen hielt einer der beiden Klosterbrüder auch dicht vor sein Gesicht, als rieche er daran oder wäre geneigt, daraus zu trinken. Es war zu vermuten, daß der Gobelin kräftige Farben zeigte, doch das spärliche, frühmorgendliche Licht, welches durch die großen Fenster am Ende der Galerie hereindrang, hatte kaum genug Kraft, um den Weg hierher zu schaffen, und legte daher alles in ein trübes Licht, das gräuliche Färbungen erzeugte.

Dilara verharrte dort, da sie abwog, wohin sie sich nun wenden sollte, und während sie noch sann, spürte sie einen Windzug wie einen kühlen Atem über ihr Gesicht streichen. Sie trug eine dunkle Hose mit langer Knopfnaht, ein graues Hemd mit Stehkragen, eine enge, bündige Weste und darüber eine ebenso kurze, knappe Jacke mit den gleichen Knopfreihen, doch sie vermochte den Windzug deutlich zu vermerken. Und als sie sich umwand, nahm sie ebenfalls wahr, daß sich der Gobelin seicht von der Wand hob und wieder herniedersenkte. Es überraschte Dilara beileibe nicht, denn der kostbare Wandbehang war ihr von Anfang an irgendwie verdächtig erschienen. Jetzt zog sie ihn beiseite und entdeckte einen schmalen

Durchgang wie ein dunkles Loch in der Wand gähnen. Offenbar war dieser für gewöhnlich mit einer Tür verschlossen, doch diese stand nun offen, und im Eingang stand ein Lakai Antediluvians in schwarzgrauem Gehrock, mit einem frechen, knöchernen Grinsen, einem bleichen Schädel von ausgemachter Häßlichkeit und dem stechenden Blick eines Raubtieres. Er machte eine einladende Handbewegung und verneigte sich dabei abgefeimt, verlor jedoch kein Wort.

Aus dem dunklen Loch drängte ein Geruch von Staub und Feuchtigkeit in die Höhe und war einem sogleich leid, roch er doch nach Vergessenheit und vermodernden Geheimnissen. Trotzdem schritt Dilara die steile Treppe beherzt hinab. Licht benötigte sie nicht, vermochte sie doch in der Dunkelheit ebensogut zu sehen wie in der Helle des Tages. Auf diese Weise gelangte sie schließlich in eine dunkle, überwölbte Kammer. In ihr befand sich nichts mehr außer Erde, als habe man soeben ein frisches Grab ausgehoben, ein süßer, Verderben verkündender Ruch – und ihr Fürst wider Willen, Antediluvian. Er trug eine weite, rotbraune Seidenhose und einen langen, geschwungenen Mantel darüber, der mit blau schimmernden Metallplatten bewehrt war. Sein schwarzhäutiges Gesicht zeigte die runden Formen eines japanischen Götzen, mit schmalen Augen, scharf wie Sicheln und von ebensolcher Form, einer breiten, flachen Nase, wulstigen Wangen und Lippen über einem massigen Kiefer. Die feisten, langen Haarstränge waren zu Schlingen geschlagen und mit einer Schärpe und den Troddeln am Hinterkopf befestigt.

Antediluvian schaute Dilara mit kühler Erwartung entgegen und war dabei von einem Gleichmut, der ihn erschreckend und majestätisch erscheinen ließ. Und als sie sich mit bedachtsamen Blicken umschaute, fand sie nur eine der drei Voraussetzungen erfüllt, die Antediluvians Erzfeindin Methalumina den Zugang in diesen geheimen Raum ermöglicht hätten. Natürlich war die mysteriöse, geisterhafte Lichterscheinung der Methalumina der Widerpart aller Nosferati und aller Kinder der Nacht, und somit hatte auch Dilara sie zu fürchten, jedoch tat sie es nicht. Jener Lichtgeist, der aus unerfindlichen Gründen, jedenfalls nicht aus Gutherzigkeit oder aus einer heiligen Gesinnung heraus, Jagd auf die Kinder der Nacht machte, ließ Dilara nicht erzittern. Eigentlich gab sich ihr beim bloßen Gedanken an das Lichtwesen eine zürnende Neugier zu eigen. Anders aber mußte es Antediluvian ergehen, der stets sorgsam darauf achtete, daß sich womöglich eine oder zwei, ganz gewißlich aber nicht alle drei der Voraussetzungen vollbracht fanden. Dilara glaubte darin sogar einen schwachen Punkt am ansonsten fehlerfrei erscheinenden Fürsten der Nosferati zu erkennen, jedoch vermied sie es, ihn leichtfertig preiszugeben.

Dilara nickte jetzt, jedoch nur kurz und knapp, wußte sie doch, daß es ihn ärgerte, war er es doch von den buhlerischen Nosferati gewohnt, daß sie vor ihm zu Kreuze krochen.

„Hast du Cippico in Gewahrsam genommen?“ begann sie und war dabei nicht ohne Zorn.

„Nein. Was sollte ich wohl mit diesem kleinen, verschrobenen Knecht?“

„Wir wurden von Nosferati angegriffen, und sie haben ihn verschleppt.“

„Hier? Keinesfalls. Ich bin nur mit Yamano hier, und er wartete oben auf dich, daß du den Weg nicht verfehlst.“

„Ich kann dir nicht glauben. Ich sah sie, und wer sonst, wenn nicht die Deinigen, sollte sich Cippicos bemächtigen?“

„Es ist mir gleichgültig, was du denkst. Deine Belange kümmern mich nicht und auch nicht die deiner Bediensteten“, sagte Antediluvian unberührt.

Dilara verkniff zornig den Mund und schnaufte verächtlich, denn die Wut überstieg bereits ihre Besonnenheit. Immerhin zog sie in Erwägung, daß Kyuzaemon eigenmächtig gehandelt hatte, und hoffte zudem, daß sich der Verbleib ihres Gefährten klären mochte und er wohlauf war.

„Kyuzaemon sprach von einem Geschenk, welches du durch ihn zu überreichen gedachtest", merkte Antediluvian sachlich an, und seine Stimme klang bekannt klar und dunkel.

„Er neigt zu Übertreibungen. Es war eine geringe Aufmerksamkeit, kaum mehr und von keiner Bedeutung", entgegnete Dilara.

„Du machst mich neugierig", sagte Antediluvian und blieb bar jedweder Rührung.

„Hat er es dir nicht gegeben?"

„Nein. Er meinte, es sei zu groß gewesen, um es zu bringen."

„So? Das sagte er also. Aber mitgenommen hat er es wohl, denn es ist nicht mehr in unserem Besitz verblieben, nachdem er uns verlassen hatte. Wir haben noch danach gesucht, um sicher zu sein, daß es nicht durch unsere Schuld verlorengegangen ist, doch es war offenkundig verschwunden", erklärte Dilara und war im Grunde froh, daß es sicher nie zu Antediluvian gelangen mochte, auch wenn sie sich trotzdem um den Verbleib des Leichnams sorgte.

„Was ist es gewesen?" fragte Antediluvian lauernd.

„Ein Souvenir aus *Teotihuacán*, ein Stück Obsidian, wie gesagt, nichts von Bedeutung", meinte Dilara und verstieg sich nicht weiter in dieser hanebüchenen Lüge, sondern entsann sich an den phantastischen Blick, den sie von der Mondpyramide, die am nördlichen Ende der langen, geradlinigen *Calle de los Muertos* – der Straße der Toten – stand, gehabt hatte. Von dort war ihr der Blick auf die gigantische Sonnenpyramide möglich gewesen, die östlich lag und auf den gesamten weitläufigen und geometrischen Komplex dieser Ruinenanlage in Mexiko.

„Bedauerlich zwar, aber im Augenblick nicht zu ändern. Was hast du zu berichten? Was ist dir in *Teotihuacán* aufgefallen?"

„Du hattest möglicherweise recht mit deinen Vermutungen, die Straße der Toten zwischen den ganzen Stufenpyramiden, die meiner Meinung nach auch keine Gräber sind, und der Mondpyramide an einem Ende und der Zitadelle am anderen Ende könnte tatsächlich ein Wasserlauf oder ein riesiges Becken gewesen sein. Die Straße wird immer wieder von hohen Trennwänden unterbrochen, an deren Füßen ein Art Abflußrinne erkennbar ist. Zudem gibt es ein Gefälle von Nord nach Süd, also von der Mondpyramide zur Zitadelle. Ich habe ferner einige Kanäle und Wasserarme entdecken können, die innerhalb der Stadt ein Netz bildeten. Und zwischen den Stufenpyramiden und Randanlagen an der Straße befinden sich Mauern wie Dämme", berichtete Dilara.

„Ach, Wasser", prustete Antediluvian leise.

„Was meinst du?"

„Und wie ist es in Ägypten gewesen? Was gab dir der Sphinx mit auf den Weg?"

„Warte, Antediluvian, warte, wir sind auf unserer Reise in eine Gegend gekommen, die *Tres Zapotes* hieß. Dort stießen wir auf Zeugnisse der olmekischen Kultur, einer Frühkultur vor jener der Azteken. Man zeigte uns Skulpturen, die viele tausend Jahre alt seien, und sie hatten seltsame Gesichtszüge, die keine Ähnlichkeit mit den dort ansässigen Einheimischen aufwiesen. Die Nasen dieses verewigten Volkes waren flach und breit und wiesen tiefe Furchen zu ihren Seiten auf, während ihre Gesichter über wulstige, nach unten gezogene Lippen vorragten."

Ein süffisantes Lächeln stieg in ein solches Gesicht.

„Die Augen, Antediluvian, waren kalt und wachsam und besaßen mandelförmiges Aussehen.“

Mandelförmige Augen blickten Dilara unberührt und stechend an. Und Dilara war, als blicke sie in die Augen jener archaischen Skulpturen Mittelamerikas, auf die Cippico sie aufmerksam gemacht hatte und die ohne Zweifel große Ähnlichkeit mit Antediluvian aufwiesen. Zwar mochte sie in ihrer Annahme, er würde nicht darauf eingehen, freilich nicht fehlgehen, doch liebte sie es, seine Mißbilligung zu erregen, indem sie ihm von Dingen sprach, von denen er glaubte, er habe sie ihr voraus oder sie sei schlichtweg außerstande, sie zu erkennen.

„Es gab keinen Sklavenhandel und keine afrikanischen Schwarzen vor Tausenden von Jahren in der Neuen Welt. Und mich stören auch die Augen, die asiatisch wirken und nicht ins Bild passen“, bemerkte sie spitz.

„Die Olmeken“, sagte Antediluvian und überraschte Dilara miteins, „eine Hochkultur der inbrünstigen Opfergabe. Sie opferten Mann, Frau und Kind. Sie zogen den Gefangenen die Haut ab, zerstückelten die Leichen, beschmierten ihre nackten Körper mit Fett, schlüpften in die Häute und zogen eine Spur von Blut und Schrecken durch die Stadt.“

Durch Dilaras Körper zog ein ehrfürchtiges Beben, denn in ihrem Kopf ordneten sich bereits Vermutungen und Rückschlüsse auf Antediluvians Interesse an, die ihr mit dem Ungestüm jener bislang unerkannten Eventualitäten eine kalt erschaudernde Ehrfurcht abverlangten.

„Tranken sie Blut?“ fragte sie.

„Zu den Ritualen gehörten kannibalische Festmahle. Und das Blut floß in Bächen die Stufen der Pyramiden hinab“, raunte er, doch seiner Stimme waren weder Begeisterung noch Befremden zu entnehmen.

„Weshalb sollten wir etwas über sie in Erfahrung bringen?“

„In *Teotihuacán* ist vieles einer Gottheit geweiht, so sagt man“, erklärte Antediluvian geheimnisvoll.

„*Tenan*, der Mutter des Wassers“, antwortete Dilara und vermochte noch immer nicht die Zusammenhänge zwischen Wasser und den Blutopfern erkennen.

„Ei, Wasser“, prustete er wieder leise, doch dieses Mal vernehmbar. „Der Sphinx, Dilara, was habt ihr dort gefunden? Schinde keine Zeit.“

„Nichts.“

„Nichts?“

„Richtig. Ein vom Sand halb zugedecktes Monument aus einem Kalksteinfelsen. Mehr nicht.“

„Was hast du gesehen, Dilara? Stehle nicht meine Zeit. Spiele bekommen dir nicht.“

„Regen. Ich sah Regen und Nacht und Wolkenbrüche. Doch wir fanden nur Hitze und Glut. Ich fürchte, Antediluvian, an dem Sphinx gab es nichts zu finden.“

„Das Gestein, wie sah es aus?“

„Verwittert. Von Sand und Wind zerklüftet.“

„Gut. Waren diese Spuren waagerecht und scharfkantig oder eher weich, horizontal bis senkrecht und wellenförmig?“

„Was?“

„Antworte!“ rief Antediluvian mit einer gedämpften Schärfe, die schrecklich herrisch klang.

„Ich weiß es nicht mehr, verflucht.“

Und noch ehe Dilara den Satz beendet hatte, stand Antediluvian blitzartig neben ihr und brachte seine Lippen dicht an ihr linkes Ohr. „Führe mich nicht an der Nase herum, Dilara. Du vermagst viel und zu mehr noch bist du in der Lage, ich weiß das wohl, doch wenn du denkst, es brächte dir Gunst ein, dann sei versichert, daß an dem nicht ist. Erinnere dich, wie sahen die Spuren aus?“

„Frag doch Cippico. Der erinnert sich immer an so etwas. Und er war dem Sphinx viel näher."

„Wie rührend. Möchtest du mich glauben machen, dein Knecht wisse mehr, damit ich ihn zurückhole?" fragte Antediluvian noch immer besonnen.

„Da du ja nichts über sein Verschwinden zu wissen vorgibst, wäre es ja wohl zu nicht viel nutze. Außerdem vergißt du, daß ein Herr auch seinem Diener verpflichtet ist."

„Ach, Fürsorge und Pflichtbewußtsein, das sind selbst für dich zu viele Tugenden an einem Tag, Dilara. Aber wenn du schon bereit bist, meine eigene Vergessenheit zu mahnen, will ich dich trösten. Ich fühle mich dir durchaus verpflichtet", antwortete Antediluvian und wandte sich Dilara geradewegs zu. Seine Augen trafen sie. Es waren dunkle Pfuhle unauslotbaren Unheils.

„Das freut mich zu hören", erwiderte sie und schien beruhigt.

„Ich brauche nicht länger fragen, sondern kann mir nehmen, was ich zu wissen trachte."

„Wie die Schattenchronik?" fragte sie, doch keine Aufregung über das Verschwinden des seltsamen, begehrten Buches, indem sie ihr Bildnis gesehen hatte, war nunmehr in ihr. Es klang annähernd fremd aus ihrem Mund.

„Dilara, ich kann dich meiner Verantwortlichkeit versichern." Seine Stimme klang schmeichelnd.

„Das ist gut." Sie klang lahm.

„Ich bin voller Gewissenhaftigkeit. Und nur dir zuständig." Dilara nickte schwer und befand sich unter einem lähmenden Einfluß, der ihre Glieder mit bleierner Schwere behängte und über ihren Geist einen entrückten Bann verhängte, bevor sich Antediluvian wie ein Raubtier auf sie stürzte, sie biß und aus ihr das bereits geraubte Blut des jungen Mannes trank, miteins von ihrem Leben soff, um an ihre Seele und an ihre Träume zu gelangen.

Gelophee hielt ihre Beine eng umschlungen und saß auf ihrem Bett, um in das matte, schwellende Licht des Morgenhimmels zu spähen. Sie hatte nicht dem Schlaf und auch nicht der Gelassenheit zu begegnen vermocht und war schließlich selbst in ihrer Beharrlichkeit ermüdet. Ein leichtes Zittern schüttelte sie. Es war ein wenig Schläfrigkeit, eine Spur der Unruhe und ein Teil der morgendlichen Frische, die durch die Fenster in ihr Zimmer gelangte, und alles in einer Mischung, die ihr unbehaglich blieb.

Sie entsann sich des Zusammentreffens mit Dilara und zeigte sich aufgewühlt, daß diese Kreatur einen solchen Eindruck bei ihr hinterlassen, daß sie sich ihr kaum hatte entziehen können. Gelophee mutmaßte, daß es zu den eingegebenen Fähigkeiten einer solchen gehörte, Achtung abzunötigen. Gleiches war ihr schon bei Antediluvian aufgefallen, jedoch entdeckte sie itzt, wie sehr sich ihre Eindrücke jener beiden Nachtwesen voneinander unterschieden.

Antediluvian war ein Meister der Beherrschung und strahlte sie aus wie ein Land im Winter die Kälte. Er war ruhig und dornig wie eine vereiste Rose, er war geduldig und würdevoll wie ein König auf seinem Totenbett, und er war dabei unbeherrscht und unersättlich wie der weit geöffnete Rachen eines Alligators – er war ein bacchantischer Agitator. Dilara ermangelten einige dieser Eigenschaften, und sie hatte sich Gelophee überraschenderweise als ungewöhnlich empfindlich und einfühlsam dargestellt. Zeigte Antediluvian deutlich eine

Grabeskälte wie der Leichnam die bezeichnenden Totenflecken, so hatte Dilara eine Herzenswärme und ein Feingefühl offenbart, die Gelophee fast an deren Eigenheit zweifeln ließen.

Aus der Distanz war Dilara eine Anziehung und Herausforderung gewesen, doch im Kontakt eine Leidenschaftlichkeit, die sich die Auseinandersetzung ausbat und Gelophee erregte Obacht abverlangte. Sie war verrückt danach, sich mit ihr im Geiste und in der Emotion zu messen und zu erfahren, was sich hinter der Dunkelheit jener Geistesschwelle befand, die allen diesen Wiedergängern eigen war. Natürlich löste es eine ehrerbietige Furcht in ihr aus, doch ihre Neugier war einnehmend und herausfordernd.

Gelophee atmete durch und fühlte sich lebendig und sterblich, als sie in die gebrochenen Augen des Leichnams aus Dilaras Koffer sah. Mit Mühe, Geschicklichkeit und der Zuhilfenahme des Psychotronischen Transporters – eines unauffälligen alchemistischen Generators, welchen man in einen hölzernen Koffer gebaut hatte – war es ihr möglich gewesen, den Leichnam hierherzubringen.

Über das Gerät wußte Gelophee nicht allzuviel. Ihr Orden hatte ihr jene bezaubernd wirkende Maschine mit ihren rotierenden Kreiseln und ruckenden Rädern an die Hand gegeben, ihr erklärt, wie man sie mit Hilfe von Bergkristallen in Funktion brachte und was sie vermochte, wenn man sie betrieb. Man hatte ihr Vorträge über isometrische Transformation und Teleportation gehalten, doch sie hatte nicht viel davon begriffen. Sie entsann sich eher daran, daß ein gewisser Robert Fludd de Fluctibus, seines Zeichens Alchemist, bei seinen Reisen durch Italien auf den erfahrenen Ingenieur Agostino Ramelli getroffen war und daß beide 1599 einen Bauplan dieser bizarren Maschine fertigten, sich jedoch nie an die Konstruktion und an eine endgültige Erprobung gemacht hatten. Dies war erst in diesem Jahrhundert gelungen und hatte zutage gebracht, daß man durch dieses Gerät imstande war, tote Objekte über kürzere Distanzen zu teleportieren. Allerdings gelang dies nicht immer und führte zuweilen dazu, daß sich das Objekt bei der Materialisierung veränderte, zerstört wurde oder gar vollends abhanden kam.

Der Leichnam jedoch war unversehrt wieder aufgetaucht, und auf diese Weise hatte Gelophee einerseits Dilara vor Schwierigkeiten bewahrt und darüber hinaus herauszufinden vermocht, ob sie getäuscht worden war. Aber es entsprach der Wahrheit. Dilara trank von den Lebenden. Dilara war eine der Jenseitigen und unterschied sich dennoch erheblich von allen, die Gelophee bislang kennengelernt hatte. Verhärmte, armselige und zumeist verkrüppelte Kreaturen waren es gewesen, wenn man von dem urtümlichen Antediluvian einmal absah, und nicht eines dieser Wesen war derart facettenreich und vielschichtig im Charakter erschienen oder hatte auch nur annähernd den trüben Widerschein einer Emotion offenbart.

Dilara jedoch war wie ein dunkler Magnet, dessen Kraft von innen heraus anzog, daß es Gelophee angst und bange wurde. Eine Bestürzung mahnte sie der düsteren Anziehungskraft, die sie in die Fänge jener Frau zu reffen drohte. Gelophee beschloß: Wenn sie noch etwas Schlaf bekommen wollte, galt es den Leichnam in den Schrank zu sperren. Eine Kälte kroch bei dem Gedanken über ihren Körper. Sie zitterte, als sie die trüben Augen des Toten am anderen Ende des Zimmers sah und sich schon bald an seiner Statt wähnte.

Am Ende brach Dilara zusammen, keuchte und mühte sich, das gelähmte Bewußtsein vor der Schwerkraft zu bewahren, die es auf den Boden einer Todesstarre zu ziehen imstande war. Dilara war ausgemergelt und glich einem ausgedörrten Stück Holz. In ihrem Blickwinkel lag ihre Hand wie fleckiges Wurzelwerk, und wenn sie ihren Geist darauf zu verwenden suchte, Bewegung in sie zu leiten, so mißlang es leidlich. Sie fühlte sich unendlich müde und entleert. Alle Kraft und alle Seele schien ihr geraubt worden zu sein, und sie vermutete, daß sich Antediluvian nicht damit begnügt hatte, ihr nur das fremde Blut zu nehmen.

„Entschuldige meine Offenheit, Dilara, aber du siehst unpäßlich aus. Du solltest dir sehr bald ein Opfer suchen, und eines, das ergiebiger ist als dieser holländische Jüngling", sagte Antediluvian leise.

Dilara wollte antworten, doch nur ein gurgelndes Würgen entkam ihr, und sie erlebte dabei ihre Zunge wie einen aufgedunsenen Klumpen in ihrer Mundhöhle kleben. Widerwillig trachtete sie sich zu erheben, doch es ermangelte ihr an Lebendigkeit und auch am leisesten Mut. Nur die altbekannte Schwermut war in ihr und der Gram und eine Spur des Zornes. Warum in aller Welt kundschaftete Antediluvian nicht selbst aus, was er zu wissen verlangte, fragte sie sich im einzigen klaren Gedanken, den sie zu fassen vermochte. Im Grunde kannte sie die Antwort. Antediluvian gab vor, bei den Nosferati bleiben und ihnen soviel Sorgfalt und Obacht angedeihen lassen zu müssen, daß es ihm einfach keine längeren Reisen ermöglichte. Und auch wenn an dieser Begründung womöglich eine knappe Wahrheit verlorenging, so wog sich Antediluvian wohl eher in der persönlichen Sicherheit, wenn er bei seinesgleichen blieb und auf diese Weise eine offene Konfrontation mit Methalumina vermied.

„Höre mir gut zu, Dilara. Ich vermutete hier einen Teil der geheimen Archive des Vatikans, die in diesem Palast verblieben sein sollen, nachdem die Päpste Urban und Gregor zurück nach Rom gingen. Ich beauftragte jemanden, hier eine Teilabschrift des *Codex Vaticanus* ausfindig zu machen, doch wir fanden nichts. Alles ist fort. Was man hier einmauerte und hinter anderen Türen verschloß, ist fort. Es befindet sich wieder in den Archiven des Vatikans in Rom. Es ist nun deine Aufgabe, dort hinzugehen und mir diese Teilabschrift des *Codex Vaticanus* zu beschaffen."

Dilara versuchte sich in die Höhe zu rappeln und stammelte dabei mit schwerer Zunge, Antediluvian solle doch jenen anderen Quidam erneut beauftragen.

Antediluvian griff Dilara unter die Arme und half ihr sorgsam, auf die Beine zu kommen.

„Du hast es gesehen, Dilara. In deinen Träumen hast du es gesehen. Die dunkle Heimat Lemuria, in die es uns zieht. In der wir erstarken, wenn wir sie zu erreichen vermögen, und es uns nicht durch unsere Widersacher vergällt werden wird", raunte Antediluvian und strich Dilara behutsam über die Haare. Und wo er ihr über die Haut koste, glätteten sich Furchen und Falten, schwanden Flecke und füllten sich eingefallene Stellen, nur um danach wieder zu verfallen. Sie glich einer Jahrtausende alten Mumie mit Leben in den Augen und Leiden in der Seele. „Deshalb mußt du gehen. Denn du weißt nun, worum es geht. Ich habe dich seinerzeit nicht grundlos vom Galgen gerettet." Er griff in ihr Haar und zog ihren knochigen Schädel in den Nacken, daß sie ihm in die Augen sehen mußte. „Du hast eine Gabe, die sonst keiner unserer Sippe aufbringt."

„Ich weiß", röchelte Dilara und spürte, daß er es mißfällig vermerkte.

„Nutze deinen Vorteil, solange er währt. Womöglich gereicht er dir einmal nicht mehr zum Nutzen“, meinte er kalt.

„Was soll das alles?“

„Du siehst nicht gut aus. Du solltest dir Nahrung beschaffen.“

„Spotte nicht.“

„Nichts werde ich dir sagen, Dilara. Nichts sollst du wissen. Dabei hättest du es vor allen anderen verdient, doch ich werde schweigen.“

„Du fürchtest mich“, keuchte sie und mühte sich um Verachtung.

„Belobige dich ruhig.“ Er entließ sie aus seinem Griff und ging gelassen und ruhig zum Aufgang, der aus dem Keller führte.

„Du weißt nichts.“

„So sicher bist du dir da? – Nun gut. Es ist besser für uns alle. Und jetzt geh, Dilara. Dein Auftrag ist besagt, und ich weiß, du wirst mir auch dieses Mal beschaffen, wonach es mir verlangt.“

„Du hast aus meinen Träumen gelesen“, sagte sie schwerfällig und unterbrach sich, weil sie schwer schlucken mußte, „und du hast aus meinen Erinnerungen gelesen. Wann hast du genug Antworten für deine Fragen?“

„Ja, ich sah, was ich wissen wollte, *Teotihuacán, Machu Picchu,* der Sphinx von *Gizeh,* doch ach, es gibt noch so viel mehr, das es zu verstehen gilt“, antwortete er und starrte zu Boden und lächelte. „Gib acht auf das Wissen. Gib acht auf dich.“

Als sich Antediluvian zu gehen anschickte, fragte sie: „Heißt das, ich bin in Gefahr?“

Er verharrte. Für eine Weile hielt er inne und raunte dann: „Wissen ist immer in Gefahr, denn seine Macht hat stets Neider. Und dessentwegen muß man Wissen erringen. Deshalb fällt es einem nicht einfach zu."

Und in diesem Moment begriff Dilara trotz ihres lethargischen Geistes, daß die einzige Gefahr für ihn und sein Wissen Methalumina war. Vielleicht wuchs das Begehren des Lichtwesens, Antediluvian zu vernichten, im Einklang mit dem Maß seines Wissens. Da aber erfaßte sie auch, daß sie in der gleichen Gefahr schwebte, wenn sie das Wissen vor ihm errang. Solange viele Kundschafter für ihn gearbeitet hatten, war das Wagnis für den einzelnen gering gewesen. Wenn sie mehr und mehr zur einzigen Quelle für Antediluvian wurde, vergrößerte das auch ihr eigenes Risiko. Bewahrte Antediluvian sie deshalb vor den Zusammenhängen seines Wissensstandes, damit sie nicht alles zu verstehen imstande war, nicht jedes kleinste, offenbarende Puzzleteilchen zusammenzusetzen vermochte und miteins ihre Sicherheit verspielte?

Dilara wollte nicht daran glauben, daß er es um ihre Sicherheit tat.

„Eine Abgesandte Methaluminas ist unstet und ihre Absichten sind für uns alle leicht zu ergründen. Doch sie wird sich verstellen, um an mich heranzukommen, sie wird dich zu kaufen versuchen, sie wird danach trachten, dein Vertrauen zu verleiten, dir alles versprechen und zusagen, was du hören möchtest, nur um sich wider mich zu wenden."

„Und sie tut gut daran. Vielleicht sollten wir sie alle gewähren lassen."

Itzt mußte Antediluvian lachen, doch es war leise, verhalten und gefährlich. „Ich werde nichts anderes erwarten, Dilara, das ist dir doch längst klar. Es ist immer der Bruder oder die Schwester, die sich als erstes wider dich wenden. Doch ich würde sogar dann gewinnen, denn wer wäre imstande, meinen Platz einzunehmen?"

Dilara vermochte in der bleiernen Schwere ihres Geistes keine Antwort zu finden.

„Du wärest die einzige. Allein, es würde dich niemand anerkennen, und du hättest jeden aus der Sippe gegen dich. Alsdann würde alles zerfallen. Jeder gegen jeden."

Für den Moment, in dem sich Dilara darüber wunderte, daß Antediluvian sie für den einzig gebührlichen Nachfolger seiner selbst hielt, maß sie nach, welche Bürde damit verbunden war, und sogleich rang es ihr gehörigen Respekt ab. Zum ersten Male fragte sie sich, ob Antediluvian vielleicht ein besserer Anführer der Sippe war, als sie ihm je bereit gewesen wäre zuzugestehen. Aber sie wollte dabei nicht vergessen, wie grausam und hinterhältig er sein konnte. Selbst wenn es den Anforderungen eines Demagogen der Sippe entsprechen sollte, so büßte sie nicht den Eindruck ein, er sei einzig und allein auf seinen Vorteil bedacht und wäre am Ende bereit, seinesgleichen willfährig zu verraten, wie er es von eben jenen ebenfalls erwartete.

Er wandte sich ein letztes Mal ihr zu und seine dunklen Augen funkelten streng. „Achte auf die Zeichen der Methalumina. Bedenke ihre Beschränkungen. Sie kann nicht Fuß fassen, wenn ein schlafendes Wesen gegenwärtig ist. Sie kann nur erscheinen, wenn mindestens drei Lebewesen anwesend sind, doch merke, daß sie mitzählt. Und erwäge, daß keine geschlossenen Kreise oder Ringe in deiner Nähe sein dürfen, ganz gleich, in welcher Art und Weise. Wenn eine dieser Voraussetzungen für ihr Erscheinen gegeben ist, sei auf der Hut. Wenn alle drei sich gründen, fliehe. Einen Kampf gibt es nicht."

Er lächelte milde und stieg die Treppe empor, rief aber von oben noch: „Hüte dich vor ihren Jüngern – den Rosenkreuzern."

6. KAPITEL

Ratgeber Traumweber

„(...) Tu spiri, o Satana
Nel verso mio,
Se dal sen rompemi,
Sfidando il dio (...)[17]*“*

Giosuè Carducci (1835-1907)

E*inen Kampf gibt es nicht,* so zischte ein zerknirschter Nachklang in Dilaras Kopf, als sie wie ein tumber Leichnam in dem Gewölbe stand und mit sich zu ringen hatte, ob sie zu gehen imstande sei oder hier und gleich zu vergehen vermochte. Sie war all dies Ringen um ihr Dasein und dessen Weise gehörig leid. Wozu sei es, fragte sie sich immer wieder, wozu verlohnt ein Kampf? Was bescherte ihr einen Genuß an dieser Existenz, daß sie hier stand und gegen die Schwerkraft ankämpfte? – Sie wollte es nicht. Sie haßte es.

Zudem war sie machtlos gegen Antediluvian, seinem Wissen und seiner Kraft nicht gewachsen und ohne Zuversicht für die Zukunft. Nicht einmal der weise Cippico war imstande, ihr wirklich zur Seite zu stehen.

Ein kurzes Anklingen von Sorge um ihren sterblichen Diener ließ sie unschlüssig werden, ob es an der Zeit sei, alles aufzugeben. Er war fort, vielleicht schon tot. Wer wußte es zu sagen? Und irgendwie hatte sie es immer geahnt, daß man

[17] „(...) Du wehst, o Satan, in meinem Vers, wenn er mir aus der Brust bricht, herausfordernd den Gott (...)“

sich nicht auf andere verlassen konnte, ward man doch allemal selbst verlassen, alldieweil jeder im Beistand versagte, benötigte er ihn erst für sich. Nein, Dilara erkannte, daß sie ihre Entschlossenheit eingebüßt. Zwar hatte sie sich in den letzten Monaten noch der Anziehungskraft ferner Länder hingegeben, und empfand sie auch stetig den Beistand Torquatos, selbst eingedenk der Ferne, als beruhigend, so schwang nicht etwa Kraft und ein neuer Impuls, ja nicht einmal Sehnsucht oder Trost daraus mit, sondern vielmehr der kalte, fiebernde Traum einer Ewigkeit ohne Unrast und Begleitung. In ihr war der kühle Schatten einer herbstlichen Verlassenheit ohne Bestimmung, und er war, wenn auch nicht trostspendend, dann immerhin barmherzig und wohltuend.

Mit einem Seufzen auf ihren dunklen Lippen versagte ihr der Stand, und sie fiel zu Boden und dachte bei sich, wie sehr doch eine geheime Schatzkammer einem unbekannten Grabe glich. Und wie beschwichtigend der Gedanke war, Namen und Abart der Erde hinzugeben, sich dem Schoß der Ewigkeit zu übereignen und sich zu verlieren in einem Orgasmus krankhafter Ausuferung – im Verebben kalter Kräfte. Und alsbald verklangen ihre Gedanken in einem stillen Gezeitenlauf eines Meeres aus Schlaf und Bewußtlosigkeit. Doch ein Bewußtsein verblieb, verbittert und verdorben, ein Anfall unstillbaren Hungers und gieriger Fleischeslust. Schließlich kam ungnädige Bewegung in Dilaras Körper, und sie kroch und schlich, fügte sich in Stufe, schmolz an Wand, verlief an Flureslänge bis zu Erker, Winkel, Tür und Abgang. Sie fiel wie ein Engel mit verlorenen Flügeln den Schlund hinab, und im Brechen morscher Knochen und im raschelnden Schlürfen sengenden Brandes mischte sich schon ein Fauchen wollüstigen Widerstandes.

Wie eine verdrehte Gliederpuppe lag Dilara still, bis sich,

wie von unsichtbaren Gummizügen gezogen, die Gliedmaßen wanden und neu ausrichteten und sie sich weiter vorwärts zu schleppen suchte. Sand und Dreck klebten an ihrer vertrockneten Haut und bildeten eine Kruste wie Geburtsschmiere auf einem Neugeborenen, als wäre sie eben erst dem ausgedörrten Mutterschoß entstiegen.

Vernix Caseosa. Es kleidete sie in ein Gewand aus Schmutz und Unsterblichkeit. Die Erde war ihr Verbündeter. Sie war kühl, umschmeichelnd und anziehend. Jedoch entsagte Dilara ihr und nährte sich nur von dem, was die Erde ihr allein durch Nähe an Stärke und Kraft zurückzugeben vermochte, ohne daß sie sich ihr ganz und gar zu eigen gegeben hätte, allein mahnte sie sich dabei, daß sie sich selbst zu nähren hatte.

Nach einer Ewigkeit im dunklen Geburtskanal der Erde entstieg sie ihm wie ein fauler Wurm aus bitterer Leibesfrucht, kroch durch die Tiefe des Hauses, bereit zu weiterem Aufstieg und gierig wie des Mordes edelste Konkubine. Und mit größerer Kraft und monströser Gier erhob sie sich vor der Tür, die zurück ins Hotel führen würde. Mit einem gedankenleeren Zögern witterte sie Fleisch und Blut.

Gelophee.

Plötzlich gedachte Dilara dieser Schönheit, und ein friedvolles Funkeln stahl sich in ihre verwitterten Augäpfel. Und als sie die Klinke der Tür betätigte, war sie ihr näher als noch zuvor in leidenschaftlichen Gedanken. Die Klinke setzte eine zerstörende Patina an. Holz verdorrte, knirschte, barst. Lack splitterte.

Ein kalter, nebulöser Hauch des Verderbens zog durch das Hotel. Glas erblindete, Rost stahl sich auf poliertes Metall, und Blumen schimmelten und bildeten einen grüngelben Schleim, der seine Belebung einem Anflug häßlicher Fäulnis verdankte und miteins nur im Zerfall mündete. Und wie sich eine Flamme an mit Absinth getränkten Zucker schmiegte, so koste sich Dilara an das Bett, in dem Gelophee schlief.

Diese schöne Blume welkte nicht.

Sie lag auf ihrem Bauch, und das bläuliche, reine Bettdeck verhüllte ihre Anmut nur ab ihrem runden Gesäß niederwärts. Ihr Rücken bot sich im nächtlichen Dunkel wie die bleiche, weiche Senke eines Bachlaufes aus Milch dar, und ihr Haar war gleich einer verflochtenen Ranke aus geschnitztem Ebenholz. An ihren Seiten wölbten sich die üppigen Bühle ihrer Brüste in hübscher Fülle.

Dilara war entzückt von dieser leicht vergänglichen Hülle, die so viel Leben und Kraft verhieß und ihr längst lieb gewonnen war. Trotz ihres saugenden Hungers, der in ihr wie ein Abgrund klaffte, legte sie sich Beherrschung auf und lauschte andächtig dem ruhigen Atem der schönen Unbekannten, die sie so sehr betörte und sich ihr dennoch zu entziehen vermochte.

Es beunruhigte Dilara, es bestärkte sie nicht, es besserte sich nicht, denn im bodenlosen Grab ihres Inneren gewahrte sie ihr eigenes Gefängnis, welches weder Aussichten besaß noch Gitter.

Nicht besser.

Schlicht bitter.

Krank und schwach war sie und mußte erstarken. Rasch. Und doch, würde es etwas an ihrem Wesen ändern? Würde es den Hunger jemals stillen? Würde sie je Ruhe finden im trauten Schlaf einer einzigen Nacht? Mochte es für sie je die Wärme eines einfachen Bettes geben? Niemals. Sie folgte weiter den grünen Zuckerspuren, berauschte sich am karamelisierten Leben und brachte dennoch nicht genug Süße auf, um sich aus ihrer besalzten Haft zu erlassen.

Dilaras Blick fiel müde von der Anmut Gelophees ab und

erreichte einen Standspiegel, der im Zimmer der Wirklichkeit ein Bild verlieh. Und sie erschaute das furchige, ausgedorrte Antlitz eines Salzfressers – ihr entleertes, welkes Wesen. Sie war nichts anderes.

Antediluvian vermochte sich an der Süße des Lebens, der Vitalität und der Seele laben und selbst aus ihr wie aus einer Wabe den Honig anderer Geschöpfe schlecken. Sie aber fraß nur Salz. Fleisch und Blut. Sie haßte Salz. Es verdarb nichts. Es schützte vor Fäulnis und vergab nur Ewigkeit, Lebenskraft und Unsterblichkeit – alles, von dem sie längst im Übermaß gekostet. Sie wünschte sich, nur einmal von der Fülle eines kandierten Lebens kosten und den kleinsten Teil davon in sich bewahren zu können, auf daß es ihr Zuversicht und Persönlichkeit spende.

Ihr Blick kehrte zu Gelophee zurück und saugte sich an ihrem Liebreiz fest, kostete verstohlen davon und labte sich daran. Allein die Haut dieses wunderbaren Wesens glich einem Honig und verführte zu Nascherei.

Alsdann fuhr Dilara wie ein dichter Nebel unter Gelophees Zudeck, schmiegte sich hautnah um Wölbungen und Senkungen, koste sie hingebungsvoll und glich dabei einer blanken Rasierklinge, die über die Haut schabte und eine Gebärde der Sterblichkeit war. Als feiner Brodem umfaßte sie Gelophees Weiche und verteilte sich wie ein Rinnsal weichen Wassers an ihren Seiten, sank von den Höhen des Beckens in die Tiefen der Taille, quoll von dort an den Bögen des Brustkorbes empor und umschloß die vollen Kuppeln mit dem schwappenden Herumwinden warmen Nasses. Sanft leckte sie an den Knospen, die sich empfindlich aufzutreiben anstimmten und als edle Kameen ein Bild aus Behagen und Ergehen zeigten. Mit heißem Auftrieb legte sich der Schleier an die Flanke und strömte wie ein glühender

Schmelzfluß die Höhlung des Rückens hinab und sammelte sich an den Büheln[18] des Gesäßes, zog von dort in dessen Senke hinab und wand sich zum brennenden Pfuhl ihres Inneren.

Dilara kostete von jeder Stelle und schwoll an jeder Pose. Ihre Gier und ihr Hunger mästete sich an der Blöße Gelophees, am Ruch ihrer Haut, am Geschmack ihres Fleisches und am Aroma ihrer Feuchte. Ihre Wollust überstieg dabei noch die Drangsal des Hungers und vergällte ihr nicht die gesteigerte Hingabe, welche sie für Gelophee empfand.

Jene atmete schwer und bog sich in der engen Umschlingung des leckenden Dunstes, ohne aus ihrem Schlaf zu erwachen. Dabei drückte sie sich sanft in die allgegenwärtigen Kosungen und Umarmungen des amorphen Hauches, der sie begierig umgab. Ein Keuchen wie der Flügelschlag eines Vogels, der nicht zu fliegen, sondern sich zu strecken trachtete, entfuhr zitternd vor Leidenschaft dem Mund der jungen Frau. Und als wäre es die Aufforderung gewesen, sich ihrer vollends zu bemächtigen, hielt der Nebel mit einem Male das Haupt der Begehrten eng umschlungen, naschte mit Zunge und Lippe an deren Schnauben und drang dann in Gelophee, feucht und schwer wie Dampf.

Der Kuß war das Kondensieren von Dilaras Liebe und Erregung und gab Gelophee einen warmen, seichten Sud aus Lüsternheit zu trinken, während sich Dilara an Gelophees Wärme, Atem und Kraft gütlich tat. Das Spiel ihrer gestaltlosen Zunge gewann an Regung, und der Sog ihrer Sucht fiel einer ungeheuren Gewalt anheim, daß sie befürchtete, Gelophee mochte erwachen oder gar an ihrer Unzucht ersticken. Dilara nahm alles in sich auf und spürte die Kraft und Vita-

18 österr./schw.: Hügeln

lität in sich zurückkehren, als könne allein diese Verschmelzung der Gelüste erreichen, daß sie erstarke.

Sie schlang sich enger und enger um Gelophee und legte sich unzüchtig unter die *Labia maiora* ohne die geringsten Anstalten, weiter vorzudringen. Dilara leitete die Hitze aus der Vulva in sich und bebte derweil und labte sich ausgiebig an Nähe und Nässe. Und gleich einem kühlen, quellenden Strom flossen Leben und Vergnügen in sie zurück. Die Labsal war reizvoll und erlesen, doch keimte in Dilara der Verdacht, jeder weitere Moment könne Gelophee dem Tod übereignen. Sie versuchte sich müde daran zu erinnern, daß es nicht ihr Ansinnen war, die Frau zu zerbrechen. Womöglich brauchte sie das geliebte Geschöpf noch. Doch sie war wie ein Sog aus Kraft und Fülle, daß sie sich lieber ewiglich an ihr gütlich tat, als sie aufzugeben.

In Dilara begann ein unsäglicher Kampf der Triebe und der Vernunft, bis daß Geilheit in ihren Sinnen dröhnend rauschte und Besonnenheit gleich einem Schiff aus gefaltetem Papier auf dem reißenden Fluß gen Fall gerissen ward.

Da aber entriß sich Gelophee ihrer eigenen Hingabe und erwachte aus ihrem Schlaf und rettete sich ins Bewußtsein.

Dilara, nunmehr etwas erstarkter und von weitaus menschlicherer und gesünderer Gestalt als noch zuvor, hielt Gelophees Arme fest und legte mit ihrer Kraft die Gegenwehr ihres Opfers sogleich lahm.

„Was machen Sie hier?“ rief Gelophee erschrocken und versuchte sich noch immer wider Dilaras Gewicht und Kraft zu stemmen.

„Still!“

„Wie kommen Sie hier herein? Was haben Sie getan?“

„Sei still.“ Dilara blickte Gelophee, in deren wundervoll dunklen Augen sich Angst, Schrecken und Scham zeigten, ruhig an und verhielt sich bewußt friedlich. „Wer bist du, Gelophee, daß du mich warnst?“

Die Schönheit öffnete den Mund, als habe sie eine Antwort lange schon parat, doch außer einem Atmen drang nichts über ihre Lippen.

„Du kennst Antediluvian. Irgend etwas hast du mit ihm zu schaffen gehabt, drum sage mir, worum es dabei ging.“

„Geh. Weiche! Verschwinde! Sonst schreie ich“, entfuhr es Gelophee, die ein wenig von ihrer Gefaßtheit zurückgewonnen. Sie schaute zu dem dämonischen Schatten, der auf ihr hockte und sich die Finsternis ihres Zimmers zunutze machte, um sich zu verbergen. Dennoch erkannte sie Dilara an ihrem Geruch und ihrer Silhouette, an ihrer Stimme und ihren Bewegungen. Und tief in sich empfand Gelophee ein leises Gefallen.

„Nicht, bevor ich die Wahrheit kenne.“

„Ich werde nichts sagen, und wenn Sie mich töten“, fauchte Gelophee.

Dilara seufzte leise. „Ich war dabei. Gelophee, ich war dabei, und dein Geschmack ist über allen anderen erhaben.“

Jetzt erbebte Gelophees Atem. In ihr traten Bilder, Gerüche und Bewegungen aus dem schweren Nebel des Schlafes und beriefen sich dennoch nicht vollends darauf, der Gewißheit zu entsprechen, waren sie doch erfüllt mit Zärtlichkeit, Sinnlichkeit und einer erschreckend willfährigen Hingabe. Gelophee wußte ob dieser Bilder nicht recht zwischen Traum und Wirklichkeit zu unterscheiden, hingegen ahnte sie, daß Dilara etwas mit ihr im Schlafe angestellt hatte, von dem sie kaum mehr als Erinnerungen behalten. Allein sie vermochte weder Gefallen oder Abscheu daran auszumachen und wähnte an den Erinnerungen die Farben wonnevoller Beschönigung, daß es ihr unangenehm ward und sie Dilaras diabolischem Zugriff zu entkommen wünschte. Sie ächzte unter der Anspannung eines erneuten Versuchs, Dilara von sich zu stoßen, doch jene fast schon zierliche Frau brachte ungeheuerliche Kräfte auf, denen Gelophee nichts entgegenzusetzen vermochte.

„Sie sind ein Biest", entfuhr es ihr, die auch die Wonne von sich zu stoßen trachtete.

„Das mag sein."

„Was nutzt es Ihnen denn? Wenn ich tot bin, wissen Sie keinen Deut mehr, und auch so kann ich Ihnen nichts sagen, was ich nicht schon getan hätte. Lassen Sie ab von allem, was dieser Antediluvian und seinesgleichen mit Ihnen zu schaffen haben. Und vor allem, lassen Sie von mir ab. Gehen Sie, sonst werde ich schreien."

„Du würdest sterben, Gelophee, bevor du dazu imstande wärest. Versuche es nicht einmal, denn ich möchte dich nicht töten", meinte Dilara ruhig.

„Eben wollten Sie es noch. Was hat Ihre Meinung geändert?"

„Ich kann mich Antediluvian nicht einfach entziehen", entgegnete Dilara.

Itzt schwiegen die beiden Frauen.

„Warum nicht?" fragte Gelophee schließlich.

„Er... sagen wir einmal, er hat die Macht dazu."

„Dann sind Sie gänzlich ohne."

„Nein. Nein! Ich habe nur nicht den Anspruch, mich ihm zu entziehen", antwortete Dilara, klang jedoch unsicher.

„Wenn Sie nicht diesen Anspruch haben, weshalb sind Sie dann so sehr daran interessiert zu erfahren warum ich Ihnen dennoch dazu anrate?" Gelophees Stimme klang leise und verhalten.

Dilara war begierig darauf, zu antworten, doch noch weitaus begieriger war sie abermals auf einen Kuß, um sich mit

Gelophee zu verbinden. Die Schärfe ihres Verstandes lähmte den eigenen, so schien es, denn Dilara vermochte keinen klaren Gedanken zu finden.

„Was brachte dich in mein Leben?“

„Gehen Sie bitte von mir herunter“, bat Gelophee eindringlich.

Und Dilara, die lüstern danach, sich mit dieser holden Fremden zu vereinen, tat trotzdem wie ihr geheißen und stieg vom Bett. Sogleich vermißte sie die Nähe, kam sich fremd und verloren vor, und eine unbekannte Beschämung hielt sie ergriffen.

Gelophee erhob sich, ohne auch nur einen Blick von Dilara zu lassen, und ihre Silhouette zeigte sich gegen das keimende Morgenlicht, das seicht durch die Fugen der Fensterläden sickerte, so verführerisch und prachtvoll, daß Dilara erzitterte. Noch nie zuvor hatte sie derartige Anmut an einer Frau erkannt und geliebt. Nie zuvor hatte sie für eine Frau dergleichen empfunden.

Die Angebetete bewegte sich behutsam und ohne große Eile zu einem Stuhl, griff dort einen dünnen Morgenmantel und streifte ihn sich über. Der Zauber schien gebrochen.

„Madame, ich ersuche Sie, jetzt zu gehen“, sagte Gelophee schwach.

„Du weißt, daß ich es nicht tun werde. Nicht, bevor ich eine Antwort habe.“

„Was sollte mich veranlassen, mehr zu sagen, als gesagt worden ist?“

„Die Gefahr, in der ich schwebe, und das Wissen, daß ich ihr nur entrinnen kann, wenn du mir mehr darüber sagst“, erwiderte Dilara.

Gelophee wandte sich ihr zu und sah aus wie ein unerreichbares Geisterwesen aus einer anderen Welt. Nach einer Weile schaute sie sich um, als folge sie dem matten Licht, welches durch die Blenden hereindrang, und ging dann zu einem der beiden Fenster und schob einen der Läden einen Spalt breit auf, um hinaussehen zu können. Grell kam das frische Sonnenlicht des frühen Morgens hinein. Es vergoldete Gelophee und machte ihren Morgenmantel durchscheinend, als bestünde er nur aus dünner Gaze. Dilara erstarrte vor Ergebenheit, als sie die Anmut dieser Frau erkannte, und weil es ihr selbst noch an der Frische und an dem Ebenmaß mangelte, war sie doch noch immer nicht vollends erstarkt, beschämte es sie, und sie wich in einen Schatten des Zimmers nahe des Kleiderschrankes zurück.

Als Gelophee aber wahrnahm, daß sich Dilara dem Schrank näherte, fuhr sie herum und hob die Hand zu einer Geste, die Einhalt gebieten sollte, doch sie brachte kein Wort dazu heraus, denn sie sah, wie Dilaras Körper daselbst zu Schatten wurde. Seltsame Überblendungen von blauem und braunem Schwarz ließen erkennen, daß ihr die Schatten zuträglicher waren, als sie jedem anderen Lebewesen gewesen wären. Gelophee wunderte sich sehr, und rang mit sich, ob sie es als Täuschung, hervorgerufen durch die Lichtreflexe des Morgens, oder als schlichte Übermüdung abzutun gedachte.

Indes überlegte Dilara, ob sie ihre Kräfte darauf verwenden sollte, um Gelophees schönen Geist für sich zu öffnen und nach dem gesuchten Wissen zu forschen, jedoch war schon bei dem Gedanken daran mit einem Male ein solcher Widerwillen in ihr, daß sie sich nicht dazu durchzuringen vermochte. Nicht einmal androhen wollte sie der Schönen eine solche Behandlung, bangte sie doch um die Würde der Angebeteten, die auf diese Weise möglicherweise herabgewürdigt wurde.

„Madame, ich unterstehe einem Bund der Verschwiegenheit, und es ist mir nicht möglich, Ihnen mehr zu verraten als bisher. Die Kreatur, die Sie Antediluvian nennen, ist alles, nur nicht menschlich. Er hintergeht selbst seine Vertrauten, ja, er vernichtet sie zuweilen, damit sie ihm nicht im Wege stehen oder seine Geheimnisse verraten. Und er ist aus keinem geringeren Grund an Sie herangetreten, als daß er Sie beauftragen will, etwas zu beschaffen, das nur ihm von Nutzen sein wird. Ganz gleich, was er Ihnen im Gegenzug versprechen mag, Sie werden es nicht erlangen", erklärte Gelophee.

„Du vergißt, daß er mir nichts gegenleisten muß. Ich stehe nun mal in seinen Diensten. Darüber hinaus... er hat mich schon beauftragt, ein Dokument zu beschaffen."

„Eine Abschrift des *Codex Vaticanus*?"

Dilara nickte und war nicht im geringsten überrascht, daß Gelophee darum wußte.

„Es liegt im Vatikan. Und niemand wird es dort ausfindig machen", meinte sie verachtungsvoll.

„Weil man nicht in die geheimen Archive gelangen kann?"

„Es mag gelingen hineinzukommen, jedoch wird man das Manuskript daselbst nicht finden."

„Du weißt sehr viel darüber, also gehe ich davon aus, daß du vor mir den Auftrag inne hattest. Ist es an dem? Kennst du Antediluvian deshalb, weil du ihm die Abschrift beschaffen solltest?"

Gelophee verschränkte die Arme, lehnte sich an den Fensterrahmen und schaute aus dem Spalt des Fensterladens hinaus. „Er hat angeführt, es wäre noch hier."

Dilara, die nun meinte, daß es an der Zeit sei, den nächsten Trumpf auszuspielen, betrachtete Gelophee einen weiteren Augenblick in stiller Bewunderung. Dann sagte sie: „Was haben die Rosenkreuzer damit zu tun?"

Jetzt begegnete Gelophee verwundert den Blicken Dilaras, streckte dann ihren linken Schulterflügel vor und besah sich mit einem Blick ihre Tätowierung, die sich wie ein dunkler

Fleck durch den dünnen Stoff des Morgenmantels abzeichnete. Sicherlich hätte sie von nun an alles weitere bestritten und Unwissenheit vorzutäuschen gewußt, jedoch besann sich Gelophee darauf, daß Dilara nicht einfach zu täuschen war und zudem über vermeintliche Kräfte verfügen mochte, die dem schrecklichen Antediluvian in nicht viel nachstanden.

„Es sind Geschäfte. Ein Dokument gegen das andere."

„Und Antediluvian hat nicht gezahlt", schloß Dilara.

„Er zahlt nie. Und wenn, dann in Blut", sagte Gelophee, und es klang verbittert.

Dilara erschauerte zudem bei dieser Äußerung, verriet sie doch, daß Gelophee zumindest zu ahnen schien, was Antediluvian und auch sie für Geschöpfe waren. Oder war es lediglich eine Floskel gewesen, derer sie sich bediente, um die Ungerechtigkeiten ihres Auftraggebers aufzudecken? Hatte sie womöglich noch immer nicht die geringste Ahnung, welch abnormer Art sie zugehörig waren?

„Warum hat er sich an euch gewendet?"

„Wir haben Kontakte", erwiderte Gelophee.

„Was heißt das? Erkläre es mir, denn es erscheint mir schon absonderlich, hat er doch *viele* gute Kontakte und dabei wenig Hang zu Glaubensgemeinschaften."

„Glaubensgemeinschaften? Die Rosenkreuzer sind alles andere als eine solche. In den Augen der Kirche sind wir Ketzer. Und schlechterdings, in gewisser Weise, sind wir das sogar."

Nun war Dilara überrascht, hatte sie Gelophee doch mit der festen Überzeugung kennengelernt, einen gläubigen Menschen in ihr zu finden. Waren die Rosenkreuzer selbst nur Suchende auf dem endlosen Weg des Glaubens? Dilara war verunsichert und gleichwohl bereit, all ihren Fragen nachzugeben, jedoch getraute sie sich schließlich nicht, sie zu stellen.

„Wir sind Wissende, Forscher und Hüter in einem. Und unter unseresgleichen befinden sich bekannte Wissenschaftler und Geistlichkeiten. Hohe Persönlichkeiten. Deshalb haben wir auch Möglichkeiten und Verbindungen, die Ihrem Herrn nützlich gewesen sind und wohl auch noch wären, hätte ich nicht den Kontakt abgebrochen. Er verweigerte mir die Aushändigung dessen, was uns als Entlohnung zugesagt worden war. Er stellte es uns erneut in Aussicht, wenn unsere Dienste in seinen Augen als erfüllt galten, doch ich bezweifele mittlerweile, daß er zahlen wird. Und auch daß er zahlen kann. Darum habe ich keinen weiteren Kontakt zu ihm aufgebaut und empfahl Ihnen, ebenfalls davon abzusehen. Es war, bevor ich wußte, daß Sie ihm längst verfallen sind", erklärte Gelophee.

„Ich bin ihm nicht verfallen. Ich bin nur an ihn gebunden. Eine Bestimmung, die nicht minder Mißfallen in mir erregt als in einer Tochter, die ihrem herrschsüchtigen Vater folgen muß. Nicht jeder ist frei und ungebunden, dient nur den eigenen Idealen und nennt sich wissend", knirschte Dilara.

Gelophee schien es die Sprache verschlagen zu haben, denn sie rang sichtlich um Worte, brachte jedoch keines heraus.

„Es mag dir absonderlich erscheinen, aber ich hasse Antediluvian. Er treibt immer ein doppeltes Spiel und macht seine Opfer noch zu seinen Mitstreitern und Werkzeugen. Ich weiß es längst. Dachtest du, ich stünde in seinen Diensten und übersähe die Art und Weise seiner Machenschaften?"

Gelophee schüttelte den Kopf und wirkte nun erschrocken.

„Dachtest du, ich sei ohne Würde und Verstand, nur weil ich diene?" fragte Dilara.

„Nein." Gelophee rang weiter nach Worten. „Nein, natürlich nicht."

„Gewiß dachtest du es. Und womöglich stimmt es sogar."

Und daß Dilara nun wie ein Kind wirkte, welches man des Stibitzens von fremden Birnenbäumen überführt hatte, bestürzte Gelophee und brachte sie miteins in Verlegenheit. Sie hatte durchaus erkannt, wie sehr Dilara von ihrem Verstand geleitet wurde, zuweilen sogar auf eine Weise, die eher einer offenkundigen Drangsalierung glich, und die für Gelophee, die vielmehr impulsiv und ihren Empfindungen untertan war, befremdlich schien. Sie schätze es durchaus, wenn jemand Geist bewies, vorausgesetzt, daß er jenen einzusetzen wußte und sich damit nicht ins Geschirr selbstkritischer Fehlleitungen legte. Und sie empfand Dilaras Verstand wie einen geballten Muskel – kraftvoll und verhärtet. Die Menschenwürde jedoch war für Gelophee ein Begriff, dem sie nicht viel Sinn abzugewinnen vermochte. Die Würde eines Menschen schien etwas zu sein, das seine Mitmenschen an dessen Macht und Statussymbolen festzumachen suchten, und wenn dem so war, mußte sie sich selbst als würdelos ansehen und war dankbar dafür.

„Dilara, ich hielt Sie nicht für töricht, denn Ihr Geist ist scharf und wach. Glauben Sie mir, ich möchte Sie nicht kränken, wenn ich feststelle, daß Sie sich diesem Monstrum von einem Mann verschrieben haben. Sie werden gewißlich Ihre Gründe haben, doch es ist nicht gut“, stellte Gelophee aufs neue fest.

„Ich denke, daß Antediluvian dich jagen wird. Seine Häscher werden dich jagen.“

„Wieso? Wieso denken Sie das? Er hat doch jetzt Sie.“

„Darum scheint es ihm nicht ausschließlich zu gehen. Du selbst führtest an, die gesuchte Abschrift sei nicht in den Archiven des Vatikans. Er gab vor, sie sei dort. Und ich denke, er wußte nur zu genau, was er da sagte. Wenn die Abschrift also nicht dort ist und nur dein Bund und du zu wissen vorgebt, wo sie sich statt dessen befindet, dann hat er *das* auch gewußt."

„Das mag sein. Aber von uns wird er es nicht erfahren", entfuhr es Gelophee.

„*Er* nicht."

„Auch sonst niemand."

„Du mißverstehst mich. Wenn du der einzige Schlüssel bist, um die Abschrift zu bekommen, dann wärest du ihm längst zum Opfer gefallen."

„Ich bin derzeit die einzige, die in der Lage ist, die Abschrift zu lokalisieren", stellte Gelophee nochmals klar, weil sie annahm, Dilara glaube ihr diese Gegebenheit nicht.

„Richtig. Aber du stehst hier. Du atmest und wähnst dich in Sicherheit."

„Du meinst, er hat jemanden anderen als dich auf mich angesetzt, dem ich den Weg verrate? – Das ist doch ein Bluff. Du bist diejenige, die ihm dient."

„Es spielt keine Rolle, wer das Wissen aus dir herausbekommen soll, verstehst du das nicht? Er ist sicher, daß es gelingt. Darum geht es", stellte Dilara klar, mußte jedoch unentwegt an ihren Traum denken, in dem die Nosferati Jagd auf Gelophee gemacht hatten.

„Ich... ich habe doch gar kein Interesse an der Abschrift. Warum... sollte ich also der Angelegenheit weiter nachgehen?"

„Ich weiß nicht. Sag du es mir."

„Nichts dergleichen werde ich."

„Gelophee, ich bitte dich nicht um meinetwillen oder für Antediluvian. Ich träumte davon, wie er Jagd auf dich machte. Und schon in meinem Traum vermochte ich dir nicht zu helfen. Ich bitte dich, sage mir, wie ich an die Abschrift gelange, und du scheidest aus dem Spiel und dem Risiko."

„Du hast davon geträumt? – Und du wolltest mir helfen? Warum?“

„Warum wolltest *du* mich vor seinen Machenschaften warnen?“ fragte Dilara und wußte nicht zu sagen, ob sie überhaupt eine Antwort erwartete oder eine solche insgeheim sogar erhoffte.

„Du machst mich Dinge glauben, die ein viel größeres Risiko sein mögen.“

Dilara wandte sich ab, denn sie fühlte sich schwach und elend, verbraucht und erfolglos, als schwimme sie gegen eine Strömung, ohne recht voranzukommen. Es war zweifellos, daß Antediluvian ein falsches Spiel betrieb, jedoch schien er beileibe nicht der einzige zu sein, denn auch Gelophee beging doppelten Einsatz, auch wenn nicht offenbar wurde, ob sie es für ihre eigene Sicherheit oder nur aus Argwohn gegen Dilara tat. Irgendwie kränkte es, daß all die Vertrautheit doch nur oberflächlich blieb, denn war die Förmlichkeit aus Gelophees Anrede auch gebrochen, der Abstand klaffte weiter. Dilara mußte sich nähren, und zwar schleunigst, und alsbald nach dem verschollenen Cippico suchen. Sie hoffte inständig, daß er wohlauf war, denn sie brauchte ihn. Er war der einzige, der nach ihrer Vertrautheit strebte und dem es mißlang, sich zu entziehen. Aber hatte er es je versucht? Dilara wußte es nicht zu sagen.

„Ich werde mit dir gehen“, sagte Gelophee, „wenn ich zum Ausgleich das Dokument bekomme, daß Antediluvian mir versprach. Es wird in den Archiven des Vatikans zu finden sein.“

Dilara stand schon nah der Zimmertür, und im Halbdunkel war zu erkennen, wie abgehärmt sie aussah. „Was macht dich sicher, verspräche *ich* es, daß ich Wort halten werde?“

„Nichts. Aber ich vertraue dir.“

Jetzt war Dilara bestürzt. Wessentwegen vertraute Gelophee

ihr, die für Antediluvian handelte und selbst so wenig zu vertrauen imstande war? Sie hatte keine Antworten und keine Kraft, um sie zu suchen. Sie nickte nur und öffnete die Tür.

„Wir müssen dann jedoch abreisen, Dilara. Am besten noch heute morgen, denn unser Weg führt nicht sogleich nach Rom. Zunächst müssen wir zu einem Mann nach Lugano. Er weiß, wie wir ungehindert in die geheimen Archive des Papstpalastes kommen und auch zur versteckten Stele, in welcher der *Codex Vaticanus* liegt."

„Wir werden abreisen, doch zuvor muß ich noch meinen Diener finden. Packe deine Sachen und halte dich bereit. Wir werden dich abholen. Und, Gelophee?"

Die Gerufene schaute Dilara gespannt an, als diese fortfuhr: „Wir wollen in bestem Einvernehmen beschließen, einander zum Ziel zu verhelfen und nicht zu hintergehen. Die Angelegenheiten sind schon mißlich genug, als daß wir uns untereinander noch Schwierigkeiten bereiten müßten. *Darauf* will ich vertrauen, und es könnte meine soeben zurückgewonnenen Hoffnungen arg enttäuschen, liefe es anders."

Hernach verließ Dilara das Zimmer und machte sich mühevoll auf den Weg zu ihrem eigenen. Sie hegte die leise Hoffnung, dort Cippico anzutreffen, der sich womöglich nur in der Dunkelheit des Papstpalastes verlaufen haben mochte und deshalb den Rückweg angetreten hatte, nachdem er den Anschluß nicht mehr gefunden. Die Schwäche und ihr Hunger waren übermächtig, und es fiel ihr schwer, überhaupt in den rechten Flur zu finden. Dabei verlief sie sich einmal und mußte sich erst eine Weile sammeln, um sich richtig orientieren zu können. Nachdem sie endlich in ihren Flur gefunden hatte, stieß sie mit einer jungen, aufgeregten Zimmerdame zusammen, die gerade ein anderes Zimmer verließ und dabei leise fluchte und wild gestikulierte.

Offenbar hatte sie Dilara auch nicht kommen hören, denn sie erschrak mit einem lauten Ausruf, als sie mit ihrem Rücken gegen Dilara prallte. Und jene, von ihrem Hunger und ihrer Schwäche längst giererfüllt und unbeherrscht geworden, umkrallte mit rechts die junge Frau von hinten herum, fing ihren Hals mit den Zähnen, umschlang mit dem linken Arm ihren Kopf bei der Stirn, um diesen zurückzureißen, trank vom heißen Quell des lustbringenden Blutes und brach dem Opfer dabei das Genick, als bestünde es aus leichtem Holz.

Irgendwie mußte es Dilara derweil gelungen sein, den Weg zu ihrem Zimmer zurückzulegen, die Tür zu öffnen und mit ihrem Opfer hineinzufallen. Nun schwanden ihr die Sinne. Sie spürte noch das schlaffe Haupt des Mädchens, das heiße Blut, wie es in ihren Gaumen schlug und satt und süß in sie rann, als gelte es, sie in einer Woge aus Schwere und Wärme zu ertränken, und nicht zuletzt ihre eigene Habgier, die mit einer reißenden Wollust rang.

Und sie riß noch stöhnend und lechzend am trockenen Fleisch herum, als jemand schon an ihren Schultern zog. Nach einer Weile dann konnte sie von ihrem Opfer ablassen, und es fiel von ihr ab wie die nächtliche Zudecke, die man am Morgen nach einem langen, erfrischenden Schlaf beiseite schlug. Allein Dilara erschien wie schlaftrunken und von einem unsteten Ruhen geplagt und geschwächt, denn ihre Sinne waren hektisch und ihr Gemüt angestrengt und dennoch flüchtig.

„Es ist gut. Es ist gut", klang es immer wieder durch den dichten Dunst gesättigter Lust. Es war Cippico, der Dilara behutsam in seine Arme legte und ihren Kopf streichelte und mit einem Tuch oder Kleidungsstück ihr Gesicht zu säubern begann.

Es dauerte, bis Dilara imstande war, ihn zu erkennen, und es dauerte fort, bis sie nur noch Ruhe um sich empfand und darin ihre eigene Besinnung zurückgewann. Antediluvian hatte sie all ihrer Kräfte beraubt, und die Verbindung mit Gelophee hatte sie nur für wenige Augenblicke gekräftigt. Jetzt aber erstarkte sie allmählich und fühlte sich, wenn auch erschöpft, im Geiste wohler und in der Seele strotzend, so daß sie wußte, das Fleisch würde schon bald folgen.

Doch was war mit Cippico?

Sie schaute ihn schon unendlich lange an, doch sie sah ihn erst jetzt wirklich. Er wirkte eingefallen, zerschlagen und entmutigt. Die Blässe seines Antlitzes war von blauen Stellen an Augen, Nase und Hals gezeichnet.

„Wo bist du gewesen?“ fragte Dilara, die eher daran interessiert war, was ihm widerfahren sein mochte.

„Wie fühlst du dich, *reine de la lune*[19]?“

„Besser“, sagte sie und schluckte schwer, denn ihr Mund war von einem seimigen Brei aus Blut und Speichel verklebt, „und alles wäre wohl glimpflich gelaufen, hättest du dich deiner Pflichten besonnen.“

„Wir müssen fort von hier“, sagte Cippico und legte einzelne Strähnen von Dilaras Haar zurecht. Seine Blicke wirkten starr und trotzdem unstet.

„Wenn du nochmals Pflichtvergessenheit üben willst, werde ich grausam“, drohte sie.

„Die Koffer sind gepackt. Wir müssen fort.“

„Hörst du, was ich dir sage?“

„Ich weiß nicht, wann Züge nach Rom gehen. *Non lo so.*[20] *Vi må bare fort bort herfra*[21]“, meinte Cippico und ordnete noch immer verbissen Dilaras Haarsträhnen. Er wirkte verstört und in einer anderen Welt, allenthalben versunken, das

19 *franz.:* Königin des Mondes
20 *ital.:* Ich weiß es nicht.
21 *norw.:* Wir müssen nur schnell fort von hier.

erkannte Dilara wohl, und auch wenn sie sich keinen Reim darauf machen konnte, was Cippico widerfahren sein mochte, es mußte wahrhaft grauenerregend gewesen sein. Immer wieder erbebte er und zitterte für einen Augenblick wie Espenlaub. Dabei wirkte er armselig und verängstigt, so daß Dilara wahrlich um ihn zu bangen begann.

In diesem Moment, der nur noch aus Kälte und Schutzlosigkeit zu bestehen schien, gewahrte Dilara, daß ihre Welt die Frucht an einem Lebensbaum war, dessen Stamm durch Cippico verkörpert und dessen Kraft von einem faulenden Namenlosen schon am Wurzelwerk entwunden wurde.

7. KAPITEL

Reisen bringen Besinnung

„(...) De' rei pontefici
De' re cruenti;
E come fulmine
Scuoti le menti. (...)[22]*“*

Giosuè Carducci (1835-1907)

Von irgendeinem Bahnsteig erklang die Trillerpfeife eines Aufsichtsbeamten, und Dilara sah, wie sich winkende Hände aus der bewegten Masse von hastenden Menschen erhoben und zum Abschied grüßten, doch eher durch ein gleichlaufendes Zusammenspiel auffielen und an Kundgebungen eines aufgebrachten, dörfischen Mobs erinnerten, der sich zu meucheln angeschickt. Alsbald zog ein Zeitungsverkäufer mit seinem Wagen an ihrem Abteilwagen vorbei und nahm Dilara für einen Augenblick die Sicht auf den vermeintlich verkehrten Pöbel und die langsam aus dem Bahnhof gleitenden Eisenbahnwaggons des benachbarten Zuges. Reisende und Gepäckträger zogen über die Bahnsteige, alle in der emsigen Geschäftigkeit der Reisenden versunken, die mal voller Mißmut und mal voll freudiger Aufregung zu sein vermochte. Leise drangen das Zeichen einer Signalpfeife und das Schnaufen der Dampflokomotive durch das geschlossene Fenster ihres Abteils.

„Wäre es möglich, ein Fenster zu öffnen?“ fragte Gelophee. „Es ist stickig hier.“

22 „(...) Der schuldigen Päpste, der blutigen Könige; Und wie der Blitz rüttelst du auf die Geister. (...)“

Dilara schaute zu der vor ihr sitzenden Frau hinab, die an diesem Morgen geradezu von unfaßbarer Schönheit zu sein schien, und in ihrem berauschten Geist spürte Dilara den kalten Puls ihres toten Herzens. Gelophee trug ihr dunkles Haar offen, ihre Lippen wirkten streng, voll und vergrämt, während die Augen sachlich schauten und voller Schlaf. Auf ihrem Gesicht schimmerte eine opulente Seidigkeit wie an einem ungeschliffenen Speckstein, und es wies eine geschnittene Strenge auf, die Dilara ihrer Unverzagtheit beraubte. Mit Mühe nur gelang es ihr, zu nicken.

Als sie aber keine Anstalten machte, eine der Luftklappen oberhalb des Fensters zu öffnen, und Gelophee nur nachdenklich beschaute, hob jene ihre Hände, die sie bislang in der Mantillenumhüllung ihres schwarzen Kleides verborgen gehalten hatte, und winkte mit ihren Handfesseln. Da erwachte Dilara, nickte nur und öffnete die Luftklappe einen Spalt breit. Sofort drangen die Bahnhofsgeräusche aufdringlicher heran, Schritte, Stimmen und Gepolter rückten allzumal mit kühler Morgenluft und dem süßlich, strengen Geruch eines Bahnhofs bis zu ihnen vor. Fortwährend rollten und donnerten die Schiebetüren der Abteile, und es wanderten jenseits des eigenen jene Reisende, die noch ein Plätzchen suchten und dabei wie verstörte Ameisen wirkten, die versprengt von Nest und Einheit waren. Sie spähten verstimmt zu den beiden Frauen, weil sie es vermutlich nicht begreifen mochten, daß zwei Frauen ein ganzes Abteil für sich allein beanspruchten.

„Wo bleibt dein Diener?" fragte Gelophee, die während der fluchtartigen Abreise aus dem Hotel wieder förmlich geworden war, doch nun offenbar keinen Sinn mehr darin finden konnte, als einzige die Form zu wahren, denn Dilara hatte sich nicht angeschickt, es ihr gleichzutun. Zusammen mit ihrem Lakaien war sie über Gelophee hergefallen, hatte sie gefesselt und angewiesen, darüber Kleidung und Stillschweigen zu bewahren, um ihre Gemeinschaft und ihr eigenes Wohlergehen nicht zu gefährden.

Zwar war sie dieser Anempfehlung gefolgt, jedoch nicht ohne sich darüber und das offensichtliche Mißtrauen, welches daraus entsprang, zu mokieren. Erst als Dilara sie barsch darauf hingewiesen hatte, daß Gelophee weder Anlaß zu Vertrauen gab noch selber welches aufzubieten bereit sei, war sie verstummt und hatte ihr Mißfallen zusammen mit der Fesselung verborgen gehalten.

„Ich weiß es nicht. Er wollte zum Schaffner und auch noch eine Zeitung besorgen, denn irgend etwas sei vorgefallen, daß zu erfahren ihm wichtig sei“, meinte Dilara und setzte sich zum ersten Mal auf ihr Polster. Eine Wolke aus Staub wallte auf und tanzte im goldenen Sonnenlicht.

„Im Hotel herrschte Aufruhr“, stellte Gelophee fest.

Dilara antwortete nicht, nickte nur, abgelenkt vom Treiben des Bahnsteiges und dem Gefühl, ein jeder treibe ein doppeltes Spiel mit ihr und sie könne ihm nicht entsagen und für sich Ruhe finden.

„Womöglich hing es mit eurem Besuch dort zusammen.“

Dilara schaute Gelophee an und forschte in deren Augen, ob sich dort Zanksucht oder nur schlichte Neugier fand, doch sie konnte in den mandelförmigen Lichtern kaum mehr als das übliche Feuer ausmachen. Sie ward nicht recht klug aus Gelophee. Doch es war Dilara unerträglich, von ihr angesehen zu werden, denn sie befürchtete, jene könne sie mit der Leichtigkeit einer gebildeten und aufmerksamen Schwester durchschauen. Natürlich gehörte die Verstellung des Verhaltens und das Verhehlen der eigenen blutrünstigen Natur längst zum alltäglichen Repertoire ihrer Art, doch es war nicht weniger zu erwarten, als daß dies zuweilen nicht genügte und es wesenhaft offenkundig wurde, was sich hinter all dem Spiel verbarg. Es machte ihnen nichts aus. Es kümmerte die Nosferati nicht, ob man sie erkannte oder nicht. Schnell war das Spiel dann vergangen, und schneller noch, als der andere die Wirklichkeit vollends zu erkennen imstande gewesen wäre, beraubte man ihn seiner Eindrücke. Dies war Gewohnheit mit Eiseskälte.

Bei Gelophee aber ging es ganz anders her. Dilara bangte, sie könne von der schönen Fremden mühelos durchschaut werden und jedes noch so verhohlene Geheimnis münde unter ihren Augen zwanglos in Offenkundigkeit. Gewiß, sie hatte sich mit ihren Fähigkeiten bereits bis in Gelophees Bett gestohlen, hatte von der Süße der Intimität gekostet und war darüber hinaus in die Bedrängnis geraten, sich dieser Fremden in unschöner Form präsentieren zu müssen, die zudem auffallend gemacht, was bei ihr nicht der Wahrhaftigkeit eines Menschen entsprach, und eigentlich konnte es kaum noch schlimmer kommen. Jedennoch bedachte Dilara einen erdenklichen Moment, da offenbar werden mochte, was sie wirklich war.

Kaum mehr als ein blutrünstiges Monstrum.

Eine Leere, die sich zu füllen trachtete. Und niemand verfalle dabei auf die Idee, es könne erfüllend oder gar von Dauer sein, denn Leere, sinnierte Dilara, war maßlos und nicht zu füllen. Wer erkannte, daß dies innere Nichts und die Maßlosigkeit des Trachtens in Wahrheit ein und dasselbe waren, begriff miteins, daß nur vollkommene Mäßigung oder gar mörderische Entsagung der fortwährenden inneren Ermangelung Einhalt gebieten konnte. Doch das war dem Leben nicht recht, da es immerfort strebte und letzten Endes damit entschieden war, der Leere ergeben zu bleiben. Dabei war es fast schon Ironie, daß sie kein sterbliches Leben mehr in sich trug und doch im Mittelpunkt des selbigen stand, ja, darum tanzte wie ein verzücktes, berauschtes Kind um ein goldenes Kalb. Dilara fragte sich, ob Gelophee den seelenlosen Antrieb in ihr erfassen und damit auch den menschlich anmutenden Automaten erkennen konnte.

Verdrießlich entzog sich Dilara den ruhigen und unbeugsamen Blicken, die Gelophee ihren entgegnet hatte, und schaute wieder aus dem Fenster. Sie wünschte sich, daß Cippico zurückkehrte und sie aus dieser Situation errettete. Obgleich sie sich eher Sorgen um ihn zu machen hatte. Cippico war vollkommen verändert erschienen. Etwas mußte ihn derart verschrocken und erschüttert haben, daß er nicht imstande gewesen war, aus seinem Schrecken zu erwachen, ihn abzuschütteln und wieder bei ihr zu sein, wie sie es von ihm gewohnt war. Er vermochte keinen Blick zu erwidern, hatte die ersten Stunden gezittert und mit sich geflüstert, als müsse er sich unablässig zureden. Wenn eine morgendliche Brise an den Fensterläden des Hotels gerührt hatte, war Cippico zusammengefahren wie ein Hund, dem ein Donnerschlag ins Gebein fuhr, und als einmal der Deckel eines Koffers wie von Geisterhand zugefallen war, hatte der kleine Mann einen verschrockenen Sprung getan, als habe er sogleich die Flucht ergreifen wollen. Jedwedes Zureden schien ihn nicht erreichen zu können. Er verrichtete seine Aufgaben und blieb dabei knechtselig, beunruhigend eingeschüchtert. Als sie schließlich das Hotel verlassen hatten und Abstand gewonnen war, besserte es sich insofern, als daß Cippico ruhiger wurde, mehr zu sich selbst zu finden schien. Allein er blieb nachdenklich, abwesend und ganz und gar befangen. Immerhin hatte er ihr auf das ein oder andere Wort etwas zu erwidern gewußt, und am Bahnhof kehrte er dann sogar schon soweit aus sich zurück, daß er sich allein aufzumachen wünschte, um seiner Wißbegierde nachgehen zu können. Und obwohl er zu diesem Zeitpunkt schon wieder besonnen erschienen war, wußte Dilara wohl um den Schatten, der sich über sein Gemüt gebeugt hielt. Cippico blieb verändert, behielt das, was ihm Unheimliches widerfahren sein mochte, für sich und machte es mit sich selbst aus. Dilara kannte ihn lange genug, um seine Maske zu erkennen, wenn er sich ihrer bediente. Er wurde dann sachlich und dienstbar, war jedoch im Inneren zerrüttet und kummervoll.

Dilara getraute sich nicht, sich vorzustellen, was mit ihm geschehen sein konnte. Es war beängstigend.

„Wer oder was sind Sie, daß Sie solches Grauen auf sich ausüben?“ fragte Gelophee, die Dilaras Mimik zu deuten versuchte, mit leiser Stimme, und man konnte ihr anhören, mit wieviel Bedacht sie die Worte wählte. Dabei war sie auch wieder, ohne es zunächst zu bemerken, bei der Förmlichkeit angelangt, und hielt es hernach für vernünftiger, dabei zu bleiben.

„Was siehst du denn anderes in mir, als den Vasallen von Antediluvian?“

„Etwas Vergessenes.“

Dilara stutzte, scheute sich aber, Gelophee nur eines Blickes zu würdigen, fürchtete sie doch, weit mehr durch ihn zu verraten, als sie selbst wußte. Sie schaute einem Mann in einem edlen, braunen Anzug zu, wie er einem ärmlichen Jungen eine Münze mit einer ungemein großspurigen Bewegung zuschnippte. Dabei sann sie darüber nach, was Gelophee gesagt hatte. War sie tatsächlich etwas Vergessenes? In gewisser Weise fand diese Überlegung Anklang, kam sie sich doch mitunter vor wie ein Stück gebrochenen Treibgutes auf einer salzigen See, die sie zu keiner rechten Küste führte. Und wenn sie sich an ihre eigene Vergangenheit zu erinnern trachtete, dann herrschte in ihr zwar eine Mischung aus Zorn und Bitterkeit, doch

rege Bilder ihres vormals sterblichen Lebens gab es keine, oder sie waren verdrängt, abgetan. Das Forschen war fremd. *Sie* war fremd in ihren eigenen Erinnerungen.

Die Trillerpfeife eines Zugführers erklang und stimmte Dilara auf eine Reise ein, die etwas verändern würde, wie der Tod alles veränderte.

„Man vergißt Sie und macht Sie vergessen“, meinte Gelophee und klang behutsam, fast schon vorsichtig.

„Ja“, sagte Dilara hart und würgte an jedem weiteren Wort. „Ja, ich bin das Vergessen.“

„Das ist traurig.“

„Weshalb? Erinnerungen sind voller Schmerzen oder dienen nur der Flucht vor der Wirklichkeit“, meinte Dilara, die in einem abwegigen Kampf zwischen Gelophee und ihr nicht aufgeben wollte zu obsiegen.

„Das ist nicht wahr. Erinnerungen sind ein wichtiges Gut. Sie sind Normen für die Seele und der Acker, auf dem Tugenden zu gedeihen vermögen. Sie reflektieren, was und wer Sie sind. Drum stelle ich die Frage aufs neue. Wer und was sind Sie? Wer führt Sie, Dilara?“

„*Ich* führe mich. Ich allein.“

„Allein.“

„Du wirst anmaßend“, zischte Dilara, fuhr dabei angriffslustig vor und spürte dabei eine uralte Wut in sich aufsteigen, die älter sein mochte als der gesamte Stammbaum der Familie Roche. Doch Gelophee Roche hielt Dilaras Blick stand, als sei es ein Leichtes, dessen Hitze zu kühlen und ihre Empörung zu überwinden.

Da ging ein Rucken durch den Wagen, und langsam setzte sich die Welt jenseits des Abteilfensters in Bewegung. Ein frischer Windhauch drang durch das Fenster und wehte Gelophees Geruch zu Dilara herüber. Sie fühlte sich ganz und gar bedrängt, lehnte sich wieder zurück und schaute der Welt zu, wie sie gemächlich vor dem Fenster eine Flucht antrat. Reisende, Kofferträger, die Abgänge zu den Unterführungen und der leere Abschluß des Bahnsteigs blieben hinter ihr zurück, und nur Gelophee blieb allem zugewandt. Womöglich machte genau das Dilara so wütend. Während sie selbst sich stets abwandte und die Wege hinter sich ließ, blieb Gelophee ihnen weiterhin gewahr. Irgendwie.

Erinnerungen. Waren sie der Schlüssel zu ihrem verschlossenen Wesen? Weshalb fand sie denn keine? Suchte sie vielleicht nicht eifrig genug? Oder gab es in ihr einfach keine lohnenswerte Vergangenheit mehr, seitdem sie wiedergeboren worden war? Was war sie denn schon gewesen in der Zeit vor ihrem Tode?

„Sie machen mir Angst." Es klang wie ein Geständnis.

Erst erschreckte es Dilara, alsdann bestürzte es sie, war doch ihr erster Gedanke gewesen, wie förderlich diese Angst sein mochte, auch wenn sie wenig von ihr gewollt war. Auf den Lippen trug sie, daß es gut sei, doch sie ließ es nicht über sie kommen, entsprach es doch nicht ihren Gefühlen. Gefühle? Dilara war verwirrt und trat mehr und mehr in ihre eigene Leere. Und wieder war da nur Wut.

„Gestern abend... Sie waren nicht von dieser Welt, Sie waren irgendwie satanisch."

Itzt lachte Dilara auf. „Satanisch?"

„Verzeihen Sie, dies Wort trifft vielleicht nicht ganz, wie es mir vorgekommen ist. Doch Sie waren mir unheimlich. Und Sie sind es mir noch immer. Sie sind nicht einfach nur eine Bedrohung für mein Leben. Sie sind nicht einfach nur etwas Böses." Dilara konnte Gelophee anmerken, daß ihr auch dieser Ausdruck mißfiel und sie verzweifelt nach einer Form rang, sich verständlich zu machen, ohne ausfallend zu werden. „In

Ihnen ist immer noch etwas Göttliches. Ein Funke nur, doch göttlich."

Dilara verstand irgendwie, was Gelophee ihr zu sagen versuchte, und dennoch glomm eine betretene Wut in ihren Augen. Sie fühlte sich aber nicht in der Lage, sie zu äußern, denn Gelophees Verzagtheit, nicht die rechten Worte finden zu können, war wie ein Zauber aus Liebreiz und Betörung.

„Ich wundere mich ein wenig, daß ich dich über Göttliches sprechen höre. Ist dein Orden nicht ungläubig?" fragte Dilara.

„Wir sind keine Christen. Wir frönen keiner Religion. Aber einige unter uns sind durchaus gläubig."

„Gott? Satan?" Dilara verzog das Gesicht.

„Alles geht von Gott aus. Das Leben ist sein Wirken. Die Welt sein Labor. Daran glaube *ich* jedenfalls. Vor allen anderen Dingen aber glaube ich an die Fähigkeiten des einzelnen."

Die Abteiltür wurde aufgezogen, und herein trat ein müde wirkender Cippico mit einer Zeitung unter dem Arm und einem Gesicht, das einem Toten glich, der in der Stunde tiefster Demut entschlafen war. Es war bleich wie das Papier des Tageblatts und gelöst, jedennoch von größter Unzufriedenheit gezeichnet. Er schenkte Gelophee und Dilara einen knappen Blick und setzte sich, nachdem er die Schiebetür geschlossen und die Vorhänge vor die Fenster gezogen hatte, unmittelbar auf den ersten Sitz neben dem Ausgang und Dilara gegenüber, so daß sie ihn von der Seite betrachten konnte. Er senkte seinen Blick zu Boden und blieb in der Ferne, in der er seit seiner Wiederkehr entrückt schien.

Dilara kannte ihren kleinen Begleiter lange genug, um zu wissen, daß ihm etwas Schlimmes widerfahren sein mußte, denn ansonsten brachte ihn nicht allzu viel aus der Fassung. „Cippico, wo bist du so lange gewesen?"

Der kleine Mann gönnte ihr einen bärbeißigen Blick.

„Es sind viele Menschen in den Zug gestiegen, und es dauert, bis sie ihre Plätze gefunden haben. Man kommt auf den Gängen nicht schnell voran“, warf Gelophee ein. Cippico und Dilara sahen sie an und waren verwundert genug, um kein Wort erwidern zu können.

Nach einer Weile wandte Cippico seinen hohläugigen Blick an Dilara und meinte: „Ich habe auf dem Bahnhof vernommen, wie sich zwei Gendarmen über das *Maison de Vervins* unterhielten, doch ist mir der eigentliche Inhalt des Gesprächs entgangen. Es steht zu vermuten, daß sie eine Leiche gefunden haben.“

„Leiche? Von was für einer Leiche sprechen Sie?“ erschrak Gelophee, und ihre Lippen konnten einander im Erstaunen nicht finden. Und das reizte Dilara, so daß sie nicht bereit schien zu antworten.

Cippico überließ es gleichwohl sichtlich Dilara, sich einer Antwort anzunehmen. „Diese Angelegenheit forderte bereits das Leben Unschuldiger“, gab sie schließlich wortkarg zurück.

„Dann werden sie uns suchen. Womöglich schon an der Grenze erkennen“, meinte Gelophee.

„Machen Sie sich keine falschen Hoffnungen, Madame Roche. Niemand wird uns erkennen. Wir werden unbehelligt über die Grenze kommen. Und selbst wenn sie uns identifizieren vermöchten, wären Sie freilich aus dem Schneider. Sie könnten auf die Entführung hinweisen, und Ihre Unschuld wäre bewiesen“, gab Cippico gleichmütig an und schlug seine Zeitung auf, um sich hinter ihr zu verbergen.

„Nicht unbedingt, denn der Leichnam wäre in meinem Zimmer gefunden worden, so daß die Gendarmerie nach mir suchen wird.“

Cippico ließ die Tageszeitung sinken und schaute verwundert zu der schönen Frau an seiner Seite.

„Welche Leiche?“ fragte Dilara gellend.

„Den Jüngling“, antwortete Gelophee.

Dilara und Cippico schauten sich an, und dann begann Dilara zu lachen und hielt sich dabei die Hand vor den Mund, als wolle sie den Anstand wahren. Cippico blickte weiter ernst. „Sie wollen sagen, Madame Roche, daß Sie den toten Mann aus unserem Koffer gestohlen haben?“

„Gestohlen“, meinte Dilara und gibbelte. „Das ist gut! Der gestohlene Leichnam.“

Cippico blickte Dilara wütend an. „Das ist nicht möglich, Madame. Wir haben den Koffer, in dem sich die Leiche befunden hat, nur kurz aus den Augen gelassen, und es dürfte Ihnen kaum gelungen sein, in dieser Zeit das Schloß zu öffnen, den Leichnam zu schultern und mit ihm durch das Hotel voll feiernder Gäste bis hin zu Ihrem Zimmer zu gelangen. Wollen Sie mir bitte also Ihre Aussage erklären?“

„Es ist belanglos, wie ich es tat, doch ich versichere Ihnen, daß es so geschehen ist. Die Leiche befand sich zuletzt in meinem Zimmer.“

„Hat es etwas mit dem Bergkristall auf sich, den ich statt der Leiche im Koffer fand?“ fragte Cippico, der nicht locker lassen wollte. Gelophee kniff die Lippen zusammen.

Dilaras Lachen versiegte, und als Cippico sie ansah, als fordere er von ihr, eine Erklärung zu erzwingen, zuckte sie nur mit einer Schulter. „Mich würde weitaus mehr interessieren, weshalb du den Leichnam hast verschwinden lassen?“ fragte Dilara.

„Weshalb haben *Sie* ihn getötet?“

Cippico warf Dilara einen letzten, kalten Blick zu, bevor er sich zurücklehnte und wieder hinter seiner Zeitung verbarg.

Dilara fühlte sich plötzlich wieder ungeschützt. Sie fuhr geradewegs in die Fremde. Selbst Cippico, der geboren schien, um ihr allein beizustehen, mutete verändert an und war nicht länger gewillt, erbötig zu sein. Der Ärger darüber war groß, doch weitaus größer noch war die Furcht, Gelophee könne Macht über sie bekommen. Irgendwie.

Diese Erkenntnis aber bestürzte sie noch weitaus mehr, da durch sie auch ein Begehren hervortrat, von Gelophee bemächtigt zu werden. Wie entsetzlich die Vorstellung daran war, konnte Dilara nicht ermessen, denn es ließ sie obendrein im Inneren erzittern, gleich der Begierde nach dem Pulsschlag und dem Blute eines Opfers. Oh, die Wahrheit würde Gelophee immerhin ebenso erschrecken, dachte Dilara. „Ich hatte Hunger", sagte sie.

Allein Gelophee war ohne Schrecken. Sie nickte nur und schien noch mißtrauischer zu sein.

„Und ich bin unersättlich. Ich brauchte mehr und nahm mir ferner noch ein Zimmermädchen. Sie schmeckte delikat, wenn auch gewöhnlich wie ein Bauernfrühstück. Zwei Leichen. Es waren zwei Leichen, Gelophee, und du wärest noch hinzugekommen. Aber noch brauche ich dich. Noch bist du am Leben, weil ich es wünsche. Du lebst, weil du gefällst. *Solange* du gefällst! Und du wirst sterben, wenn es sich ändert. *Wenn* ich es wünsche. Ich werde dein Blut trinken und spüren, wie deine aufsässige Hitze in mich spült und mich wärmt", fauchte Dilara und erkannte, wie sehr sie plötzlich außer sich war.

„Ich wußte es", sagte Gelophee nüchtern, doch die Farbe des Lebens schien ihrem Antlitz zu entrinnen.

„Gar nichts weißt du."

„Du bist Teil der Meute um diese Bestie Antediluvian. Ihr alle seid Kinder des Teufels", meinte Gelophee, und ihre Stimme klang leise.

„Des Teufels?" Dilara sprang auf und war außer sich. Sie entsann sich nur zu gut an den einzigen Tag, der noch in ihrer

Erinnerung haften geblieben war, da man sie eine Hexe gescholten, sie geschnitten und später verhaftet hatte. Schon einmal war sie die Tochter des Teufels benamt worden.

Gelophee nickte. „Ihr seid Hüllen, gezeugt von Fürst Smal und der Hure Ischeth Zenunim. Ihr trinkt das Blut der Lebenden. Ihr seid..."

„Treib es nicht zu weit!"

„Wider die Natur."

Jetzt stürzte sich Dilara auf Gelophee, riß sie an sich und offenbarte die Reißer ihres Hungers mit dem Grollen eines Raubtieres. Weit traten die spitzen Eckzähne hervor. Ihr Gesicht war eine Maske des Grauens. Gelophee aber leistete keinen Widerstand und ergab sich in Dilaras Armen wie jemand, der besinnungslos geworden war. Indes fuhr auch Cippico in die Höhe, besaß jedoch nicht den Leichtsinn, Dilara an ihrem Vorhaben hindern zu wollen, indem er sich dazwischen zu treiben suchte. Statt dessen rief er nur wider die Wut seiner Herrin an. Vergebens, wie es schien.

„Schnell ist man zum Auswurf des Himmels gescholten. Schnell ist man vergewaltigt, geschunden, zum Geständnis gezwungen. Und weitaus schneller noch ist man gerichtet. Eine Hure des Teufels, Satans Buhle – in *euren* Augen. In diesen häßlichen, verhärmten Augen", fauchte Dilara und schaute geradewegs in Augen, die keinesfalls häßlich und unglücklich waren, wiewohl eine stille Angst und ein kaltes Grauen in ihnen lag. Sie würgte an weiteren Verwünschungen und Flüchen, so groß war ihr Zorn, doch nichts weiter kam über ihre Lippen als ein Knurren und Dröhnen, denn sie erlag der leisen Bitte um Gnade, die so unverhohlen und lebendig aus den Augen Gelophees sprach.

„Dilara, beruhige dich. Königin des Mondes, ich bitte...", sprach Cippico eindringlich und laut und erkannte doch, daß selbst sein Einfluß im Moment nur wenig zu erreichen vermochte. Fast fürchtete er, seine Beziehung zu Dilara könne durch die Vorkommnisse im Papstpalast derart gelitten haben, daß sie ihn nicht wieder anerkennen würde. Für einen Moment fühlte sich Cippico noch verwundbarer und einsamer als je zuvor. Er bebte, wenn er bedachte, Dilara könne sich von ihm abwenden oder ihn einfach nur töten. Nie war ihm wahrhaft offenbar gewesen, ob Dilara etwas an Verbundenheit für ihn zu erübrigen vermochte. Er hatte es gehofft. Er hatte es irgendwie gewußt, obgleich jenes Wissen ihm nun wie eine einzige Lüge anmutete, die er sich selbst feilgeboten. „Beruhige dich", meinte er, und es galt miteins für ihn.

Dann warf sich Dilara an Gelophees Hals und schlug ihre Zähne hinein, und weil sie ihr den Kopf zurückgedrückt gehalten und sich die Haut an der Hauptschlagader ebenmäßig gestrafft hatte, war das Reißen vernehmlich, klang wie das Platzen eines überfüllten Kissens.

Cippico taumelte zurück, hielt sich eine Hand vor das Gesicht, wollte nicht sehen, was er schon so oft verfolgt und zuweilen für sich erwünscht hatte. Nun war es fraglich, ob es Dilara und ihm noch gelingen mochte, das Manuskript für Antediluvian aus den geheimen Archiven des Vatikans zu beschaffen. Bislang hatte Gelophee den Informanten aus Lugano nicht genannt. Und ohne seine Hilfe würde es schwer, wenn nicht gar unmöglich werden, in das Herz des Christentums vorzustoßen, ohne nicht ergriffen und beiseite geschafft zu werden. Es war von geringem Belang, daß sich Wesen wie Dilara nicht vor den Religionen und deren Waffen zu ängstigen brauchten, denn allein der Glaube der Christen ließ die Existenz einer Untoten nicht zu, so daß es zu einer Frage der Moral und Ethik wurde, sie zu vernichten. Um sein Leben machte sich Cippico dabei weit weniger Gedanken, denn er war bereit, mit Dilara jeden gangbaren Weg zu gehen – auch den letzten. Doch womöglich endete es sogar schon hier, stand doch zu befürchten, daß sich jeden Moment die Abteiltür öffnete und ein Kontrolleur eintrat, der die Einsicht der Fahrkarten forderte. Der Gnom aus Padua torkelte zurück, bis er vor der Schiebetür des Abteils stand, und stierte mit einem Blick von größtmöglicher Verbitterung aus dem Fenster und zu den vorbeiziehenden Bäumen und Häusern des Rhônetals.

Gelophee lag in der Umarmung Dilaras und war wie gelähmt von dem, was geschah. Sie hatte auch laut und deutlich das Platzen ihrer Haut vernommen und die Zähne Dilaras gespürt, wie sie heiß und scharf in sie drangen und von Verderben und Tod kündeten. Eine riesige Woge aus Wärme und Beklommenheit erfüllte Gelophee und drückte sie bestimmt in die langsame Brandung eines Meeres aus Müdigkeit. Ihre Augen wurden schwer, und sie spürte, wie leicht Leben und Vitalität aus ihr rannen. Sie schloß die Augen und war glückselig am Ende.

Dilara schaute mit grimmigem Blick zu ihr auf und wirkte dabei wie ein lauernder Wolf, von dem zu erwarten war, daß er im nächsten Moment die Zähne fletschte und das Knurren anstimmte. Sie wirkte gefährlich und todbringend auf Gelophee.

Da erschrak sie vor der Erinnerung, quiekte, faßte sich an den Hals und suchte nach Bißmalen am Hals, nach Blut auf ihrem Kleid, nach Cippico und nach Dilaras Blicken.

Ein Lächeln schob sich behutsam in einen Mundwinkel und tat eindrücklich dar, wie belustigt Dilara war. „Hast du schlecht geträumt?“

„Du Scheusal, Teufelin!“

„Bin ich in deiner Gunst gestiegen, daß ich jetzt schon selbst zum Dämon wurde?“

Gelophee verschlug es die Sprache, und sie warf Cippico, der vor der Abteiltür stand und anmutete, als wolle er sie hinter sich verbergen oder eine Flucht vereiteln, einen fragenden Blick zu. Seine Augen verrieten, daß etwas geschehen sein mußte, doch sie konnte nicht sagen, was. So sehr sie auch ihren Hals untersuchte, es gab keine offenen Stellen, kein Blut und auch keinen Schmerz. Dennoch schnürte die Angst ihr die Kehle zu.

„Dilara, spiele nicht“, sagte Cippico.

„Oh, befiehlst du mir schon? Stellst dich auf ihre Seite?“

„Das würde ich...“

„Sei still. Sie wird dich nicht adoptieren, Cippico. Es findet sich keine Verwendung für einen kleinen, verkrüppelten Diener mit zwei linken Händen und einer linkischen Gesinnung in den Diensten von einer, bei der die Überheblichkeit der Schönheit in nichts nachsteht. Du machst dir verdrehte Hoffnungen, mein Lieber. Sie...“, doch da brach Dilara jäh ab und ihr Lächeln versiegte.

Es war kein gutes Zeichen für Cippico, der fürchtete, seine Herrin nun gänzlich zu verlieren; obschon er diese Art, mit ihm umzuspringen, hinlänglich kannte, ging es dieses Mal wahrlich anders her. Cippico ahnte, daß Dilaras Wille, Gelophee gefügig und sich untertan zu machen, womöglich größer war als die Verbundenheit zu ihm. Er hatte stets geargwöhnt, ob es überhaupt Bande zwischen ihnen geben konnte.

Gelophee richtete sich auf, der alte Stolz kehrte in ihre Haltung zurück, und sie richtete mit ihren gefesselten Händen ihre kurze Jacke.

„Niemals wieder werden Sie mich quälen oder in Schrecken versetzen“, sagte sie.

Was macht dich da nur derart sicher? dachte Dilara. „Ach?“ sagte sie nur und klang spöttisch.

„Ich glaube, daß Sie mir nichts tun werden. Sie hätten mir auch vorhin nichts getan, wenn das alles überhaupt geschehen ist und nicht nur ein fauler Zauber war, der mir Ihre Gefährlichkeit vorzugaukeln hatte. Ich glaube, Madame, ich bin in jedem Fall vor Ihnen sicher.“

„Mit dem Glauben geht das Wissen aus“, klang es nur allzu stoisch und halbherzig von Dilara. Ihre Wut schien einzig nur von dem Begreifen übertroffen, daß Gelophee bereits Macht auf sie ausübte, der sie sich nicht zu entziehen wußte. Sie fühlte sich an eine weitere Leine gelegt, fast schien es ihr, als wetteiferten Antediluvian und Gelophee um das Vorrecht, sie in Besitz nehmen zu können.

„Glauben und Wissen heben sich nicht gegenseitig auf, sondern ergänzen einander.“

Dilara fuhr auf, schnaufte und war voll von bösen Worten, brachte jedoch kein einziges hervor. Sie riß die Schiebetür des Abteils auf, sprang in den Durchgang und rammte die Tür zu, ohne Cippico und Gelophee auch nur einen weiteren Blick zu gönnen. Sie eilte den Durchgang hinunter und gelangte schon bald zum Faltenbalg, der die Wagen miteinander verband.

Hier klang das Rattern der Räder lauter. Es war daselbst zugig und unruhig wie auf dem Rücken eines scheuenden Pferdes, jedoch blieb Dilara. Sie stand zwischen zwei Wagen auf einer Reise, die ihr nur mißfallen wollte und die letztendlich nirgendwohin führen mochte.

Sie umfaßte mit ihren Händen ihre Stirn und fand sie glühend. Ihre Augen fühlten sich geschwollen und feucht an. Wenn es Tränen waren, die sich verhohlen zu sammeln suchten, so mußten sie der Verärgerung entspringen, dessen versicherte Dilara sich. Da fragte sie sich aber, was ihr die Fassung raubte. War es das absonderliche und zugleich abtrünnige Verhalten ihres Dieners? War es diese Frau, die ihr so ungeheuerlich überlegen schien, daß sie sich nicht zu wehren wußte?

Dilara besann sich darauf, wer sie war und was sie vermochte. Es genügte vollauf, wenn Antediluvian mit ihr geringschätzig verfuhr. Sie gedachte nicht, sich von Cippico und Gelophee länger auf der Nase herumtanzen zu lassen. Was fiel dieser Frau denn ein, zu behaupten, Dilara würde sich nicht an ihr vergreifen? Sie würde es tun, begann Dilara sich beizustimmen. Auch wenn ihr der Gedanke etwas unerträglich schien, die Anmut und den Liebreiz, die Intelligenz und die Eigenwilligkeit missen zu müssen. Trotz alledem würde sie es tun, blieb sie sich sicher. Sie hatte es schließlich mit Torquato auch getan, hatte ihn sich angeeignet. Sie hätte es auch mit Cippico getan, doch war er lebend von größerem Nutzen. Sich Gelophee zu nehmen, würde nicht minder einfach sein, wenn es auch zutiefst beunruhigend war und Dilara es sich nicht einmal auszumalen wünschte. Aber wenn es die einzige Möglichkeit war, um sich Gelophees sicher sein zu können, würde sie es tun. Natürlich hoffte sie, die eurasische Schönheit würde sich ihr willfährig zu eigen geben, so wie Cippico es getan. Sie war klug. Sie würde sich schon fügen.

All diese Reisen und die Vermutungen, daß sich etwas unter den Nosferati zusammenbraute, was ihr gegenüber nicht offengelegt wurde, hatten Dilara mehr Kräfte abverlangt, als sie sich einzugestehen bereit gewesen wäre. Sie hatte dennoch das untrügliche Gefühl, daß die Angelegenheiten ihr über den Kopf zu wachsen begannen. Und das ließ durchaus den Verdacht zu, Antediluvian könne es genau darauf anlegen.

Mit Mühe nur drängte Dilara die Müdigkeit zurück, und sie besann sich auf die Obliegenheiten, die vor ihr liegen mochten.

Und gerade, bevor sie sich wieder auf den Rückweg in ihr Abteil anzuschicken gedachte, erhaschte sie eine Bewegung im Türfenster des nächsten Wagens. Für einen kurzen Augenblick nur war ihr Blick auf ein Gesicht gefallen, kantig, jung und mit schwarzem Haar. Dann war es verschwunden, als habe es sich die Person anders überlegt und den Rückweg angetreten, anstatt die Schleuse zwischen den beiden Personenwagen zu nutzen. Je länger sich Dilara aber den Gesichtszügen entsann, um so sicherer ward sie, Torquato Perez gesehen zu haben.

8. KAPITEL

Wer Tränen sät, wird Freunde ernten

„(...) A te ferveano
Le danze e i cori,
A te i virginei
Candidi amori, (...)[23]*“*

Giosuè Carducci (1835-1907)

Nachdem die Schiebetür des Abteils zugefallen war, tanzten die vorgezogenen Vorhänge noch eine ganze Weile nach. In dieser Zeit schauten Cippico und Gelophee der schwingenden Bewegung des Stoffes zu und lauschten dem ratternden Geräusch des fahrenden Zuges, ohne auch nur mit einem Worte die rhythmische Musik ihrer Reise zu unterbrechen.

„Hat sie...?“ begann Gelophee schließlich leise.

„Was?“ entfuhr es Cippico, und als er merkte, wie scharf es geklungen haben mochte, fügte er mit der Betonung echter Aufmerksamkeit an, „Sie gebissen? – Nein. Es war eine Täuschung. Etwas, das *sie* vermögen.“

Gelophee nickte und schaute dann aus dem Fenster.

„Allerdings wäre ich mir an Ihrer Stelle nicht sicher, ob sie es nicht noch beabsichtigt.“ Cippico zog eine Taschenuhr aus seiner Weste und prüfte die Uhrzeit. „Wir werden bald in Lyon sein. Dort müssen wir umsteigen.“

„Ich glaube es dennoch.“

23 „(...) Für Dich glühten die Tänze und die Chöre, für die jungfräulichen Reinen Lieben, (...)“

„Es ist Ihr gutes Recht.“

„Ich bin Ihnen zu Dank verpflichtet, daß Sie sich für mich eingesetzt haben.“

„Habe ich das?“ sagte Cippico und schnaubte verächtlich. „*Si, ho fatto siccuramente.*[24] Und es war töricht von mir. Vor allen Dingen ist es nicht meine Art, mich zwischen Dilara und ihre Opfer zu stellen.“

„Bin ich nicht mehr als das? Nur ein Opfer?“ fragte Gelophee.

„Und ein Informant“, fügte er an.

„Oh. Nun gut. Ich dachte, Sie taten es aus Anstand.“

„Anstand? Das ist ein Luxus, den ich mir nicht erlauben darf. Ich diene, Madame, mehr nicht“, sagte Cippico und blickte Gelophee dabei an. „Und im Augenblick tue ich womöglich nicht einmal das. Das macht mich zu einem Risiko, die Dilara zu beseitigen pflegt.“

„Das tut mir leid.“

„Das muß es nicht. Ich habe eine Anstellung auf Lebenszeit“, meinte Cippico zynisch und griente dabei gekünstelt.

„Sie würde Ihnen nie etwas antun“, sagte Gelophee inbrünstig.

„Ei, das wäre auf jeden Fall eine Überraschung.“

„Hat Sie es etwa schon einmal...?“

Cippico lachte, doch auch das schien aufgesetzt. „Nein. Nein, soviel Ehre würde einem kleinen, verkrüppelten Diener mit zwei linken Händen wohl kaum zuteil. Ich würde wohl beseitigt. An einem Alpenpaß aus dem Fenster geworfen.“ Nun war der kleine Mann aus Padua ernst und schien nicht im geringsten besorgt, eher hoffnungsvoll.

„Nein, das glaube ich nicht.“

24 *ital.:* Ja, das habe ich sicherlich getan.

„Dann kennen Sie Dilara besser als ich. Ich weiß, daß sie keine Unterschiede macht."

„Ich maße mir nicht an, Ihnen Ihre Vertrautheiten mit Dilaras Wesen abzusprechen, ganz im Gegenteil, doch zuweilen haben Außenstehende eine andere Sicht der Dinge. Und was ich sehe, zeugt mir nicht von Verachtung."

„Oh, nein, gewißlich nicht. Sie nimmt mich nicht einmal genug wahr, um ein solch inniges Gefühl wie Verachtung entwickeln zu können. Ja, ich kann nicht einmal sagen, ob sie überhaupt Gefühle zu entwickeln vermag, die für unsereins zur herzensguten Seele eines Menschen zählen. Ich bin nicht sicher, ob ihre Seele noch genug bei ihr ist, um ihr zumindest einen fernen Widerschein von Gutmütigkeit einzugeben. Für Dilara gibt es nur Opfer und Helfer. *Senza dubbio sono uno degli ultimi*[25]", meinte Cippico und klang, als spreche er zu sich selbst.

„Sie glauben an die menschliche Seele?"

„Mehr denn je, Madame, denn wie könnte es wohl anders angehen, daß es Kreaturen wie diesen Antediluvian gibt, wenn es nicht etwas gäbe, das sie verlören, um zu werden, was sie sind. Jäger der Nacht. Blutrünstige Bestien. Allesamt", entfuhr es Cippico, und auch wenn ein leiser Haß in seinen Worten mitklang, so schienen sie doch an eine schlimme Erinnerung gebunden und blieben deshalb ruhig und hoffnungslos.

„Ich sehe in Dilara dennoch eine Seele, und auch wenn es richtig ist, daß diese Kreaturen ihre sterbliche Seele verloren haben, und zweifelsohne haben Sie dahingehend mehr Erfahrungen, so beharre ich trotzdem, daß in Dilara etwas verblieben ist. Etwas an ihr ist deutlich anders", sagte Gelophee.

„Das haben Sie bemerkt?"

[25] *ital.:* Ich gehöre zweifelsohne zu den letzteren.

„Ja, ich kann es nur nicht gut erklären, weil es nicht recht faßbar zu sein scheint." Gelophee verstummte, sann etwas nach und fuhr alsdann fort: „Sie reflektiert, ja, das ist es wohl. Eine Seele, so denke ich, reflektiert sich selbst und andere, ein Teil ihres Lichtes gibt sie fort, um neues zu erringen. Es ist eine Emanation der Schöpfung."

„Ich zweifele noch", verriet Cippico und erschien Gelophee dennoch für diesen Augenblick wie ein Gefährte. „Ich denke zuweilen, es sind bloß Erinnerungen. Es ist, als würde sie ihre Lebenszeiten nachahmen, weil sie an ihnen hängt und ihre Menschlichkeit nicht aufzugeben bereit ist. Und sollte sie sich je dazu durchringen, ihr neues Wesen voll und ganz zu akzeptieren, so würde ich mit Sicherheit das erste gefundene Fressen."

„Warum meinen Sie, Dilara akzeptiere Ihr Wesen nicht?"

„Sie kämpft. Mit sich. Mit allem. Und vor allen Dingen wider Antediluvian. Es ist, als sei er ein Erzfeind, und vielleicht ist es eben das, was sie daran hindert, wie ihresgleichen zu werden. Noch..."

„Sie kämpft tatsächlich", sagte Gelophee leise, und es klang wie eine Mischung aus Frage und Antwort. „Ich hörte eben, daß Sie Dilara *Königin des Mondes* nannten."

Cippico nickte nur, wußte er doch nicht, was Gelophee mit dieser Aussage anzufangen gedachte.

„Gaben Sie ihr den Titel?"

Er schüttelte unwillig den Kopf, so daß Gelophee sich nicht getraute, eine weitere Frage zu stellen. Nach einer Weile sagte Cippico: „Sie selbst hatte vor Jahren einen Traum, in dem sie als Königin des Mondes auftrat. Ihr Symbol war ein großes M."

„Erzählt sie Ihnen von ihren Träumen?"

Cippico musterte Gelophee einen Moment lang, und man

konnte ihm ansehen, wie er abwog, was er zu sagen gedachte. Es war förmlich zu sehen, wie er sich Antworten zurechtlegte. Schließlich bestätigte er es nur und stellte fest, daß es besser sei, es dabei bewenden zu lassen.

Eine Zeit verging, in der Cippico und Gelophee die Ruhe achteten und ihren eigenen Gedanken nachhingen. Lediglich der Fahrkartenkontrolleur stieg in das Abteil und forderte die Einsicht der Billettes, musterte Gelophee mit kritischem Auge, woraufhin die Blicke, die er Cippico gönnte, noch weitaus mißbilligender ausfielen, und wies sie hernach darauf hin, daß man in wenigen Minuten den Bahnhof von Lyon erreiche und es für die beiden Gäste somit an der Zeit wäre umzusteigen. Zudem, so fügte er an, sei dabei Eile geboten, da man bereits Verspätung habe und der Anschlußzug nach Mailand nicht lange warte. Cippico quittierte die Bemerkungen mit der ihm eigenen Höflichkeit, erhob sich dann, als wolle er den Beamten hinausbegleiten, drängte jenen zurück und schloß hinter ihm die Schiebetür.

„Was werden wir tun, wenn Dilara nicht bis Lyon zu uns stößt?“ fragte Gelophee, die sich mit einem Male umsorgt vorkam. Und das war ein gänzlich unbekanntes Gefühl, hatte sie doch noch nie einen eigenen Diener gehabt, und auch wenn Cippico ihr ohne Zweifel nicht unterstellt war, mußte er ihr dennoch zur Hand gehen, trug sie doch noch immer Fesseln.

„Wir werden umsteigen. Im Zug nach Mailand ist ebenfalls ein geschlossenes Abteil gebucht. Und sofern das Wetter mitspielt, werden wir über die Rhône-Alpen nach Italien fahren. Bis nach Mailand, Lugano und auch zu jenem Zielort, an dem Sie Ihren Informanten zu treffen gedenken.“

Cippico schaute Gelophee an, als erwarte er nun die ausführlichere Anweisung im Hinblick auf Ort und Person der geheimen Quelle, jedoch blieb seine Wißbegierde unbeantwortet und seine Miene glättete sich, als Gelophee nur nickte.

„Also Lugano“, fügte er an.

„Was ist mit Dilara?“

„Wenn ich eines gelernt habe, Madame, dann nie in Zweifel zu ziehen, wozu sie in der Lage ist. Sie wird wieder zu uns stoßen, wenn sie sich beruhigt hat, und es ist beileibe eine bessere Entscheidung, ihr die Wahl des Zeitpunktes zu überlassen. Sie kennen den Weg, ich werde Sie führen, und Dilara wird den Nutzen daraus ziehen. *C'est au moins ça, que j'espère pour nous deux.*[26]“

Für einen Augenblick überlegte Dilara, was nun zu tun sei und was, wenn sie sich nicht getäuscht hatte, der junge Spanier in diesem Zug machte. Es gab nur eine Erklärung: er spionierte ihnen im Auftrag Antediluvians nach. Doch aus was für einem Grunde? Natürlich mißtraute der selbsternannte Fürst der Nosferati ihr, doch hatte er noch nie jemanden dazu angehalten, sie zu beschatten.

Nun, die Eisenbahn brachte es zumindest mit sich, daß Torquato, wenn er denn wirklich hier war, ihr nicht entgehen konnte, sagte sich Dilara. Sie würde ihn finden und zur Rede stellen. Schon allein ob der Genugtuung, all die Lügen und Ausreden aus seinem Munde zu hören.

Dilara betrat den nächsten Wagen und war erfreut, daß es sich bereits um einen Wagen der dritten Klasse handelte, denn auf diese Weise konnte sie leichter nach dem Spanier suchen

26 *franz.:* Das zumindest hoffe ich für uns beide.

oder sich zumindest vergewissern, daß sie sich getäuscht hatte, indem sie jemanden fand, der Torquato zum Verwechseln ähnlich sah. Doch je länger sie sich das Bild, das sie nur für einen Augenblick erhascht hatte, vor Augen führte, um so sicherer war sie sich.

Aber so einfach, wie Dilara es sich vorgestellt hatte, sollte es nicht sein. Sie mühte sich redlich, durch die Wagen zu eilen, damit Torquatos Vorsprung nicht zu groß werde, doch die Wagen der dritten Klasse waren überfüllt mit den Einheimischen oder mit Reisenden, denen das nötige Geld für ein besseres Abteil fehlte. Dilara drängte sich vorbei an Männern in dunklen, sonntäglichen Anzügen und mit großen Hüten, an Frauen in geblümten Kleidern mit Spitzenkragen und an tollenden Kindern, denen man allesamt ansah, daß sie aus der Provinz kamen und in ebensolche fuhren. Dilara stieß auf zwei stattliche Dachdecker, deren Zunft man schon an der schwarzen Kleidung und ihren Hüten erkennen konnte und die sie mit unverhohlenem Interesse musterten, aber auch auf einige alte Frauen, die Kiepen auf dem Rücken trugen und sie mit größtmöglicher Abscheu anschauten. Daselbst gab es Sitzplätze längst nicht für jeden, und bezahlen konnte einen solchen auch nicht jeder, und so standen viele Leute zwischen den Sitzreihen inmitten des Ganges, und die Kinder spielten Fangen und liefen zwischen den Beinen der Erwachsenen hindurch. Alles in allem war es ein lautstarker Tumult, ähnlich einem Jahrmarkt, der jedoch auf wenigen Quadratmetern zusammengepfercht worden war. Es roch nach Schweiß und Stroh und Wolle.

Viel schlimmer noch stank es im nächsten Wagen, denn ein Bauer transportierte einige Hühner in Körben. Auch hier mußte sich Dilara an den Leuten vorbeischieben und zugleich die Gesichter studieren, ob ihr nicht das eine bekannt vorkam.

Doch auch hier fand sie weder Torquato noch jemanden, der ihm auch nur im entferntesten ähnlich gesehen hätte. Statt dessen wurde sie von einem schmutzigen Schlosser mit wenig Zähnen und schütterem Haar angesprochen, ob sie nicht willig sei, an ihm eine gute Tat zu begehen, woraufhin Dilara ihn nur streng anschaute und ihm, dem seine Ungehörigkeit kaum bewußt, einen Ellenbogen in die Magengrube rammte, dabei aber so tat, als bahne sie sich lediglich ihren Weg durch die Menge und es könne sich bei dieser Tat nur um ein Versehen handeln. Zwar erntete sie von den Umherstehenden mißbilligende Blicke, doch es kümmerte sie wenig.

Auch in den nächsten Wagen ergab sich nichts Neues, und Dilara wähnte sich schon einer Sinnestäuschung erlegen, als sie einen Mann fand, der entfernt an Torquato erinnerte. Er war nicht so groß, sein Haar war glatter und nicht so tiefschwarz, auch war er nicht sehr vornehm gekleidet und besaß eher ein liederliches Auftreten, dennoch verunsicherten sie die wenigen Ähnlichkeiten derart, daß sie sich längst nicht mehr sicher sein konnte, was sie gesehen hatte.

Trotzdem ging Dilara noch bis zum Ende der Personenzüge. Es schlossen sich ein Wagen der Post und die Gepäckwagen an, die für normales Publikum nicht begehbar waren. Sie blieb deshalb stehen und setzte sich danach für einen Augenblick auf die Kante einer Sitzbank, die gerade frei geworden war. Der Zug verlangsamte und rollte durch eine Ortschaft. Womöglich sind es bereits die Vororte Lyons, dachte Dilara und entsann sich, daß sie am Hauptbahnhof dieser mächtigen französischen Stadt umsteigen mußten. Sie entschied sich daher, den Rückweg anzutreten.

Durch die dunklen Wolken des Firmaments trat da ein heller Sonnenstrahl und traf den Landstrich und glomm durch die Fenster und ward dort vom Schmutz gebrochen, so daß es nur gleißend hell wurde. Es blendete und schmerzte Dilara, und sie spürte dadurch auch, wieviel Ärger noch immer in ihr war. Cippico, Gelophee, Antediluvian ohnehin, das vermeintliche Erscheinen Torquatos und überhaupt diese ganze Angelegenheit war ein Ärgernis. Es reizte sie so sehr, daß es sie nach Mord gelüstete.

Itzt fuhr der Zug in den Bahnhof ein, und der Wagen, in dem sie Platz gefunden, leerte sich zusehendst. Als sich aber Dilara erhob, um zu Cippico und ihrer Gefangenen zurückzukehren, fiel ihr ein Koffer im Gepäcknetz auf, den dort wohl jemand vergessen hatte. Es war klein, aus braunem Leder und mit grauen Schutzecken.

Dilara schaute sich um, ob wirklich niemand mehr in der Nähe war, dem dieses Gepäck gehören konnte, dann griff sie nach dessen Handgriff und zog es zu sich herunter. Schon dabei kam ihr der Koffer bekannt vor. Wie sich der Griff anfühlte und auch das Leder. Die Innenseite des Handgriffs war rauh und an einer Stelle aufgerissen. Sie kannte diesen Koffer, und mit einem Blick auf die Schnappschlösser vergewisserte sie sich, daß sie nicht irrte.

Ein jedes Schloß trug eine Initiale. T auf der linken Seite und P auf der rechten. Torquato Perez.

Alsbald hatte der Zug den Bahnhof von Lyon erreicht, einer Stadt, die schon Hauptstadt Galliens gewesen war und einstens noch Lugdunum – Hügel des Lichts oder auch Hügel der Krähen – geheißen. Durch den Handel und später durch die Seide wurde Lyon zu einer wohlhabenden Stadt, in der man auch nachweislich den ersten Kreditbrief ausgestellt hatte.

Cippico kannte Lyon recht gut, und er liebte die barocken Stadthäuser und die gotische Kathedrale St. Étienne, schätzte er doch den gotischen Baustil ohnehin hoch. Da sie sich aber nicht auf einer Reise befanden, die der Entspannung und dem Pläsier gedient hätte, hastete der kleine Mann aus Padua mit Gelophee vornan und den Gepäckstücken unter dem Arm sowie einem Gepäckträger im Schlepptau, der auf einem Karren die größeren Koffer beförderte, zum entsprechenden Gleis, wo bereits der Zug nach Mailand wartete. Mit ungeduldigem Schnaufen stand die Lokomotive noch still, als sie den Bahnsteig erreichten und an dem Zug entlang zum richtigen Wagen eilten, während der Träger sich mit den größeren Gepäckstücken an den Transportführer des Gepäckwagens wandte. Der Heizer und der Lokomotivführer schauten ungeduldig aus dem Führerstand nach dem Signal des Zugführers, doch noch immer eilten Fahrgäste heran und sprangen in die offenen Personenzugwagen.

Gelophee und Cippico schauten sich immer wieder um und musterten die Gesichter der umherlaufenden Reisenden, ob sie nicht in der Lage waren, Dilara irgendwo ausfindig zu machen, doch sie konnten sie nicht erspähen. Gelophee hätte am liebsten Cippico ins Gewissen geredet, daß doch besser zu warten sei, bis sich der Verbleib Dilaras geklärt habe und man die Reise gemeinsam fortsetzen könne, aber sie fand den kleinen Mann auf seiner Unterlippe kauend und durchaus nervös, so daß sie sich nicht getraute, ihn darauf anzusprechen. Seine Antwort würde ohnehin nicht anders ausfallen wie noch zuvor.

Schließlich erreichten sie ihren Wagen, und zögerlich zwar, sich jedoch der Situation ergebend, bestiegen sie ihn und fanden auch bald ihr Abteil. Dort angekommen, verstaute Cippico das Handgepäck, indem er auf die Sitzbank stieg und in einem geschickten, wenn auch nicht minder wagemutigen

Unterfangen begann, die kleinen Koffer und Taschen in die dafür vorgesehenen Netze zu werfen. Derweil öffnete Gelophee das Fenster und sah hinaus, um weiter die Reisenden anzusehen, und Cippico tat es ihr schließlich gleich.

Und so sehr sie auch hofften, bei dem nächsten Schopf, der langsam der Unterführung entstieg, müsse es sich um Dilaras handeln, oder eine Person, die von anderen verdeckt wurde, müsse die Begehrte sein, sie wurden beide enttäuscht. Die Türen knallten, Pfeifen ertönten, und sogleich ging ein Stoß durch den Zug, und gemächlich dampfte er aus dem Bahnhof.

Der kühle Herbstwind blies ihnen ins Gesicht, und ein feiner Nieselregen lag in der Luft, so daß die beiden das Fenster schlossen. Cippico zog die Abteilvorhänge zu und warf sich danach seufzend in den Sitz. Gelophee schüttelte einen kalten Schauer ab und erzeugte ein bebendes Geräusch mit den Lippen.

„Sind Sie nicht im geringsten beunruhigt?“ fragte sie.

Cippico schaute zu ihr auf und sah durchaus besorgt aus. „Doch, ich gestehe es ein.“

„Ich traue diesem Antediluvian nicht über den Weg.“

„Er ist es nicht, der mir Kopfzerbrechen bereitet“, sagte Cippico, und es klang wie eine Lüge. „Er ist an der Abschrift interessiert, und er wird uns in Ruhe lassen, bis wir das Erwünschte erbracht oder versagt haben. Es sind vielmehr seine Schergen, um die ich mir Gedanken mache. Sie sind ihm zwar untertan, doch nicht immer vernünftig oder gar bewährt. Viele von ihnen sind dünkelhaft und streitsüchtig. Und zu allem Überfluß nicht selten machtgierig. Nicht sehr förderlich für Antediluvian, deshalb ist er besonders grausam zu ihnen“, erklärte der kleine Mann aus Padua langsam, legte die Beine seitlich in die Höhe, lehnte sich an das Seitenfenster und wirkte gebrochen. „Deshalb sind auch sie so grausam. Sie hassen das Leben und alles, was es besitzt. Doch sie vernichten es nicht, es ist ihnen ein Labsal, es zu quälen und zu foltern, ihm Schmerzen zu entlocken und zuzusehen, wie es zugrunde geht."

„Cippico", rief Gelophee den entrückten Begleiter an, um ihm eine Frage zu stellen, vor der sie sich schon eine ganze Weile fürchtete. „Ist Dilara von Antediluvian erschaffen worden?"

Der kleine Mann schaute Gelophee mit großer Bekümmerung an. „Erschaffen nicht, verändert trifft es eher, oder besser noch penetriert. Sie muß eine intelligente und liebreizende Frau gewesen sein, bevor er ihr das Leben nahm und ein verfluchtes schenkte."

„Wissen Sie mehr über ihre Vergangenheit?"

„Was interessiert es Sie?"

Gelophee schaute zu Boden und die Verlegenheit stieg ihr wärmend ins Gesicht.

„Nein, ich weiß fast nichts", sagte Cippico, und es klang unsagbar traurig. „Sie verriet mal etwas von einer Hinrichtung, der sie entkommen sei, und daß sie ärmlichen Verhältnissen entsprungen. Doch mehr wollte sie nie erwähnen. Es nahm mich nicht wunder, also drang ich nicht weiter in sie. Und eigentlich brauche ich es auch nicht zu wissen. Es ist für mich von größerer Bedeutung, wer sie ist, nicht, wer sie war."

„Verzeihen Sie mir, Cippico, es mag vermessen klingen, doch Dilara scheint Ihnen außerordentlich wichtig zu sein." Ihre Blicke trafen sich, und ein jeder schwieg für einen Augenblick, als müßte man erst sorgsam abwägen, was von einer solchen Bemerkung zu halten war.

„Wenn sie sich an etwas erinnert oder wenn sie in ihre Trance verfällt, in der sie imstande ist, durch Träume zu reisen, deren Symbolik sich häufig in naher Zukunft bestätigt findet, dann ist sie wie ein kleines Kind. Sie ist schutzlos, zart, zerbrechlich. Manchmal gewinne ich dann ihre Hand, um sie zu halten, weil ich denke, sie könne den Beistand spüren, und ich entdecke, wie fein ihre Finger sind, wie überaus elegant eine jede Linie daran ist, wie hübsch die Ballen der Hand und wie entzückend ihre Kuppen sind. Wäre sie vollkommen wach und im ganzen bei Sinnen, würde sie es nicht dulden, würde aus der grazilen Hand eine Faust machen oder mich mit dem Handrücken ins Gesicht schlagen. So bleibt mir nur die stille Bewunderung, was für ein Wurf der Natur mit ihr gelang", sagte er, und es klang behutsam schwärmerisch.

„Weiß sie nichts davon?"

„Nein!" bestritt er vehement. „Nein, nein, das ist wohl besser so."

„Das soll heißen, daß Dilara niemals etwas von all den Liebkosungen und Ihren zärtlichen Gefühlen mitbekommen hat? Cippico, das..."

„Das geht Sie nichts an, Madame."

Und Gelophee schwieg.

An ihrem Fenster zog die herbstliche Landschaft der Weinfelder und ihrer steinernen Höfe vorbei. Der Himmel darüber war ein graues, verhangenes Kuppeldach, welches die Farben der Welt grünlich tünchte und sich unendlich weit wie eine Spielwiese für schwere Wolkenbänder spannte. Es war stürmisch, und der Wind riß an den Bäumen, so daß sich ihre Wipfel bogen, und er führte den feinen Regen mit sich, der auch an die Fenster schlug. Die Böen pfiffen durch die mürben Dichtungen der Fenster oder verfingen sich kreischend in der Luftklappe über der Heizung, und lange Zeit waren sie die einzigen Reisenden, die sich mitteilten.

Schon bald überquerten sie den Ain, und die Gegenden wurden zerklüfteter und gingen leicht bergan. Ein Fahrkartenkontrolleur kam und tat seine Pflicht, dieses Mal ohne viel Worte zu machen.

„Ich würde es ihr sagen“, meinte Gelophee, als der Zug durch Chambéry rauschte, eine hübsche Ortschaft, die als Hauptstadt der Grafschaft Savoyen erst vor zwei Jahrzehnten an Frankreich abgetreten worden war und die deshalb noch viel italienisches Flair zeigte.

„Madame, mischen Sie sich nicht in meine Angelegenheiten“, entfuhr es Cippico barsch. Dann schien er zu grübeln, und nach einer Weile schaute er Gelophee wieder an. „Ich bin ein Diener. Nicht mehr. Und nach mir werden andere kommen“, sagte er ruhig, schien aber noch immer nicht recht zufrieden mit sich und seiner Antwort. „Im übrigen ist es ein Leichtes, im Dienen alles zu erreichen, wofür ein Partner zuerst auf Güte und Hingabe hoffen muß.“

„Sie mißverstehen mich“, entgegnete Gelophee ruhig, weil sie erkannte, daß er es noch immer auf sich bezog.

„Es gibt nichts, was ich ihr...“, begann Cippico, hielt aber inne, als er begriff, wie Gelophee es gemeint hatte. Er runzelte die Stirn und wirkte dabei verdutzt.

Da riß plötzlich jemand an der Schiebetür, öffnete sie und trat ein. Cippico wollte sich und einen Einspruch erheben, als er erstarrte. Seine Augen weiteten sich, und seine Gesichtsfarbe wich einem durchscheinendem Grau.

In der Tür stand ein großer, schlanker Mann mit einem kantigen, dunkelhäutigen Gesicht, über dem sich schwarzes, glänzendes Haar kräuselte. Er trug einen rotbraunen Zweireiher, ein strahlend weißes Oberhemd mit Selbstbinder und in den Händen einen Stock aus Mahagoni, einen steifen Hut und über dem Arm einen Paletot mit Samtkragen. Das Weiß seiner Zähne glich dem Hemdkragen und schien ebenso gestärkt. Er war so auffällig ein Südländer, daß es Gelophee fast verwunderte, als er sie mit akzentfreiem Englisch grüßte. Weitaus erstaunlicher war jedoch Cippicos Verhalten. Er zitterte wie Espenlaub, zog die Beine auf den Sitz, umklammerte sie, als trachte er sich dahinter zu verstecken und beäugte den Mann, der hinter sich die Türe schloß, mit einem solch verängstigten Blick, daß Gelophee ebenfalls unwohl wurde.

„Mein Herr, dies ist ein reserviertes Abteil“, sagte sie, denn Cippico machte keine Anstalten mehr, etwas zu sagen. Alles an ihm wirkte flüchtig.

Der Südländer gönnte dem kleinen Mann ein süffisantes Lächeln von der Seite und verbeugte sich dann höflich vor Gelophee. „Entschuldigen Sie, Senorita, ich weiß, daß dies ein reserviertes Abteil ist, denn es steht ja auf dem Schild an der Tür, jedoch habe ich etwas mit Ihrem Begleiter zu besprechen. Und wenn ich mich nicht allzu sehr täusche, dürfte Ihnen meine Anwesenheit wohl lieber sein, als die dieses unzivilisierten Dieners, den Mutter Natur zweifelsohne zu kurz kommen ließ.“ Und mit diesen Worten angelte er mit seinem Stock dreist zwischen Gelophees Mantel, der auf ihrem Schoß drapiert war und zog den Strick, mit dem sie gefesselt war, mit einer Kraft in die Höhe, daß ihre Arme folgen mußten.

Sein Lächeln blieb schief und selbstgefällig, sein Gebaren kunstvoll und gewandt, im ganzen gar nicht uncharmant. Gelophee fehlten die Worte. Zudem jagte es ihr Furcht ein, daß Cippico wie ein verängstigtes Kaninchen in seinem Bau wirkte, vor dem sich der Fuchs lauernd stellte, bereit, ihn auszugraben, wenn nötig. Der Südländer setzte sich vor Cippico, der auf seinem Sitz noch kleiner wurde, und sagte alsdann: „Es war nicht klug, uns zu entfliehen, kleiner Mann. Du kannst flüchten und dich verstecken, doch du kannst nicht entkommen. Das hättest du doch wissen müssen. Bringen wir es also hier zu Ende.“

„Ich weiß ehrlich gesagt nicht, worum es hier geht, aber ich ersuche Sie, dieses Abteil umgehend zu verlassen“, sagte Gelophee barsch und erhob sich von ihrem Platz.

„Senorita Roche, setzen Sie sich. Ich versichere Sie, es wird Ihnen kein Leid widerfahren, wenn Sie vernünftig sind“, sagte der Südländer und klopfte mit dem Stock an Cippicos Schulter, weil jener seinen Blick in die Leere gerichtet hielt, als wolle er sein Gegenüber und die vermeintliche Bedrohung, die von jenem ausging, nicht wahrnehmen. Cippico schaute auf, und sein Blick war weit und angsterfüllt.

„Woher kennen Sie meinen Namen?“ fragte Gelophee.

„Ich kenne nicht nur Ihren Namen, Senorita, ich kenne auch all Ihre Gepflogenheiten. Und ich sehe in Ihnen eine Gefahr für meine Dilara, vor der ich sie zu schützen gedenke. Genau wie ich sie von diesem elendigen Kauz zu befreien beabsichtige. Sehen Sie, Senorita, Dilara ist ungeheuer kostbar, und es wäre keinesfalls wünschenswert, stieße ihr etwas zu, das nicht in meinem Sinne ist.“

„Wer zur Hölle sind Sie?“

„Ihr Gemahl“, sagte der Südländer und ergänzte seine Worte mit seinem schiefen Lächeln, bei dem Gelophee deutlich seine verlängerten Eckzähne zu sehen bekam.

Dilara öffnete die Schlösser und ahnte dabei nichts Gutes. Natürlich war ihr längst klar, daß Torquato den Koffer beabsichtigt zurückgelassen, nur damit sie ihn fand und wußte, daß sie sich nicht geirrt hatte. Sie hob den Deckel des kleinen Gepäckstückes an und fand darin einige Kleidungsstücke, die Spuren von Blut aufwiesen. Als sie das erste Stück aus beigefarbener Baumwolle entnahm und entfaltete, erkannte sie, daß es sich um ein kleines Herrenhemd handelte, doch es wies auf der Brust fünf lange Einschnitte auf, und die verbliebenen Stege des Stoffes waren rostrot verfärbt.

Dilara war geschockt, denn sie erkannte das Hemd wohl. Und sie erkannte auch das Blut am Ruch. Es gehörte Cippico. Sofort erinnerte sie sich an sein Verschwinden im Papstpalast in Avignon und daran, wie verstört er nach seiner Rückkehr gewesen war. Sie war jedoch zu sehr mit sich selbst beschäftigt gewesen, um zu deuten, was geschehen sein mochte. Cippico war da gewesen, und damit war ihrem Bedürfnis auch schon Genüge getan.

Jetzt lähmte es ihre Gedanken und ihre Handlungen, als ihr klar wurde, daß sie ihn womöglich beinah verloren hätte. Es ärgerte sie, daß er kein Wort darüber verloren, und es ärgerte sie ferner, daß man sich, um sie an einem wunden Punkt zu treffen und womöglich nur, um sie an ihre Loyalität zu erinnern, an ihrem Diener vergriffen hatte. Unter dem Hemd lag noch seine Hose, klein, in Fetzen, starr vor Blutkruste und Zeugnis einer Folter, wie nur Nosferati sie bevorzugten. Auf dem Boden des Koffers lag sein Talisman. Er trug ihn stets in seiner Tasche und spielte mit ihm, wie ein Katholik mit seinem Rosenkranz. Es war ein kleiner, runder Zypressenzapfen in einem Stück ungeschliffenem Bernstein. Man konnte den kleinen, holzigen Ball, der aus vier- oder sechseckigen Kappen zusammengesetzt schien, am besten erkennen, wenn man den Bernstein gegen das Sonnenlicht hielt. Es war ein ganz und gar hübsches Maskottchen, zu dem es zweifelsohne auch eine Geschichte dazu gab, doch Cippico hatte sie ihr stets vorenthalten, indem er sie auf ein anderes Mal vertröstete. Allerdings wußte Dilara, wie sehr er an dem Kleinod hing und wie sehr er es vermißte, wenn er es einmal verlegt glaubte, selbst da dies noch nie wirklich geschehen war. Den kleinen Glücksbringer nun seinem Eigner entrissen zu sehen, versetzte sie in arge Bestürzung, und sie vermochte sich vorzustellen, wie es um Cippico stand und wie sehr er sich Beherrschung auferlegt haben mußte, um sich vor ihr nichts anmerken zu lassen. Er konnte ein Narr sein. Doch vielleicht war sie es auch, denn vermutlich hätte er von ihrer Seite eher Spott als Verständnis zu erwarten gehabt, und er hatte dies vorhergesehen. Diese Erkenntnis aber bestürzte sie fast noch mehr.

Mit einem Male ging ein Ruck durch den Zug und Dilara fiel mit Schrecken ein, daß sie in Lyon umzusteigen hatten. Sie mußte den Zug schleunigst verlassen, denn wenn bis hierher noch alles glatt gelaufen war, dann würde Cippico mit Gelophee wie geplant umsteigen, ob Dilara nun dabei war oder nicht. Es entsprach einfach seinem inneren Verständnis von Pflichterfüllung, weiterzumachen, ganz gleich, was geschehen sein mochte. Er würde sich darauf verlassen, daß sie früher oder später wieder zu den beiden stoßen mochte.

Dilara warf die Kleidungsstücke zurück in den Koffer, steckte sich Cippicos Talisman in die Tasche, klemmte sich das Gepäck unter den Arm und rannte zurück zum vorderen Teil des Wagens, der mittlerweile wieder Fahrt aufnahm. Sie kam zur Wagentür, betätigte den Riegel und fand ihn verschlossen. Sie schaute hinaus und rüttelte und riß an dem Knauf, doch die Wagentür öffnete sich nicht.

Mehr und mehr nahm der Zug Fahrt auf und rumpelte aus dem Bahnhof. Und kurz vor dem Ende des Bahnsteigs, am letzten Personentunnel sah sie Cippico mit Gelophee und einem Kofferträger die Treppen hinabsteigen. Dann entschwanden sie ihrem Blickfeld. Dilara knurrte und schaute aus dem Türenfenster weiter zurück.

Am Ende des Steigs stand ein Südländer in einem braunen Anzug und tippte mit seinem Spazierstock grüßend an die Krempe seines Hutes. Er schaute Dilara direkt an und grien-te dabei unverschämt, bevor er sich umwandte und die glei-che Unterführung wie Cippico und Gelophee nahm. Es war Torquato Perez.

„Das ist nicht wahr“, sagte Gelophee sogleich.

„Ich fürchte doch. Vielleicht nicht ganz in dem Sinne, wie Sie es sich vorstellen mögen, aber in gewisser Weise sind Dilara und meine Wenigkeit ein Paar. Unzertrennlich im Bunde. Wie schön, daß es so etwas noch gibt, nicht wahr?“ Die Stimme von Torquato Perez klang unerhört spöttisch

Gelophee schaute zu Cippico, um an ihm Anzeichen der offen ausgesprochenen Lüge erkennen zu können, doch der kleinwüchsige Diener wirkte zusammengesunken und einge-schüchtert wie ein kleiner Junge, der entdeckt hatte, daß unter seinem Bett ein furchtbarer Dämon hauste. Von ihm hatte sie weder Beistand noch Hilfe zu erwarten, wenn es darum ging, gegen diesen Teufel vorzugehen. Doch was, fragte sich Gelophee nahe der Verzweiflung, konnte gegen eine Kreatur getan werden, die aufgrund eines Fluches einem natürlichen Tode entgangen sein mußte, die blutrünstig das Leben ande-rer zu stehlen trachtete, womöglich seinen eigenen verdorbe-nen Leib mit einem Leben anfüllte, welches aus eigenem Quell nicht mehr entsprang? Sie wußte es nicht zu sagen.

Gelophee hatte Freunde, die zu angesehenen Londoner Literaturzirkeln zählten, und jene hatten ihr einmal von einem Autor namens Joseph Sheridan LeFanu zu berichten gewußt, der zu Lebzeiten einige Romane und Erzählungen verfaßt, deren Handlung übernatürliche, phantastische und auch unheimliche Geschehnisse enthielt. Darunter auch ein Werk, das *Carmilla* geheißen und in dem es eine junge Frau gab, die sich vom Blut der Lebenden nährte. Man hatte Gelophee erzählt, daß man diesem Wesen nur den Garaus machen konnte, indem man ihm etwas durch das Herz stieß, ihm den Kopf abtrennte und hernach die Reste verbrannte. Was von solch einem Vorgehen zu halten war, wußte Gelophee, als sie dem widerwärtigen Geschöpf in ihrem Abteil in die stechenden und dennoch toten Augen schaute, nicht zu sagen. Es kam ihr doch reichlich theatralisch vor – eben wie geschaffen für eine Novelle, bei der es Leuten einen kalten Schauer bescheren sollte. Die Wirklichkeit sah anders aus. Solcherlei krude Geschichten gab es viele in den Zirkeln und Salons, in denen sich nicht nur die Aristokraten und die aufgestiegenen und bessergestellten Bürger trafen, sondern auch Maler, Musiker und Literaten, die dort um Anerkennung kämpften. Während sich die einen mit Hut, Stock und Schirm, in rauschenden Roben und wallenden Kleidern zu zeigen und zu vergnügen suchten, war es für die Künstler annähernd ein Kampf um das Überleben, um die Akzeptanz, stets mit der Aussicht, der Familie weiter auf der Tasche zu liegen oder gar als Bettler zu enden. Da bediente man sich gerne der Sensation und des Effekts, bediente sich ungeniert bei Märchen und Mythen, plünderte auf der Suche nach Morden, triumphierenden Helden und immer wieder einer hübschen Gelegenheit, nacktes Fleisch zu präsentieren, oder lud sich den Besitzer einer ägyptischen Mumie ein, der die staunende und erschrockene Gesellschaft dann mit Geschichten von Flüchen und einer vermeintlichen Rache der Toten unterhielt. Wer vermöchte sagen, was daran war oder nicht, fragte sich Gelophee und dachte dabei an den Spanier, der sie noch immer frech angriente. Sie konnte sich ja nicht einmal sicher sein, daß ihr Gegenüber wirklich eine Art wandelnder Geist war, längst tot und doch zu ewigem Leben verflucht. Sie war sich auch bei Dilara dessen nicht sicher. Wahrlich, Gelophee wußte, daß jene sich von Blut ernährten, daß sie Kräfte besaßen, die übermenschlich anmuteten, doch das allein war kein Beweis für ein Geschöpf, das ebensogut den Hirngespinsten christlichen Aberglaubens entsprungen sein mochte. Es gab Menschen, die ihren Körper weit über seine natürliche Leistungsfähigkeit hinaus zu ertüchtigen imstande waren. Sie hatte es von buddhistischen Mönchen gehört und von japanischen Kämpfern der Frühzeit, die Fähigkeiten durch Meditation oder Übungen entwickelten, die durchaus als übermenschlich bezeichnet werden konnten. Und da Gelophee den menschlichen Körper für eine biomechanische und zugleich chemische Maschine hielt, neigte sie eher dazu, hier gleiches zu vermuten.

Gleichwohl brachten diese Überlegungen sie keinesfalls weiter. Diese Geschöpfe waren skrupellos, blutrünstig und gefährlich, sie dagegen hatte nicht einmal eine Waffe und war darüber hinaus gefesselt. Das war keine gute Ausgangssituation, um sich mit diesem unheimlichen Spanier einzulassen.

Plötzlich aber erklangen Geräusche an der Abteiltür, die bewiesen, daß jemand versuchte, sie aufzuziehen. Der Spanier stutzte, während Gelophee hoffte, es könne Dilara sein oder zumindest der Schaffner, der die Fahrkarten kontrollierte. Doch zerschlug sich ihre Hoffnung, als die Tür aufgezogen wurde und hinter dem Vorhang zwei männliche Stimmen zu vernehmen waren. Gelophee breitete den Mantel über ihre Fesseln aus.

„Auguste“, rief die eine Stimme dunkel und rauh, „Auguste, dies Abteil ist reserviert und wir können nicht einfach, nein, wir *dürfen* nicht einfach ein solches in Beschlag nehmen.“

„Gott, Claude, sei nicht immer derart hochgestochen. Nicht jedes reservierte Abteil ist auch belegt. Vielleicht haben wir Glück, und wenn nicht, dann werden wir uns eben höflich empfehlen und weitersuchen, einen Platz in diesem Zug zu finden. Ich kann nicht mehr stehen und den Geruch von...“, die zweite Stimme stockte, als sich der Mann durch den Vorhang gedrängt hatte. Er war mittleren Alters, trug einen strengen Seitenscheitel und einen struppig wirkenden Bart im Gesicht. Seine Züge waren kantig und wirkten ein wenig erschöpft, seine Kleidung war einfach, geradezu bürgerlich und womöglich durch die Reise etwas vernachlässigt. Sein hageres Wesen schien voller Ruhelosigkeit, und ein ungestümer Frohsinn funkelte aus seinen Augen.

Als er den Vorhang beiseite gezogen, war auch sein Hintermann zu erkennen. Von etwas derberer Natur als sein Gefährte und mit einem verkniffenen Gesicht, an dem ein dunkler Vollbart wuchs, wirkte jener wie ein strenger Lehrer, dessen Argusaugen alles auszumachen imstande waren und dessen reinweißes Hemd mit Spitzenmanschetten unter einem grauen Einreiher saß, als müsse er sogleich einen Vortrag vor einem Kongreß von Fachleuten und Professoren halten.

„Ei, sieh, was ich sagte“, donnerte er aus dem Hintergrund.

„Verzeihen Sie, Monsieur, Madame. Wir dachten, wir könnten noch einen Sitzplatz bekommen, doch wollten wir Sie keinesfalls stören“, sagte der Hagere, würdigte dem Spanier und Cippico keinen Blick, sondern fuhr mit seinen begierigen Blicken an Gelophee hinauf und hinab, als sei es ihm vergönnt, sie damit entkleiden zu können.

„Entschuldigen Sie die Störung“, sagte der Vollbärtige, und auch seine Augen trafen Gelophee; und sprach aus seinen Blicken auch weit weniger Begierde, so schienen auch sie entflammt in stiller Bewunderung und behutsamem Erstaunen. „Komm, Auguste, laß uns gehen."

„Entschuldigen Sie die Störung", wiederholte der Angesprochene steif und schien nicht in der Lage, seinen Blick von Gelophee zu lassen.

Doch eben darin sah sie eine Gelegenheit, ihrer schlimmen Lage möglicherweise zu entkommen oder sie zumindest entscheidend zu verbessern.

„Sie kommen zur rechten Zeit, meine Herren. Womöglich schickt Sie der Himmel", begann sie, und der Spanier brummte derweil erbost. „Meinem Diener hier scheint es nicht gut zu sein. Ich fürchte, er ist ernstlich krank, und ich würde ihm gern helfen, austreten zu können."

„Warum haben Sie die Bitte nicht an mich herangetragen, Senorita, ich hätte Ihnen doch gern aus der Verlegenheit geholfen", warf der Spanier ein, der Gelophees Versuch, ihm zu entkommen, erraten hatte, und er klang dabei eher wütend als höflich.

„Ohne Ihnen zu nahe treten zu wollen, mein Herr, doch Sie um etwas Derartiges zu bitten, hätte geheißen, Sie selbst in die Bredouille zu bringen, Ihr Gepäck aus den Augen lassen zu müssen. Ich kann mir vorstellen, daß diese Dame Sie daher nicht unnötig einem Zwiespalt auszusetzen gedachte", meinte Auguste, ohne seinen Blick von Gelophee zu lassen. Er schien erkannt zu haben, daß die Frau ihn nicht ohne Grund um die Gefälligkeit ersucht hatte. „Wenn ich mich Ihnen im übrigen vorstellen darf, mein Name ist Auguste Renoir, und dies ist mein Freund Claude Monet. Man sollte, wenn man einander hilft, auch wissen, mit wem man es zu tun hat."

„Gelophee Roche", sagte sie und lächelte gezwungen, „und dies ist mein Diener Cippico."

„Angenehm, Madame Roche."

„Mademoiselle", verbesserte Gelophee, die den Zeitpunkt für solche Spitzfindigkeiten unangemessen fand. Zudem schalt sie sich zugleich eine Närrin, denn die Bemerkung schien sogleich wie Saat in einem Nährboden aufzugehen. Auguste Renoir erstrahlte im Gesicht wie ein Sonnenaufgang. Er nickte.

„Nun, dann wollen wir nicht Zeit verlieren und Ihrem Diener mal zum Abort bringen. Komm, Claude, faß mit an", sagte Auguste und trat an Cippicos Seite, um ihn aus seiner Sitzposition zu verhelfen. „Womöglich ist es die große Höhe, die Ihrem Diener Probleme bereitet. Man leidet leicht daran."

„Ja, das entspricht auch meiner Befürchtung, Monsieur Renoir", sagte Gelophee, die den Spanier nun genau im Auge behielt, rechnete sie doch damit, daß er einschreiten würde. Fast schon schalt sich Gelophee, daß sie die beiden netten Herren ohne deren Wissen in Gefahr gebracht, doch der Spanier schien keine Anstalten machen zu wollen. Er saß dort wie versteinert, und nur seine giftigen Blicke verrieten, daß er mit den Ereignissen überhaupt nicht einverstanden war. Und Gelophee bemerkte auch, daß Monsieur Renoir dies wahrnahm und ihr daraufhin einen Blick zuwarf, der verriet, daß er einen unmittelbaren Verdacht schöpfte. Welcher Art jener auch sein mochte, er gewann den Franzosen auf jeden Fall für Gelophee. „Ich werde Sie besser begleiten, denn ich fühle mich sonst nur allzu hilflos."

„Aber Mademoiselle, wollen Sie nicht lieber bei Ihrem Gepäck bleiben?" fragte Claude Monet, der noch nicht durchschaut zu haben schien, daß es sich bei dieser Angelegenheit um eine Rettung handelte. „Oder möchten Sie lieber, daß ich im Abteil bleibe, damit Sie mit meinem Freund gehen können?"

„Nein!" entfuhr es Gelophee nur allzu abrupt. „Nein, Monsieur Monet, bitte, ich bin sicher, daß diesem Herrn zu trauen ist. Es ist nicht mein Gepäck, um das ich mir Sorgen mache." Für diese Worte erntete sie jedoch einen strengen Blick von Claude Monet, jedoch fügte er sich. Die beiden Männer halfen Cippico, der noch immer verängstigt und teilnahmslos war, auf die Beine und brachten ihn zur Abteiltür hinaus in den Gang. Und als Gelophee aufsprang und geschwinde folgte, griff der Spanier nach ihr und hielt ihre Hand fest, so daß der Mantel über ihren Armen verrutschte und ein Teil ihrer Fesselung zu Tage trat.

„Einstweilen ist es Ihnen gelungen, Senorita, aber verstehen Sie es als Warnung. Ich werde Sie bekommen und den kleinen Kerl allemal", fauchte er.

Als sie den nächsten Wagen erreicht hatten, wandte sich Auguste Renoir zu Gelophee um, schaute an ihr vorbei, als erwarte er den Spanier ebenfalls hinter sich, blickte danach wieder die Frau mit großem Ernst an und sagte: „Mademoiselle, ich wage kaum, Sie zu fragen, doch was ist in Ihrem Abteil vorgegangen? Mir ist nicht entgangen, daß Ihre Hände gefesselt sind."

„Auguste, was redest du denn da?" brummte Monet.

„Es ist wahr, Monsieur Monet, Ihr Freund hat es erfaßt. Dieser Spanier in unserem Abteil hat uns auf das Übelste bedroht. Meinen Diener hat er geschlagen und mich gefesselt. Der Himmel allein weiß, was er mit uns vorgehabt haben mag, doch scheute er offenbar, allzu sehr aufzufallen."

„Mademoiselle Roche, was Sie da sagen, ist ja unerhört", meinte Claude Monet und stützte dabei seine Hände in die

Taille, so daß er noch mehr einem Lehrer oder gar einem Oberstudienrat ähnelte. „Wir sollten den Schaffner darüber in Kenntnis setzen, damit er...“

„Nein, Monsieur, ich bitte Sie, dies nicht zu tun“, sagte Gelophee, die sich entschloß, die beiden Männer nicht weiter über die Angelegenheiten aufzuklären. Wenn sie ihnen von blutrünstigen Kreaturen oder gar von Toten, die nicht zur Ruhe kamen, berichtet hätte, wären sie womöglich noch dem Verdacht erlegen, Gelophees Fesselung könne wohlbegründet sein. Sie erwartete nicht, daß diese französischen Kavaliere zu begreifen imstande gewesen wären.

„Das verstehe ich nicht, Mademoiselle. Man hat sich an Ihrem Diener vergriffen, der offenbar einen schweren Schock davongetragen, und da wollen Sie diesen Kerl mit heiler Haut entkommen lassen?“ fragte Auguste Renoir.

„Es erfreut mich sehr, daß Sie beide so besorgt um unser beider Wohlergehen sind. Und ich wünschte, ich könnte mich wirklich Ihrem Anstand, mich aus dieser Lage zu befreien, erkenntlich zeigen, doch glauben Sie mir, daß es besser so ist. Ich bin mir sicher, daß, wenn wir jetzt zurückgehen, der Mann das Weite gesucht haben wird. Dennoch ist meine Reise noch lang, und Sie beide werden mir nicht immer zur Seite stehen können, also halte ich es für besser, ihn ziehen zu lassen. Sein Wort stünde gegen meines, und er wäre schneller wieder auf freiem Fuße, als es gut wäre, und er würde auf Rache sinnen. So habe ich wenigstens die Hoffnung, daß er mich als mißglückten Versuch ansieht und nun aus Angst vor Entdeckung flieht“, erklärte Gelophee, ahnte, wie bedenklich ihre Ausflüchte wirken mußten, und hoffte dennoch, die beiden Männer würden sich einstweilen damit zufriedengeben. Derweil ließ sie sich von Auguste die Hände befreien.

Dabei schaute sie aus dem Fenster des Zuges und erblickte die steilen, zerklüfteten Berghänge, die der Zug bereits erklomm, und unweit der Bahnlinie konnte sie sogar den Fluß Arc erkennen. Schon sehr bald würden sie die Grenzortschaft Modane erreichen, und es war Gelophee nicht wohl in ihrer Haut, wenn sie daran dachte, daß sie den Grenzern ihre Papiere zu geben hatte. Sie überlegte, ob sie dort aussteigen sollte, denn schließlich schien Dilara nicht länger im Zug zu sein und Cippico – sie warf ihm einen raschen Blick zu – nicht länger bei Sinnen.

Kaum hatte Auguste aber ihre Hände befreit, schritt er an ihr vorbei und lief den Weg zurück, den sie gekommen waren.

Gelophee hörte Claude Monet noch raunen, daß er es geahnt habe, und dann war Auguste Renoir auch schon durch die Wagentür verschwunden. Sie wandte sich um, warf Monsieur Monet nur einen flüchtigen und beschämten Blick zu und besah sich dann Cippico genauer. Er hing an der Seite des bärtigen Franzosen wie ein Spielzeug, und sein Blick war stetig in die Leere gerichtet. Zwar schien alle Furcht und Anspannung gewichen, doch wirkte der kleine Mann aus Padua gebrochen. Gelophee berührte seine Wange und Stirn und fand beides kalt und klamm.

„Wenn wir schon einmal hier sind, werde ich ihm etwas kaltes Wasser ins Gesicht werfen, das hilft meist, die Sinne wiederzufinden“, sagte Claude Monet und schob Cippico in den kleinen Toilettenraum, in dem es erbärmlich nach Urin stank. Als die beiden Männer wiederkehrten, war wieder etwas Farbe in Cippicos Gesicht, und er wirkte müde und geistesabwesend. Auch Auguste Renoir stieß wieder zu ihnen, wußte aber nur zu berichten, daß der Spanier tatsächlich aus dem Abteil entschwunden und auch in den folgenden Wagen nicht zu finden gewesen war.

Man entschloß sich kurzerhand, in das Abteil zurückzukehren, und die beiden französischen Herren wurden für die weitere Fahrt durch die Westalpen willkommen geheißen. Bevor sich jedoch die Möglichkeit bieten sollte, einander besser bekannt zu machen, verlangsamte der Zug seine Fahrt, um bereits kurz darauf an den offenen Bahnsteig der Ortschaft Mondane zu rollen. Die Kleinstadt erweckte einen verlassenen, grauen Eindruck, zumindest der karge Teil, der vom Zug aus zu sehen war, doch sie war der letzte Flecken französischer Erde an dieser Strecke.

Gelophee war deshalb im höchsten Maße beunruhigt, wußte sie nicht einmal, ob Cippico seine Papiere bei sich trug und ob nicht mittlerweile nach ihr gefahndet wurde, wenn man den Leichnam erst in ihrem Hotelzimmer gefunden haben mochte. Sie konnte sich aber auch nicht den beiden Franzosen anvertrauen; jene würden die ohnehin befremdlich anmutenden Begebenheiten ihrer Begegnung dann womöglich weniger wohlgesonnen auslegen. Sie schien in einer Zwickmühle zu stecken.

„Ach, herrje“, klagte Auguste Renoir da, „nun kommen wir auch noch zur Grenze. Besser hätten wir es gar nicht treffen können. Das scheint mir zu viel Aufregung für *eine* Reise.“

Gelophee stutzte ob der Bemerkung und sah den Franzosen entgeistert an.

Dieser Blick entging ihm nicht, und er fügte an, daß die französischen und italienischen Grenzer im Augenblick einen Kleinkrieg führten, wer von ihnen die strengeren seien. Es sei für jeden Reisenden eine Zumutung, sich den Fragen und der Neugier der Beamten auszusetzen.

Keines der Worte trug zu Gelophees Beruhigung bei, und offenbar sah man es ihr auch an, denn Claude Monet mischte sich sogleich ein. „Auguste, du Stoffel. Wir haben fürwahr genug Aufregung hinter uns. Ich werde mich der Angelegenheiten annehmen und sehen, was ich tun kann, um das Gröbste von uns abzuwenden. Wenn Sie mir nur Ihre Papiere und die Ihres Begleiters aushändigen, dann werden wir es sicherlich schnell hinter uns bringen können."

Auguste Renoir griente erleichtert und zückte bereits seinen Paß, um ihn seinem Gefährten zu übergeben. Gelophee zögerte noch, holte dann auch ihre Papiere hervor und gab sie zögernd an Claude Monet weiter. „Ich muß gestehen, daß ich nicht weiß, wo mein Diener seinen Paß bei sich trägt."

„Mit Verlaub und unter Ihren Augen, Madame, wollen wir es wohl herausfinden", sagte Claude Monet und sprach Cippico sogleich auf seine Papiere an. Doch wie kaum anders zu erwarten gewesen war, blieb dieser einer Geistesgegenwart fern. Fragend schaute Monsieur Monet zu Gelophee, und als diese nickte, klopfte er behutsam von außen die Jacke des kleinen Mannes aus Padua ab. „*Voilà*, es ist alles, wie es sein sollte", sagte er, griff vorsichtig ins Innere und holte eine große Brieftasche hervor, die er sogleich an Gelophee weitergab. Darin fanden sich alle Papiere, und Gelophee händigte sie an Claude Monet aus, der sich freundlich bedankte und das Abteil sogleich verließ.

Allen guten Hoffnungen zum Trotz dauerte der Aufenthalt annähernd zwei Stunden, in denen nicht viel geschah, wenn man von einem Kommen und Gehen auf dem Flur einmal absah. Auguste Renoir hatte versucht, Gelophee in ein freundliches Gespräch zu verwickeln, schon um ihre Spannung zu mildern, doch die schöne Eurasierin entschuldigte sich mehrfach und beteuerte, sie brächte kein Wort heraus, alldieweil die Aufregungen der letzten Stunden ihr derart zugesetzt hätten. Monsieur Renoir respektierte dies und verhielt sich höflich reserviert, konnte jedoch keinen Blick von Gelophee abwenden. Irgendwann sah man Claude Monet mit den Grenzern direkt vor der Abteiltür stehen, und seine sonore Stimme brummte den Beamten etwas zu, das im Inneren des Abteils nicht zu vernehmen war. Die Grenzer schauten zunächst durch einen Spalt der Gardinen, woraufhin man weiter debattierte.

Gelophee schlug das Herz im Halse, und das Blut rauschte in ihrem Kopf. Wenn man sie am Namen erkannte und festnahm, standen ihr schlimme Zeiten bevor. Als plötzlich die Abteiltür aufgezogen wurde, bemerkte sie erst, wie nervös sie mit den Fingern gespielt hatte, wie klamm und kalt sie waren. Ein Grenzer trat in den schmalen Durchlaß des Abteils, und Gelophees Angst raubte ihr den Atem und trieb ihr die Feuchte in die Augen. Auguste Renoir grüßte den Beamten und fragte ihn, wie lange der Aufenthalt noch dauern möge, dieser aber antwortete nicht und schaute nur streng und verkniffen zu Gelophee herab. Sie erstarrte unter seinem Blick und war bereit, alles zu gestehen, erhoffte sich aber keinerlei Milde, denn auch wenn sie den Leichnam nur beiseite geschafft hatte, würde man zweifelsohne sie für die Mörderin halten.

Da aber nickte der Grenzer nur knapp, reichte ihr kurzhin Cippicos und ihre Papiere, um sogleich das Abteil zu verlassen. Claude Monet trat ein und gab seinem Gefährten Auguste dessen Paß zurück und meinte, es sei geschafft. Der französische Grenzer machte einigen italienischen Kollegen Platz, die aber nur einen sparsamen Blick erübrigten und sich dann ihren französischen Kollegen anschlossen, zum nächsten Abteil vorzustoßen. Monsieur Renoir schloß die Abteiltür mit den Worten: „Da kann man nur hoffen, daß es nun bald weitergehen kann.“ Claude Monet setzte sich neben seinen Gefährten, brummte zustimmend und richtete sein Jackett.

Gelophee fiel ein Stein vom Herzen.

„Irre ich mich, oder läßt der Italiener alle fünfe gerade sein?" fragte Auguste grinsend.

„Ich denke, daß diese Staatsdiener nicht so weit zu zählen gewußt hätten", murmelte Monsieur Monet und griente verschmitzt.

„Dann stellen sie wohl noch vorläufige Hochrechnungen darüber an, wie viele Personen nun wirklich in diesem Abteil gewesen sein mögen", meinte Renoir und peilte aus dem Abteilfenster in den Gang.

„Wollen hoffen, daß ihnen Ungereimtheiten erst auffallen, wenn wir schon in Italien sind."

Die Männer lachten, und ihre Heiterkeit sorgte dafür, daß auch Gelophee beruhigt schien.

In der folgenden Stunde passierten sie den Tunnel und einen Stausee, und man erreichte die kleine römische und mittelalterliche Stadt Susa, als die Sonne bereits tief stand. Daselbst gab es einen kleinen Aufenthalt, der einem die Möglichkeit bot, das Fenster zu öffnen, etwas frische Luft einzulassen und die Reisenden, die irgendwie stille Gefährten im Unbekannten waren, zu beobachten.

Bis hierher war nicht viel gesprochen worden. Cippico lag auf zwei Sitzen zusammengerollt wie ein Hund und schlief einen höchst unruhigen Schlaf, in dem er immer wieder stöhnte, ächzte und zappelte. Die beiden Franzosen bemühten sich um eine offene Konversation, um Gelophee die Möglichkeit einzuräumen, daran teilzunehmen, jedoch schien ihr nicht der Sinn danach zu stehen. Sie wirkte besorgt und unschlüssig, unruhig im ganzen, schaute aus dem Fenster oder zur Abteiltür, als befürchte sie die Wiederkehr des Spaniers, und als man in Susa angekommen und sich einige Reisende auf dem kargen Bahnsteig der Kleinstadt tummelten, hastete ihr Blick zwischen all den Gesichtern hin und her, als suche sie jemanden.

Schließlich überwand sich Auguste Renoir und sprach sie an: „Halten Sie nach dem Spanier Ausschau?“

„Nein, nein. Ich erwarte eine... eine... Freundin“, meinte Gelophee.

Auguste Renoir nickte und schien mit sich zu ringen, ob er weiter an dem Gespräch festzuhalten gedachte.

„Entschuldigen Sie, Monsieur, daß ich Ihnen keine angenehmere Reisegesellschaft gewesen bin. Diese Fahrt ist für mich nicht unbedingt eine Erholungsreise. Sie ist für mich, sagen wir mal, eine Odyssee“, erklärte Gelophee.

„Mademoiselle, Sie sind uns keine Rechenschaft schuldig. Wir schätzen uns glücklich, Ihnen Gesellschaft leisten zu dürfen“, sagte Claude Monet bedächtig.

„Ja, Mademoiselle Roche, eine so überaus reizende Person wie Sie erfreut das Herz von zwei so lebenslustigen, alten Knackern wie uns“, lachte Auguste Renoir und erntete von seinem Freund einen vielsagenden Blick, doch unter seinem Vollbarte schien er verhohlen zu lächeln.

Schon bald fuhren sie weiter durch das Tal von Susa, vorbei an vom Herbst prächtig eingefärbten Bäumen, deren gelbe und rote Gewänder im Licht der untergehenden Sonne erstrahlten. Das tiefe Zyan des Himmels färbte sich golden und hernach zu einem tiefen Rot, und eben dieses Farbspiel eines Sonnenuntergangs reizte die beiden Männer zu staunen und zu schwatzen, wie kleine Kinder es taten, wenn sie vor Aufregung nicht still auf ihrem Platz zu sitzen vermochten.

„Sieh es dir an, Auguste, sieh nur, diese Schärfe der Kontraste an den Bergrücken dort. Es ist so lichtern, trotz des schwindenden Lichtes. Es leuchtet. Es strahlt von innen heraus. Da ist Bleiweiß und Elfenbeinweiß zwischen der tonigen Stimmung. Eine feuchte Kühle auf der abgewandten Seite und eine glosende Wärme auf der zugewandten Seite“, schwärmte

Monet und seine Stimme klang heller und war voller Begeisterung.

„Ich habe dir nicht zuviel versprochen. Mir ist wieder nach warmen Farbtönen und verschwimmenden Konturen“, sagte Auguste und rieb die Arme an seinen Beinen, die er lang von sich wegstreckte. Dann lachte er und schaute Gelophee an, die der Unterhaltung der beiden Männer mit einer Mischung aus Erstaunen und Unverständnis still gefolgt war. „Sie müssen entschuldigen, Mademoiselle Roche, wir sind nicht nur alte Knacker in Ihren Augen, sondern durchaus verrückt zu nennen. Wir sind Maler, müssen Sie wissen, und auf der Suche nach Inspiration und Farben, die sich noch nicht auf unseren Paletten fanden.“

„Ich dachte mir schon so etwas“, meinte Gelophee und nickte.

„Sieh, Auguste, Pariserblau senkt sich herab, Umbra natur, ein wenig Siena auf den gebrochenen Gipfeln und Neapelgelb voller Licht, voller Weiß, mit einem Hauch nur Indischgelb, und wie schwer ist all das satte Zinnoberrot und das Karmin, das Chromgelb der Bäume, beängstigend. Manet benutzt die Helle bei seinen Damen“, fuhr Monet ohne Unterlaß fort.

Renoir schaute Gelophee an, um zu sehen, wie sie sich bei einer solchen Bemerkung verhielt, und da sie seinen Blick erwiderte, lächelte er frech. „Ab und an stehen uns auch schon einmal Damen Modell“, sagte er, und als er erkannte, daß Gelophee nicht verstimmt reagierte, empfand er es wohl als Aufforderung fortzufahren. „Es mag abgedroschen klingen, denn es wirkt gewiß wie eine Ausrede, die Dichter und Maler zeit ihres Lebens vorzuschieben geneigt sind, doch in nichts sonst spiegelt sich die Anmut der Natur so wieder wie in einer Frau.“

Gelophee lachte zaghaft. „Das empfinden wohl nur Männer so.“

„Das Licht...“, wisperte Monet, „es stirbt.“

„Ich weiß es nicht, das muß ich wohl gestehen. Wissen Sie, ich habe im Salon des *Palais de L'Industrie* edle Damen vor Akten stehen sehen, und sie waren aufgeregt und erfreuten sich, so möchte man meinen, an einer gelungenen Umsetzung, oder debattierten, wenn der Maler ein Stümper war und die Schönheit einer Frau nicht einzufangen wußte.“

„Sie geht dahin und nichts kann es halten, keine Farbe und kein Bild, ja nicht einmal die fade Erinnerung“, raunte Monet, und die Dunkelheit senkte sich über das Tal von Susa.

„Ich denke, es liegt in der Natur des Mannes, die Schönheit zu sehen, und es liegt in der Natur der Frau, die Schönheit zu suchen“, meinte Gelophee, während sich die Schatten in das Abteil stahlen.

„Das ist sehr weise gesagt, Mademoiselle“, sagte Auguste Renoir, und für einen Augenblick nur wurde auch sein Gesicht ernst. Dann: „Ich würde Sie gerne malen, Mademoiselle Roche.“

„Nackt?“ fragte sie und lächelte pythisch.

Und Renoir, sichtlich erstaunt über ihre Offenheit, erfreute sich kurz und meinte: „Wie es Ihnen beliebt, Mademoiselle. Ich finde es faszinierend, daß Ihre Figur so abweicht von dem, was die Natur für die Frauen unserer Zeit vorzuschreiben scheint.“

Gelophee lachte. „Das haben Sie schön gesagt, Monsieur Renoir, wenn auch etwas keck.“

„Wir leben dieses Leben nur einmal, Mademoiselle, und ein jedes Bild sollte etwas Liebenswertes, Hübsches und Erfreuliches sein, denn von den argen Dingen gibt es im Leben doch weiß Gott genug“, sagte Auguste Renoir.

„Der Tod nimmt alles mit“, sagte Claude Monet da laut genug, um die Aufmerksamkeit zu erlangen.

„Claude, wie kommst du itzt darauf? Die dunklen Jahre sind vorüber“, sagte Auguste und machte ein leidendes Gesicht, behagte ihm dieses Thema doch nicht.

„Ja, du hast recht. Und dennoch, es bleibt in dir, in jedweder Zelle deines Körpers, und es haftet an dir, ganz gleich, wie oft man sich wäscht oder neu einkleidet. Es ist Teil von uns. Den Tod meine ich.“

„Er verlor seine Frau vor einigen Jahren. Camille. Sie war eine Schönheit. Sie stand ihm oft Modell“, erklärte Renoir.

„So ist es gewesen“, sagte Monet und schaute in die Leere. Im Dunkeln des Abteils saß er auf der Bank, schwer wie ein Grabstein, und durch seinen Vollbart und sein Haar wirkte er dabei, als habe ihn ein Rankengewächs für sich gewonnen. „Es ist erschreckend, wie wenig Wert man zuweilen den Dingen beimißt, die einen umgeben. Ich entsinne mich, wie ich zum Anbruch des Tages am Kopfende von Camilles Krankenlager saß – dem Bett einer Toten, die mir lieb und teuer gewesen und es noch immer ist. Ich starrte sie an, betrachtete die tragische Schläfe und ihr liebliches Gesicht. Sie war erst 32. Ich aber saß da und folgte dem Tode in den Schattierungen seines Kolorites, welches er in gemächlichen Nuancen dem Antlitz auflegte. Das Blau eines Himmels, das Gelb des Sandes und das Grau einer Wolke, meinetwegen. Ich sah es und trachtete es festzuhalten, *sie* festzuhalten, die von mir und unseren Kindern gegangen war. Ich malte sie, doch es holte nur mich ins Leben zurück. Nur mich.“

Nun füllte Stille das Abteil, und selbst der ausgelassene Renoir wagte nicht, sie zu brechen.

„Mit dem Tode stirbt das Unbekümmertsein“, flüsterte Monet und überließ es dann dem Schweigen.

Nur das fließende Rattern des Zuges brachte eine monotone Weise dar, und Gelophee hatte den Eindruck, wenn sie aus dem Fenster schaute und die Bahn sich wie einen langen Fluß durch die Ebenen von Susa winden sah, es könne eine Reise ins Nirgendwo werden, die niemals endete, die niemals irgendwo ankam, die nie etwas erreichte. Die Reise eines Lebens...

Bald schon senkte sich ein kurzer, bleierner Schlaf über Gelophee, aus dem sie erst erwachte, als der Zug bereits im Bahnhof von Turin stand. An dieser 2000 Jahre alten, barocken Stadt, in der es viele gerade Straßen, lange, von Bäumen gesäumte Alleen, große Plätze und Parks sowie von Licht durchflutete Innenhöfe in pompösen, hübschen Bauten gab, trafen sich vier Flüsse – der Po, der Dora Riparia, der Stura und der Sangone. Torino war eine majestätische Stadt mit einer immerwährenden Schönheit – grün, frisch und lebendig. Doch leider würden sie kaum in den Genuß eines Besuches kommen, da der Zug nur einen halbstündigen Aufenthalt hatte. Claude Monet hatte sich bereiterklärt, auszusteigen und etwas Verpflegung zu erwerben, damit man zumindest auf der weiteren Fahrt nach Mailand nicht Hunger und Durst leide.

Gelophee vertrat sich die Beine vor dem Abteil und spähte, wo es ihr nur gelang, aus den Fenstern, um die Gesichter der Reisenden nach Dilara abzusuchen. Überall im Bahnhof brannten Leuchten, und das gelbliche Licht strahlte in die angestrengten, konzentrierten, traurigen Mienen der Leute. Es gab ihnen ein kränkliches Aussehen, und Gelophee fühlte sich unwohl. Sie schaute zu Cippico, der noch immer fest zu schlafen schien, zumindest waren seine Augen geschlossen, und ein kräftiges Atmen zeugte von Leben. Sie betrachtete Renoir, der sie aus dem Abteil heraus betrachtet hatte, sich nun erkundigte, ob alles in Ordnung sei, und als sie nickte, gutmütig lächelte. Schließlich kehrte Claude Monet zurück und brachte einige Päckchen mit belegten Broten, zwei Flaschen mit

Wasser und eine mit einem leichten, italienischen Weißwein. Seine finstere Laune der vergangenen Stunde schien verflogen, und so machte er sich sogleich daran, die Brote zu verteilen, einige für Cippico gesondert zurückzubehalten und seine Begleiter darauf vorzubereiten, daß man aus gemeinsamen Flaschen trinken mußte, weil er eingestehen mußte, die Trinkbecher in seinem Gepäck verstaut zu haben, welches im Gepäckwagen lag.

Gelophee versicherte, sie habe damit weit weniger ein Problem als mit der Tatsache, daß er finanziell in Vorleistung getreten war, um die Verpflegung zu kaufen. Als sie ihm jedoch einen Teil der Summe zu erstatten versuchte, erhoben beide Männer lauten Protest, versicherten Gelophee, daß ihre Einladung von Herzen käme, auch wenn man lieber gesehen hätte, daß man sie mit passenderer Speise zu verköstigen imstande gewesen wäre, und ließen sich nicht erweichen, auch nur einen Sou anzunehmen.

Schon bald rauschte der Zug wieder durch die Nacht, und man vermochte nur noch die Lichter der kleinen, weit entfernten Städte, Dörfer, Höfe, Klöster, Türme und Villen zu erkennen. Für eine Weile unterhielten sich Renoir, Monet und Gelophee noch miteinander, darüber, daß ihnen die Nacht den Ausblick auf die ungeheure Poebene Norditaliens versagte, auf die grünen, leuchtenden Felder und die Ferne, die grau und blau ohne ein Ende verschwamm. Von den Schneebergen und Felsstürzen, den stufigen Gärten und Auen mit urigen Landhäusern daran und den märchenhaften Ebenen schwärmten sie, während man den Wein mit dem Wasser streckte und trank, bis sich die Müdigkeit in die Glieder legte. Da ging jeder seinen Gedanken nach oder schlief. Der Zug fuhr schließlich durch Novara und erreichte gegen Mitternacht Mailand.

Die Unruhe in den Gängen des Zuges und das Rollen der Abteiltüren weckte die drei Reisenden, und da hier die Fahrt einstweilen ein Ende nehmen mußte, weckte Gelophee auch Cippico. Er wirkte nicht im geringsten erholt, sprach kein Wort, reagierte nicht auf Fragen oder die Ansprache der beiden Herren und schaute nur aus glasigen, leeren Augen umher. Als man ihm jedoch das Handgepäck in die Hand drückte, trug er dieses brav und folgte Gelophee wie ein Kind, dem es gleich war, wohin man es brachte, wenn es nur bei der Mutter bleiben konnte.

Auf dem Bahnsteig angekommen, nahm sich Claude Monet der Auslöse des Gepäckes an. Als er nach einer halben Stunde Wartezeit wiederkehrte, hatte er zwei Gepäckträger im Schlepptau und einen Vorschlag, in welchem Hotel Gelophee unterkommen konnte, denn ihr Anschlußzug nach Lugano würde erst am folgenden Tag gehen. Claude Monet und Auguste Renoir würden bei einem Freund nächtigen, dort einige Tage bleiben, wie sie verschmitzt erklärten, um danach zu dritt zur ligurischen Küste aufzubrechen, wo man zu malen gedachte.

„Es war mir ein großes Vergnügen, Ihre Bekanntschaft zu machen, Mademoiselle Roche, und wenn ich während der Fahrt etwas einer alten Trauer verfiel, so sehen Sie es mir bitte nach“, sagte Claude Monet und schüttelte ihr die Hand und verbeugte sich danach. „Ich hoffe, Sie kommen gesund und unbeschadet in Lugano an. Ihr Zug geht morgen früh um kurz nach acht vom Bahnsteig drei. Der Träger wird Sie sicher zu einem Hotel bringen, das ganz in der Nähe des Bahnhofs liegt und Ihnen allen nötigen Komfort bieten sollte. Ach, und ich hoffe, Sie können mir vergeben, er wurde von mir fürstlich entlohnt, daß er mir für Ihre Sicherheit garantiert.“ Er zwinkerte mit einem Auge.

Gelophee bedankte sich mit einem Knicks und schüttelte dennoch das Haupt.

„Mademoiselle Roche, ich kann mich Claude nur anschließen. Sie waren nicht nur eine wunderschöne und liebenswerte Reisebegleitung, auch eine ausgesprochen aufregende. Sie mögen mir meine freche Zunge nachsehen, aber es wird mir von nun an ein unablässiges Bedürfnis sein, Sie meinen Idealvorstellungen von ungekünstelter Weiblichkeit zuzurechnen, und es würde mich freuen, wenn Sie mir eines Tages doch einmal Modell stehen", sagte Renoir und grinste.

„Auguste, du bist unmöglich", wetterte Monet und schüttelte sich.

„Ich weiß", sagte der, verbeugte sich und küßte Gelophees Hand. „Hier, ich gebe Ihnen meine Karte. Es ist ein kleines Atelier auf den Hügeln des Montmartre, und vielleicht trinken wir dann einmal einen Schoppen Wein im *Moulin de la Galette*, dort treffen wir uns immer mit Freunden. Kommen Sie heil und gesund in Lugano an, Mademoiselle, und leben Sie wohl."

9. KAPITEL

Unter dem Kreuze zu Kreuze kriechen

„(...) A la Tebaide
Te ne le cose,
Fuggendo, il monaco
Triste s'ascose.,(...)[27]“

Giosuè Carducci (1835-1907)

Das Hotel lag unweit des Bahnhofs in einer ansteigenden Straße mit kalkigen Häuserfronten. Es bot wahrhaftig den nötigen Komfort, ließ jedoch jenen Luxus vermissen, der am Ende nur einen stolzen Preis rechtfertigen sollte und für ein ungutes Gefühl bei der Abreise sorgte. Gelophee nahm eine kleine Suite, weil nur eine solche die Anbindung eines Zimmers für Bedienstete bot, und sie wollte Cippico einfach nicht aus den Augen lassen. Sie fühlte sich für den kleinen Mann verantwortlich, wirkte er doch fern jedweder geistigen und leiblichen Gesundheit.

Natürlich brachte sie ihn nicht in dem dafür vorgesehenen Nebenraum unter, sondern richtete ihm ein notdürftiges Lager auf einer Chaiselongue. Hernach genoß sie die Ruhe des kalten, von barockem Flair geschändeten und vom Bestand spröder Enthaltsamkeit gezeichneten Zimmers, und schwelgte auch, sich waschen zu können. Alsbald ging sie selbst zu Bett, frierend zwar, doch längst nicht mehr derart bekümmert wie noch bei ihrer Ankunft.

27 „(...) In der Thebais vor dir, dem in den Dingen, fliehend, der Mönch, der traurige, sich versteckt., (...)“

Doch kaum war das Licht gelöscht und die Ruhe in dem Hotelzimmer ward vollkommen, da war sie hellwach und eine arge Unruhe erfüllte Gelophee, weil sie nicht recht wußte, wie sie nun weiter zu verfahren gedachte. Dilara war verschwunden, Cippico nicht länger Herr seines Selbst. Und sie war zwar in der Lage herauszufinden, wo sich das Manuskript befand, doch würde sie es kaum in den Vatikan hinein schaffen. Was auch immer Dilara an Fähigkeiten besaß, sie allein vermochten ihr den Zugang zu den geheimsten und bewachtesten Orten ermöglichen. Vielleicht, so dachte Gelophee, wäre es besser, hier und jetzt aufzugeben, und mit einer lästigen Unschlüssigkeit fiel sie in den dunklen, schwarzen Schacht eines Schlafes, der bedrohlich und erdrückend schien.

Als sie erwachte, hatte Gelophee den Eindruck, die Augen wären ihr soeben erst zugefallen. Ihr erschien es, als habe sie ihre Lider gerade noch unter Aufbietung allen Willens und aller Kräfte offenhalten können. Sie erhob sich und verspürte eine ungeheure Mattigkeit in ihren schmerzenden Gliedern. Ihr Mund war ausgetrocknet, so daß sie sich entschloß, sich ein Glas Wasser aus dem Bad zu holen. Als sie aber ihre Beine aus dem Bett gehoben und sich aufgerichtet hatte, spürte sie die Anwesenheit und Aufmerksamkeit einer Person in ihrem Zimmer. Sie blickte zu Cippico und entdeckte einen schwarzen Schatten, der an seiner Seite hockte und keinen Laut von sich gab, geschweige denn sich bewegte.

Gelophee war geschockt. War es der Spanier, der es auf Cippico abgesehen hatte und sich nun über ihn wie eine Schlange hergemacht – leise und todbringend? Verlor sie ihren letzten Gefährten an diese grausamen Kreaturen, denen es nur nach Blut gelüstete, und denen es im Grunde einerlei war, wer zu sterben hatte? Ihre Finger tasteten nach den Zündhölzern, um die Gasleuchte auf ihrem Nachttisch zu entzünden, doch kaum

spürte sie die Pappe der Schachtel, erklang auch schon eine Warnung, von dem Vorhaben abzulassen.

„Was ist mit Cippico?“ fragte die Stimme, die nach Dilara klang.

„Dilara, bist du es wirklich?“

„Ja, was dachtest du?“

„Ich dachte, es sei dieser Spanier“, meinte Gelophee und fragte sich, ob es richtig war, ihre Förmlichkeiten gegenüber Dilara wieder aufzugeben. Schon zu oft hatte sie es abgewogen, so daß sie es nun wahrlich leid war. Und im Grunde war sie in jenem Moment einfach zu erleichtert gewesen, um sich darauf zu besinnen, daß sie mit einem ebensolchen Monstrum wie dem Spanier oder Antediluvian in einem Zimmer war. Irgendwie erschien ihr Dilara stets menschlicher, und sie konnte sich nur mit Mühe ermahnen, daß auch sie Blut von Lebenden trank.

„Torquato, dieser Bastard. Hat er Cippico etwas getan?“

„Ja. Nein. Ich weiß es nicht. Kennst du ihn etwa?“ fragte Gelophee, ließ sich zurück auf das Bett fallen und schlug die Decke um sich.

„Ein Schatten aus der Vergangenheit. Aber was ist mit Cippico? Hat er ihm etwas getan?“ forschte Dilara und sie klang ungeduldig.

„Nicht im Zug, denke ich. Als er das Abteil betrat, war Cippico plötzlich wie ausgewechselt. Er wurde kreidebleich, zitterte und zog sich zurück. Ich fürchte, er verlor seinen Verstand, doch ich weiß nicht, weshalb. Doch erwähnte der Spanier, Cippico bereits einmal in seinen Fängen gehabt zu haben und daß er ihm entkommen sei, was ihm kein zweites Mal gelingen solle“, berichtete Gelophee.

„Hatte er noch mehr zu sagen?“

„Er gedenke, dich von Cippico zu befreien“, sagte Gelophee.

„Das hat ihn also schon immer gestört."

„Und ihr wäret ein Paar, hieß es."

„Das hat er gesagt?" fragte Dilara und war außer sich. „Wir sind alles andere als das, doch er sähe es wohl gerne. Womöglich sähe es auch Antediluvian gerne, dann besäße er größere Kontrolle über mich. Das ist gewißlich der Grund, weshalb man sich müht, Cippico zu beseitigen."

Gelophee konnte sehen, wie der Schatten, der Dilara war, Hand an Cippico legte. Anscheinend strich sie ihm über die Stirn, doch die Geste wirkte auf Gelophee befremdlich, wußte sie auch nicht zu sagen, aus welchem Grund. Es war durchaus nicht so, daß sie Dilara derartige Zutraulichkeiten nicht zutraute, hatte sie solche doch bereits am eigenen Leib erfahren, doch sie fügten sich nicht so recht zu dem Bild, welches Dilara von sich schuf. Und für einen Augenblick nur, der Gelophee gleichermaßen bestürzte wie auch berückte, wünschte sie sich, von der gleichen Intimität kosten zu können.

„Der Spanier sagte auch, daß ich eine Gefahr für dich sei, vor der er dich zu bewahren trachte", sagte Gelophee, und ihre Stimme klang mit einem Male dünn und brüchig wie das Herbstlaub, das vom Wind rauschend durch die Gassen der Stadt getrieben wurde.

„Deine Fesseln bist du anscheinend losgeworden", sagte Dilara kalt.

Gelophee fuhr sich mit beiden Händen über das Gesicht, als wolle sie den Schlaf und Schrecken damit einfach abwischen.

„Wie bist du entkommen, Gelophee?" Es klang lauernd. Irgendwie gefährlich.

„Du vertraust mir nicht."

„Ich dachte, mir sei nicht zu trauen? Mir, der Hure des Teufels?"

„Verzeih, ich..."

„Es gibt nichts zu verzeihen. Wie, Gelophee, wie bist du entkommen?"

„Ich bekam unerwartete Hilfe von zwei Franzosen, die ich nutzte, um dem Abteil mit Cippico zu entfliehen. Als wir später dorthin zurückkehrten, war der Spanier verschwunden, und die beiden Herren begleiteten mich bis hierher. Ich...", Gelophee stockte für einen Moment, „hielt Ausschau. An jedem Bahnhof habe ich nach dir gesucht. Wo bist du gewesen?"

Dilara erhob sich und kam langsam und mit dem wiegenden Schritt einer Raubkatze zu Gelophee herüber, griff nach den Zündhölzern und entzündete die beiden Dochte der Zwillingsleuchte auf dem Nachttisch. Der Schein gelben Lichtes entriß die beiden Frauen der Dunkelheit.

„Torquato hatte mich abgelenkt, und so kam ich in Lyon nicht schnell genug aus dem Zug."

Gelophee schaute zu Dilara empor und konnte an der galligen Härte in ihrer Miene erkennen, daß sie sich vorgenommen hatte, ihr gegenüber unnachgiebig und abweisend zu bleiben. Es lag wie eine feiste, gläserne Maske über dem Gesicht, das sie noch aus Avignon kannte – ebenso erstarrt und kühl.

„Und wie bist du so schnell hierhergekommen?" fragte Gelophee.

Dilara lächelte mit einem kalten Charme. Und sie machte mit den Händen eine Bewegung, die Flügel andeutete, und bevor Gelophee auch nur im entferntesten auf die Idee kommen konnte, was sie damit hatte verdeutlichen wollen, fragte Dilara sie bärbeißig, ob es nicht in ihre Pläne passe, daß sie nun wieder zu ihnen gestoßen sei.

„Du weißt, daß an dem nicht ist."

„Du schläfst jetzt besser, du hast morgen einen anstrengenden Tag vor dir, und ihr Menschen seid immer so schnell entkräftet", meinte Dilara und klang durch und durch gehässig.

„Dilara, wir haben ein gemeinsames Ziel, und wir brauchen einander. Laß es uns nicht aus den Augen verlieren. Ich bitte dich, nicht diese Machtspielchen zu spielen. Ich ertrage es nicht, wenn du es tust."

Dilara spielte einen überraschten Gesichtsausdruck, der ins Spöttische glitt.

„Ja, ich fürchte dich, wenn du es wissen willst, wenn es dir Genugtuung verschafft. Ich ängstige mich vor deinesgleichen, vor eurer Menschenfeindlichkeit und eurer Mordlust. Auch davor, daß ihr von den Menschen Besitz nehmt und sie wie ein Glas Wasser leert, wenn sie euch nicht länger amüsieren. Ich habe Angst, wenn ich daran denke, daß du mich in Besitz genommen hast."

Jetzt fiel Dilaras Blick hinab, wirkte nur für den Bruchteil eines Atemzugs verstört und leidend, bevor er wieder erstarrte. Sie drehte das Licht klein und schaute auf Gelophee herunter – wie eine Mutter, die ihr Kind zu Bett gebracht und miteins versichert hatte, daß darunter ganz sicher keine Nachtmahre lauerten. „Schlaf jetzt", sagte sie und schwand in den Schatten des Zimmers.

Am Morgen fuhren Dilara, Gelophee und Cippico mit der Gotthardlinie, die man erst vor einem knappen Jahr eingeführt hatte, von Mailand durch Como, vorbei am südwestlichsten Ausläufer des *Lago di Como*, überquerten die Grenze nahe Maslianico, welches durch das Gedeihen einer starken Papierindustrie groß geworden war, und kamen schließlich nach annähernd zwei Stunden Fahrt nach Lugano.

Dort stiegen sie aus, ließen einen Großteil des Gepäcks im

Bahnhof und kamen, nachdem alles Notwendige geregelt war und sie in Erfahrung gebracht hatten, wann die Züge nach Mailand zurückfuhren, in die malerische Innenstadt, die von Bergen und einem zauberhaften See umgeben war, deren reiche und wunderbar gebaute Architektur dem musikalischen Gleichmaß des italienischen Lebens ebenso etwas abgewann wie der helvetischen Idylle mit ihrer stoischen Ruhe. Lugano war eine Stadt, die es schon im Mittelalter zu einiger Bekanntheit gebracht hatte, war in ihr doch der größte heimische Viehhandel betrieben worden. Und seit Mitte des Jahrhunderts gedieh die Stadt durch Touristen, die Erholung und die Anmut der Natur suchten. Die Gebrüder Ciani und der Hotelier Alexander Béha hatten 1855 das Park-Hotel eröffnet und der Region damit scheinbar einen großen Dienst erwiesen, denn alles wirkte sauber, adrett und einladend, sogar die wirklich alten, hohen Sandsteingebäude mit den viel zu knapp wirkenden Dächern aus rotem Ziegel.

Und kaum hatten sie Lugano betreten und waren auf der Suche nach einer Kutsche, die sie nach Gentilino bringen konnte, erwachte Cippico zu neuem Leben. Er schaute aus staunenden Augen und sich reckend und huldigend an den Gebäuden hoch, an den *Pallazi Riva*, drei mächtigen Patrizierhäusern im Barockstil, am Rathaus *Municipio* oder am Obelisken auf der *Piazza Indipendenza*, und sprach schließlich wieder. „*Piazza dell'Unità*, doch wo... wo ist der schauerliche Vittorio? *Dove sei Vittorio Emanuele?*[28]" und „*Pallazzo del Capitano* und meine alte Säule."

„Cippico, was ist mit dir? Dies ist nicht das *Pallazzo del Capitano*." Dilara schüttelte ihren Diener, doch er reagierte nicht, schaute nur weiter mit einer Mischung aus Erstaunen und Verwirrung zu den Fassaden auf.

28 *ital.:* Wo bist Du, Vittorio Emanuele?

„Ist er überhaupt bei sich?“ fragte Gelophee besorgt.

„Ich habe den Eindruck, er ist in Padua, seiner Heimatstadt. Er erzählte mir mal von der *Piazza dell'Unità* und einer schönen Loggia, den zauberhaften Höfen und Hallen, die zum Dom führen, und wie sehr er es liebte, dort zwischen all diese gigantischen Gebäuden zu stehen und emporzuschauen. Torquato muß ihn ungeheuerlich erschreckt und gequält haben“, sagte Dilara grimmig, umfaßte mit beiden Händen Cippicos Schultern, als sei er ihr Sohn, den sie mit dieser Geste zu ermutigen suchte. „Er war immer unerschütterlich“, fügte sie an und ließ die beiden dann stehen.

Nachdem eine kleine Kutsche gefunden war – ein hübscher Heuwagen mit geschlossenem Kasten aus Eiche und Esche, in dem man behelfsweise zwei Sitzbänke gestellt – und man den Kutscher für sich hatte gewinnen können, machten sich die drei sogleich auf den Weg. Sie fuhren durch die wunderschöne Landschaft, die vom Herbst in bunte Farben gekleidet worden war und dennoch mit einer milden Luft umfing, allein diese landschaftliche Anmut vermochte sie nicht zu erreichen, am allerwenigsten aber Cippico, der nur noch traurig dreinschaute. Gelophee war sehr besorgt um ihn, wußte sich jedoch nicht zu helfen. Dilara wirkte teilnahmslos und starrte in die Gegend.

Sie erreichten Gentilino am frühen Nachmittag, und der Kutscher brachte sie direkt zur Kirche von St. Abbondio, wo, wie Gelophee erklärte, der exkommunizierte Priester zu finden sei, der mehr über den *Codex Vaticanus* wisse. Als die Kutsche langsam und mit dem Geklapper der Pferdehufe, welches beständig leiser wurde, die Straße hinabrollte, beschlich Gelophee mehr und mehr ein ungutes Gefühl, schien doch nichts richtig geplant zu sein – nicht, wie sie an den Priester herankamen, wie sie zurück in die Stadt gelangen konnten oder auch nur, wie sie sich mit den Einheimischen zu verständigen gedachten, jetzt, da Cippico wieder dem Schweigen verfallen war. Bislang hatten Namen und Gesten gereicht, um sich den Weg zu bahnen, nun aber konnte es richtig schwierig werden.

Sie schaute zu Dilara, die auf der Straße stand, die Arme in die Hüften gestemmt, und wirkte, als sei sie erschöpft und ebenso hilflos. Sie war kreidebleich, und Gelophee fragte sich, ob Dilara schon immer derart weiß gewesen war und nur jetzt das grelle Licht der Berge dazu führte, daß es ihr besonders auffiel.

„Und jetzt?“ fauchte Dilara.

„Wir müssen zur Kirche und dort jemanden fragen.“

„Gut.“

„Ist dir nicht wohl?“

„Was interessiert es dich? Machen wir, daß wir zu diesem jämmerlichen Götzenbau kommen“, schnauzte Dilara und hielt sich die Hand an die Stirn, damit sie das Gesicht in Schatten legte.

„Stört dich das Licht?“

Dilara ging an Gelophee vorbei, warf ihr einen giftigen Blick zu und gab Cippico einen Stoß, ihr zu folgen. Dann marschierte sie vornan den von Zypressen gesäumten Weg zur Kirche hinunter. Neben dem bleichen Glockenturm und von einer niedrigen Einfriedung umgeben gab es zwei größere Gebäude und einen Friedhof. Es schien, als gäbe es keine Menschenseele hier, und selbst die Tiere würden diesen Ort meiden, denn alles lag märchenhaft versunken und verschlafen da. Irgendwo blühten rosa Thymian-Seide und purpurne Luzerne. Der Wind mutete an, als käme er vom Meer, er war warm und frisch und trug dennoch schon die Würze der Vergänglichkeit.

Sie kamen an ein Gatter, das halb offen war, links davon stand im Innenhof ein Grabdenkmal, dessen aufrechte Rückseite wie ein kleines Gebäude die Einfriedung unterbrach und dessen Schatten sich mit dem einer großen Zypresse vereinigte. Dort nistete die Dunkelheit zusammen mit Staub und Stein.

„Geh du hinein und versuche, diesen Priester zu finden. Ich werde hier warten“, sagte Dilara.

„Er ist kein Priester mehr. Er arbeitet hier nur noch als Gärtner, soviel ich weiß“, erwiderte Gelophee, damit sie nicht allein gehen mußte.

„Ganz gleich, was er ist, verdammt, schaff ihn her!“

„Du traust mir mit einem Male?“ fragte Gelophee.

„Ich traue Cippico. Er wird mit dir gehen“, sagte Dilara, und es klang schnell dahingesagt, als sei es kaum mehr als eine Ausflucht.

„Cippico? Er ist doch kaum bei Sinnen.“

Dilara schaute Gelophee streng an, doch sie wirkte mit einem Male nur noch gebrechlich und ausgemergelt. Alles an ihr erschien dürre und kantig, und ihre Haut war wie Perlmut, bleich, schillernd und durchscheinend. Der Blick aber ließ Gelophee ahnen, daß jedes weitere Wort vergebens sein würde. Also ging sie durch das geöffnete Gatter, achtete darauf, daß Cippico ihr folgte, und fand sich im Innenhof der Kirchenanlage wieder. Alles mutete eher wie ein Gehöft an, dem man architektonisch etwas Großspuriges mitgegeben hatte. Überall standen Kübel mit Blumen und Pflanzen, an denen Insekten summten, ein Stapel Bretter lag zur Linken an der Seitenwand der Kapelle, und ein Wassertrog mit einer schweren Pumpe befand sich neben einem Geräteschuppen, in dem ein kleiner Transportwagen stand. Weiter hinten und zur Rechten schloß sich das große zweistöckige Haupthaus an, und nicht viel hätte die Helle und Friedlichkeit dieses Ortes gestört, wenn nicht zwischen Geräteschuppen und Haupthaus das schwarze Ungetüm eines Leichenwagens gestanden hätte. Eine schwere Kutsche mit hohem Aufbau und schwarzen Vorhängen vor den staubigen Fenstern.

Gelophee schaute an dem Haus empor, als erwarte sie jemanden hinter einem Fenster stehen zu sehen, der sie beobachtete, doch alles schien seltsam einsam und verlassen. Sogar das Schwalbennest unter dem Dachvorsprung schien unbewohnt.

Sie trat zur schmalen Haustür, die aus zwei Flügeln bestand und geschlossen war. Auf ihr Klopfen gab es keine Antwort und keine Geräusche, die verraten hätten, daß sich jemand zu öffnen anschickte. Nach einer Weile, in der sie sich in Geduld geübt hatte, nahm sie Abstand von dem Gebäude, versuchte zur Rückseite zu gelangen und dabei die Fenster, an denen sie vorbeiging, genau in Augenschein zu nehmen. Hinter dem Haus hätte sie einen kleinen Garten mit Gemüse und wildem Wein erwartet, doch es gab nur einen schmalen Pfad, eine weitere niedrige Mauer. Dahinter lag der Friedhof, mit fahlen Kreuzen, drückenden Grabsteinen und versunkenen Grabplatten, mit Blumenbeeten, Kränzen und Kerzen, Grüften und schaurig-schönen Grabdenkmälern, in denen einmal eine allzu mütterlich erscheinende Statue den ausgestreckten Leib einer Sterbenden im Arm hielt und ein anderes Mal eine düstere Granitskulptur, mit einer Robe bekleidet, aus deren Kapuze der skelettierte Schädel schaute und die ihre Arme ehrerbietend vor sich ausgestreckt hielt, als trachte sie jemanden zu unterjochen oder zu umarmen. Letzteres Standbild fand Gelophee schon arg häßlich, doch söhnte es sie aus, daß offenbar von Kinderhand viele frische, blutrote Blüten um den Sockel gelegt worden waren. Eingehend schaute sie sich hier um, ob nicht irgend jemand zugegen war.

Aber auch der Friedhof war frei von eines Menschen Seele.

Gelophee wandte sich um und erschrak.

Dilara fühlte sich entkräftet, und die Schatten, die die Rückwand des Denkmals und die Zypresse beibrachten, taten ihr wohl. Sie setzte sich in den Sand, hielt sich die kalte Stirn und versuchte einen klaren Gedanken zu fassen. Sie sorgte sich um Cippico und auch um das weitere Vorgehen, denn sie zweifelte, daß es ihnen gelingen würde, in die geheimen Archive des Vatikans vorzustoßen und sich das Manuskript anzueignen.

Doch was würde geschehen, wenn sie versagten? Es war bislang noch nicht geschehen, und wenn einmal ein Auftrag nicht in der gewünschten Art und Weise vollendet worden war, schien es Antediluvian nicht weiter zu kümmern, gab er sich doch mit den erreichten Zielen und Informationen stets zufrieden. Überhaupt dachte Dilara häufig, es könne ihm womöglich nur darum gehen, sie mit irgend etwas beschäftigt zu halten, damit sie nicht auf andere, womöglich rebellischere Gedanken zu kommen vermochte. Manchmal erschien es gar, als wisse er längst, was sie mühselig und in Aufbietung größter Anstrengungen in Erfahrung gebracht hatte. Aber sie wußte es nicht mit Sicherheit.

Eigentlich hatte sie es längst satt, ein Laufbursche seiner Willkür zu sein. Sie haßte nichts mehr, als wenn er sie täuschte, im unklaren ließ, oder so tat, als fehle ihr das geistige Potential, begreifen zu können, worum es im Grunde ging. Sie wußte, daß es etwas mit ihrer Vergangenheit zu tun hatte. Sie kannte Antediluvians Stellung bei den Nosferati und auch, daß es sie stets zu festigen galt.

Irgendwann wurden die Sprößlinge immer aufsässig und versuchten sich mit ihren Erzeugern zu messen. So wie sich Torquato itzt gegen sie auflehnte, wie sie sich wider Antediluvian auflehnte, auf die gleiche Weise geschah es hundertfach bei dem Fürsten der Nosferati. Selbst wenn er, wie nur er allein vorgab, der Schöpfer von allen war, blieb der Instinkt der gleiche. Man mußte sich messen. Man mußte sich beweisen. Der ewige Kampf um den Rang ward auch unter ihnen unentwegt abgehalten, und dabei hatte Gelophee behauptet, sie seien widernatürlich.

Dilara fühlte sich sehr müde, doch ihre Gedanken schienen um so lebendiger, als sie sich mit Gelophee beschäftigten. Der sanften, schönen Gelophee, die so liebevoll gewesen und auch so wissend.

Womöglich, so schoß es Dilara da durch den Kopf, war aber auch nur sie gemeint gewesen, als Gelophee von *wider die Natur* gesprochen hatte. Denn in sich spürte Dilara tatsächlich den Keim, aufzubegehren, nicht länger zu dienen und auch nicht länger Teil der Sippschaft zu sein. In Ruhe für sich zu sein, begehrte sie wie sonst nichts.

Wenn es eine Möglichkeit gegeben hätte, sich Antediluvian auf immer und ewig zu entziehen, wäre Dilara dazu bereit gewesen, doch sie wußte, daß die Nosferati sie dann in seinem Namen jagen und vernichten würden. Allein, sie hing zu sehr an ihrem Dasein und den Annehmlichkeiten, die es mit sich brachte, um sich einfach dem endgültigen Tod und damit der Freiheit zu übereignen. Und diese, so begehrenswert sie auch schien, mutete Dilara seltsam aussichtslos an, als gäbe es dann weder Aufgaben noch Bestimmungen, die auf sie warten mochten. Es war erschreckend, wie sehr man etwas zu begehren vermochte, von dem man wußte, daß es einem nicht einmal zum Guten gereichen würde.

Ihre Gedanken kehrten zu Gelophee zurück. Vertraute sie ihr tatsächlich? Längst zog sich alles in ihr zu der schönen Eurasierin hin, und sie war bereit, ihr alles zu glauben, schalt sich deshalb aber auch schwachköpfig und verblendet. Zwar glaubte sie weder an Antediluvians Andeutung, Gelophee könne eine Dienerin Methaluminas sein, noch daran, daß sie ihr sonstwie etwas Böses zudachte, doch Gelophee erschien ihr zu frei von Angst, um nicht schon einmal anders mit dem Grauen in Berührung gekommen zu sein, zu frei von Zweifeln und Wankelmut. Alles an ihr war zu sicher und zu zielstrebig, so daß Dilara nicht verstehen konnte, wie so viel Freiheit in einem Menschen vereint sein konnte.

Dilara schaute auf, blickte zum halboffenen Gatter und fragte sich, was wohl darinnen geschah. Und mit einem Mal hatte sie das unerklärliche Gefühl, dieses Gotteshaus könne ein Hinterhalt sein, den man für sie gelegt und in den Gelophee und Cippico geraten waren.

Cippico war verschwunden.

Gelophee sah sich um, hoffte, er könne in seiner Verwirrung mit ihr Schabernack treiben und sich lediglich hinter einem Grabstein versteckt halten, doch sie fand ihn nicht. Sie rief nach ihm, doch er war nicht zu sehen. Daraufhin eilte sie in den Hof zurück und fand, da sie jetzt die Kapelle von ihrer Kehrseite zu sehen bekam, daß deren Hintertür offenstand. Dahinter gähnte ein tiefer, finsterer Stollen mit kalter Dämmerung, der sie jedoch nicht schreckte, so daß sie geradewegs darauf zuhielt und ins Innere der Kapelle gelangte.

Sie kam in die Sakristei, die mit einem kleinen Tisch, drei Stühlen und einem großen, wurmstichigen Schrank spärlich möbliert und darüber hinaus verlassen war. Die Tür zum Altarraum war geschlossen, doch beherzt öffnete Gelophee sie und trat in die dunkle, kühle Wölbung der Kapelle. Als sich ihre Augen an die Dunkelheit gewöhnt hatten, konnte sie den Altar erkennen, der bis auf zwei Leuchter, ein Lesepult und ein Kruzifix spartanisch wirkte. Er stand auf einem Podest aus hellem Stein, in welches man vor dem Altar ein großes, rundes und dunkel abgesetztes Fliesenmosaik eingelassen hatte, das mit romanischem Blattwerk verziert schien. Darüber und zur Mitte der Kapelle hin schaukelte ein großer Kronleuchter, dessen Kerzen jedoch allesamt gelöscht waren. Das Gestühl zeichnete sich im Dunkeln nur noch als schwarze, gleichlaufende Linien ab. Sonst vermochte Gelophee nichts zu erkennen, was ihr über den Verbleib Cippicos Aufschluß gegeben hätte. Deshalb rief sie seinen Namen. Ihre Stimme klang hohl und mit einem verhaltenen Echo nach.

„Er ist hier“, sagte eine Stimme, und ein Kichern folgte, daß Gelophee bekannt vorkam, auch wenn sie sich nicht zu entsinnen vermochte, wo sie es schon einmal gehört hatte. „Und schon sind wir alle wieder beieinander. Es fehlt nur, und das ist ja nichts Neues, Dilara.“ Es war Torquato Perez, das erkannte Gelophee wohl, und es schauerte sie. Allerdings konnte sie nicht genau ausmachen, aus welcher Richtung die Stimme klang, denn der Widerhall in dem Gebäude verzerrte jeden Laut.

Da aber bewegte sich ein wuchtiger Schatten von der Seite her auf sie zu, und langsam schälte sich aus dem Halbdunkeln die schlanke Gestalt des Spaniers, doch die Person, die er vor sich herschob, war zu groß und massig für Cippico. Es mußte der Priester sein oder möglicherweise auch der Küster, der gesuchte Gärtner, den die katholische Kirche einst exkommunizierte, wer vermochte es zu sagen.

„Woher wußten Sie, daß Sie hierherkommen mußten?“ fragte Gelophee, die es sich eigentlich denken konnte.

„Ich wußte es nicht. Ich bin euch einfach nur gefolgt. Obgleich... *einfach* war es nicht gerade, liegt mir doch das Reisen am Tage eigentlich nicht sehr“, sagte er und umklammerte den Mann vor sich wie einen Schutzschild. Jener wirkte zutiefst erschrocken, sein schütteres Haar war zerzaust, er trug eine dunkle Hose, ein helles Hemd und darüber eine Weste. Seine Augen wirkten besonders weiß in der Dunkelheit, und er schaute Gelophee mit dem Entsetzen eines Menschen an, der sich schon tot sah. Ganz gleich, ob Torquato Perez ihn hinterrücks mit einer Waffe bedrohte oder ob es einfach der Schock war, der ihn erstarren ließ, der Mann brachte kein Wort hervor.

„Wo ist Dilara? Und wo ist dieser Zwerg?“

„Dilara wartet vor der Kirche, und Cippico ist verschwunden. Deshalb suchte ich ihn hier.“

„Er hat die Gefahr wohl gerochen? Einerlei.“

„Wer ist der Mann?“ fragte Gelophee.

„Der Gärtner“, antwortete der Spanier, und man hörte, wie sehr er die Antwort genoß.

Nun aber mußte Gelophee sich fragen, ob Torquato Perez doch mehr wußte als er vorgab; oder genoß er lediglich, daß er Macht zur Schau tragen konnte? Wußte er, daß der Gärtner der Schlüssel zu der Frage war, wie man an den verschollenen *Codex Vaticanus* zu gelangen vermochte? Wenn jedoch an dem war, wieso erledigte dann nicht der Spanier den Auftrag für Antediluvian? Gelophee verstand es nicht. Es verwirrte sie, und in der Aufregung schaffte sie es kaum, zu irgendeinem Schluß zu kommen. Im Gegenteil, jeder Lösungsansatz schien neue Fragen aufzuwerfen und ihr Wirrsal nur noch zu vergrößern.

„Und was nun, Senorita? Wie kommen wir nun an Dilara und Cippico? Denn an den beiden bin ich hauptsächlich interessiert.“

„Was wird denn Antediluvian sagen, wenn Sie uns an der

Durchführung seines Auftrages hindern?“ wagte Gelophee entgegenzuhalten.

„Es kümmert ihn nicht, was mit dem Zwerg geschieht. Und er wird es gewißlich begrüßen, wenn *ich* an des Gnomen Statt Dilara begleite. Den Auftrag werde ich deshalb ganz sicher nicht vereiteln“, sagte Torquato Perez und kam näher, so daß er vor den Altar und auf das runde Mosaik trat. „Im Gegenteil werde ich alles tun, um es zu einem lohnenden Ende zu bringen.“

Gerade hatte Dilara durch das Gatter treten wollen, als ein Mann die Zufahrt zur Kirche hinab kam und sie neugierig musterte. Er war klein, untersetzt, besaß nur noch einen wollenen, blonden Haarkranz um seinen glänzenden Kopf und ein strenges, verkniffenes Gesicht. Sein dunkler Anzug wirkte abgetragen und staubig. „*Posso darle la mano, Signorina?*[29]“

Dilara, die kaum Italienisch verstand und noch weniger sprach, versuchte ihn auf Englisch anzusprechen, woraufhin er sogleich nickte.

„Si, Signorina, ich verstehe Sie. Kann ich Ihnen helfen?“

„Ja, ich bin mit zwei Reisegefährten hier, und wir suchen einen ehemaligen Priester, der hier als Gärtner angestellt sein soll. Meine Begleiter sind schon hinein, um zu fragen“, erklärte Dilara und zeigte auf das Gatter.

„Was möchten Sie denn von Donatio?“

„Er soll in den Geheimarchiven des Vatikans gearbeitet haben. Und wir benötigen eine Information, wie wir an eine Abschrift eines Dokumentes kommen können.“

29 *ital.*: Kann ich Ihnen helfen, Signorina?

„Donatio hat nie für die Geheimarchive gearbeitet. Er war Sekretär des Heiligen Offiziums. Und wenn Sie als Ausländer an einer Abschrift interessiert sind, brauchen Sie zumindest ein Empfehlungsschreiben von einem hohen Diplomaten, von einem Konsul oder von einer anerkannten kulturellen Organisation. Doch selbst dann kann nur der Präfekt darüber entscheiden, ob Ihnen eine solche Ehre zuteil wird. Mehr könnte Ihnen auch Donatio nicht sagen", sagte der kleine Mann höflich und doch bestimmt.

„Ich möchte ihn dennoch sprechen", beharrte Dilara, der das Verhalten des dickwanstigen Mannes verdächtig vorkam.

„Das wird nicht möglich sein. Ich wünsche Ihnen einen guten Tag, Signorina", sagte der Mann unwirsch, wischte sich mit einem gelblichen Taschentuch die lange Stirn trocken und versuchte an Dilara vorbeizugehen.

Deshalb wagte sie einen schnellen Vorstoß: „Was wissen Sie über den *Codex Vaticanus*?"

Der kleine Mann hielt inne und wischte sich mit dem Tuch über den Mund, als wolle er verhindern, daß etwas hinaus gelange, was nicht hinaus durfte. „Welchen meinen Sie?"

„Gibt es etwa mehrere?" fragte Dilara erschrocken.

Der kleine Mann deutete ein knappes Grinsen an, nickte, packte sein Taschentuch in seine Gesäßtasche und wendete sich ab. Dilara schwindelte es. Davon hatte Antediluvian nichts zu berichten gewußt. Und woher sollte sie nun wissen, welches das richtige Dokument war? Sie mußte alles riskieren, wenn sie an die Wahrheit zu kommen gedachte. „Was wissen Sie über die Texte, Donatio?"

Der Mann blieb stehen und sah sichtlich betroffen aus, als er sich herumwandte. Er rang offenkundig nach Worten und mit einer Entscheidung, die schwer auf ihm zu lasten begann. Schließlich: „Es ist eine Sammlung aztekischer Texte. Nichts

Besonderes. Nichts, was die weltliche Wissenschaft nicht schon in Augenschein genommen hätte."

„Das mag sein, aber worüber handeln sie?"

„Woher soll ich das wissen?"

„Wieso wurden Sie exkommuniziert, Donatio?"

„Das geht Sie nichts an, Signorina."

„Hatten Sie etwas veruntreut oder gestohlen?"

„Nein! Nein, niemals. Ich bin der Kirche immer treu ergeben... ich..."

„Wieso dann eine Exkommunizierung? Wofür eine solch harte Strafe an einem ach so loyalen Diener?"

„Es hatte politische Gründe. Es war von Bedeutung für das Ansehen des Vatikans", sagte er und schwitzte dabei, daß ihm die glänzenden, feisten Tropfen am Gesicht herunterliefen.

„Deshalb duldet man Sie hier wohl. Aus diesem Grunde sind Sie noch immer in den Diensten der Kirche, und sei es auch nur als Gärtner. Man dankt Ihnen, daß Sie ein solches Opfer darbrachten, indem man Sie in Unehre trotzdem weiter bei sich erträgt. Welch ein Großmut, Donatio, welch Mildtätigkeit, aber nun, es scheint Ihnen ja zu gefallen, daß man Sie wie einen Stapel Papiere, den die Welt besser nicht zu Gesicht bekommen soll, beiseite legt, in irgendeine geheime Schublade oder irgendeinen versteckten Bibliotheksschrank aus Wurzelholz. Ein Heil den Leuten, die wissen, was es zu verdecken gilt, nicht wahr? Das ist hier ja auch ein wirklich wundervoller Ort", meinte Dilara gefaßt, stand dann plötzlich neben ihm und wies in die Richtung des Portals. „Kommen Sie, lassen Sie uns hineingehen und schauen, wo meine Reisegefährten sind." Und als er keine Anstalten machte, zu gehen, sie nur aus großen, weiten Augen ansah, schwitzte und auf seiner Unterlippe kaute, da trat sie durch das geöffnete Gatter.

„Hören Sie, es sind mythologische und kosmologische Traditionen, die darin beschrieben stehen. Kalendarische Tabellen, soweit ich mich entsinnen kann, nichts Besonderes eben", sagte er und lief wie ein kleines Hündchen hinter ihr her.

„Daß in ihnen nichts Besonderes steht, glaube ich nicht. In irgendeinem der Codizes muß etwas stehen, das selbst dem mächtigen Vatikan Aufmerksamkeit abrang", beharrte Dilara und stieß dabei unbeirrt in den Hof vor.

„Es gab verschiedene Dokumente. Den *Codex Vaticanus A*, den man auch nach dem Dominikaner Pedro de los Rios den *Codex Rios* nennt, und den *Codex B*, sie gehören zu einer Gruppe von Ritualtexten, die man Borgia nennt und die von den spanischen Konquistadoren im 16. Jahrhundert ausgewertet wurden. Dazu kommen eine Reihe von chronistischen Texten wie die des Benediktiners Bernadino de Sahagun und des Dominikaners Diego Duran, die Zeuge von aztekischen Kulten und blutigen Massenopfern wurden. Sie gehören aber nicht direkt zu den Codizes. Mehr kann man darüber kaum sagen. Sie haben einen rein wissenschaftlichen Wert, wenn man sich für die Azteken interessiert. Sie liegen auch nicht im Geheimarchiv, sondern in der Vatikanbibliothek. Sie sind alt, aber nicht geheim", erklärte Donatio und ging hinter Dilara her, als läge er an einer Leine, die immer kürzer wurde.

„Irgendein Teil der Dokumente muß es sein, Donatio. Irgendeine Abschrift muß etwas enthalten, daß es wert ist, geheimgehalten zu werden", sagte Dilara, blieb plötzlich stehen und blickte den schwitzenden Mann eindringlich an.

„Ich versichere es Ihnen, daß an dem nicht ist", erwiderte er flehend.

„Sie sagten, daß Sie nicht für die Bibliothek und das Archiv gearbeitet haben, sondern für das Heilige Offizium", meinte Dilara, während sie weiter über den Hof schlenderten. „Wofür steht es?"

Donatio wirkte mit einem Male blaß und kränklich. „Es ist die älteste und wichtigste Kongregation des Vatikans, die den Glauben, das katholische Sittengesetz und auch die Einheit der Kirche gegen Häresie, Apostasie, Schisma, Freimaurerei und Beziehungen zu Sekten, Entweihung der Hostie, antireligiöse Publikationen oder gegen die Unmoral von Priestern und Angehöriger religiöser Orden zu verteidigen hat. Ihre Kompetenzen reichen weit, ja sind unbegrenzt."

„Inquisition?" fragte Dilara, und sie spürte einen wütenden Krampf in sich, erinnerte sie sich doch nur zu gut an die Inquisitoren, die sie einst der Hinrichtung übereigneten. Es war eine kalte, scharfe Wut, die selbst in Jahrhunderten nicht vergangen war.

„Die Heilige Römische und Universelle Inquisition", sagte der ehemalige Priester, „ja, aber nicht zu verwechseln mit den Inquisitionsgerichten, deren wichtigstes Ziel die einfache Jagd auf Häretiker und Hexen gewesen ist. Die bestand schon früher und hatte längst nicht so große und wichtige Ziele."

„Wie kommt es, Donatio, daß ein ehemaliger Sekretär des Heiligen Offiziums so viel über ein vermeintlich unwichtiges Dokument weiß, welches offen in der Vatikansbibliothek liegt, und sich mit eher ungewöhnlichen Angelegenheiten auseinandersetzt, die mit seinem Tagesgeschäft nichts zu tun haben?" Dilara blieb stehen und schaute den kleinen Mann, der mittlerweile höchst bedauerlich aussah, fragend an.

„Ich habe Ihnen nichts mehr zu sagen", meinte der und wirkte dennoch unschlüssig. Aber er wandte sich trotzdem ab und ging zum Haupthaus, zog ein Schlüsselbund aus der Tasche, öffnete die Vordertür, schaute sich noch einmal um und ging dann hinein.

„Verfluchter Pfaffe", zischte Dilara und schaute sich um in der Hoffnung, einen Hinweis darauf zu bekommen, wo sich

Cippico und Gelophee aufhielten. Dabei schwindelte ihr, und sie fühlte sich ausgedörrt wie eine Mumie im britischen Museum. Die Sonne würde sie verderben.

Da sah sie Cippico in einer Nische neben der Kapelle stehen und war erleichtert, ihn zu sehen, rief seinen Namen und wollte ansetzen, zu ihm zu eilen, als sie bemerkte, daß etwas nicht stimmte. Cippico bewegte sich nicht. Er rührte sich auch nicht auf den Zuruf hin. Er stand dort, im Schatten des Gebäudes, die Augen offen und starr, die Arme am Leib herabhängend und bar jedweden Lebens, wie es schien. Ein weiteres Mal rief sie seinen Namen, und als er noch immer keine Reaktion zeigte, ging sie auf ihn zu. Keine Bewegung. Er wirkte wie eine Grabstatue – bleich und still.

Dilara war danach, zu rennen, um ihre Neugier zu befriedigen und die Bestürzung zu überwinden, doch sie blieb bei ihrem wiegenden Gang. Der Wind seufzte leise an den Ecken der Gebäude.

Das Knirschen des Sandes unter ihren Stiefeln erschien seltsam laut und klar. Irgendwo zirpten zwei Schrecken.

Torquato Perez war nun nah genug an Gelophee heran, daß sie sein Gesicht deutlich sehen konnte. Seine dunkle Haut schien die Finsternis zu begünstigen, so daß seine Augen und sein Gebiß um so heller blitzten. Zwar waren seine langen Eckzähne, mit denen er die Wunden bei seinen Opfern schlug, nicht in voller Länge zu sehen, schienen gar durch die Lippen zu Zähnen herkömmlicher Länge beschönigt, doch büßte seine Miene nichts an offenkundiger Bosheit ein. Er war entschlossen, das war vernehmlich.

Der große, massige Mann, den der Spanier als Schutzschild vor sich hielt, wirkte steif vor Angst und Verwirrung. Gelophee konnte sich durchaus vorstellen, daß er gegen Perez, wäre jener menschlich, in einem Zweikampf eine Chance gehabt hätte, denn er schien voller Kraft und Gewandtheit. Jedoch wagte er keine Bewegung und keinen Laut. Das Grauen stand in seinen Augen und rann daraus hervor.

„Ich schlage vor, Senorita Roche, Sie sorgen dafür, daß Dilara und ihr Gnom hier antreten, und das bald, denn sonst wird dieser hier sehr bald einer der Meinen sein und Sie bis an das Ende der Welt jagen, wenn nötig“, flüsterte Torquato. „Und damit Sie sehen, daß es mir ernst ist und alldieweil Zeit nun mal kostbar, setze ich Ihnen ein Ultimatum.“ Sprach es und biß dem großen Mann blitzschnell in den Hals.

Dieser schrie auf, wankte und bebte, schien jedoch nicht genug Kraft aufwenden zu können, um den Angreifer abschütteln zu können. Es war wie eine Lähmung, die an ihm wirkte, während Torquato reichlich verbissen zu saugen begann.

Gelophee keuchte und schüttelte den Kopf, weil sie kaum glauben konnte, was geschah. In ihr tobte das Entsetzen und der Zwiespalt, ob es besser sei, dem armen Mann zur Seite zu stehen oder der Empfehlung des Monstrums Folge zu leisten. Sie sprang zurück und wollte diesen Ort verlassen, konnte aber kaum einen Blick von dem widerwärtigen Geschehen abwenden.

Da plötzlich öffnete sich eine Schneise grellen Lichtes geradewegs vor ihr, begann klein und schmal wie ein Riß oder eine Kerbe, aus dem flüssiges Weiß zu sickern anfing, wuchs und bahnte sich eine Kluft durch Düsternis, blendete Gelophee, so daß sie einen sengenden Schmerz in den Augen verspürte und kaum noch zu beobachten imstande war.

Torquato hatte zunächst überhaupt nicht erkannt, was sich in seiner Nähe aufzukommen anschickte, und als er es erfaßte, riß er seine Augen auf, war voller Panik, schaute auf das runde Steinmosaik, in dem er mit seinem Opfer stand und schrie grell wie ein Tier auf einer Schlachtbank. Der Mann hielt sich den Hals und fiel auf die Knie, keuchte und würgte, als bekäme er keine Luft, doch auch um ihn war es geschehen.

Das weiße Feuer strahlte wie ein Stern und doch ohne einen Laut zu verursachen. Es fraß sich wie eine hungrige Made durch jedweden Schatten und alle Dunkelheit, erreichte Torquato und sein Opfer, schälte sich durch sie hindurch und verzehrte ihre Wesensart, bis sie zu einer einzigen milchigen Substanz wurden, durch ihr Dasein noch getrübt, wiewohl auf dem Wege zu schwinden. Das Licht erhellte die Kapelle greller als das Sonnenlicht.

Torquato bewegte sich, zappelte, sprang umher, schien aber trotz allem auf dem Fleck gebannt. Er verriß den Mund zu Flüchen oder einem Geschrei und Gezeter, doch sogar die Töne wurden durch das Licht geschluckt. Alles verlief lautlos.

Gelophee stürzte und fiel hin. Und obgleich sie den Kopf den Geschehnissen abgewandt wähnte, die Augenlider fest zusammengekniffen hielt, sah sie in ihrem Inneren die Strahlen und die Leuchtfeuer, die sich schimmernd und spiegelnd selbst emanierten. Und darin stand bleich und stumpf ein übergroßes Haupt mit Zügen, die weich und gefällig waren, doch weder Mann noch Frau und wohl nicht einmal dem Menschen ähnelten. Allein es besaß die Anmut und das Wohlgefallen von jemandem, den man so sehr liebte, daß man sich gänzlich an ihn verlieren mußte. Das bleiche Antlitz zeigte mandelförmige eisige Augen, eine feine, schmale Nase und einen Mund mit vollen Lippen. Auf dem fahlen Kopf band ein schlichter Reif ein Tuch, welches seltsam eckig um das weiße Haar lag. Dieses war zu dünnen Zöpfen geflochten und mit Troddeln geziert.

Und vor diesem ausdruckslosen Gesicht schmolzen die Gestalten Torquatos und seines Opfers, wurden zu glühenden, verlaufenden Massen, und ihre Haut und ihr Fleisch warf Blasen, verdampfte oder verrann zu einem leuchtenden Brei, während der stumme Schrei des Blutsaugers andauerte. Doch trotz der Stille und der Verdichtung der Geschehnisse schien das Gebälk der Kapelle von alledem erschüttert zu werden, denn es knirschte und knackte bedrohlich. Urplötzlich klirrten die Scheiben ohrenbetäubend, zerbrachen mit lautem Singen, und die Splitter stoben aus den Rahmen heraus und weg von dem Gebäude.

Gelophee spürte eine Druckwelle durch die Fluten des Lichtes gehen, die auch an ihrem Leib riß. Sie krümmte sich, machte sich klein und gab ihrem Haupt den Schutz ihrer vorgehaltenen Arme. Sie erwartete itzt, daß auch ihre Haut zu brennen und zu lodern begann.

„Cippico“, rief Dilara, der nicht geheuer war, was sie zu sehen bekam. Ihr Diener schien nicht nur teilnahmslos zu sein, er stand dort wie eine Maschine, die mitten im Ablauf ihrer Verrichtung angehalten worden war.

Nun war sie heran, nah genug, um ihn zu berühren, nah genug, um ihn atmen zu sehen. Und er atmete. Zumindest das, dachte sie.

Miteins aber vernahm sie ein leises Singen. Es war ein heller Ton, der klang, als läge er nur noch knapp im Bereich des

Hörbaren, und dann brachen schlagartig die Fenster der Kapelle entzwei. Die Scherben tanzten und blitzten wie kleine Nadeln und scharfe Klingen in der Luft, hielten sich dort, drehten sich daselbst, reflektierten das Licht, fingen eine fremde, gleißende Helle auf, ob von der Sonne oder aus dem Inneren der Kapelle, wußte Dilara nicht zu sagen, und fielen schließlich doch zu Boden.

Dilara hatte sich geduckt, während Cippico einfach auf die Knie ging und zu Boden fiel, daß der Sand aufstaubte. Es wirkte, als hätte sie sich angeschickt, ihn mit ihrem Körper zu beschützen probiert, doch es war vor allem anderen unbeabsichtigt geschehen. Jedoch traf Dilaras Blick den von Cippico, dem man ansah, daß er die Geschehnisse wahrgenommen und es ihn durchaus überrascht hatte, doch seine Miene und sein Gebaren waren trotzdem trostlos und unerreicht geblieben. Zwar vermeinte sie, ein demütiges und ehrerbietendes *„Warum"* in seinen Augen zu entdecken, eines, wie man es auch zuweilen auf sentimentalen und sakralen Abbildern des Jesu Christi zu finden vermag, doch sie war sich nicht sicher. Er wirkte wie ein Schuldiger, der gestanden und daher willfährig die Axt des Scharfrichters erwartete. Hinter sich sah Dilara, wie die Tür des Hauses wieder aufgerissen wurde und Donatio heraustrat, stutzte, und zaudernd zwar, aber mit immer schneller werdendem Gang näherkam. „Was haben Sie getan, verflucht?" rief er und ließ seinen Blick auf der Kapelle haften, aus deren Fenstern nun das grelle Licht wie ein entweichender Dampf trat.

Donatio warf Dilara einen Blick zu, bevor er die Kapelle ohne ein weiteres Wort betrat, als fürchte er weder Schaden zu nehmen noch anderweitig welchen zu verursachen. Womöglich war es die Stille, die ihn verleitete, vielleicht aber auch einfach nur die Befürchtung, jemand könne verletzt worden sein und Hilfe benötigen.

Vorsichtig trat der exkommunizierte Priester durch die Kapellentür in die Sakristei und stand sogleich vor der offenen Tür zur Kapellenhalle. Aus ihr drang ein Licht, das sich wie Tücher im Wind bewegte und gellend weiß war. Nahe der Tür und dem Altarpodest abgewandt lag am Boden der dunkle Schatten einer Frau.

Vor dem Altar aber schien eine Sonne mit all ihrem reinigenden Feuer, ihrer sengenden Kraft und ihrem blendenden Licht. Es war derart hell, daß Donatio die Augen verschließen mußte, daß die Helle durch seine Lider und selbst durch die vorgehaltenen Hände wie mit einem festen Druck drang. Er rief den Allmächtigen an, glaubte er doch, seine letzte Stunde habe geschlagen, und wankte noch im Türrahmen der Sakristei. Durch die Rufe Donatios aber befreite sich Gelophee aus ihrer Starre und versuchte zur Tür zu kriechen, während sie achtsam hinter sich spähte, ob das Licht und das Wesen darin auch sie zu vernichten trachtete oder ob es an seinen beiden Opfern genug gefunden hatte. Von Torquato und seinem Opfer war nun kaum mehr als eine dämonisch glosende Masse verblieben. Und das Licht schien zu verebben, war doch das gütige Gesicht bereits entschwunden, während sich die Stränge und Wellen kalten Glanzes langsam in sich zusammenzogen. Es ward merklich dunkler in der Kapelle. Der weiße Schein des vergehenden Sterns war fast verloschen.

Als Gelophee den Mann erreichte, der in der Tür hing, sich sein Gesicht mit den Händen feite und nicht vor und nicht zurück zu gehen imstande schien, stieß sie ihn an und brüllte, er möge fliehen. Und tatsächlich stürzte er zurück, fiel fast lang in die Sakristei, vermochte jedoch nicht aufzustehen oder zu gehen, war er doch zu Tode erschrocken. Was er gesehen hatte, war für ihn das Tor des Schöpfers gewesen, geöffnet, damit er hindurchtreten konnte, allein er war nicht bereit und war erschüttert von der Angst um sein Leben. Gelophee zog sich vor dem Türrahmen gerade in die Höhe, als Dilara die Sakristei betrat und in die Kapelle fuhr – mit Flüchen auf den Lippen. Sie packte Gelophee am Arm und riß sie zu sich, während sie den verglimmenden Schimmer betrachtete, der in ihren Sehnerven schmerzte und sich tief in ihr Hirn wie eine glühende Nadel bohrte. „Wer ist noch hier gewesen?"

„Der Spanier", keuchte Gelophee und spürte das Leben in ihre Beine wiederkehren.

„Torquato, du und noch wer?" entfuhr es ihr, sah sie doch die rote Glut an zwei schwarzen Erhebungen in dem verbrannten und zum Teil verdeckten Mosaikkreis vor dem Altar.

Gelophee nickte.

„Methalumina", sagte Dilara und ihre Augen funkelten. Wenigstens drei Wesen, keines davon schlafend und eine kreisrunde Form – mehr war nicht notwendig, um das fürchterliche Wesen des Lichtes aus dem Nichts zu beschwören. Somit hatte der archaische Geist einen ihresgleichen erbeutet, und auch wenn es Dilara um Torquato nicht leid tat, so mahnte es sie doch, ihrer eigenen Vergänglichkeit bewußt zu sein. Und Dilara entsann sich auch Antediluvians Mahnung, die Rosenkreuzer seien Diener Methaluminas.

Dilara hatte nicht ein Wort davon geglaubt, denn es hatte allem widersprochen, das sie von dem Lichtwesen wußte. Jene hatte keine Diener und verlieh weder Aufträge noch Ehren, so hieß es. Mochte es doch anders sein? Sie blickte Gelophee mit blitzenden Augen an. „Kennst du dieses Licht, Gelophee?"

Die schöne Eurasierin schüttelte den Kopf und schien zu Tode erschrocken.

„Wir müssen hier raus", sagte Dilara, denn sie schenkte Gelophee Glauben. Da aber hörte sie mit einem Male, wie die Tür zur Sakristei hinter ihr ins Schloß fiel.

Gelophee schaute Dilara an. „Nein“, sagte sie und es klang dabei kläglich, bebend und auch zweifelnd. Sie war verzweifelt.

Einen Kampf gibt es nicht, so hatte Antediluvian zu Dilara gesagt. Und er würde recht behalten.

Als Dilara sich erhob, Cippico anschaute und in ihrem Blick die Entschlossenheit einer behütenden Mutter zu finden war, da wich die Leere in dem Kleinwüchsigen einer eigentümlichen Folge von Erinnerungen. Sie entbehrte gänzlich der Qual und der Schmerzen, die ihm die Nosferati zugefügt hatten. Das Gefühl, daß man ihn im Stich gelassen hatte, schwand vor der Wärme und Güte, die er aus Dilara las – die er in ihr gefunden glaubte, mit diesem einen Blick, in dieser einen Haltung.

Cippico beanspruchte für sich keine Stellung oder eine Bedeutsamkeit. Seine Würde war an etwas gebunden, das aus ihm heraustrat wie Schweiß, wie ein übler Geruch oder Haare und Nägel, die man schnitt, damit sie nicht die Oberhand gewannen. Sie begründete sich eigentlich überhaupt nur auf sein ärmliches Leben, daß er einst in Padua geführt. Er entsann sich, wie er unter den Platanen der *Piazza Vittorio Emanuele* gesessen, den Schatten während eines Tages genossen, der so voll quälender Hitze gewesen war, daß die Luft zu träge angemutet hatte, um flimmernd zu erscheinen. Cippico hatte daselbst gehockt und den leicht bitteren Geschmack aus dem Halm einer Mäusegerste gekaut, um sich von einem langen Spaziergang durch seine Stadt zu erholen. Er entsann sich, während Dilara aus seinem Gesichtsfeld trat und zur Kapelle lief, an die *Cappella del Santo* und an die liebliche Kühle darin, wie er vor dem Sarg des Antonius gekniet und gleich alle anderen, die ihn unaufhörlich unter Gebeten berührten und küßten, liebkost hatte.

Jetzt schien ihm die Sonne ins Gesicht. Wie damals war sie heiß und brennend. Und Cippico begriff, daß er Padua, seinen reizenden, heimeligen Ursprung, verloren hatte. Geblieben aber war ihm Dilara, die wundervoll war wie die malerischen Arkaden und die schlichte Schönheit der Renaissance, die sich in seiner Heimatstadt mit dem Pomp des Barocks verbunden. Cippico löschte das böse Gift in sich, das die Nosferati ihm eingeflößt hatten, und vertrieb die Schatten, die nicht ihm selbst entsprungen waren.

Er entsann sich – unendlich müde –, wie sich Dilara über ihn gebeugt hatte, als hätte sie ihn vor Harm und Pein beschützen wollen. Er entsann sich dieser gütigen Bewegung wie an das Lächeln seiner Mutter, nur daß es aus einer Ewigkeit an ihn herandrang, während Dilaras Duft noch in der Luft lag und in seiner Nase.

Cippicos Augen füllten sich. Er war ein Narr. Schwach, töricht und verkrüppelt – innerlich wie äußerlich. Er erhob sich und war sich unsicher, ob er bei sich war oder nicht. Doch er spürte die Verletzungen, die ihm die Nosferati zugefügt und über die er nicht gesprochen. Sie schmerzten. Aus ihnen strömte seine Seele, als gelte es, sie herauszubluten. Er spürte noch immer die Dunkelheit und die Angst in sich, doch da war noch etwas anderes, etwas viel Bedrohlicheres, etwas, das jetzt gegenwärtig wurde.

Der kleine Mann aus Padua kam vollends auf die Beine und spürte, wie sich eine unmittelbare Gefahr näherte. Er schaute zur Kapelle, doch außer den zersplitterten Fenstern war nichts zu erkennen. Auch hörte er nichts, daß ihn gewarnt hätte, doch sein garstiges Gefühl blieb. Die Lautlosigkeit war es, die ihn störte. Die Natur hielt den Atem an. Der Wind bewegte sich leise säuselnd und schien von sich wie von der Ruhe vor dem Sturm zu sprechen. Und eben dies war es, das Cippico störte, war er doch im Inneren davon überzeugt, daß dieser Sturm längst ablief und dabei keinen Laut verursachte. *Methalumina.*

Cippico war lang genug an Dilaras Seite, um die Angriffe der Lichterscheinung zu kennen und zu wissen, wie tückisch leise und gewissenlos sie erfolgten. Und dieses Mal mußte sie es auf Dilara abgesehen haben, denn sie war in die Kapelle gelaufen, und seitdem hatte sich dort nichts mehr gerührt.

Plötzlich war wieder Leben und Kraft in Cippico. Er fühlte sich gestählt, als er zur Tür der Sakristei lief. In dem kleinen Raum fand er Donatio, den er nicht kannte und der am Tisch saß, eine Hand vor dem Mund und leise Gebete vor sich hersagend. Er ging zur Tür, die ins Kapellenschiff führte, doch sie schien verschlossen, nur nicht, als wäre dies mit einem Schlüssel bewerkstelligt worden. Die Klinke rührte sich nicht, die Tür bewegte sich nicht, als Cippico daran zu ziehen versuchte – nicht oben und nicht unten. Doch er wußte, dahinter konnte ein Inferno aus Licht und Zerstörung wirken, welches Dilara mit sich nahm.

Cippico begann sich vor die Tür zu werfen. Das Holz donnerte und vibrierte, allein es schien nicht dem Bruche nah. Aber Cippico gab nicht auf; auch wenn die Schläge gegen seine Schulter schmerzten und ihm die Tränen in die Augen trieben, würde er nicht aufgeben. Immer wieder nahm er Anlauf und krachte gegen das Holz der Zwischentür. Nach vielen gescheiterten Versuchen und einem Schmerz in der Schulter, der ihm eine schwere Verletzung bedeutete, blieb er stehen. Die Tränen der Anstrengung und der Schmerzen verklebten seine Augen, doch er sah den Mann am Tisch sitzen, wie er ihn aus staunenden Augen ansah, ohne ein weiteres Gebet auf den Lippen. Cippico wurde wütend und brüllte den Mann auf Italienisch an, nannte ihn einen verfluchten Kirchenesel und schlimmeres. „*Aiutami, cretino, c'e pericolo di vita per la signora*[30]", rief er, als die Verzweiflung sich seiner vollends bemächtigte und er nicht glaubte, daß seine Anrufungen noch etwas zu bewirken vermochten.

Da aber erhob sich Donatio, schaute Cippico gläsern an und rannte hinaus. Der kleine Mann aus Padua greinte und wollte sich gerade ein weiteres Mal vor die Tür stürzen, in der Hoffnung, sie könne wenigstens ihn brechen, wenn nicht er schon bei ihr dazu imstande war, als Donatio wieder in die Sakristei kam und eine Holzaxt in den Händen hielt. Er fuhr auf die Tür zu wie Ziethen aus dem Busche und schlug die blanke Klinge gegen das Holz, welches sogleich erzitterte, sprang und splitterte.

Cippico hätte schreien können vor Freude, als er das Krachen des Holzes vernahm, nur war sein Glück sogleich getrübt, als er das gleißende Licht Methaluminas durch den Spalt in der Tür sickern sah. Er feuerte Donatio an, und jener drosch die Axt weiter und weiter ins Holz, welches in Fetzen flog, bis ein Bruch entstanden war, der für Cippico groß genug schien. Er griff dem großen Mann gefährlich in den Schlag, sprang zur Tür und preßte sich durch die Lücke ins Licht der Kapelle.

Er erkannte das sengende Licht Methaluminas und ihr Konterfei darin. Sie sickerte aus der rechten Seitenwand und überflutete wie eine Welle aus leuchtender Gischt den Altar und das gesamte Podest. Sie war größer und strahlender, als Cippico sie in Erinnerung gehabt hatte, und weil er seinen ersten Blick instinktiv auf sie senkte, war er geblendet, und funkelnde Farbmuster tanzten schmerzend vor seinem Blickfeld. Er suchte nach Dilara – und rechts von der Tür, ganz in seiner Nähe, da

30 *ital.:* Helfen Sie mir, Sie Holzkopf, da schwebt eine Frau in Lebensgefahr!

hockte Gelophee und schirmte mit ihrem Körper jenen von Dilara ab. Doch zu Cippicos Schrecken zogen bereits lange Fäden gleißenden Lichtes um sie herum und nahmen sich von Dilara ihren Teil, um ihn unwiederbringlich in Methaluminas Fänge zu ziehen.

Er setzte auf Gelophee zu. „Wir müssen hier raus. Die Tür ist frei“, schrie er, doch kein Laut erklang. Er zog an Gelophee, die zu ihm aufsah und schaute, als könne sie nicht begreifen, was sich da tat, doch folgte sie vertrauensvoll dem Geleit seiner Hände.

„Wir müssen Dilara mitnehmen“, rief Gelophee, ebenfalls ohne hörbar zu sein, unterstützte ihre Worte glücklicherweise damit, nach Dilara greifen zu wollen. Cippico aber fing ihren Griff und stieß sie sanft zur Tür, die Donatio mittlerweile vollkommen in Stücke gelegt hatte. Für einen Augenblick nur vermochte der kleine Mann einen Blick auf Dilara zu erhaschen, und alles in ihm war entsetzt und fassungslos. Am liebsten hätte er laut geschrien und geweint, doch wußte er, wie wenig davon Methalumina erreicht hätte, wie sinnlos es gewesen wäre, sie angreifen zu wollen oder sie herauszufordern. Für diesen furchtbaren Geist aus Licht gab es nur ihre Bestimmung und nichts anderes.

Dilaras Leib wirkte zerlöchert, doch floß kein Blut aus den versengten Verletzungen. Man sah den bleichen Knochen schimmern oder das gefurchte Purpur von Sehnen und Muskeln. Ihre Züge und Proportionen muteten bereits verflüssigt an, sie war ausgemergelt wie eine arme Menschenseele, die seit ewigen Tagen Hunger litt, und wie gestraffte Taue oder Fesseln zogen lange Linien weißen Lichtes an Dilaras verglühendem Leben.

Donatio hatte bereits Gelophee aus der Kapelle gezogen. Und Cippico, der all seinen Willen aufbieten mußte, Dilara jetzt in diesem Moment ihrem Schicksal zu überlassen, überwand sich unter Schnaufen, Fauchen und unter Tränen auch. Er lief in die Sakristei, faßte Donatio und Gelophee an die Seite und drängte sie hinaus.

„Wir müssen Dilara retten!“ schrie Gelophee.

„Wenn sie noch zu retten ist, dann geht es nur so“, sagte Cippico, der die Stimme der jungen Frau wieder zu vernehmen imstande war.

„Sie wird sterben. Wie der Spanier wird sie verbrennen“, stöhnte Gelophee und versuchte sich an Cippico vorbeizudrängen.

„Versuchen Sie mir zu vertrauen“, sagte Cippico, fing Gelophees Vorhaben ab und zog sie mit hinaus. Jetzt weinte sie fast, sagte jedoch kein weiteres Wort, hielt sich mit beiden Händen den Kopf, als fürchte sie ihn an den Wahnsinn zu verlieren, und machte entschlußlose Schritte. „Wir brauchen ein Seil“, sagte der kleine Mann zu Donatio, der alles mit großen Augen voller Unverständnis und Unbehagen verfolgt hatte. Doch er reagierte sofort und lief los, um das Gewünschte zu besorgen.

„Sie hat sich einfach zwischen meinen Armen aufzulösen begonnen. Dabei dachten wir, es sei vorüber. Wir dachten, es sei geschafft. Wir wollten schon hinaus, als die Tür zufiel und dieses Licht wiederkehrte. Es war so grausam. So hell. Es entriß mir Dilara, Stück für Stück. Ich glaube...“, unterbrach sich Gelophee und schluckte schwer, bevor sie fortfuhr, „sie schrie oder... oder sie versuchte es, doch da war kein Laut mehr. Cippico, was geht da vor?“

Der kleine Mann wischte sich mit dem Ärmel durchs gerötete Gesicht und schniefte wie ein Kind, als er zur Kapellentür spähte. „Methalumina. So nennen sie die Erscheinung. Sie ist so etwas wie ein Geist oder eine Göttin, weiß der Himmel, was sie ist, doch sie verschlingt sie einfach, wenn die Zeichen günstig stehen.“

„Wir haben sie im Stich gelassen", sagte Gelophee mißfällig.

„Vielleicht nicht. Vielleicht haben wir das nicht. Wir haben ihre Zeichen gebrochen. Methaluminas Bestimmungen. Sie kann nicht bleiben, wenn sie allein mit dem Opfer ist. Es müssen immer drei Wesen gegenwärtig sein. So ist die Regel. Ich hoffe, so ist sie", sagte Cippico, und noch immer rannen Tränen über seine Wangen. Es schien ihm, als löse sich jeder Fluch und jedwede Furcht, die in der letzten Zeit an ihm gewirkt, mit einem Male auf, und mit jeder Träne, die er vergoß, fiel es ihm leichter, wieder zu sein. „Aber die Zeit drängt. Wenn Methalumina auch gebannt sein mag, könnte sie zurückkehren, wenn wir den Andachtsraum wieder betreten. Doch wir müssen Dilara herausholen. So schnell, wie irgend möglich."

Allzulange mußten sie auch nicht warten, da kehrte Donatio mit einem Seil zurück. Cippico hatte sich indessen eine Harke geholt, die er am Geräteschuppen erspäht hatte. Er brach mit einigen Fußtritten den Kopf ab, so daß am Ende eine scharfe Spitze war, und band das Seil an die kleine Schlaufe, die am Stielende dazu gedient haben mochte, das Gartengerät irgendwo aufhängen zu können.

„Was hast du vor?" fragte Gelophee, der Böses schwante.

„Wir müssen Dilara aus der Kapelle ziehen, ohne hineinzugehen und das Seil an ihr befestigen zu können", sagte er und wog den spitzen Harkenstiel in der Hand, als wäre es ein Speer.

„Du kannst sie doch nicht damit durchbohren wollen?" rief sie hysterisch.

„Sie müssen verrückt sein, wenn Sie glauben, daß ich das zulassen werde", sagte Donatio entschieden.

„Dilara hat nur diese eine Chance, Gelophee. Bedenken Sie, sie ist schon tot. Schon sehr, sehr lange", meinte Cippico und näherte sich der Kapellentür. Das Licht im Inneren schien tatsächlich verloschen, und kein Anzeichen sprach mehr für die Anwesenheit Methaluminas.

„Was heißt das? Was soll das bitte heißen?" fragte Donatio und stellte sich Cippico in den Weg.

Cippico hielt ihm die Spitze des behelfsmäßigen Speers unter das Kinn. „Ich habe keine Zeit für Erklärungen. Es ist die einzige Chance, sie zu retten, glauben Sie es mir." Für einen Augenblick tauschten Donatio und der kleine Mann aus Padua abwägende Blicke, dann ging der Friedhofsgärtner langsam zur Seite. „Nehmt das Seil und zieht daran, wenn ich rufe. Ich werde Dilaras Körper um die Hindernisse bugsieren müssen, also zieht langsam, aber ohne Unterlaß."

Danach trat Cippico in die Sakristei, sorgsam darauf achtend, daß das Seil ihm gerade folgte, schob den Tisch beiseite, warf die Stühle in die Zimmerecken, damit sie nicht behinderten und erreichte die zersplitterte Tür zur Kapelle. Er spähte hinein und sah, daß Methalumina tatsächlich entschwunden war. Das todbringende Licht war vergangen. Und er sah Dilara unweit der Tür liegen, entstellt und doch noch nicht ganz vernichtet, denn Methalumina hatte sie nicht mit sich genommen und den Körper vollkommen zerstört. Zwar konnte er keine Regung oder ein Stöhnen vernehmen, doch Cippico mochte glauben, daß noch Leben in ihr war oder zumindest zurückgeholt werden konnte. Methalumina hatte nicht obsiegt. Und wenn es nach ihm ging, würde sie es auch nicht.

Cippicos Herz schlug ihm im Hals, und sein Mund war trocken, der Schweiß verklebte seine Kleidung, und er bekam kaum Luft, als er sich in den Türrahmen stellte und mit seinem kümmerlichen Speer auf Dilara anlegte. Er fürchtete, Methalumina könne zurückkehren. Er bangte, der Speer könne nicht tief genug in Dilara dringen und beim Anziehen aus ihrem Körper rutschen. Womöglich brach der Stiel, oder es riß das Bändchen, an dem das Seil befestigt war. Es waren vielleicht zwei oder drei Meter, die es zu überbrücken galt. Und er wußte, daß er vielleicht nur eine Chance hatte. Er keuchte und schluckte schwer.

Dann stieß er den Speer mit großer Kraft von sich, mit solch großer Wucht, daß er sich am Türrahmen festhalten mußte, damit es ihn nicht mit durch die Tür riß, und er schloß die Augen, um nicht sehen zu müssen, was geschah. Er riß sich an Holzsplittern die Hand blutig, doch spürte den Schmerz kaum. Er hörte den Speer in etwas Weiches dringen und ein kaltes, kläffendes Keuchen, daß ihn innerlich schmerzte. Doch es bewies auch, daß noch Leben in Dilara war.

Er schaute hinüber und sah, daß der Speer schräg in ihre Brust gefahren war und sie zur Hälfte durchdrungen hatte. Nun nahm der kleine Mann das Seil auf, rief hinaus, auf drei möge man vereint ziehen, und begann zu zählen. Und auf diese Weise schafften sie es, Dilara aus der Gefahrenzone zu holen. Er brachte sie hinaus, wo Gelophee zu weinen und schluchzen begann, als sie im Sonnenlicht, welches mittlerweile tiefer stand, das Ausmaß der Verheerungen an Dilara Körper sah. Der Speer war dabei ein weiteres schmerzendes Übel. Donatio sagte gar nichts und schien derart fassungslos, daß er nicht wußte, ob er Cippico angreifen oder gewähren lassen sollte.

Der kleine Mann aber nahm sich keine Zeit, zog den Harkenstiel aus Dilaras Körper, und es erklang derart schaurig, daß Gelophee ihm Vorwürfe machte. Sodann spannte sich Dilaras Körper und erstarrte in einer Verkrampfung, die ihre Sehnen und Muskeln aus den offenen Wunden treten ließ. Im ganzen war sie dürr und abgezehrt. Ihre Haut war grau und ihre Augen schienen faul und bleiern.

„Warum blutet sie nicht, zum Teufel?“ fragte Donatio.

„Gehen Sie auf den Friedhof, Mann, und graben Sie ein Grab,

schnell!“ fauchte Cippico. Gelophee verstummte und sah Cippico mit noch größerem Entsetzen an, so daß es nah dem Irrsinn kam.

„Nein, das werde ich nicht tun“, entschied Donatio. „Sie sind ja verrückt.“

„Ich habe keine Zeit für Erklärungen. Die Erde ist das einzige, was ihr jetzt noch helfen kann. Die Sonne wird sie weiter vernichten. Nur die Erde kann sie ins Leben zurückholen“, schrie Cippico und spie weißen Speichel.

„Sie würde doch ersticken.“

„Sie atmet doch nicht“, greinte Cippico.

„Sie bewegt sich doch noch.“

„Wie lange wohl noch, wenn wir weiter Zeit verlieren.“

„Was, zur Hölle, ist sie?“

„Ein Geschöpf der Nacht, die es nicht verdient hat, im Stich gelassen zu werden. Und das habe ich auch nicht vor“, sagte Cippico, faßte Dilara an den Händen und zerrte sie über den Sand in die Richtung des Friedhofs.

Donatio stand neben Gelophee, wirkte verwirrt, abgestoßen und gleichermaßen im Ungewissen, während er einfach nur zusah, was Cippico anstellte. „Er ist verrückt“, sagte er leise.

„Nein, das ist er nicht“, sagte Gelophee, keuchte und wischte sich die Tränen aus dem Gesicht, erkannte sie doch, welch warme und mächtige Kraft an Cippico wirkte und auch vor ihr nicht Halt zu machen sich anschickte. „Er ist wohl der einzige, der nicht Gefahr läuft, verrückt zu werden.“

Und nach diesen Worten rannte sie dem kleinen Mann aus Padua hinterher und stand ihm zur Seite, indem sie Dilara bei den Füßen nahm und ihren Körper, der wie eine vertrocknete Mumie leicht und starr war, zum Friedhof trug. Da kam letztendlich auch Donatio nach und wies ihnen sogar – zwar zögerlich, doch immerhin von selbst – den Weg zu einem offenen Grab, welches unter einer Zypresse auf der rechten Seite des Friedhofs lag. Dorthinein legten sie Dilara, und Cippico griff sich den Spaten und schaufelte, schob und trat schließlich sogar die Erde hinein, mit aller Gewalt und Schnelligkeit, die er noch zu erübrigen hatte. Gelophee und Donatio standen nur daneben und schauten zu, sich offenkundig nicht im klaren, was davon zu halten war. Als schließlich alles erledigt und die Sonne blutrot hinter den Kämmen der Berge verschwunden war, da kündete das Zwielicht des Abends von der aufsteigenden Nacht.

Cippico fiel keuchend auf das Grab und schien nichts mehr sagen oder tun zu wollen.

Irgendwann faßte Gelophee ihn behutsam an die Schulter. „Cippico."

Er erhob sich unter größter Anstrengung, so daß Gelophee und auch Donatio ihm zur Seite stehen mußten.

„Wir sollten ins Haus gehen. Der Pfarrer kehrt erst zum Wochenende wieder, und der Küster scheint verschwunden", schlug Donatio vor.

„Wenn der Pfarrer fort ist und es der Küster ist, den ihr vermißt, dann war er bestimmt jener Mann in der Kirche, den der Spanier als Geisel genommen hatte. Beide wurden von der Lichterscheinung getötet", sagte Gelophee.

Donatio sagte darauf nichts, wirkte bleich und geschockt und starrte vor sich hin, während sie langsam zum Haus gingen.

„Was wird nun, Cippico?" fragte Gelophee und schien allein ob der Frage verängstigt.

„Die Nacht wird es zeigen", sagte er erschöpft. „Die Erde wird es erweisen"

10. KAPITEL

Wer nie sein Brot mit Träumen aß...

„(...) Ma d'altre imagini
D'età piú bella
Talor si popola
L'insonne cella. (...)[31]“

Giosuè Carducci (1835-1907)

Sie saßen eine Weile still und schweigend auf hohen, schmalen Küchenstühlen aus Holz, während von der Decke eine Ölleuchte kärgliches Licht spendete, schaukelte und erbärmlich stank und rußte. Sie waren wie eine Verschwörung, die darauf zu warten schien, daß ein unsäglicher Plan Früchte trug.

Donatio hatte gleich zu Beginn das Feuer in dem schweren gußeisernen Kohleherd geschürt, und eine unerträgliche Hitze breitete sich nun in dem Raum aus. Danach machte er sich daran, Cippicos Wunde zu verarzten.

Draußen brach derweil die Nacht herein, und sie brachte offenbar einen starken Herbstwind mit, denn es pfiff um die Hausecken und klapperte an den Fensterläden. Und der Wind war für Stunden der einzige, der einen Laut von sich gab. Cippico schlief im Sitzen ein, Gelophee döste und brütete über irgend etwas nach, und Donatio schüttelte hin und wieder nur den Kopf, gab einen Laut der Unschlüssigkeit von sich und verfiel wieder in eine Starre, bei der nur seine Unterlippe leise auf-

31 „(...) Aber von den Bildern der schönen Zeit bevölkert sich manchmal die schlaflose Zelle (...)“

und abschwang, fast als murmele er Worte, die niemand zu verstehen brauchte.

Irgendwann, der Mond stand längst an einem eisigen Himmel, und sein fahles Licht wurde nur von den schnell dahinziehenden Wolken unterbrochen, erhob sich Donatio, nahm einen eisernen Kaffeeröster, befüllte ihn mit Bohnen und drehte dann die Kurbel, damit die Bohnen auf dem Feuerrost gleichmäßig geröstet wurden. Schon bald legte sich der wundervolle und unvergleichliche Ruch frischgemahlenen Kaffees in die Küche. Als die Bohnen geröstet waren, schüttete Donatio sie in eine hölzerne Kaffeemühle, zermahlte die Bohnen darin, um anschließend das Kaffeemehl in eine schwere Keramikkanne zu füllen und mit dem heißen Wasser aus dem Ofenboiler aufzugießen. Als sich Gelophee erhob und sich anschickte, ihm zu helfen, zeigte er ihr, wo die Tassen standen, Zucker und auch Milch. Und während sie warteten, daß der Kaffee zog, fragte Donatio erneut, was eigentlich in der Kapelle vor sich gegangen war, was es mit dem Licht auf sich habe und wie es zu verstehen sei, daß Cippico sich erhoffe, Dilara könne wiederkehren, obgleich sie den Leichnam begraben hatten.

„Ich kann es Ihnen auch nicht geradeso erklären, wie es vermutlich Cippico vermag, denn ich begreife es selber kaum, doch will mir scheinen, daß Dilara ein Wesen ist, das den Tod besiegt zu haben scheint“, versuchte Gelophee es zu erklären.

„Ist sie mit dem Teufel im Bunde?“ fragte Donatio und schenkte Kaffee über ein Sieb hinweg ein.

„Gewißlich nicht. Sie hat es zumindest verneint.“

„Wie ist es dann möglich?“ hielt Donatio an, doch schien die Frage mehr an sich selbst gerichtet.

„Es ist“, sagte Cippico, der erwacht war und mit kleinen Augen zum Küchentisch spähte. „Ich kenne sie, seit ich ein junger Mann bin. Ich diene ihr seit dieser Zeit, und ich versichere

Ihnen, sie vermag Erstaunliches zu tun, doch sie beschwört keinen Satan dafür und läßt sich auch von keinem Dämon nehmen." Er schaute dabei zu Gelophee, und sie erwiderte den Blick, nur um zu erkennen, daß er darum bat, nicht weitere Worte darüber zu verlieren.

„Ich sah ein Licht in der Kapelle und eine Erscheinung darin. Es war... es war mir... als wäre... kann es ein Zeichen von Gott gewesen sein?" fragte Donatio und wirkte verloren vor seiner Kaffeetasse, aus der es dampfte. Gelophee schüttete indessen Kaffee in eine dritte Tasse und reichte sie Cippico, der nähergerückt war und begann, sich aus dem Zuckertopf zu bedienen. Er zitterte dabei.

Niemand nahm sich der Frage an, und so erklangen nur das Pfeifen des Windes und das Rühren eines Löffels in der Küche.

„Ihr wolltet wissen, wie man an den *Codex Vaticanus* gelangen kann", sagte Donatio.

Gelophee erhaschte den knappen Blick von Cippico.

„Man wollte ihn vernichten. Schon als ich noch ein junger Mann war. Ich weiß, daß ein Kardinal, der für das *L'Archivio Segreto Vaticano* zuständig war, die Abschriften aus der Vatikansbibliothek in die Geheimarchive bringen ließ. Von dort sollten sie aber wiederum entfernt werden, wenn man alle Beweise und Aufzeichnungen ihrer Existenz vernichtet habe. Ich kann mich nicht entsinnen, daß irgend jemand erfahren hätte, wieso dies zu geschehen hatte. Man erfuhr lediglich, es sei Anordnung des Papstes höchstpersönlich. Und ich bekam einmal ein Dekret in die Hände, welches von der Apostolischen Pönitentiarie gezeichnet worden war. Ich kann mir allerdings nicht vorstellen, was die damit zu tun gehabt haben könnten, denn es ist eigentlich ein geistlicher Gerichtshof, bei dem Konflikte mit dem Kirchengesetz verhandelt werden. Ehehindernisse oder Befreiung von Eiden sind deren Tagewerk", berichtete Donatio, und als Cippico nach dem Inhalt der Codizes fragte, fügte er die Informationen an, die er bereits Dilara gegeben hatte.

„Ich verstehe nicht ganz den Unterschied zwischen dem Geheimarchiv und der Vatikansbibliothek", räumte Cippico ein.

„Im Archiv liegen Arbeitsakten und Arbeitsunterlagen der päpstlichen Kurie, also die Korrespondenz aus diplomatischen Angelegenheiten und dem internen Leben. Die Vatikansbibliothek ist vor allen Dingen eine Sammlung von Einzelwerken, die sich auf religiöse Themen und die zugehörigen Gebiete wie Philosophie und Kunstgeschichte konzentrieren. Das Geheimarchiv und vor allen Dingen die sogenannte *Riserva*, eine geschlossene Abteilung, sind als persönliches Archiv des Papstes anzusehen. Und obschon ein großer Teil des Materials bereits inventarisiert worden ist, sind riesige Mengen der Bestände noch unerforscht. Das Archiv ist eine ausgedehnte begrabene Stadt, die noch immer auch archäologische Ausgrabungsstätte ist. Niemand, nicht einmal das Personal, weiß genau, was noch alles zutage gefördert werden wird. Das Gewirr und Durcheinander des Archivs wird noch Jahrhunderte des Sortierens und Dokumentierens erfordern, bevor man auch nur annähernd erfassen kann, was dort noch alles in den dunklen Gängen und Räumen liegen mag. Ich habe Räume voll von Dokumentpacken gesehen, die noch vollkommen unerforscht sind. Tausende von Paketen, um deren Inhalt kein Mensch weiß. Ich war zwar einmal dort, doch habe ich dort nie geforscht, denn es ist vollkommen entmutigend dort unten", erklärte Donatio.

„Sie haben also nicht für das Archiv und die Bibliothek gearbeitet?" fragte Gelophee, der eine andere Information mit auf den Weg gegeben worden war.

„Nein, nie. Ich sagte es bereits Ihrer Gefährtin, daß ich dem Heiligen Offizium diente", versicherte Donatio.

„Aber was hatte das Heilige Offizium mit diesen Codizes zu

schaffen? Sind sie der Kirche oder gar dem Papst ein Dorn im Auge, daß es um eine Entscheidung ging, die Dokumente verschwinden zu lassen?“ fragte Cippico.

Donatio nahm einen Schluck Kaffee und wirkte aufgeregt, als er fortfuhr: „Die Codizes waren der Wissenschaft längst bekannt. Es machte keinen Sinn, sie der Vernichtung anheimfallen zu lassen, denn es gab Abschriften, die nicht in den Händen der Kirche waren. Nein, es war ein wissenschaftlicher Kommentar, der zu einem kurzen Abschnitt des *Codex Vaticanus 3738* von einer Exzellenz der Päpstlichen Akademie der Wissenschaften verfaßt worden ist. Er war in höchstem Grade häretisch, begründete sich zudem auch noch auf Handschriften aus dem 16. Jahrhundert, die im Auftrag des Päpstlichen Komitees für Sakrale Archäologie gemacht wurden und den Fund einer geheimen Kammer unterhalb der Grundmauern der Peterskirche betrafen. Aber mir ist nicht bekannt, wie man darüber letztendlich entschieden hat. Ich weiß auch nicht, wie man mit diesem Kommentar und mit der Stelle, auf die sie sich bezog, weiter verfuhr.“

„Das verstehe ich nicht. Was hatte die Abschrift des *Codex Vaticanus,* die sich mit der Frühgeschichte der Azteken auseinandersetzt, mit einer archäologischen Schrift zu tun, die wiederum einen mysteriösen Fund in Rom zum Thema hat?“ wollte Cippico wissen und wirkte nun gänzlich verstört.

„Ich weiß es nicht genau. Es werden mittlerweile Stimmen laut, die vermuten, man habe seinerzeit eine Grabstätte gefunden, und noch weitere, die es gar für das Grab von Petrus halten. Der Vatikan reagiert sehr empfindlich bei diesen Angelegenheiten und auch, wenn es um die Schriften geht. Ich weiß nur, daß es in beiden Ausführungen eine erstaunliche und zugleich furchtbare Entsprechung gegeben hat, und sie allein begründet das Vorgehen des Heiligen Offiziums“, erklärte Donatio.

„Was hat es mit dem Grab von Petrus auf sich?“ fragte Gelophee.

„Über die Forschungen nach dem Grab liegt ein ungeschriebenes Tabu. Irgendwann zum Ende des 16. Jahrhunderts – 1594 oder 1595, ich weiß es nicht –, da entdeckte eine Gruppe von Arbeitern, die den Auftrag hatten, die Grundmauern der Peterskirche unmittelbar unter dem Hochaltar zu verstärken, eine Stelle in der Wand, die brüchig war. Ziegel lösten sich, und man entschied daher, diese wieder einzumauern. Doch während der Arbeiten brach ein Teil der Wand ein und offenbarte auf der anderen Seite eine dunkle, unbekannte Höhle. Sogleich setzte man Papst Klemens VIII. davon in Kenntnis. Er soll in Begleitung von Angehörigen des Päpstlichen Hofes und mit Fackeln gerüstet hinabgestiegen sein, um sich die geheimnisvolle Kaverne anzusehen. Im flackernden Licht stießen sie auf ein goldenes Kreuz, welches ihnen aus dem Hintergrund der Höhle entgegenleuchtete, und auf eine heidnische Statue in einer bizarren Gewandung, die Fischschuppen geähnelt haben soll. Beides erschreckte den Papst derart, daß er in seine Gemächer floh, wo ein Bote ihm mitteilte, daß einer seiner engsten Vertrauten soeben verstorben sei. Diese beiden Geschehnisse und der Zeitpunkt ihres Zusammentreffens faßte Klemens wohl als göttliche Warnung auf, und er befahl daher, das Loch in der Wand umgehend zu verschließen und jedwede Nachforschung in diesem Teil der Kirche für alle Ewigkeit zu unterlassen. Dies Tabu wird bis heute vom Vatikan beachtet“, erklärte Donatio.

„Nun gut, dann bedeutet es, daß irgend etwas an der Vision, die dieser Papst gehabt haben mag, und den Kommentaren zum *Codex* in Zusammenhang steht“, schloß Gelophee. „Petrus hieß eigentlich Simon. Er stammte aus Betsaida und war Fischer in Kafarnaum. Daher vielleicht die Statue mit einem Gewand aus Fischschuppen. Er wurde durch Andreas ein Jünger Jesu, der ihn alsbald zum Apostel berief und den Beinamen Petrus gab. Auf ihn wollte er seine Gemeinde bauen und betraute ihn daher mit der namhaften ‚Schlüsselgewalt' – zu binden und zu lösen, so heißt es. Darauf beruht meines Wissens noch heute das katholische Petrusamt des Papstes als oberstes Hirtenamt."

Cippico schaute zu Gelophee und schien überrascht über ihr Wissen zu sein.

„Das ist richtig", sagte Donatio. „Der Anspruch der römisch-katholischen Kirche, die einzig wahre Kirche zu sein, fußt auf der Annahme, daß Petrus tatsächlich in Rom gewesen ist, dort gekreuzigt wurde und der erste römische Papst war."

„Das erklärt zumindest das Interesse des Heiligen Offiziums, denn möglicherweise rühren die Erkenntnisse der Abschriften an eben diesen wichtigen Fakten", erkannte Gelophee und leerte ihren Kaffee. Sie erschien dabei unendlich müde.

„Für mich hört sich das alles ein wenig vage an. Als versehe man ein streng gehütetes Geheimnis einfach mit einer eigens dafür ersonnenen Erklärung, die noch dazu der katholischen Kirche auffällig dienlich ist. Man findet eine ominöse Höhle und verschließt diese wieder, ohne sie näher zu erkunden, behauptet aber anschließend, daß dort das Grab des ersten Papstes sei", meinte Cippico und wirkte gänzlich unzufrieden.

„Es sind unterschiedliche Instanzen, das darf man nicht außer acht lassen. Sicher käme es dem Vatikan gelegen, wäre es tatsächlich das Grab von Petrus, jedoch schließen sie sich offiziell bislang nicht diesen Vermutungen an", merkte Donatio an.

„Was spricht denn überhaupt dafür?"

„Laut den Überlieferungen soll Petrus im Zirkus des Nero gekreuzigt worden sein, und Überreste der Ruinen jener Anlage liegen in der Nähe der Peterskirche. Man kann durchaus davon ausgehen, daß man Petrus auch in der Nähe begraben hat. Außerdem gibt es noch einen wichtigen Punkt. Der erste christliche Kaiser Konstantin erbaute Berichten zufolge 313 eine Basilika über dem vermeintlichen Grab St. Petrus. Dabei war die Stelle dafür keinesfalls vorteilhaft, sie mußten den sehr steilen Vatikanhügel planieren, dafür Unmengen an Erde bewegen, einen Friedhof zerstören und möglicherweise sogar die Triumphstraße verlegen, die dort verlaufen sein soll. Daran erkennt man, wie wichtig dieser Platz schon damals gewesen sein muß. Und Teile dieser Basilika liegen im Fundament der Peterskirche“, erklärte Donatio.

Cippico schnaufte.

„Stellt sich mir die Frage, was *wir* nun eigentlich suchen? Antediluvian hat sich nicht sehr präzise ausgedrückt, eingedenk der Tatsache, daß der *Codex Vaticanus* aus mehreren Teilen besteht, die im Grunde in der Vatikansbibliothek einsehbar wären, und daß die ketzerischen Kommentare allesamt vernichtet sein mögen“, meinte Cippico und rieb sich mit der Hand über das Gesicht und seufzte, weil es ihm schien, als säßen sie noch immer in einer Sackgasse.

„Die Kommentare sind nicht maßgeblich, um zu verstehen, weshalb ein solches Aufsehen um die Codizes und die Berichte aus dem 16. Jahrhundert gemacht wurde. Ich weiß nämlich, daß die Codizes mit der Statue in Verbindung gebracht wurden. Des Rätsels Lösung wäre, die Codizes einzusehen oder zumindest einsehen zu lassen und um die Statue Bescheid zu wissen“, schlußfolgerte Donatio.

„Klingt nach einem ungemein logischen, doch nicht minder unmöglichen Vorhaben“, erwiderte Cippico murrend.

„Überhaupt nicht. Ich habe einen Kontakt, der Ihnen den Zugang zur Bibliothek und somit zum Codex verschaffen kann. Es gibt nämlich einen unterirdischen Teil der Bibliotheken, der ebenfalls mit den Katakomben unter der Peterskirche und mit unzähligen anderen Grabgewölben unter dem Vatikan und der

Stadt Rom verbunden ist. Auf diese Weise umgeht man einige Risiken, entdeckt zu werden, zumal die verbotenen Schriften allesamt bewacht und an unterschiedlichen Orten versteckt sind. Darüber hinaus kenne ich eine Frau in Rom, die die Nachfahrin eines Arbeiters ist, der an der Entdeckung der geheimnisvollen Höhle beteiligt gewesen ist. Er soll niedergeschrieben haben, was er gesehen hat. Unter anderem auch eine Beschreibung der Statue. Ich bin sicher, daß sich der Rest fügen wird", erklärte Donatio.

„Wieso diese plötzliche Hilfsbereitschaft?" fragte Cippico und klang ganz und gar mißtrauisch.

„Ich habe am heutigen Tage ebenfalls eine Vision gehabt. Diese Lichtgestalt in der Kirche... Ich habe so etwas noch nie zuvor gesehen", sagte Donatio, und aus seinem Gesicht strahlte eine tief empfundene Freude.

„Aber sie griff uns an und tötete den Küster", gab Cippico zu bedenken und erntete dafür strenge Blicke von Gelophee.

„Gott und seine Engel sind gerecht, und vor ihnen sind alle gleich. Eure Gefährtin, die wie Jesus dem Tode zu trotzen vermag, die Diener einer von Menschen erschaffenen Religion oder alle Gärtner dieser Welt. Es hat seinen Grund, daß wir überlebt haben. Und vielleicht ist es für mich auch wieder Zeit, etwas *im Sinne* Gottes zu tun und nicht länger nur etwas *für* ihn", sagte Donatio und schaute zu Boden. „Es ist lange genug her."

Cippico und Gelophee warfen einander skeptische Blicke zu, doch auf diesen eher bescheiden folgerichtigen Erklärungsversuch hin erwiderten sie nichts, öffnete er ihnen doch Wege und gab ihnen Mittel.

Dumpf klang der Herzschlag der Erde, und der Atem der Weltenlunge ging langsam ein und aus, während der feine Sand wie ein Getriebe in zeitloser Bewegung war. Und Träume fanden sich allenthalben, hielten die Erde umgriffen wie die abgestorbenen Wurzeln eines Unkrauts, welches man zu jäten versucht hatte, doch dessen Grün knapp über der Wurzelknolle abgerissen worden war. Zahlreich durchstießen die bleichen Stränge das Dunkel, umfaßten sich zuweilen, als wollten sie einander Mut machen und Kraft geben, und aus manchen von ihnen mochte eine neue Gewißheit erwachsen, die sich wie eine zarte Knospe durch die Erdenhaut stieß und in den Äther schoß, um sich feilzugeben.

Ein Totengräber verscharrte irgendwo eine Dorngrasmücke, deren kurzes, kratziges Lied für immer verklungen war. Emsig buddelte der Totengräber sich unter das rostfarbene Gefieder, angespornt von dem säuerlichen Geruch von Verwesung. Irgendwann würde der Vogel in den dunklen Leib der Erde eingegangen sein, und der Totengräber würde seine Eier auf den toten Körper legen, damit aus ihm neues Leben hervorgehe. Der Moderkäfer, auf der Suche nach einer Mahlzeit und einfacher im Gemüt, wurde von dem Geruch ebenfalls angelockt, doch kam er zu spät und fand den Ort, an dem es am herzhaftesten roch, bereits verlassen. Verstört grub er sich an einem Grabstein ein. Ein Windenschwärmer saß dort und verehrte vielleicht das bleiche Licht des Mondes.

Eine Hauswinkelspinne hastete in großer Eile über einen Grabhügel und schien dabei dem starken Wind nicht wohlgesonnen, suchte sie doch ständig Deckung hinter Blättern und Steinen.

Allein unter ihnen allen stand der Ozean des Sandes still oder erfüllte Gezeiten, die sich in Jahrtausenden maßen, doch imstande waren, Berge zu verwerfen und Täler zum Himmel zu erheben. Der Steinkriecher kam. Der Steinkriecher ging. Die Dorngrasmücke lebte. Die Dorngrasmücke starb.

Danieden aber, voller Erinnerungen und Träume, fand sich schnell der letzte Gedanke, der zum ersten führte. Langsam stahl sich die Vergangenheit in ein Bewußtsein, eine quälende Ferne, die wie versickerte Feuchte den kalten Körper bereifte, und sie brachte Qualen mit sich. Alte Qualen, alte Wunden. ‚Ob sie sich darüber im klaren sei, allein in jenem Raum mit dem Toten gewesen zu sein, bis zur Ankunft ihrer Zugehfrau, die das schändliche Vergehen bezeuge?' – ‚An dem sei schon so gewesen, doch habe sie nicht getötet.' – ‚Die sei nicht die Frage gewesen, und die Heilige Inquisition fordere eine unmittelbare Antwort ohne Umschweife. Entspräche es denn der Wahrheit, daß sie den Ermordeten oftmals bei Nacht getroffen und ihm ohne ehelichen Bund geschmeichelt habe?' – ‚Sie hätten die Hochzeit seit langem geplant.' – *Sie würden jeden fragen und erfahren, was sie zu erfahren gedachten.* – ‚Hat die Angeklagte in Büchern gelesen, welche von der Heiligen Inquisition verboten seien?' – ‚Sie wisse nicht, ob jene Bücher verboten seien, doch ihre Herrin habe in einem Buch aus schwerem Leder gelesen, in dem es um Mannwölfe, Dämonen und blutsaugende Teufel gegangen sei, und daran erinnere sie sich genau.' – *Sie konnten reden, soviel sie wollten, sie glaubte nicht an ihre Schuld.* – ‚Als sie das Zimmer der Angeklagten betreten habe, sei der Ermordete bereits tot gewesen?' – ‚Zumindest habe er in einer grausigen Lache seines Blutes auf dem Bett gelegen.' – *Sie mochten reden, was sie wollten, sie glaubte nicht daran, daß man ihre Unschuld erkennen würde.* – ‚Habe sie im Amt als Zugehfrau der Beklagten je seltsame Rituale bei ihr festgestellt?' – ‚Sie habe bei den sonntäglichen Gottesdiensten die Hostien gestohlen und diese durchbohrt, mit einem Fett, das Pech geglichen habe, bestrichen und dieselbige unzüchtig entweiht. Und am Gründonnerstag habe sie für ihre Bediensteten eine Art Abendmahl hergerichtet, bei dem es das gebratene Fleisch eines Sprößlings gegeben habe, von dem ein jeder einen Teil verspeisen mußte. Dabei sei ein abscheulicher Dämon hinter ihnen gewesen, der fortwährend gerufen habe: *Nicht einer unter euch wird mich verraten.'* – *Sie entsann sich, daß kein Glaube in ihr gewesen war. Nichts, woran zu glauben sich gelohnt hätte.* – ,Tochter, die Zeuge gewesen sei, die Worte Jesu zu hören. Denn Jesu wäre das Brot dcs Lebens. Wer zu ihm käme, den würde nicht hungern; und wer an ihn glaube, den würde nimmermehr dürsten. Aber die Heilige Inquisition habe es euch gesagt, daß ihr ihn gesehen hättet und glaubet doch nicht.'

Doch das Brot der Erde ward unzählige Male gebrochen, und es nährte Dilara, wie ein Glaube zu sättigen vermochte. Sie erstarkte in der Erinnerung an ihren Tod und mit dem Willen zurückzukehren.

Dem Laib Brot tat es Genüge, daß er nährte. Er brauchte nicht die Verehrung.

Und der Erde tat es Genüge, daß sie Nährboden war. Ihr verlangte nicht nach mehr.

Jetzt aber fühlte Dilara sich verändert. Sie fühlte es in sich, doch begreifen konnte sie es nicht. Noch nicht. Es war groß und mächtig, und es reifte.

,Und Jesus spreche zu ihnen: Wahrlich, wahrlich, ich sage euch: Werdet ihr nicht essen das Fleisch des Menschensohnes und trinken sein Blut, so habt ihr kein Leben in euch. Wer mein Fleisch isset und trinket mein Blut, der hat das ewige Leben, und ich werde ihn am Jüngsten Tage auferwecken.'

Dilara erstarkte im Schoß der Erde. Sie aß von den dunklen Erinnerungen und trank von den fernen Träumen.

,Dies sei das Brot, das vom Himmel gekommen. Nicht wie

die Väter hätten gegessen und seien gestorben: wer dies Brot esse, der vermöchte leben in Ewigkeit.'

Und alsbald rührte sie sich in ihrem Grab, brach das Brot, aß davon und strotzte.

Zwar war es schon tiefe Nacht, doch hatte der Tag sie derart mitgenommen, daß Gelophee und Cippico der Sinn nach einer gründlichen abendlichen Toilette stand. Cippico begnügte sich mit dem sorgfältigen Reinigen an einem Waschtisch, und er tat dies zugunsten Gelophees, damit er nicht zuviel des heißen Wassers benötigte.

Zwar hatte Gelophee ihrerseits aufbegehrt, als Donatio ihr ein Bad in einer Sitzbadewanne angeboten, denn sie wollte unter keinen Umständen den beiden erschöpften Männern die Mühen des Wassertragens abverlangen und zudem noch den Anspruch auf einen Großteil des heißen Wassers erheben. Aber ihr Aufbrausen wurde nicht erhört, schien es doch für die beiden Männer nahezu eine ehrerbietende Verpflichtung zu sein, ihr ein dürftiges Bad zu richten.

Deshalb machte Cippico den Anfang, säuberte sich über einer Waschschüssel aus Porzellan und entnahm das nötige Wasser einer emaillierten Stahlblechkanne. Er erfreute sich seufzend an einem frischen Handtuch und reinigte danach seine Kleidung notdürftig, denn das Gepäck befand sich bedauerlicherweise noch am Bahnhof. Allerdings überließ Donatio dem kleinen Mann einige seiner eigenen Kleidungsstücke, die es zwar umzukrempeln und mit Sicherheitsnadeln abzustecken galt, damit es für Cippico passend ward, jedoch brachten sie den Vorzug von Sauberkeit und Frische mit sich.

Lediglich die eigenen Beinkleider benötigte Cippico, die aber bürstete Donatio, während der Zwerg sich wusch, am Ofen trocken und annähernd sauber. Danach wies Donatio ihnen den Weg zu den Schlafräumen, wobei Cippico auf einen solchen zu verzichten gedachte, da er in der Küche auf einem alten, kleinen Sofa schlafen wollte. Die Tür, die von der Küche zum kleinen Garten führte, war dem Friedhof zugewandt, und Cippico meinte, daß, wenn Dilara auftauche, sie durch diese Tür treten müsse, und dann wolle er sogleich zur Stelle sein. Gelophees Zimmer war ebenfalls im Parterre. Es war eine Kammer mit einem kleinen quietschenden Bettgestell, das unter normalen Bedingungen alles andere als einladend ausgesehen hätte, welches ihr nun aber hübsch und verlockend erschien.

Die Sitzbadewanne befand sich zwei Räume weiter und war in einem Nebenzimmer zur Waschküche untergebracht. Hierher schleppten Donatio und Cippico das heiße Wasser, füllten es mit kaltem auf, und als die Wanne annähernd aufgefüllt und Gelophee mit einem großen, kratzigen Badetuch bemittelt war, empfahl Donatio sich mit dem Ansinnen, etwas Schlaf zu suchen. Sie mochten sich ganz wie zu Hause fühlen und keine falsche Verlegenheit an den Tag legen, sagte er, lächelte milde und trottete hernach die knirschende Holztreppe hinauf.

Cippico und Gelophee, die sich höflich bedankt hatten, schauten dem ehemaligen Priester, der wahrhaft kaduk[32] erschien, als habe ihn dieser Tag einige seiner Lebensjahre gekostet, mit einer Mischung aus Mitleid und Dank nach. Als er gegangen war, machte sich Cippico daran, den letzten Eimer mit heißem Wasser zu holen, und als er zurückkehrte, fand er Gelophee vor, wie sie sich unbedarft entkleidete. Für einen Augenblick blieb

32 hinfällig

Cippico in der Tür stehen und schaute der schönen Frau zu, wie sie sich des Kleides entledigte, die Strumpfhalter enthakte, die Strümpfe abrollte, sich das dünne Höschen und das Bustier abstreifte, und gedieh für diese arglose Weile ungeachtet seiner Körpergröße zu einem Mann.

Wenn man sich an der Anmut der ersten Frühlingsblume nach einem langen, kalten Winter – an einem gehemmt wirkenden Schneeglöckchen oder einer offenherzig strahlenden Narzisse – erfreute, dann empfand man ähnlich wie Cippico in diesem kurzen, freimütigen Moment. Seine Augen wanderten an dem lieblichen, schlanken Wuchs und den prallen Rundungen auf und ab, und doch vermochte er sich nicht satt zu sehen. Schließlich bemerkte Gelophee aber Cippicos Anwesenheit, knackte doch der Metalleimer verräterisch an seinem Bügel.

„Verzeihung, ich...“, begann Cippico und wunderte sich, daß er nicht erröten wollte.

„Es ist schon in Ordnung, wenn es dir nichts ausmacht“, sagte Gelophee leise und lächelte gutmütig. „Ich werde mir die Förmlichkeiten schenken, Cippico.“ Unverhohlen stand sie da, zu nackt und wunderschön, um sie je wieder bedeckt zu halten, so fand Cippico. Sie lächelte und stieg dann in die Sitzbadewanne, wo sie sich, bevor sie sich ganz setzte, das Haar in die Höhe steckte. Eine Geste, die dem kleinen Mann aus Padua von Dilara vertraut war und die ihn deshalb aus der Erstarrung holte. „Ich könnte Ihnen den Rücken waschen und Sie dabei etwas massieren“, sagte er, und sogleich holte ihn alle Verlegenheit ein, die er eben versäumt zu haben schien.

Doch Gelophee sagte nur: „Nenne mich Gelophee, Cippico. Wir haben genug gemein, um die Etikette endlich abzulegen.“

Cippico zauderte, wußte er doch nicht, ob er dem Schauen oder dem Denken den Vorrang einzuräumen hatte.

„Und jetzt bringe mir noch etwas Wasser. Dahinten lag, so

glaube ich, ein Schwamm", sagte sie, und als er noch immer nicht reagierte, fügte sie an, „wenn dein Angebot noch gilt."

Da nickte er und tat, wie ihm geheißen. Er füllte das heiße Wasser in die Wanne und vermied es derart unbeholfen, den Blick in den Behälter zu senken, daß Gelophee zu lachen begann. Aber es war ganz und gar angenehm und gelöst und frei von Spott oder Überheblichkeit. „Schaust du auch verschämt zur Seite, wenn sich ein Baum im Herbst seiner Blätter entledigt?"

„Nein", sagte Cippico, und es begann ihn zu lächern.

„Dann wärest du wohl auch unschlagbar, wenn es um Scham und Anstand ginge", lachte sie, und nun vermochte auch er nicht länger nur verhohlen zu grienen. Dennoch überspielte er es, indem er sich den Schwamm angelte, ihn mit Wasser tränkte und mit der Seife berieb, bis der feine Schaum entstand. Dann begann er der schönen Frau den Rücken zu waschen.

„Woher wußtest du eigentlich von Donatio? Hat er etwas mit den Rosenkreuzern zu schaffen?"

„Nein, wahrlich nicht", erwiderte Gelophee.

„Woher wußtest du dann, daß er für den Vatikan gearbeitet hat, bevor man ihn exkommunizierte?"

„Die Rosenkreuzer verfügen über gute Quellen und Kontakte, mehr darf ich darüber nicht sagen."

„Auch über Quellen und Kontakte aus Deutschland?" fragte Cippico verschmitzt und bediente sich dabei der deutschen Sprache, um zu sehen, ob Gelophee ihrer mächtig war.

„Unter anderem auch", erwiderte sie in klarem Deutsch, als wäre es ihre Muttersprache. „Warst du schon einmal dort?"

„Einige Male", meinte Cippico und überlegte, ob er Gelophee auf Anna Sprengel ansprechen sollte. „In Ulm." Dies war die angebliche Heimatstadt der ominösen Person, von der Westcott in London gesprochen hatte, und obendrein eine glatte Lüge.

„Hast du dort Bekannte, oder weshalb gerade dort?“ Gelophee hatte wieder ins Englisch gewechselt und schien vergnügt.

Legte sie es darauf an? Ihre Frage kam Cippico herausfordernd vor, und er sah sie voller Bewunderung an. War sie womöglich selbst die Frau, die William Wynn Westcott mit ihrem Wissen verzaubert hatte? Die Anlage dazu trug sie jedenfalls offen zur Schau. „In Nürnberg“, sagte er leise und weggetreten, wankten seine Gedanken doch zwischen der einzigen deutschen Stadt, die er einmal mit Dilara zusammen besucht hatte, und der schönen Eurasierin mit ihren Geheimnissen hin und her.

„Du siehst so verunsichert aus, Cippico.“

„Ich fragte mich nur gerade, ob dir der Name Anna Sprengel etwas sagt? Ob es sein kann, daß wir über dieselben Bekannten verfügen?“

Jetzt hielt Gelophee inne und nahm eine aufrechte Position in der Wanne ein, während sie den kleinen Mann aus Padua mit einer Mischung aus Abschätzung und Belustigung anblickte. Ihren vollen Brüste schimmerten durch Schaum und Nässe wie zwei wunderbare Früchte. „Möglich ist alles. Zuweilen ist die Welt kleiner als man denken möchte“, sagte sie und schmunzelte kokett. Langsam glitt sie in die Wanne zurück.

„Dann wird es sicher auch ein Geheimnis bleiben, an was für einem Schriftstück *du* interessiert gewesen bist“, mutmaßte Cippico und lächelte milde.

„So ist es“, sagte Gelophee und schaute ihn von der Seite her an, während sich ihre rechte Braue hob. „Hast du nicht auch deine kleinen Geheimnisse?“

Cippico hielt inne und schaute sie mit gezügelter Verblüffung an. „Was meinst du?“

„Nun, ich kenne keinen anderen Menschen, der einen solchen Einfluß auf eine Kreatur wie Dilara auszuüben vermag.“

„Einfluß?“ rief Cippico und prustete abfällig. „Du verkennst die Lage.“

„Das mag sein“, meinte Gelophee, wirkte aber nicht im geringsten überzeugt.

„Du glaubst mir nicht?“ Es klang empört.

„Es ist keine Frage des Glaubens, sondern des Wissens.“

„Ich bin nichts, Gelophee. Gewiß, mir ist Magie nicht fremd. Magie? Ach herrje, nennen wir es Möglichkeiten. Mir sind gewisse Möglichkeiten nicht fremd. Und ich vermag – wie zum Hohne auf mein eigenes, verkrümmtes Wesen – Erinnerungen leiten und stehlen, Träume leiten – vergessen machen. Eine Farce, wahrlich! Als wenn nicht jeder ohnehin geneigt wäre, mich schnell vergessen zu können“, sagte Cippico, und es klang leidlich amüsiert.

„Alles *über sich* zu wissen, ist der einzig existierende Segen“, meinte Gelophee versonnen.

„Der Gott, der Herr im Himmel, weiß, daß ich keines Segens bedarf.“

Gelophee lachte und nickte wohl, alldieweil sie sich eine solche Antwort gedacht haben mochte.

„Ich weiß einiges über die Rosenkreuzer, und dennoch habe ich den Eindruck, ich weiß überhaupt nichts“, sagte der kleine Mann und klang dabei ein wenig ehrfürchtig, ein wenig tadelnd.

„Ist das nicht eines der höchsten Gesetze für unseresgleichen? Ich weiß, daß ich nichts weiß.“

„Wer spricht, weiß nichts, wer nicht spricht, ist ein Wissender. *Arcani disciplina.*“

Gelophee nickte, da sie hörte, daß er verstanden hatte, und überließ sich wieder dem Bad.

„Was meintest du, als du sagtest, wir hätten viel gemein?“

„Dilara“, sagte Gelophee.

„Sie mag dir wohlgesonnen erscheinen, doch du mußt dich

hüten, Gelophee, sie ist leicht imstande, sich von dem zu trennen, das ihr etwas bedeutet", meinte Cippico.

„Darum geht es doch nicht", sagte sie und schloß die Augen, als der kleine Mann mit geschickten Fingern ihren Nacken und Rücken massierte.

„Kennst du überhaupt keine Furcht, daß du so unerschrocken bei all dem bist?"

Gelophee lachte kurz auf. „Natürlich fürchte ich mich. Aber weit weniger vor Dilara oder Antediluvian als vor unbestimmten Ereignissen, die kommen mögen."

„Du sprichst in Rätseln", meinte Cippico.

„Auf Legierungen können wir Einfluß ausüben. Ich glaube an unsere Kraft, zu verändern und zu widerstehen. Zu binden und zu lösen."

Cippico sah zu Gelophee ob der letzten Äußerung, die ihm bekannt vorkam und zugleich zu denken gab, auch wenn er nicht wußte, was ihm die Eurasierin zu sagen trachtete. Sie schaute ihn dabei mit einem klug gesenkten Blick an, der die Äußerung hervorzuheben imstande war.

„Aber das Geheimnis um Ursache und Wirkung wird immer unberührt bleiben", fuhr sie ungehindert fort, als habe sie keine Äußerung von ihm erwartet.

Als aber Cippico auf ihre Antwort noch immer nicht reagierte, schaute Gelophee offen zu ihm und fand ihn mit geschlossenen Augen vor. „Was ist mit dir?" kicherte sie. „Darfst du Dilara so selten waschen?"

Cippico schlug verschrocken die Augen auf. „Überhaupt nicht."

„Wie, überhaupt nicht?"

„Sie kann nicht baden oder sich waschen. Ihresgleichen vertragen kein Wasser."

Gelophee schaute bekümmert. „Zerstört es sie?"

„Zumindest verletzt es sie wohl. Und fließendes Wasser bringt den Tod, sagt Dilara."

Nun schien es, als überlege Gelophee angestrengt.

„Worum geht es *denn*?" fragte Cippico nach einer Weile.

„Was?"

„Du sagtest vorhin, als ich dich vor Dilaras Hartherzigkeit warnte, daß es darum nicht ginge", erklärte er und wusch den Schaum von Gelophees Rücken.

„Du liebst sie doch", sagte sie.

„Man kann diese Wesen nicht lieben."

„Dilara ist keines von diesen Wesen. Dieser Torquato hat es mir bewiesen. Dilara ist eine Ausnahme. Oft erscheint sie mir sogar wie ein kleines Kind, derart unschuldig und den Willen zuschanden gemacht. Es klingt vermessen, wenn ich das sage, weil ich um soviel jünger bin", sagte sie und ließ einen Ton der Belustigung verlauten, bevor sie fortfuhr, „Gott allein weiß, um wieviel Jahre älter sie ist. Dennoch, Cippico, vom ersten Augenblick an hatte ich das Bedürfnis, sie zu schützen. Koste es, was es wolle." Auf diese Weise sprach Gelophee und schaute Cippico dann mit sonderbar klarem Blick an. „Da erging es mir wie dir. Warum sollte man sie also nicht lieben können?"

„Das haben wir gemein, glaubst du?" entfuhr es Cippico und schien verärgert zu sein, obgleich ihn der Gedanke, Dilara zu beschützen, koste es was es wolle, mit so viel Herzenswärme erfüllte, daß der Ärger rasch verflog.

„Weshalb sollte man nicht jemanden lieben können, dessen Stärken durch seine absonderlichen Beschränkungen viel größer erscheinen, als sie einem Menschen möglich wären?"

„Du willst mir sagen, daß du Dilara liebst?" fragte Cippico erstaunt und miteins ängstlich.

„Ich denke, du solltest es ihr sagen, Cippico. Sag ihr, daß du sie liebst."

„Ich? Was? Nein. Sie ist... unsterblich. Schön. Intelligent. Alles, was ich nicht bin."

„Das ist doch Unsinn und zudem nicht von Belang", sagte Gelophee.

Cippico reichte ihr den Schwamm und setzte sich auf einen Schemel nahe der Wanne. Er wirkt freudlos und bedrückt.

„Manchmal", sagte er bedächtig, „aber nur manchmal, dann träume ich davon und wünsche mir, sie könnte es sehen oder empfinden, was in mir vorgeht. Doch sie kann es nicht. Und dann denke ich, daß es auch gut so ist. Ich gehöre zu ihrem Leben wie die Nadel zu einem Schneider – er gebraucht sie auf der Arbeit, zuweilen daheim, doch er schläft nur mit dem, was er mit ihr geschaffen hat. Ich denke, wie töricht ich doch bin, mich in ein Ungetüm wie sie zu verlieben. Jawohl, sie ist ein Ungetüm. Schön zwar, doch auch todbringend. Nur für mich nicht. Und das sind auch die Momente, in denen ich mich frage, wieso eigentlich nicht? Alldieweil ich noch von Nutzen bin. Weil ich ihr kleines Spielzeug bin. Dann wünsche ich mir, daß sie von mir trinkt und mich der Ruhe und Schwere des Todes übereignet oder mich für alle Zeit an ihre Seite holt, doch ich weiß, das wird nie geschehen. Es ist ein Traum, mehr nicht."

„Du erhoffst dir, wie sie zu werden?"

„Das wird nie geschehen", sagte Cippico und wirkte wieder gefaßt, wenn auch traurig. „Das ist wohl ihr Anteil an dem Spiel, mich glauben zu machen, ich stünde in der allergrößten Mißgunst. Ich bin schlau genug, um zu erkennen, daß an dem nicht ist. Wäre sie ein Mensch, würde man wohl sagen, daß sie mir großes Vertrauen und Sympathie entgegenbringt." Es klang bitter, wie er das sagte. „Sie ist kein Mensch. Sie ist kein Tier. Sie ist nicht Engel oder Dämon", sagte er und schaute zu Gelophee, wie sie den Schwamm um ihre Rundungen lenkte. Es war warm und feucht im Raum, und Cippico fühlte sich männlicher denn je. Es war viel zuviel Leidenschaft in ihm, die sich aufgestaut hatte und unterdrückt gehalten worden war.

„Es ist schön, daß du wieder sprichst und lebendig bist“, sagte Gelophee und blickte warm und herzig.

„Ich spreche, aber lebendig fühle ich mich erst jetzt wieder“, sagte Cippico und fragte sich, ob Gelophee ihm wohl auch zärtliche Gefühle entgegenbrachte, doch vor Beschämung verfolgte er den Gedanken nicht weiter.

„Warum sagst du es nicht?“ Gelophee klang fordernd.

In Cippico brannte plötzlich ein Fieber, und er war aufgeregt. Etwas außer Atem erzählte er: „Als ich ein kleiner Junge war, wohnte in unserer Straße in Padua ein fettleibiger, kleiner Mann, den niemand so recht mochte. Die Menschen machten einen Bogen um ihn. Sie haßten ihn nicht, doch verabscheuten sie es, seiner ansichtig zu werden. Wir Kinder gaben ihm den Namen *Sauerteig*, denn er roch immer säuerlich, und seine Haut wirkte immer wie ein gehender Hefeteig. Wir waren nicht nett zu ihm. Eigentlich war niemand nett zu ihm, obgleich er der liebenswürdigste Mensch auf Erden gewesen ist. Und wohl, weil ihn niemand mochte und er einsam gewesen sein muß, schaffte er sich einen Hund an. Es war ein kleines Hündlein mit langer Mähne und einer Stupsschnauze, der immer durch das runde, untersetzte Gesicht seines Herrchens leckte, was im ganzen ein furchtbares Bild ergab. Überhaupt trug der den Kläffer ständig auf dem Arm und verhätschelte ihn, wo er nur konnte. Er liebte diesen Hund. Er liebte diesen Hund so sehr, wie ein Mensch nur zu lieben imstande ist. Er liebte ihn gar so sehr, wie er selbst geliebt zu werden wünschte. Er streichelte und küßte ihn, sprach mit ihm und durchaus auch unablässig über ihn, fütterte ihn stetig, schon um seinem eigenen Hang zur Freßsucht Genüge zu tun, aber auch um ihm seine Liebe zu beweisen. Und das Hündlein, wie alle Hunde dem Fressen beständig zugeneigt, fraß und fraß und wurde – nicht zuletzt in Ermangelung an Bewegung – fetter und fetter. Liebe geht durch den Magen, sagt man. Wie der Herr, so das Gescherr, heißt es auch. Irgendwann aber war Sauerteig verschwunden. Zunächst fiel es niemandem auf, als es aber aufgefallen war, wähnte man ihn schon seit Tagen verschwunden. Man suchte ihn und fand ihn schließlich tot in seiner Wohnung. Alle dachten, er habe sich überfressen, oder sein Herz wäre vom Fett erdrückt worden. Doch dem war nicht so. Er war gestolpert. Einfach nur gestolpert und dann gefallen. Er hatte sicherlich um Hilfe gerufen, da er es allein nicht mehr in die Höhe schaffte. Doch niemand hörte es oder wollte es hören, wer wäre imstande gewesen, es zu sagen. Und so lag er da und konnte nichts tun."

„Ist er verhungert?" fragte Gelophee, die nicht ganz wußte, worauf Cippico hinaus wollte.

„Das Hündlein hatte ihm das Gesicht weggefressen", sagte er, und dann fiel sein Kopf bedächtig auf die Brust. Nach einer Weile hob er ihn wieder und verkündete: „Ich werde jetzt ein wenig zu schlafen versuchen. Sollte sie zurückkehren, könnte es schon bald weitergehen, und wir brauchen unsere Kräfte." Er rappelte sich auf und ging zur Tür.

„Cippico?"

„Was?"

„Du bist lieb und teuer", sagte Gelophee unbeholfen.

Cippico schaute sie an, dann zu Boden und meinte: „Allein es sättigt nicht."

Als Cippico in die Küche zurückkehrte, spürte er gleich die Anwesenheit einer Person, doch er vermutete, Donatio könne es sein, weil er nach den Aufregungen des Tages keinen Schlaf fand.

„Bist du bei ihr gewesen?“ fragte Dilara. Sie saß wie eine dürre Greisin auf dem Sofa und erschien drohend und unheimlich. Ihr Äußeres war verdreckt und zerrüttet und im Halbdunkel der Küche wirkte sie wie ein gefährlich tumber Widergänger.

„Dilara!“ rief Cippico erstaunt und erleichtert zugleich, während er ihr zu Füßen fiel. Sie roch nach frischer Erde und kaltem Fleisch.

„Antworte“, sagte sie nur.

„Ja, wir haben geredet.“

„Darf ich erfahren, worüber ihr gesprochen habt?“

„Ich erzählte ihr von meiner Jugend in Padua, als ich ihr das heiße Wasser für ein Bad einließ“, sagte er und beschaute Dilara eingehend. Im Dämmerlicht war zu sehen, daß die wenigen Stunden in der Erde nicht gereicht hatten, um sie vollends zu Kräften zu bringen, jedoch waren die Verletzungen gewichen. Sie roch wie ein Acker nach einer nebeligen Nacht und schien besondere Kälte auszustrahlen.

„Darf unsere Gefangene also schon baden und sich frei bewegen, ja?“

„Dilara“, sagte Cippico streng und stand wieder auf, um zum Ofen zu gehen.

„Sie hat Methalumina beschworen.“

Cippico stutzte und schaute Dilara erstaunt an. Eine bleierne Kraftlosigkeit ergoß sich in seinen Leib, als er das hörte, doch glauben konnte er es nicht. Wie kam Dilara nur auf diese hanebüchene Behauptung?

„Wie kommst du nur darauf? Hast du nicht immer gesagt, daß niemand über Methalumina gebietet?“

„So heißt es, ja. Aber Antediluvian sagte mir, die Rosenkreuzer seien Methaluminas Diener. Ich habe es selbst nicht geglaubt, doch Gelophee muß Methalumina auf Torquato gehetzt haben. Und danach auf mich."

„Das ist doch Unsinn, und das weißt du auch."

„Es wundert mich nicht, daß du dich so für Gelophee einsetzt."

„Antediluvian wollte ausschließen, daß ihr beide euch zu sehr austauscht. Es kann ihm nicht recht sein, wenn sich zwei seiner Diener mit ihrem Wissen vereinigen. Dieser Gedanke muß dir doch auch schon gekommen sein."

„Anfangs", erwiderte Dilara kalt.

„Was heißt das?"

„Jetzt nicht mehr."

„Sie hat versucht, dich vor Methalumina zu retten – unter Einsatz ihres eigenen Lebens, möchte ich betonen. Ich schwöre es. Vollkommen uneigennützig, Dilara, schwöre ich es dir, sie hat alles daran gesetzt, dich aus der Kirche zu befreien. Ich denke, du solltest ihr die Freiheit einräumen." Er fröstelte.

„Sollte ich das?"

Er nickte.

„Du bürgst für sie?"

Cippico erschauderte, denn er hatte den Eindruck, daß er, wenn er die Frage erst beantwortet hatte, noch ein ganz anderes Verhältnis zu Gelophee eingestand. Eines, über das er zu schweigen trachtete. Und dennoch bestätigte er die Frage schon wie zuvor.

Dilara schaute steif auf ihn hinab und wirkte dabei wie ein steinerner Götze, der auf seinem ehernen Thron den Generationen erhalten blieb.

„Notabene hat sich Donatio bereit erklärt, uns weiterzuhelfen. Er hielt die Erscheinung von Methalumina wohl für ein Zeichen Gottes und ist nun bereit, uns die Namen zu nennen, die uns in Rom Tür und Tor öffnen werden“, sagte Cippico, erhob sich, um sich am Ofen zu wärmen.

„Dann sollten wir aufbrechen“, sagte Dilara und stand auf. Dabei wirkte sie noch abgemagerter als bereits zuvor.

„Gib uns diese Nacht, um zu verschnaufen. Wir brauchen sie, und du hast sie ebenfalls nötig. Morgen ist früh genug. Vermutlich wird eh kein Zug mehr fahren“, wand Cippico leise ein.

Dilara stakste auf ihn zu und stand vor ihm wie ein grausam verrotteter Baum, in dessen Inneren schon Gewürm am Lebensfunken nagte. „Ich werde das Gefühl nicht los, daß Gelophee uns alle zum Narren hält. Sie ist eine schöne und zugleich verstandesraubende Droge“, sagte sie und schaute starr auf ihn herab. „Wo ihr euch ja so nahegekommen seid, daß du ihr aus deiner Jugend erzählen mußtest, da würde mich interessieren, ob sie dir gegenüber denn schon erwähnt hat, auf welches Manuskript in den Archiven des Vatikan sie derart versessen ist?“

„Nein, hat sie nicht. Aber es ist mir auch gleich, wenn wir an das Ziel kommen und Antediluvian wieder einmal etwas zuspielen können, damit er mächtiger wird und wir weiter keine Ahnung davon haben, was sich über unseren Köpfen zusammenbraut. Es ist mir gleich, Dilara, wahrhaftig. Ich habe genug Grauenhaftes erlebt, ich habe genug von alledem. Hörst du? Ich habe genug.“

Dilara funkelte Cippico an, doch ihr Blick wirkte suchend, als erkenne sie nicht, wer da vor ihr stand. Sie schnaufte, machte auf dem Absatz kehrt und ging zur Küchentür, wo sie sich noch einmal umwandte.

„Ich werde mir Nahrung verschaffen, doch morgen früh, Cippico, Gnade euch beiden ein Gott, morgen früh werden wir nach Rom fahren. Wir drei. Also sorge dafür, daß Gelophee ihren letzten Zug nicht verpaßt.“ Sie griente, entblößte eine dunkle, erdige Zahnreihe und ging.

11. KAPITEL

Gratwanderungen

„(...) Un bello e orribile
Mostro si sferra,
Corre gli oceani
Corre la terra: (...)[33]“
Giosuè Carducci (1835-1907)

Der nächste Morgen kam mit einem nüchternen, blauen Himmel, an dem es keine Sonne zu geben schien. Und mit diesem klaren, prosaischen Morgen kam auch für Cippico die Ernüchterung, denn er fand Gelophees Zimmer leer vor und konnte die schöne Frau auch sonst nirgends finden. Bei seiner Suche weckte er sogar Donatio, der noch in einem schweren Schlaf gelegen hatte und kaum richtig wach zu bekommen war, doch auch er hatte Gelophee seit dem Vorabend nicht mehr gesehen.

Als er in die Küche zurückkam und Dilara seine Beichte erwartete, wirkte der kleine Mann aus Padua zwergenhafter denn je und blieb fassungslos, als er eingestehen sollte, sich in Gelophee getäuscht zu haben.

Doch Dilara schien nicht zufrieden mit sich und quälte ihn nicht weiter mit seiner dargereichten Abbitte, war sie doch selbst zu sehr verwundert über das plötzliche Verschwinden von Gelophee Roche. Sie schaute streng und wütend, doch wem es galt, behielt sie für sich.

33 „(...) Ein schönes und schreckliches Monstrum wirft die Ketten ab, läuft über die Ozeane, läuft über die Erde: (...)“

Cippico blickte irgendwann zu Dilara in die Höhe und hatte Tränen in den Augen, um die er zu ringen schien, damit sie sich nicht mehren und schließlich hinabrinnen konnten. Dilara war wieder frisch und makellos, als hätte es nie Verwundungen oder Auszehrungen an ihr gegeben. Fast wirkte sie noch schöner und blendender an diesem Morgen, doch vielleicht wollte es Cippico nur so erscheinen, weil er den Eindruck hatte, an ihr in irgendeiner nahezu unergründlichen Art und Weise Verrat geübt zu haben.

„Ich kann nicht glauben, daß sie uns hintergeht", sagte er und wußte, daß selbst dieser eine Satz schon zuviel war.

„Ihr Bett, Cippico, ist unberührt", sagte Dilara, und es klang gefährlich leise, aber auch ein wenig zerrüttet.

Für einen Augenblick mutete es an, als habe er noch etwas hinzuzugeben, doch er schluckte daran und nickte nur, was derart leidlich wirkte, daß es genausogut ein Kopfschütteln hätte sein mögen.

Dilara befahl den sofortigen Aufbruch. Cippico nahm es hin, machte sich auf, die nötigen Informationen von Donatio zu bekommen, der noch immer in seinem Zimmer war und ausschaute, als habe er seit Wochen keinen Schlaf bekommen. Cippico war sich nicht einmal sicher, ob er überhaupt realisiert hatte, was geschehen war. Freimütig gab er, wie er es versprochen hatte, die Namen der beiden Personen preis, die ihnen in Rom weiterzuhelfen vermochten, war jedoch nicht imstande, ihnen eine gute Reise zu wünschen, war er doch viel zu sehr mit sich selbst beschäftigt.

Überstürzt verließen sie St. Abbondio, und als Dilara und Cippico den langen Weg zur Straße hinuntergingen und die hohen, dünnen Zypressen wie Soldaten einer Ehrengarde zu beiden Seiten hinter sich ließen, da schaute sich Cippico um, als erwarte er Gelophee mit einem Mal dort am Gatter stehen zu sehen. Es wollte ihm erscheinen, als wäre er Wochen hier gewesen, als kenne er jeden Zentimeter dieses Grundstücks und seiner Gebäude darauf. Es war ein seltsamer Abschied für Cippico, schien es doch, als stünde mit einem Mal der Pol seines Lebens auf diesem Flecken Erde mit seinem Friedhof, dem Kirchturm und den italienischen Zypressen, als könne er sich vorstellen, den Rest seiner Tage hier zu verbringen, auf dieser Kuppe inmitten der Berglandschaft.

Als er sich mißmutig dem Weg zuwandte, erkannte er, daß Dilara ihm strenge Blicke von der Seite zuwarf, doch sagte sie kein Wort und beließ es dabei, bis sie den Ort erreicht hatten. In Gentilino schaffte Cippico es mit einiger Diplomatie und etwas Geld, einen Bauern davon zu überzeugen, sie mit seiner Kutsche nach Lugano zu bringen. Dort hatten sie trotz der Eile den Zug nach Mailand um eine halbe Stunde verpaßt, und Dilara schien außer sich, sagte aber noch immer nichts. Auf diese Weise mußten sie aber mit ihrem Gepäck, welches Cippico aus den Schließfächern geholt hatte, als er die Fahrkarten vom Schalter beschafft, einen halben Tag auf dem Bahnsteig zubringen, und in dieser Zeit hing jeder seinen düsteren Gedanken nach.

Hinwieder trollte Cippico den Bahnsteig auf und ab, studierte die Fahrpläne, so daß ihm nicht entging, daß seit der letzten Nacht nur ein Zug nach Mailand gegangen war – eben jener, den sie nur knapp verpaßt hatten. Er behielt es für sich, um nicht weiteren Unmut auf sich zu ziehen, denn es stand zu befürchten, daß Gelophee, wenn sie sich ebenfalls auf dem Weg nach Rom befand, diesen Zug hatte nehmen müssen und ihnen damit lediglich um eine halbe Stunde voraus gewesen war. Gegen Mittag ging Cippico in ein kleines Lokal direkt an der Station, ließ sich ein Tischchen an die Sonne stellen, aß eine Kleinigkeit und trank einen guten Wein, während er einem Kinderschwarm zusah, der wohl von der Schule zu kommen schien und barfüßig und mit heftigem Leben in eine Gasse bog und allerlei lautes Getue machte. Schließlich wurde es Zeit, daß Cippico zurückkehrte; er kaufte noch eine französische Tageszeitung, die allerdings schon zwei Tage alt war, und eine italienische Gazette, steckte sie sich unter den Arm und kehrte auf den Bahnsteig zurück.

Mit einiger Verspätung rollte schließlich der Zug nach Mailand ein. Cippico und Dilara ließen sich in ihrem Abteil nieder und waren froh, als der Lärm der Räder anzeigte, daß es wieder vorwärts ging. Selbst Cippico war itzt erleichtert, denn wenn er bedachte, was alles hier geschehen war, konnte es nur besser sein, von hier einstweilen abzureisen. Einstweilen deshalb, weil ihn, als er aus dem anfahrenden Zug seinen Blick auf den Bahnsteig senkte, ein sonderbares Gefühl ansprang, daß er hierher zurückkehren würde, ja, vielleicht sogar hier begraben werden würde. Irgendwann...

Cippico wurde traurig, denn in der letzten Nacht und durch das Gespräch mit Gelophee hatte sich etwas verändert; noch vermochte er nicht genau zu sagen, was es war, doch er spürte es deutlich.

„Es ergibt keinen Sinn. Ich denke ständig darüber nach. Es gab viele Möglichkeiten, uns zu verlassen, und es wäre wohl um einiges leichter gewesen. Nein, Gelophee ist geblieben, bat uns um Verbundenheit. Wieso sollte sie jetzt plötzlich uns zu hintergehen versuchen?“ fragte Cippico.

„Ich weiß es nicht. Sag du es mir. Du warst doch zuletzt ein Herz und eine Seele mit ihr“, sagte Dilara, und es klang durchaus vorwurfsvoll, wie sie es sagte.

„Vielleicht hat Antediluvian sie...“

„Denk nicht einmal daran, Cippico. Mach dir nichts vor, die schöne Gelophee Roche hat uns getrogen, und wir werden noch erfahren, wozu es gut sei. Denn wir werden sie aufspüren, und sie wird uns Rede und Antwort stehen, bevor sie ihren letzten Atemzug tut", sagte Dilara drohend. Doch Cippico vermeinte auch Verbitterung zu hören, konnte in Dilaras versteinertem Gesicht aber keine Bestätigung dafür finden, so daß er es vorzog, sich hinter seinen Zeitungen zu verbergen.

Gleich auf der zweiten Seite stieß er dann aber auf einen Artikel, den er nicht fassen konnte, und damit Dilara seine ureigene Bestürzung zu teilen wußte, las er ihn ihr laut vor: „Wie die Polizeibehörden von Avignon heute bestätigten, handele es sich nur bei zweien von den drei Todesfällen im vornehmen Gasthof *Maison de Vervins* um Morde, jedoch seien diese noch immer nicht zu erklären. Selbst wenn man davon ausginge, so ein Sprecher der ermittelnden Behörde, daß der Mörder der 29-jährigen Hotelangestellten Antoinette B. und des 24-jährigen Registranten Gerarde L. seine Opfer zur Ader ließ, sei noch immer nicht geklärt, wo das Blut geblieben wäre. Fest stehe jedoch, auch wenn dieses weitere Rätsel aufgebe, daß sich die Eigentümerin und Leiterin des Gasthofes Marie-Mayan B. eigenhändig das Leben genommen und zudem keinen Blutverlust erlitten habe. Über die Beweggründe des Suizids könne man nur Mutmaßungen anstellen."

Cippico schaute auf und fand Dilara sichtlich erschrocken vor.

Das Leben ratterte über stählerne Gleise, über zerklüftete Berge, vorbei an kleinen Flüssen, die im fernen Gebirge entsprungen waren, um die kleinen Dinge wie auch die großen widerzuspiegeln, und durch grüne Auen; so war es angedacht, eine Reise zu sein, die leichthin begann und deren Ende nicht allzulange zauderte.

Der Zug kehrte sich von den Alpen ab und wand sich wie eine Schlange in das üppige Land der Lombardei, und darin saßen Cippico und Dilara und hingen ihren dunklen Gedanken nach, die ihnen Zuversicht und Antrieb nahmen, schien doch nichts zu gelingen. Sie erreichten Mailand, brauchten nicht einmal umzusteigen und warteten eine Ewigkeit auf dem Bahnhof, daß es nach Genua weiterginge.

Da ging ein altes Mütterchen den Bahnsteig hinunter, und es hatte einen flachen Spankorb unter dem Arm, in dem eine einzelne, kräftig blaue Glockenblume lag, deren Blüten zu einem Büschel zusammenlagen. Die kleine Frau sah gänzlich erbärmlich aus, trug offenbar mehrere bunte Röcke übereinander, einen dicken, formlosen Strickpullover, unter dem sich weitere Kleidung verborgen hielt, und noch eine Weste, welche wie die ganze Garderobe ein Ausbund an Dreck und Verschleiß war. Die Haut ihres Gesichtes war vom Wetter und dem Alter gegerbt und zudem eine Landschaft aus massenhaft dünnen, feinen Falten, unter denen sogar der Ausdruck ihrer Miene, die wohl Mitleid erheischen sollte, zu schwinden schien. Sie trottete an die Reisenden heran, ganz gleich ob Frau oder Mann, hielt ihre freie Hand zu einem offenen Teller für Almosen hin, wog ihr schief gelegtes Haupt dabei leidend und sprach Worte, die man hinter dem Abteilfenster nicht vernehmen konnte und deren Inhalt dennoch offenbar wurde. Auf diese Weise trat sie an so manchen Reisenden heran, bot ihre blaue Blume feil und bekam nichts zurück als böse oder verständnislose Blicke. Und als schon die ersten Wagentüren schlugen und der Aufruhr im Zug anzeigte, daß alle Reisenden ihren Weg gefunden, da blieb das Mütterchen direkt vor dem Fenster von Dilara und Cippico stehen und schaute zu den beiden herauf. Cippico schaute das Mütterchen an, doch fand er in ihrem Blick kein Bitten und kein Betteln, nur ein ehrwürdiges Alter, das ihn schauern ließ.

Da fuhr er in die Höhe und öffnete das Fenster, um die Frau anzusprechen, doch der Klang einer Trillerpfeife mahnte, daß es zu spät für ein Gespräch sei. Das Mütterchen lächelte, nahm die blaue Glockenblume und reichte sie zu ihm hinauf. Cippico zögerte, doch gerührt von der Geste, nahm er sie an, zog indessen einen Geldschein aus der Tasche und versuchte, als der Zug bereits anfuhr, ihr das Bare zu geben. Er streckte seinen Arm, machte ihn lang, doch der Zug vergrößerte langsam die Distanz zwischen ihm und dem Mütterchen, die keine Anstalten machte, ihm zu folgen. Da ließ er das Stück Papier los, damit sie es sich zu holen vermochte. Der helle Fetzen flatterte und flog durch die Luft und fiel am Ende des Bahnsteigs schließlich zu Boden, doch die alte Frau schickte sich noch immer nicht an, sich das Geld zu sichern. Irgendwann war sie nicht mehr zu sehen und auch nicht der helle Punkt auf dem Grau des Bahnsteigs. Cippico war wie betäubt, schloß das Fenster und ließ sich wieder in die Sitze sinken, in die gleichförmige, einlullende Musik einer Bahnreise und in das seltsame Gefühl, inmitten des Lebens zu sein und doch kein Leben mehr zu verspüren. Er schaute auf die kräftige Glockenblume, deren Blütenbüschel eine satte dunkelviolette Farbe zeigten, deren Blätter eiförmig und unbestielt am weich behaarten Stengel saßen und die noch im Safte stand, als sei sie eben erst von einer ergiebigen Blumenwiese gepflückt worden. Dann bemerkte er, daß Dilara ihn ansah, doch als er zu ihr aufschaute, verlor sie kein Wort über das Geschehene und senkte ihren Blick wieder nur in die Ebenen.

Sie überquerten den Ticino und den Po, durchdrangen am späten Nachmittag die häßlichen Vororte und erreichten auf diese Weise die wahre Perle des Mittelmeers: Genua, jene Stadt, die wie kaum eine andere Metropole imstande war, das Herz mit Fernweh anzufüllen, bis es ganz und gar durchdrungen davon war. Hier roch es nach der großen, weiten Welt, vielleicht, weil das Mittelmeer so allgegenwärtig war und den großen Hafen ein solch apartes Flair umgab, welches irgendwo zwischen dem Handel des Mittelalters und den Geldgeschäften der gotischen Jahrhunderte seine eigentümliche Mischung gefunden hatte, vielleicht aber auch, weil Christoph Kolumbus daselbst geboren wurde und noch immer der Geist der Entdecker gegenwärtig schien. *La Superba* nannten die Italiener Genua, und es traf zu auf die barocken Plätze, die Hinterhöfe und die Fassaden der Renaissance und auf die engen Gassen, in denen die Wäsche hing und sich die Bewohner durch gegenüberliegende Fenster die Hände zu schütteln vermochten, in denen Obst- und Fischhändler ihre Waren priesen und Straßenmusiker ihre Lieder zum Besten gaben. Genua war eine Stadt mit einer lebendigen Atmosphäre, die am Hafen und dem Meer begann, sich über die Reste der Befestigungsmauer und die mit Forts gekrönten Hügel in feinen Pastelltönen erstreckte, sich an die steilen Hänge des Ligurischen Apennins schmiegte und erst in den häßlichen Vororten ihre Reize verlor.

Der Aufenthalt in Genua ergab sich jedoch lediglich, um von einem Bahnsteig zum nächsten zu eilen und den Zug nach Rom zu besteigen. Cippico kümmerte sich wie immer um das Gepäck und Dilara um die Formalitäten, so daß der ganzen Maßnahme kaum mehr als eine halbe Stunde zugewendet werden mußte. Und weil der Zug ohnehin Verspätung hatte, verließen sie Genua in Windeseile und fuhren die *Riviera di Levante* südwärts. Sie durchfuhren zwei Tunnel und erreichten schon bald darauf *La Spezia*, eine kleine Stadt an der Südostgrenze der ligurischen Küste und inmitten der Schenkel des apenninischen Bergmassivs. Zwischen Palmen und Oleanderbäumen, an herbstlich gelben Hügeln gelegen, bot *La Spezia* einen sehenswerten Panoramablick, zum Teil sogar aus dem Zug heraus.

Der Aufenthalt war kurz und, wie es schien, kaum nötig gewesen, stiegen doch kaum Fahrgäste ein oder aus. Danach rauschte der Zug weiter in Richtung Pisa.

Dilara stellte sich schlafend, und Cippico schaute seiner Blume beim Welken zu. Gedankenverloren grübelte er noch immer über sein letztes Gespräch mit Gelophee und über ihr plötzliches Verschwinden nach. Er gedachte Mademoiselle Mayan und der Unterhaltung, die er mit ihr im Garten des *Maison de Vervins* gehalten und in der er von seinem Glauben an Gott berichtet hatte. Als er sah, wie sich der Saft und das Leben aus den grünen Blättern und den seidigen Blüten seiner Blume stahlen, stellte er sich vor, daß so auch das Leben aus Gott geflossen sein mußte, kurz bevor er sich vergessen, den Mensch vergessen, alles vergessen hatte und gegangen war. Cippico schalt sich einen Narren, denn er hatte gesagt, daß er den Tod fürchte, nicht aber die Bitterkeit. Er mußte sich tadeln und sich zugeben, daß er auch keine Furcht vor dem Tod mehr hatte. Irgendwie schien er verlockender denn je.

Der Abend senkte sich über das Land, und sie erreichten die alte, von Zypressen umgebene Etruskerstadt Pisa, die nicht zuletzt durch ihren schiefen Turm, dem *Campanile*, berüchtigt war. Der Legende nach nutzte Galileo Galilei, hier geboren und als Professor für Mathematik wirkend, die Neigung des Turmes für seine Experimente zum freien Fall. Cippico entsann sich auch, daß Galilei sogar einige Jahre in seiner Heimatstadt Padua gewesen war. Von Pisa bekamen sie aufgrund der Dunkelheit nicht viel mit. Der Bahnhof war groß, trotz der späten Stunde voller Leben und hinterließ den Eindruck, die ganze Menschheit befände sich auf der Durchreise, ein Gedanke, der Cippico anregte, sich an den *Campo Santo* zu entsinnen, einem grünen Platz, der von Hallen umgeben und von berühmte Fresken geziert wurde – einem Ort, der feierlich und weltfern war. Cippico gedachte jenem ergreifenden Bild dort, welches wie kein anderes von der gewaltigen und ewigen Botschaft des Todes kündete – dem *trionfo della morte*. Und dessen düstere Vision der Engel und Teufel, die sich um die Seelen stritten, geleitete ihn in einen Schlaf, aus dem er erst wieder kurz vor Livorno geweckt wurde, als ein Schaffner um die Fahrkarten bat.

Livorno hielt sich im Dunkeln verborgen, was eine Schande war, war sie doch im 16. Jahrhundert von den Medici als „ideale Stadt" geplant worden und besaß eindrucksvolle Zeugnisse ihrer Jahrhunderte, wie das Altstadtviertel Venezia, die Festungen und befahrbaren Kanäle, die das Stadtzentrum abgrenzten. Es war eine reizvolle Stadt, voller Geschichte und Kultur, voller landschaftlichem Reichtum und künstlerischem Erbe. In Livorno setzten sich die Malerschule der Macchiaioli durch und Musiker wie der naturalistische Mascagni, und hier erblickten Maler wie Modigliani mit seinen melancholischen Frauenakten und der vielfältige Fattori das Licht einer künstlerischen Welt voller warmer, toskanischer Farben.

Schließlich ließen sie aber auch Livorno hinter sich, und von da ab sollte es auf der Strecke nur noch kleinere italienische Ortschaften wie Grosetto und Civitavecchia geben, bis sie am anderen Morgen Rom, die Hauptstadt des noch verhältnismäßig jungen Königreichs Italien, erreichen würden.

Am frühen Morgen erreichten sie Rom. Und als Dilara und Cippico mit all ihrem Gepäck vor dem üppigen Portal der *Stazione Centrale Roma Termini* standen, fanden sie sich unter einer seltsam schwefelgelben Atmosphäre wieder, welche unheilvoll über der bereits lebendigen Stadt hing und welche von schimmelgrüner Finsternis und einem zeitweiligen Blitzen, das von einem nahenden Unwetter kündete, durchwirkt war. Es donnerte nicht, jedoch erwartete man jeden Augenblick ein furchtbares Krachen, welches den Himmel zu spalten drohte, denn sein Farbspiel ließ nur die ärgsten Befürchtungen zu. Es wirkte bedrohlich und verunreinigt, so daß man vermeinte, nur ein Regen könne das Firmament und die lebendige Welt darunter wieder reinigen. Zudem hing eine schwere, tropische Hitze in der Luft, die das Atmen schwer machte und Kleider, Haare und sogar die Augenlider zu verkleben schien.

„Es wird regnen", sagte Cippico, und sein Blick verhieß Sorgen um Dilara, für die fließendes Wasser vernichtend sein konnte.

Auch sie schaute in den galligen Himmel und wirkte dabei ganz und gar verkniffen.

„Irgendwann. Es steht zumindest zu hoffen", erwiderte sie.

„Wir müssen ins Hotel", sagte Cippico und meinte das *Campo de' Fillipo*, ein kleines, uriges Quartier in der *Via Volturno*. Es lag nicht weit vom Bahnhof, war schnell zu erreichen und hatte den beiden schon oft als Unterkunft gedient.

„Die Zeit haben wir nicht. Gelophee ist uns wahrscheinlich ein oder zwei Stunden voraus, und sie soll nicht die Gelegenheit haben, den Vorsprung weiter auszubauen. Ich fürchte, sie wird uns schaden, auf die ein oder andere Weise."

„Vor allen Dingen wird sie sich schaden, wenn sie auf Antediluvian trifft", sagte Cippico und schaute besorgt zu Dilara.

Sie sah ihn an und lachte spöttisch. „Das glaube ich nicht, wo die beiden doch bereits gemeinsame Sache gemacht haben. Ist dir mal der Gedanke gekommen, daß sie immer noch in seinen Diensten stehen und er sich die Rivalität zwischen uns zunutze machen könnte?“

„Ja, ist er, doch ich habe ihn gleich wieder verdrängt“, sagte Cippico verärgert und schaute zu den Koffern. „Wir können damit unmöglich durch die Stadt. Wir müssen zumindest das Gepäck ins Hotel fahren.“

„*Du* mußt, Cippico. Ich werde mich auf den Weg zu dieser Signora Piacentini machen. Wir wollen sehen, ob sie weiß, was ihr Vorfahr in der Höhle unter der Peterskirche gesehen haben will. Wir treffen uns dort.“

„Dilara! Bedenke das Wetter“, mahnte Cippico.

„Bedenke du nur deine Pflichten, mehr ist für dich nicht zu tun“, antwortete sie und funkelte ihn an.

„Wenn es zu regnen beginnt, könnte es dich vernichten.“

Dilara schaute nur auf ihn hinab und schien ernstlich böse. Dann wandte sie sich ab, sprang die Treppen hinunter und rief nach einer Kutsche, die sie daraufhin durch das lebhafte Rom fuhr, wo die Menschen selbst in diesen frühen Stunden schon kreuz und quer rannten, als sei ihnen etwas abhanden gekommen, das es gemeinschaftlich, jedoch ohne vorherige Absprachen, zu suchen galt. Sie rasten dabei eilends durch enge Gassen und Straßen abseits des Verkehrs, denn Dilara hatte dem Kutscher angezeigt, daß sie es eilig habe, und so preschten sie durch Menschentrauben und unter winzigen Balkonen und Wäscheleinen her, bis sie die *Via Sistina* erreichten. Diese fuhren sie bis zur *Trinità dei Monti,* einer eher gewöhnlichen Kirche mit zwei einheitlichen Türmen, an deren Fuß jedoch die majestätische, zweigeteilte Treppenanlage – die *Scalinata della Trinità die Monti* – lag, welche sowohl in das von den

Römern freundschaftlich „englische Ghetto“ betitelte Viertel führte als auch zum *Caffè degli Inglesi*, welches für die vorwiegend englischen Gäste eine Art Stammlokal war. Hier und im nahegelegenen *Caffè Greco* in der *Via dei Condotti* waren Persönlichkeiten wie Goethe, Casanova, Shelley und Byron, Baudelaire, Wagner und Liszt anzutreffen gewesen. Jetzt umrundete die Kutsche den Platz auf der südlichen Seite. Dilara schaute zum Himmel empor, der immer noch grün und gelb war und durch den Stromstöße schossen, als sei das Gekräusel aus Wolken und Dunst ein übergroßes Hirn, in dessen Strömen sich unheilvolle Gedanken sammelten. Und schon hörte Dilara ein dumpfes, gewalttätiges Grollen, welches lauter und umfangreicher war als die Geräusche, die von der Kutsche ausgingen. Jene schoß durch eine Querstraße, wo einige Passanten wütende Rufe ausstießen, von denen Dilara nicht zu sagen wußte, ob sie ihrem Kutscher gegolten hatten. Kurz darauf überquerten sie den *Tevere*, wobei ein weiteres Donnern über das Firmament rollte, dicht gefolgt von leuchtend weißen Fingern, die hindurchgriffen und ein Krachen nach sich zogen, daß man hätte meinen können, der Vatikan sei in sich zusammengebrochen. Die Kutsche raste am *Piazza Cavour* entlang und näherte sich so unaufhörlich dem Vatikan, zu dessen Fuß auch die *Borgo Angelico* lag, eine Straße mit alten, teils barocken Gebäuden. Dort machte das wackelnde Gefährt halt. Der Kutscher öffnete die Tür und nannte seinen Preis, den Dilara nicht verstand und deshalb mit einigen großen Scheinen beglich, von denen sie noch Wechselgeld zurück bekam.

Dann schaute sie an der alten Fassade des vierstöckigen Gebäudes empor, als ihr ein Regentropfen ins Gesicht fiel. Er brannte sofort auf ihrer Haut, doch er verlief nicht und richtete keinen Schaden an, bevor Dilara ihn sich mit dem Ärmel wegwischen konnte. Schnell sprang sie auf den Bordstein und wurde dabei von einer älteren Römerin angesprochen, die aus ihrem Fenster im Parterre schaute und die junge Zugereiste mit blitzenden Augen aus einem grenzenlos faltigen Gesicht heraus anstarrte.

„Signora Piacentini?“ fragte Dilara und wies auf den Eingang.

Ein weiterer Regentropfen fiel auf ihre Hand und verlief ein Stück, so daß es brannte und ins Fleisch biß. Sie mußte ins Haus und das schleunigst, wenn sie nicht ernstlich in Gefahr geraten wollte.

„*Si Signora, la brava abita nel primo piano sulla sinistra*[34]“, sagte die Alte, lächelte, offenbarte dabei, wie wenig Zähne sie noch ihr eigen nennen konnte, und wies in die Höhe.

Dilara hatte verstanden, und da die Haustür offenstand, lief sie in den dunklen, kühlen Flur und stieg die Treppe bis in den vierten Stock hinauf. Dort schaute sie auf die Namensschilder an der Wohnungstür und fand an der linken den gesuchten Namen – Fiodora Piacentini. Sie drehte an der Türschelle, und es klingelte.

Dann kehrte Ruhe ein, und nur die entfernten Laute aus unterschiedlichen Wohnungen waren zu vernehmen. Irgendwo schrie ein Kind, eine Frauenstimme schimpfte in rasendem Italienisch, es hämmerte in einer unbestimmbaren Wohnung, eine Tür quietschte laut, zwei Männerstimmen redeten unablässig auf sich oder andere ein und ein Hund kläffte.

Gerade war Dilara versucht, die Wohnungsklingel erneut zu betätigen, da öffnete sich die Tür, und vor ihr stand eine alte, verrunzelte Italienerin, spindeldürr und mit hochgestecktem Haar, gehüllt in ein strenges, dunkelblaues Kleid, welches in der Taille drakonisch geschnürt war, und mit vielen Ringen an

[34] *ital.:* Ja, Signora, die Gute wohnt im ersten Obergeschoß, linke Seite.

den dünnen, langen Fingern. In ihrer Haltung lag die engherzige Strenge und Steife einer Lehrerin und der Stolz einer vergangenen Generation, deren Wissen sie in sich still und eigennützig verwahrte. Sie schaute Dilara mit einem verrückten Grinsen entgegen, während scharlachrotes Blut aus ihrem Mund troff, am Kinn hinabrann und auf die Brust fiel.

„Sie kommen gerade zu rechten Zeit“, sagte sie in irgendeiner Sprache, die Dilara verstand, doch nicht zu erkennen imstande war, und das alte Weib rollte dabei mit ihren Augen, als verlöre sie jeden Moment die Besinnung.

Dilara erkannte, daß Fiodora Piacentini zu ihresgleichen gehörte. Sie spürte es in sich greifen, sie fühlte, daß von der hutzeligen Frau kein Leben abstrahlte, so wie von Cippico oder Gelophee oder irgendeinem anderen Lebewesen. Jedoch schien die Piacentini ihrerseits nicht zu erkennen, wen sie vor sich hatte, ging von ihr doch nur Hunger und Gier aus, eben jene ominösen Eigenschaften, die einen Neugeborenen überfielen und in einem Bann hielten, die ihn blind und töricht werden ließen und sich nicht selten überhaupt nicht mehr lösten. Dies waren die schlimmsten Kreaturen, voll unstillbarem Blutdurst und in sich verkehrt und ohne Ausrichtung. Sie mordeten, bis sie selbst jemandem zum Opfer fielen. Im Grunde gab es unter den Nosferati ein eisernes Gesetz, das untersagte, ein solches Wesen zu erschaffen, dessenungeachtet geschah es doch von Zeit zu Zeit. Es war Ausdruck der unvergleichlichen Wut und des enormen Hasses eines Nosferatu.

Dilara tat unbedarft und ging auf die Piacentini zu, als wisse sie es nicht besser. Sie betrat eine strenge, kühle Wohnung, gefliest in Terrakotta und von spartanischer Einfachheit. Nur weniger Hausrat verriet, daß hier niemand gewohnt, dem es an Geld oder Geschmack gemangelt hätte. Ein gesprungener Spiegel in einem üppigen, barocken Rahmen, ein schwerer

Stuhl aus Eiche und mit genieteter Sitzfläche aus Leder oder eine schwere Truhe mit eisernen Beschlägen gaben still Auskunft über die Verhältnisse.

Die Piacentini hakte sich bei Dilara ein, als wolle sie mit einer Freundin zu einem Tanzabend hupfen, und zog sie dann bestimmt in einen hohen Wohnraum, in dem sich sieben oder gar acht Leichen stapelten. Ein junges Mädchen, die wie gespalten anmutete, ein alter Mann, der wie ein Sack Kartoffeln leblos über einem Lehnstuhl hing, drei Kinderleiber aufeinandergeworfen, eine ältere Frau, deren entblößter Körper unzählige Bißspuren zeigte, und zumindest zwei weitere Körper, denen das Geschlecht nicht länger anzusehen war. Überall war mit Händen Blut verschmiert worden, es bedeckte den Boden und die weißen Wände wie eine Patina.

„Sie gaben schnell nach und waren dabei gänzlich ohne Saft und Kraft", kicherte die Piacentini.

„Nur einer ist entkommen, nehme ich an", flüsterte Dilara, die ahnte, was vorgefallen sein mochte.

„Der erste, ja, ein sonderbarer Kerl, sah aus, als käme er nicht von hier. Er trug einen Wickelrock und hatte die Haare wie eine Frau zu einem Dutt hochgebunden", zischte die Alte und schaute begierig auf Dilaras weißen Hals.

„Kyuzaemon", sagte sie, die erkannte, wer ihr zuvorgekommen war, wenn auch ohne die geringste Ahnung, weshalb. Dilara riß sich von der Piacentini los und suchte den Kopf des toten Mädchens, drehte ihn zu sich herum und stellte nicht ohne Erleichterung fest, daß es sich nicht um Gelophee handelte. Sie durchsuchte auch die anderen Räume, fand jedoch keine weiteren Leichen und auch keinen Hinweis auf einen möglichen Grund, der erklärte hätte, was Kyuzaemon hier gesucht hatte. Wie war er nur auf ihre Spur gekommen, um die eigentlich nur Donatio, Gelophee, Cippico und sie selbst wissen konnten? Hinterging der Nosferatu seinen Herrn und Meister, um persönlich Vergeltung an Dilara üben zu können? Oder war er womöglich von Antediluvian geschickt worden, Beweise zu vernichten, bevor Dilara sie zu finden imstande war? Aber weshalb hatte man sie dann überhaupt erst auf Spurensuche geschickt, wenn man ohnehin in der Lage war, vor ihr und ohne ihr Dazutun etwas zu finden? Es war ein Ärgernis, ausgenutzt zu werden, doch um wieviel steigerte sich das Übel, wenn man erahnen mußte, es könne nur zum Zwecke einer Scharade dienen, um Verwirrung zu stiften oder abzulenken von den Belangen, die wahrhaft von Bedeutung waren? Dilara entschloß sich einmal mehr, dem dubiosen Treiben Antediluvians ein Ende zu bereiten, indem sie herauszufinden trachtete, was es war, das er vor allen geheimzuhalten sich anschickte.

Eh sich Dilara versah, stand die Piacentini neben ihr, beäugte sie mit weiß verdrehten Augen und schmatzend wie eine Kuh auf der Weide.

„Erinnern Sie sich an einen Ihrer Vorfahren, der das Grab von Sankt Peter gefunden haben soll? In der Höhle unter der Peterskirche?“ fragte Dilara.

„Du hübsches, kleines Ding, du entzückendes Kind“, stammelte die Piacentini und zeigte Zähne.

„Hat er eine Aufzeichnung darüber gemacht, was er im Grab gesehen hat? Ein Statue vielleicht?“ versuchte es Dilara eindringlicher.

„Du saftiges, heißes Liebchen“, girrte die Alte.

Da hatte Dilara es satt und griff die Piacentini plötzlich an, indem sie ihr die Faust ins Gesicht schlug, und als sie zurückgeschleudert wurde, versuchte, ihren Schopf zu greifen. Es mißlang, weil sich die Alte urplötzlich wie eine Furie aufführte und sich dabei die Wand emporgleiten ließ, als wolle sie damit ihre Macht unter Beweis stellen. Und was womöglich bei ihren vorherigen Opfern Eindruck geschunden haben mochte, beeindruckte Dilara überhaupt nicht. Sie spielte ihre Überlegenheit, um ihre grenzenlosen Kräfte zu wissen, gnadenlos aus. Mit einem gezielten Sprung brachte sich Dilara ein Stück weit in die Höhe, griff nach der Alten, riß sie zu sich hernieder, wich dabei deren willkürlichen Hieben blitzschnell aus, packte das Monstrum schließlich eisern im Nacken und zerrte sie, die kreischte, schrie und zappelte, hinter sich her. Dabci schlug die Alte fortwährend um sich und trat und biß, blieb dabei jedoch von solchem Unvermögen, daß sie nicht imstande war, Dilara wirkungsvoll zu treffen oder ihr auch nur im geringsten ernsthaft zu schaden. Nach einigen Rangeleien, die Dilara letztendlich für sich entscheiden konnte, gelangten sie in die Küche. Dort angekommen, krallte sich Dilara in den Schopf der Alten, zog sie in die Höhe, bis jene vor Wut schnaubte und keifte, griff sich ein großes Messer und schnitt dem Ungetüm kurzerhand den Schädel ab. Sie mußte zwei Mal schneiden, konnte noch immer nicht den glucksenden Kopf trennen, weil die Knochen der Klinge widerstanden, und hieb deshalb drei weitere Male mit der Wucht verbissener Wut auf die Wunde ein. Dabei platzte die Alte, die wie ein dröges Stück Holz erschienen war, an Hals und Dekolleté wie ein pralles Kissen auf, und eine Fontäne heißen Blutes sprühte hervor und regnete auf Dilara herab, die infolgedessen fluchte und den Schädel der Piacentini wütend vom Torso riß und in einem von sich warf. Er rollte mit klatschenden, pochenden Geräuschen aus der Küche heraus in den Flur.

Dilara war froh, als es ausgestanden war, doch schwankte sie innerlich wie jedes Mal, wenn sie einen Abkömmling tötete, wie es wohl zu bewerten sei. Es beunruhigte sie und stellte nicht zufrieden. Nach den Maßstäben der Lebenden war es richtig, den Toten ihre Ruhe zu geben und sie von ihrem seelenlosen Dasein zu erlösen. Dilara hatte es bislang ähnlich gesehen und wenig Gedanken darauf verschwendet, keimte doch zuweilen auch in ihr der sehnlichste Wunsch, ein solches gnadenloses Ende zu finden. Jedoch war auch immer ein leiser, verhaltener Zweifel in ihr geblieben, ob nicht doch ihre Form der Existenz erhabener war als die der Sterblichen und aus diesem Grunde zu erhalten war.

Da gedachte Dilara plötzlich Gelophees, wurde aufgeregt und unzufrieden mit alldem, fühlte sie sich doch nicht im geringsten mehr seelenlos. Da war mit einem Male etwas in ihr, das mehr in Frage stellte als je zuvor und das vor allem anderen einen Glauben zu erübrigen hatte, den Glauben, der Verbund der Nosferati könne eine Bedeutung innehaben, ihr ureigenes Dasein könne einen Sinn haben und es könne tatsächlich ein Funke von ihr ausgehen, den Gelophee so leichtfertig „göttlich" benannt hatte. Es bereitete Dilara Mühe, sich von diesen gedanklichen Verlockungen zu lösen und in die Wirklichkeit zurückzukehren. Doch bevor das Blut ihres Opfers auch noch ihre Hose gänzlich verschmutzen konnte, entledigte sich Dilara rasch der Gedanken und dabei auch ihrer besudelten Oberbekleidung. Jene benutzte sie zwar noch, um sich trockenzureiben und dort notdürftig zu reinigen, wo es erforderlich war, warf sie dann aber von sich. Danach suchte Dilara im Schlafzimmer der Piacentini nach einem entsprechenden Ersatz, fand unter unzähligen Kleidern nur eine Bluse, die geeignet und gefällig war, wenngleich sie sich ob ihrer weißen Farbe im richtigen Licht durchscheinend zeigen würde, und zog sie an.

Nun machte sie sich auf die Suche nach Hinweisen, die etwas über die Statue aus dem Grab St. Peters verraten hätten.

Sie untersuchte Bücher und Unterlagen, unzählige Papiere und schaute unter Zeitungen nach, als es plötzlich schellte. Dilara ging zur Tür und horchte, doch weil sie nichts zu hören vermochte, öffnete sie und fand Cippico davorstehend.

Als er eintrat, verlangte er, daß Dilara ihm die Lage erklärte, und als sie gerade damit beginnen wollte, entdeckte der kleine Mann aus Padua die Leichen im Wohnraum und schien zutiefst erschüttert. Dilara erklärte ihm in kurzen Zügen, was geschehen war und daß sie bislang keine Spur gefunden, die auf irgend etwas hingewiesen hätte, was der Ahne der Piacentini nur wirklich in dem Grab gefunden haben mochte.

„Womöglich finden wir auch gar nichts, wenn Kyuzaemon bereits hier gewesen ist und mitnahm oder gar zernichtete, wonach wir suchen“, warf Cippico ein, der die Leichen beschaute und reichlich blaß dabei erschien.

„Das mag sein, Cippico, doch ich will sichergehen. Wir müssen alles durchsuchen“, sagte Dilara.

„Wir verlieren nur unnötig Zeit. Wir sollten den Pater aufsuchen, der uns in die Bibliothek bringen oder zumindest eine Abschrift des Codex besorgen kann“, meinte Cippico.

„Wieso die Eile? *Du* vertraust Gelophee doch. Und wenn Antediluvian vor uns das Ziel erreicht, kann es uns ja einerlei sein“, erwiderte Dilara kalt.

„Ich habe nicht gesagt, daß ich Gelophee traue. Ich bin nur nicht bereit, sie gleich als Feindin anzusehen, nur weil sie sich aus deiner Gewalt befreit hat.“

„Aus... aus meiner *Gewalt*?“

Cippico sah Dilara an und nickte nur mutig. Er erwartete nun, daß seine Herrin in Wut ausbrechen mochte, doch sie wirkte eher verstört und unschlüssig darüber, was es zu versetzen galt. Schweigend machten sie sich dann daran, die Besitztümer weiter zu durchsuchen und nach Briefen und sonstigen Papieren zu forschen, ob ein Hinweis auf den Vorfahren zu finden war, der offenbar einen Blick auf die ominöse Statue im Grab von St. Peter hatte erhaschen können.

Die Piacentini war offenbar eine gebildete Frau gewesen, denn sie hatte eine Vielzahl an Büchern und Schriften über Architektur und Archäologie in ihrer Wohnung. Teils waren es alte, handschriftliche und mit Schnüren gebundene Heftchen, teils gedruckte Bände. Da sie alle auf italienisch waren, mußte Cippico sich nahezu jedes Exemplar ansehen, von dem Dilara glaubte, es könne etwas enthalten, das ihnen weiterhelfen hätte können. Cippico hatte indes den Briefverkehr der Piacentini aus ihrem Sekretär genommen und sah ihn durch, doch auch dabei schien nichts Aufschluß geben zu wollen, was es mit der geheimen Gruft unter der Peterskirche auf sich hatte oder was der Vorfahre gesehen haben mochte.

Nach einigen Stunden sagte Dilara plötzlich: „Was glaubst du, Cippico, was Mademoiselle Mayan zu einer solchen Tat bewogen haben mag?“

Cippico stutzte über die Frage und noch viel mehr, daß Dilara sich darum Gedanken zu machen schien. Er sann darüber nach, bis Dilara schließlich ihr Buch seitab legte und ihn anschaute, als erwarte sie auf der Stelle eine Antwort.

„Ich habe mir auch meine Gedanken darüber gemacht“, sagte er und erzählte Dilara von seinem letzten Gespräch mit Mademoiselle Mayan im Garten des *Maison de Vervins* und davon, daß sie offenbar sehr erschüttert darüber gewesen zu sein schien, welche Ansichten Dilara bezüglich eines Schöpfers oder Gottes vertrat. Cippico räumte dabei ein, daß auch er nicht gerade zu einem besseren Bild hatte beitragen können, da er zwar immerhin an die Existenz eines solchen, aber nicht an dessen Güte und Zuwendung zu glauben bereit war. „Es schien sie wirklich zu verletzen. Sie war in einem bedauerlichen Zustand, doch ich hätte nie gedacht, daß sie sich das Leben nehmen würde. Sie war immer so frohgemut und herzensgut."

„Du glaubst an Gott?" fragte Dilara erstaunt.

Plötzlich fühlte Cippico sich, als wäre er bei einem eigenartigen Vorsatz zu einer Tat ertappt worden, die nur für ihn bestimmt gewesen war und die niemanden sonst etwas anging. Dilara hatte sich bislang nie dafür interessiert, ob er überhaupt glaubte, und erst recht nicht, woran. Und so sehr er sich ihr Interesse an seiner Person manchmal gewünscht haben mochte, traf es ihn nun gänzlich unvorbereitet. Er fühlte sich dabei unbehaglich, als stünde zu befürchten, Dilara könne dies Wissen alsbald gegen ihn verwenden.

„Du mußt es mir nicht sagen", sagte sie und schlug das Buch wieder auf.

„Doch, es wunderte mich nur, daß du dir darüber Gedanken machst", sagte Cippico und fand diese Bemerkung nur allzu beleidigend. Doch Dilara schien auch dabei nicht im geringsten verärgert und schaute ihn wieder nur erwartungsvoll an. „Ich glaube an Gott, ja, doch er ist gegangen und hat uns vergessen. Er glaubte nicht an uns, da bin ich sicher. Mademoiselle fragte mich, ob du immer so gottvergessen wärest. Jetzt wird mir wieder einmal klar, daß wir es alle sind."

„Ich bin tot, Cippico, und dennoch lebe ich. Aber als ich starb, sah ich ein weißes Licht, und als ich gestorben war, sah ich es schmelzen wie Schnee, und dahinter war Düsternis. Ewige Dunkelheit, schwarz, bodenlos, unendlich. Und ich wußte, ja ich wußte es mit jeder Faser meines Körpers und Bewußtseins, daß das Licht nur einem Wunsch entsprochen hatte, daß es wie ein letzter Traum, ein Wachtraum gewesen war. Es ist Einbildung gewesen", sagte Dilara leise und dennoch sachlich hart. Es klang, als könne sie nichts trösten.

„Das glaube ich“, sagte Cippico und nickte, obgleich ihm auch diese Äußerung kindisch und absurd erschien.

„Es gab niemanden, der sich in Antediluvians Angebot eingemischt hätte, der mich gewarnt und mich hinterher gefragt hätte, was mir lieber sei. Heute erscheint mir das alles falsch, sogar der Tod selbst mutet mir nicht richtig an. Ein endloses Dasein ist jedoch um keinen Deut besser. Ich weiß nicht, wie es wirklich gehört, doch ich wüßte es gerne.“

„Womöglich war Mademoiselle Mayan von ihrer Krankheit nur körperlich genesen, und ihre Seele blieb krank, so daß unsere Unterredungen ihren Entschluß zu einer solchen Tat nur bestätigt haben“, sagte Cippico, dem seine Mutmaßung selbst fragwürdig erschien, da jemand, der dem Tod gerade entkommen war, sich nicht danach sehnte. Zum ersten Male kam er sich wirklich überflüssig vor. Er spürte, wie fremd er im Grund an Dilaras Seite war, und es machte ihm angst und es beschämte ihn.

„Nein, Cippico, ich gab ihr den Todesstoß, indem ich ihr sagte, mit der Entscheidung für das Leben habe sie sich dessen beraubt, was sie nach dem Tode zu erwarten hätte. Sie muß es geglaubt haben. Sie muß gedacht haben, sie käme ihrem Gott oder der Vollendung oder dem Trost näher“, sagte Dilara. „Dabei ist man dann weiter denn je davon entfernt.“

„Nicht weiter als wir Lebenden auch.“

„Dem ist nicht so, Cippico. Das kann ich dir sagen, dem ist ganz sicher nicht so.“

„Ach, da weiß ich nicht, woher du diese Sicherheit beziehst.“

„Gelophee“, sagte Dilara nur und sah Cippico mit einem Blick an, als erwarte sie einen Schlag ins Gesicht. Und der kleine Mann aus Padua erwiderte den Blick nun im Erstaunen befangen.

Alsdann suchten sie schweigsam weiter in den Papieren und Büchern, und ein jeder hing seinen Gedanken nach, bis Cippico plötzlich ein altes und vergilbtes Stück Papier in die Höhe hielt. „Ich habe was."

Es war ein winziges Büchlein, in Leder gebunden. Es erschien wie ein kleines Gesangsbuch, obgleich es äußerst schlicht und ohne Verzierungen war.

„Die Rose und das Kreuz", las Cippico den Titel vor. Dann schlug er das Bändchen hastig auf und begann zu lesen und zu blättern, zu lesen und zu blättern, doch gab er dabei keinen Laut von sich.

„Was steht drin, Cippico?" forderte Dilara nach einer Weile.

„Ich denke, soweit ich es überschauen kann, geht es darum, daß sich ein weibliches Prinzip hinter den Rosenkreuzern verbirgt."

„Du meinst, hinter ihrem Glauben?"

„So genau steht es hier nicht. Hier werden Verbindungen gezogen. Die Rose als Symbol für die Jungfrau Maria, deren Gebet ja bekanntermaßen Rosenkranz heißt. Die alten Litaneien bezeichnen sie als die mystische Rose – die Mutter des Gekreuzigten. Hier wird ein weiterer Vergleich gezogen, warte!" Cippico blätterte und überflog die Absätze. „Ursprünglich sei die Rose als Symbol stellvertretend für die Liebesgöttinnen gewesen – allen voran Isis."

„Da denke ich sofort an das Henkelkreuz."

„So ist es, das Ankh wird hier auch erwähnt. Und es geht noch weiter. In anderen rosenkreuzerischen Schriften werde ebenfalls auf die Frau verwiesen. So zum Beispiel in der „chymischen Hochzeit", dort wird ein Kreuz aus Perlen erwähnt. Und die Perle gilt als Symbol der Venus."

„Aber ich verstehe nicht so ganz, worauf das hinauslaufen soll", meinte Dilara nachdenklich.

„Das kann ich auch noch nicht so ganz erkennen. Aber es geht auch noch weiter. Hier wird gesagt, daß die Rose nicht das einzige Symbol der alten Göttinnen sei, so werde als Beispiel das der Venus geweihte Metall Kupfer von den Alchemisten und Apothekern mit einem Henkelkreuz dargestellt. Und ebenso wie das Kupfer werde auch die Zahl Fünf in den Schriften der Rosenkreuzer immer wieder erwähnt. Auch sie ist der Venus zugeordnet. Christian Rosencreutz steht der Venus im fünften Kapitel, also am fünften Tag der Erzählung, gegenüber. Die Ritter des Goldenen Steines müssen fünf Gesetze befolgen, ein Freund von Rosencreutz muß die Waage des Schicksals als Fünfter besteigen, Rosencreutz habe, als er fünf Jahre alt gewesen ist, in dem Kloster Aufnahme gefunden, und von seinen Gefährten waren immer fünf auf Reisen."

„Mir fällt nur das Pentagramm ein. Es hat fünf Ecken", sagte Dilara gleichmütig.

„Nicht unbedingt", sagte Cippico und schaute von dem kleinen Büchlein auf. „Die Christen verbinden die Zahl mit der Rose und dem Kreuz, denn die heraldische Rose stellt man mit fünf Blütenblättern dar, und sie entsprechen den fünf Wunden von Jesus Christus."

„Cippico, ich verstehe noch immer nicht, wohin das führen soll."

Der kleine Mann aus Padua schaute wieder in den Einband zurück. „Hier werden noch unzählige weitere Beispiele angeführt und Verbindungen zum Abendstern gezogen, ei, und auch zum Morgenstern, zum Dämon Astaroth, ja sogar zum Grafen von Gabalis. Eine Schlußfolgerung kann ich noch nicht finden."

„Schau hinten nach", meinte Dilara ungeduldig.

„Hier wird nur deutlich gemacht, daß es nur eine Quintessenz aus all dem geben mag, und daß sie, wie die wörtliche

Bedeutung von „quinta essentia“, eine fünfte Essenz neben den bekannten vier Elementen darstelle. Diese kondensierte und sublimierte Form sei, wie dieser Band eindrucksvoll konstatiert, weiblich und mit den alten Göttinnen zu identifizieren, und ihre freie Kraft wie in der Alchemie zu binden und dann zu lösen mag die Aufgabe zukünftiger Generationen sein – wie oben, so auch unten“, zitierte Cippico, klappte das Büchlein zu, hielt es hoch und wackelte damit herausfordernd. „Mitnehmen?“

Dilara schüttelte verdrossen den Kopf und machte sich sogleich daran weiterzusuchen. Cippico legte das kleine Büchlein zur Seite und forschte weiter durch die Schriftstücke der Piacentini. Und schon kurz darauf wurde er erneut fündig.

Er las das Schreiben, welches er aus einem zerrissenen Kuvert gezogen, und zeigte es sogleich Dilara, allein sie konnte damit herzlich wenig anfangen, war es doch auf italienisch geschrieben. „Im Grunde ist es nicht viel, aber hier, diese Stelle ist interessant: ‚Und dieses furchtbar klobige Erbstück gehört zerstört, und, lieber Karl, nichts anderes habe ich bei einem Steinmetz in Auftrag gegeben. Er soll daraus einen Sockel für Blumen schlagen, oder was auch immer, doch ich will es nicht länger in meiner Nähe haben. Ich kann es nicht begründen, doch jeden Tag, den die Skulptur länger in meinem Besitz ist, macht sie mir mehr Angst. Nicht, weil mit ihm immer auch die Warnung vererbt wurde, der Vatikan könne es suchen, zurückfordern und dafür sogar die Leben Unschuldiger zu opfern bereit sein. Diese Warnung habe ich nie für bare Münze genommen, sind doch mittlerweile schon so viele Generationen ins Land gegangen, und als man das Grab seinerzeit wieder verschloß, wollte man einen Fluch bannen und ihn nicht am Leben erhalten. Nein, diese Statue ist einfach nur lästig, häßlich und angsteinflößend obendrein. Was stellt sie dar? Sag du es mir? Du hast sie gesehen und schienst ebenso erschüttert wie erschrocken. Einen greulich befremdlichen Kerl wie die Schwarzen, die Wilden aus Afrika, mit Fischlippen und Schuppen und einem Gesicht wie die bronzenen Götzen Japans, mit dieser wulstigen Stirn, seiner breiten, flachen Nase und den höhnisch geschürzten, dicken Lippen, mit einem Mantel aus Fischschuppen bekleidet und einer Körperhaltung, so vermessen und kriegerisch, als umfasse er die Welt...'."

„Das kann doch nicht wahr sein", flüsterte Dilara.

„Antediluvian", gab Cippico zu.

Der Abend senkte sich über ein Rom, in dem jedwedes Gebäude durch das schwindende fahlgelbe Tageslicht und vor dem graugrünen Äther bleich und knöchern abgesetzt wurde, während sich dichte Regenfluten über der Stadt ergossen. Cippico beschaffte eine geschlossene Kutsche und schützte Dilara vor den fließenden Wassern des Himmels mit Hilfe eines winzigen Sonnenschirms für Damen, der sogleich durchnäßt war. Sie mußten nicht sehr weit fahren, um zu dem Heim *Villa Santo Baldassare* für Priester und Ordensbrüder im Ruhestand zu fahren. Hier hielten sie, und Cippico lief hinein, um sich nach dem Pater zu erkundigen, den Donatio ihnen als Informant genannt hatte. Er besaß sowohl die besten Verbindungen zu den geheimen Archiven des Vatikans als auch einiges an Wissen über das Grab des heiligen Petrus. Ob er etwas zu den gesuchten Codizes zu sagen wußte, hatte Donatio nicht mit Bestimmtheit sagen können.

Während Dilara in der Kutsche saß und dem Regen lauschte, der auf das Dach trommelte und daran rauschend herabfloß, grübelte sie darüber nach, was Gelophee dazu getrieben haben mochte, sich von ihnen zu trennen, hatte sie selbst doch noch in Mailand darum gebeten, sich auf das gemeinsame Ziel zu besinnen. Was ergab es da für einen Sinn, mit seinen eigenen Ansprüchen so plötzlich zu brechen?

Noch immer mißtraute sie Gelophee, doch plötzlich war sie verführt, dem Verdacht Vorschub zu leisten, Antediluvian oder einer seiner Handlanger könnte die Schönheit zu etwas verleitet haben, das im Grunde nicht ihren eigenen Zielen entsprochen. Deutlich sah Dilara das schöne Gesicht der Eurasierin vor sich und vermißte es schmerzlich, wie sie sonst nur die Vertrautheit zu Cippico begehrte. Sie schloß die Augen und lauschte in sich hinein, in die Stille ihres Körpers und in den Widerhall, den ein menschliches Wesen darin erzeugte.

Es war die dunkle Erinnerung an einen warmen Herzschlag. Er klang wie die Wucht eines gigantischen Klöppels, der sich schwerfällig im Inneren einer monströsen Glocke von einer Seite zu anderen schwang. Von rechts nach links, von hell nach dunkel durchschnitt er die Atmosphäre, als bestünde sie aus dem dichten Haar von Millionen Toten, von außen nach innen, vom Tod in das Leben, vom Leben in den Tod. Schon pflanzte sich ein sanfter, tiefer Ton durch das Metall der Haube, obgleich noch nicht ein Schlag erklungen war. Es sprach: *Laß es... laß es...*

Jemand stand auf einem grotesken Glockenturm über der schwarzen Stadt, die sie aus ihren Träumen kannte, und die Turmkappe sah aus wie der Brustkorb eines riesigen Skeletts. Jemand stand zwischen den Rippen und starrte über die glühenden Lavafelder zwischen teerschwarzen Klippen und Pyramiden, die auf ihren Spitzen standen. Er konnte nicht sprechen.

Er konnte nichts sagen.

Ruhe sickerte durch den Pfuhl ihrer Träume, und nur die gespannte Erwartung des ersten Glockenschlages hielt sie von einem schweren, bewußtlosen Schlaf ab.

Sie konnte nicht denken.

Sie konnte nicht flüchten.

Und sie konnte ihre Meinung nicht ändern.

Allzulange dauerte es nicht, da traf der Klöppel den Schlagring der Glockenhaube, die eine Welt umfaßte. Ein wundervoller, mächtiger Schlag durchschlug das Fleisch, das Herz, das Hirn. Und plötzlich war da Gefühl, das Herz mutete kalt an und die Gedanken träge. Wohin sie auch wandeln mochten, sie konnte sie nicht führen.

Sie konnte sie nicht leiten.

Und der hohle Klang weitete sich aus und sprach: *Laß es uns... uns... laß es uns...*

Ein weiterer Schlag ertönte und war mächtiger als der vorherige. Er pflanzte Schmerz und Erschütterung. Lichter glommen auf und hüllten Plätze, Alleen und Promenaden in ein geisterhaftes Licht, mal blau, mal violett, mal rotorange. Die Dunkelheit erwachte, und die ferne Stadt an den Gestaden der Vergangenheit begann ein Leben, das träge und unheilvoll war. Der nächste Schlag war mörderisch und schälte das Leben aus dem Geist und dem Körper, schabte über Knochen und grub sich durch fühlendes Fleisch. Es kümmerte sich nicht um Pein.

Es kümmerte sich nicht um Träume.

Dilara war es, die zwischen den Rippen des Glockenturmes stand und das Geläut im Rücken spürte, wie es sich in sie grub, ein unheiliges Leben weckte, Erinnerungen und monströses Begehren.

Alles was sie wollte und alles was sie erlangte, schwang in ihr wie der Klöppel einer Glocke – von rechts nach links, von hell nach dunkel durchschnitt er die Atmosphäre, als bestünde sie aus dem dichten Haar von Millionen Toten, von außen nach innen, vom Tod in das Leben, vom Leben in den Tod.

Laß es uns erbeuten!

Königin des Mondes! Laß es uns erbeuten!

Nicht träumen!

Laß es uns erbeuten!

„Nicht träumen, Königin des Mondes“, sagte Cippicos Stimme, und Dilara schlug die Augen auf und fiel aus dem kalten, klammen Traum. Vor ihr saßen Cippico und ein grauhaariger, bärtiger Mann von unschätzbarem Alter. Sein Gesicht erschien zerklüftet und bewachsen wie eine alte Ruine, die von einem Urwald überwuchert worden war. Irgendwo schaute ein kluges, waches Auge heraus und ein zweites, milchig, trüb und starr. „Du darfst nicht reisen, Dilara, noch nicht.“

„Es kam über mich“, flüsterte sie, während in ihr noch immer der Klang der Glocke rief.

„Wir haben es schlecht getroffen. Pater Eugenio hier sagt, es gäbe in der geheimen Krypta unter dem Hochaltar von St. Peter eine Nische, in der Manuskripte begraben lägen, die der Vatikan zu vergessen sucht. Sie seien derart verbannt, daß niemand mehr genau wisse, was sie umfassen. Und wenn es einen Text gäbe, der selbst dem Papst zu gefährlich erscheine, ihn in den Geheimarchiven zu beherbergen, werden diese unter strengster Geheimhaltung durch einen Sonderbeauftragten dort unten versteckt“, erklärte Cippico.

„Also könnte es doch möglich sein, daß die Schrift, nach der Antediluvian uns schickt, dort unten liegt?“

Cippico nickte.

Da begann Pater Eugenio zu sprechen, und seine Stimme klang zusammen mit seinem Italienisch derart fremd, daß es Dilara erschien, als wäre sie noch immer nicht aus ihrem

Traum erwacht und spreche mit einem Dämon einer längst vergangenen Epoche. Allein Cippico schien zu verstehen, was er sagte. „Er kennt einen Zugang zu den Katakomben, und er führt uns hin, wenn wir es wünschen."

„Warum will er das tun?"

„Ich habe ihm Geld versprochen. Sein Taschengeld ist nicht gerade üppig", sagte Cippico und deutete ein Grienen an.

Dilara nickte, Cippico tat es ihr gleich, woraufhin der Pater den Kutscher anrief und ihm einen Namen nannte, der kaum zu verstehen war. Und Dilara war es letztendlich gleich, ließ sie sich doch zurück in die Sitzbank fallen und versuchte auch den Rest von sich aus den Träumen hervorzulocken.

Als dann die Kutsche nach einer Weile hielt, standen sie vor einer Kirche mit einem bescheidenen Turm, einer hohen Balustrade, auf der einige Statuen standen, und einer allzu schlichten Fassade, so daß man dahinter nicht viel zu erwarten bereit war. Cippico öffnete Dilara den Schirm, ließ ihr den Vortritt, folgte ihr mit dem Pater, und nachdem sie eine kurze Treppe überwunden hatten, standen sie vor dem schweren Portal. Pater Eugenio schob es auf, und sie betraten das dämmrige Gotteshaus. Der Vorraum war karg und leer, aber es folgte eine zweiflügelige, offene Tür, durch die man sehen konnte, daß das Kirchenschiff doch einiges zu bieten hatte, besaß es doch immerhin ein hübsches Gewölbe, einen ordentlichen Binnenchor mit einem üppigen Chorgitter und eine reich verzierte Kanzel. Pater Eugenio jedoch steuerte schon im Vorraum eine kleine, unscheinbare Seitentür an, vor der man eine Absperrung errichtet hatte. Er umging diese und angelte vor der schmalen Tür einen Schlüssel vom Türrahmen herunter. Damit wollte er den Eingang aufschließen, stellte jedoch fest, daß dieser offen war. Er stutzte, warf Cippico und Dilara einen grimmigen Blick zu, legte dann jedoch den Schlüssel unverrichteterdinge wieder auf den Absatz des Rahmens zurück. Er gab den Durchlaß frei und wies Cippico und Dilara, die ihm gefolgt waren, auf eine Stufe direkt hinter der Tür hin. Danach schloß sich eine enge, wackelige Wendeltreppe an, an deren Geländer eine Öllampe baumelte. Pater Eugenio entzündete sie mit Streichhölzern, die er aus seiner Tasche zauberte, stellte den Docht hoch und schloß dann das Glas um die Flamme. Nun folgten sie der Wendeltreppe zwölf Windungen lang in die Tiefe, bis sie sich unten in einer kleinen Kammer wiederfanden, in der ein alter, schiefer Kleiderschrank sein Dasein im Schimmel und Dreck fristete. Daneben befand sich eine Tür, die ebenfalls von dem Pilzbefall zerfressen war und bei der es einem Wunder gleichkam, daß es sie überhaupt noch in den Angeln hielt. Sie war nicht verschlossen und führte in eine bizarre Kammer, die mit hellen Steinplatten verziert war. Man hatte sie offenbar willkürlich aneinandergesetzt, besaßen sie doch alle unterschiedliche Formen und Größen. Die Steine glänzten feucht, und es roch nach Kalk und Wasser.

Vor ihnen gähnte ein enger Schlund, ein Durchlaß, kaum breiter als ein Mensch und gespenstisch kalt. Sie wollten gerade in den Gang dahinter treten, als Cippico Dilara zurückzog und mit dem Finger auf den Boden wies. Dort stand in einer Ecke ein kleiner Kasten aus Holz. Er besaß zwei ausklappbare Laden, die gegenwärtig geöffnet waren, und darunter trat eine eigenartige Apparatur zum Vorschein, die von einem seichten Schimmer umgeben war. Mit einem leisen Klacken und Klicken, einem Surren und Zirpen drehten sich in der Schatulle allerlei Räder und Schwungarme mit kugeligen Gewichten. Alles daran wirkte wie ein filigranes, fremdartiges Uhrwerk, welches kein Zifferblatt benötigte und auch sonst keinem sichtbaren Zweck dienlich schien.

„Was...?“ stammelte Dilara, fand kein Ende und schien nach Worten zu suchen.

„Keine Ahnung. Aber sieh nur, hier! Im Deckel. Ein stilisiertes Kreuz als Rose“, sagte Cippico, der sich zu dem Kästchen heruntergebeugt hatte und auf einen dunklen Fleck im aufgeklappten Holzdeckel wies.

„Meinst du, es gehört Gelophee?“

„Ich bin nicht sicher, noch weiß ich, was für eine Bewandtnis es haben mag, doch wir sollten es unberührt lassen.“ Cippico richtete sich wieder auf und sah, daß Dilara nickte. Ihre Mimik verriet, daß sie angestrengt nachzudenken schien, doch zu keinem rechten Ergebnis kommen konnte.

Sie spielte mit dem Gedanken, den Weg alleine fortzusetzen, denn sie traute der unbekannten Apparatur nicht. Zudem fürchtete sie eine Begegnung mit Gelophee, von der sie nicht länger wußte, auf wessen Seite sie stand. Und Dilara gedachte Cippico nicht ein weiteres Mal der Gefahr auszusetzen, in die Fänge der Nosferati zu geraten. Denn was immer sie in den Katakomben unterhalb des Vatikans erwarten mochte, es würde sicherlich kein einfacher Gang um ein Dokument werden. Sie griff in ihre Tasche und schloß ihre Finger um den kleinen Bernsteintalisman, denn sie hatte ihn schon eine ganze Weile an Cippico zurückgeben wollen. Ihr bedeutete ein Glücksbringer nichts, ihm würde er aber Beistand leisten.

Das glatte Kleinod wog fast nichts, als es über ihre Fingerkuppen in die Handschale glitt, und doch empfand sie es plötzlich als beruhigend, ähnlich wie Cippicos Nähe und seinen Schutz, wenn sie in die Traumruhe sank.

Glauben und Wissen heben sich nicht gegenseitig auf, sondern ergänzen einander, so waren Gelophees Worte gewesen, und mit dieser Erinnerung betrachtete Dilara ihren Diener verhohlen aus dem Augenwinkel. Sie erkannte unweigerlich, daß er ihr ergeben war. Sie umgriff den Talisman fest und fühlte sich imstande, an seine unwiderlegliche Hingabe zu glauben.

Nach einer Weile wollte Cippico sich abwenden und den Weg fortsetzen, als sie ihn zurückhielt. „Ich werde alleine weitergehen. Frag den Pater, wie ich zu dem Versteck komme“, forderte sie.

„Nein, das ist nicht gut.“

Dilara strafte ihren kleinwüchsigen Begleiter mit einem strengen Blick, und er tat es. Pater Eugenio zeigte sich zunächst äußerst unwillig, doch nach einer kurzen Debatte folgte eine längere Erklärung, der Cippico aufmerksam folgte.

„An diesen Eingang fügen sich Katakomben an“, gab er schließlich wieder, „mit Gräbern, Grabnischen und Kammern. Sie sind kilometerlang, führen jedoch immer gerade weiter, bis sie in eine Katakombe münden, die voller Fresken und Skelette ist. Von dort gibt es einen versteckten Durchlaß zu einem Gang, der sich ebenfalls über einige hundert Meter erstreckt. Der Eingang liegt so schräg hinter einer Säule, daß man ihn nur erkennt, wenn man sich hinter sie zwängt. Der Tunnel dahinter führt direkt in die versteckte Grabesnische, die sich hinter der Krypta der Peterskirche befindet. Sie entspricht etwa dem Niveau der Basilika Konstantins und liegt hinter einer vergoldeten Tür. Von dort führt auch ein Loch in der Erde ins Billicus und zur ehemaligen Begräbnisstätte. Darin steht in einer Nische eine kleine Kiste, in der sich Dokumente befinden sollen.“

„Es wird nicht lange dauern“, sagte Dilara. Es klang halbherzig, fand Cippico, doch er sagte nichts. „Ihr wartet oben.“

„Warum, zum Teufel? Wir können genausogut hier warten.“

„Laß mich nicht die Geduld verlieren“, mahnte Dilara.

Der Pater hielt ihr die Laterne entgegen, als ahne er, daß die Trennung beschlossene Sache war. Dilara schüttelte nur den

Kopf, konnte sie doch in der Nacht sehen und brauchte kein Licht. Sie warf Cippico noch einen strengen Blick zu, der sie innerlich jedoch beschämte. Schnell wandte sie sich ab.

Den Bernstein in festem Griff, folgte sie dem dunklen Tunnel. Als sich ihre Augen an die Schwärze gewöhnt hatten, vermochte sie zu erkennen, daß der enge Pfad drei oder sogar vier Meter in die Höhe reichte und viele eckige Löcher und Nischen aufwies, in denen Staub und Knochen lagen. Es roch jedoch nicht nach Vergänglichkeit. Der Ruch glich eher dem von feuchter Erde und Kalk. Dilara bewegte sich so schnell und lautlos, daß sie selbst zuweilen den Eindruck hatte, sie würde schweben.

Bald erreichte sie die Katakombe, die wie eine unbearbeitete, unterirdische Kaverne anmutete, welche man an einigen Stellen mit glatten Steinplatten verfeinert und mit hohen, edlen Säulen abgestützt hatte. Gerade so, als hätte man vorgehabt, aus der kruden Höhle einen anständigen Saal zu fertigen, diese Abänderungen jedoch plötzlich eingestellt. Von irgendwoher drang ein seichter Lichtschimmer, der alles aus der Dunkelheit hob und in einen unwirklichen, warmen Schleier hüllte. Zu den äußeren Wänden gelangte der Schimmer kaum noch, und doch war Dilara imstande, fein säuberlich aufgeschichtete Knochen zu erkennen, die irgend jemand in einem Anflug finsterer Ordnungsliebe nach Länge und Körperzugehörigkeit geordnet zu haben schien. An einer Wand lagen Unterarmknochen, Oberschenkelknochen, an einer anderen Rippen und Wirbel. Doch nirgends konnte Dilara Schädel entdecken. Nachdem sie sich einen Augenblick umgesehen hatte, entdeckte sie einen schmalen Durchlaß, verborgen hinter einer Säule. Aus ihm stieg ein säuerlicher Luftzug und eine unauslotbare Dunkelheit wie ein dicker Nebel. Der Spalt erschien Dilara, als sei hier lediglich vor Ewigkeiten der Fels geborsten und als könne man nur wenige Schritte hineintun, bevor er sich womöglich aus heiterem Himmel wieder schloß und sie zermalmte. Allein, es mußte jener schmale Durchgang sein, den Pater Eugenio ihnen aufgezeigt hatte.

Gerade wollte sie ihn betreten, als sie ein Geräusch vernahm. Es erklang nur kurz, während sie einen Schritt tat, und deshalb konnte sie sich nicht sicher sein, es wirklich gehört zu haben. Sie lauschte, ob es ein weiteres Mal erklang, doch es blieb still in der Katakombe. Im Geiste versuchte sie den gehörten Laut zu identifizieren. Vielleicht war es ein Knochen gewesen, der durch einen Windzug seine Position verändert hatte. Dilara schaute sich um, konnte jedoch nichts erkennen, zumal sie in der Dunkelheit nur die nächsten Meter zu sehen imstande war. Sie vermochte nicht einmal zu sagen, wie groß diese unterirdische Kaverne war. Sie hätte kilometerweit sein können, auch wenn Dilara davon nicht ausgehen wollte.

Sie zwängte sich schließlich in den engen Spalt hinter der Säule und fand ihn weit enger, als er zunächst angemutet hatte. Dilara konnte sich nur seitlich hineinschieben und immer nur einen kurzen Schritt in die Enge gehen, weil die Felswand sich derart eng an ihren Körper preßte, daß sie ihre Gliedmaßen und Wölbungen stets neu ausrichten mußte, damit sie weiter konnte. Der Boden war glatt wie Eis, und irgendwo tropfte es. Und so blieb es nicht aus, daß Dilara bereits nach einem Meter die Geduld verlor und sich entschloß, den Weg durch den engen Paß als Nebel fortzusetzen.

Alsdann ward ihr Körper milchig, fein und nebulös, verlor an Kontur und Form, fächerte zu einem Dunst auseinander, dem es leicht fiel, sich zwischen den engen Felswänden vorwärtszubewegen. Und gerade im Begriff, diese Passage hinter sich zu lassen, vernahm sie das Plätschern von Wasser. Es

war ein Geräusch, das Dilara stets mit Schrecken erfüllte, welches ihr jedwedes Vorhaben verdarb, denn fließendes Wasser, ganz gleich welcher Art, bedeutete das Ende des Daseins. Sogleich fuhr sie zurück, fragte sich, was nun zu tun sei, und war unschlüssig. Sie mußte hinein, wenn sie an das Dokument wollte, doch wenn sie dabei auf fließendes Wasser stieß, war es eine unüberbrückbare Barriere. Sie steckte in der Klemme, gepreßt in Stein, gezwängt in Gefahr.

Plötzlich hörte sie ein Flüstern, daß leise durch das Plätschern des Wassers drang.

„Dilara, geh zurück, geh."

Sie vermutete schon, eine innere Stimme spreche zu ihr und mahne sie. Längst begriff Dilara, weshalb Antediluvian sie geschickt hatte, war es doch ihm und seinesgleichen viel zu riskant, hier zu sein, wiewohl er sich sicher war, daß Dilara einen Weg finden würde, und wenn nicht, zumindest aber zerstört würde und nicht länger seine Wege und Planungen in Frage stellen konnte. Und das wichtigste dabei war, daß er sie nicht selbst vernichten mußte.

„Dilara, so geh doch endlich."

Das Wasser tröpfelte. Es floß mit leisen gluckernden Geräuschen. Es rollte die Wände hinab und tat dies wohl schon seit Ewigkeiten, als sei es das Blut, das dieser Fels aus seiner Wunde vergoß. Und infolgedessen war der Boden auch glitschig, denn klamme Kalkablagerungen machten ihn glatt. Dilara sah mit einem Male deutlich die Perlen die Wände hinunterrinnen. Der fließende Tod...

Langsam fügte sie sich aus dem Dunst wieder in Formen und Glieder, wurde Fleisch, kalt und klamm wie der Fels, verletzlich wie der Fels. Dilara wurde wieder Körper und legte ihr Dunstdasein ab wic ein Gewand aus leichter Gaze, die mit einem Windstoß verflog.

Hinein oder hinaus? Diese Frage stellte sie sich immer wieder, während die Stimme sie erneut warnte.

„Dilara, kehre um! Ich habe das Papier", sagte die Stimme. Sie gehörte Gelophee, die sich langsam aus der Dunkelheit schälte. Die schöne Eurasierin klemmte ebenso zwischen den Felswänden und bewegte sich nur langsam auf Dilara zu. Ihr Haar hing in nassen Strähnen an ihrem Kopf herab, ihr dunkles Kleid schimmerte feucht, war genau wie ihre Haut mit einem frischen Glast überzogen.

„Ich wußte es. Ich wußte, du würdest mich hintergehen", zischte Dilara und vergaß die Nässe sogleich. Sie war verführt, sich auf Gelophee zu stürzen, um sie von ihrer Wut kosten zu lassen.

„Denke, was du willst, aber geh' zurück, oder du wirst zu Schaden kommen", mahnte Gelophee.

„Du drohst mir nicht", meinte Dilara, die längst nicht mehr begriff, in welch gefährliche Lage sie sich begab.

„Nicht ich bin es, der dir droht, es ist der Ort, der Tod, das Wasser", sagte Gelophee eindringlich und zwängte sich weiter in Dilaras Richtung. Und die schien mittlerweile verstanden zu haben, worum es Gelophee eigentlich gegangen war. Zumindest trat Dilara nun den Rückweg an und drängte sich zurück bis an die Mündung des Felsspaltes, wo sie auf Gelophee wartete. Auch sie kam nach einer Weile dort an. Ihr Kleid war zerrissen, verdreckt und triefend, ihr Blick wild und schön, das Haar durch die Feuchtigkeit rabenschwarz und sanft gedreht. Sie zog aus ihrem Ausschnitt ein paar dumpfe Seiten gelben Pergaments, kaum größer als zwei Hände, und stieß sie Dilara wortlos vor die Brust.

Jene senkte den Blick darauf und faßte dann zögerlich nach den Seiten. Sie war wie gelähmt. Sollte ihr Gelophee wahrhaftig zu einer Errungenschaft verholfen haben, mit der sie

Antediluvian und seinen Schergen etwas voraushatte? Dilara zweifelte, doch wenn sie Gelophee in die stolzen Augen schaute, war sie bereit, es zu glauben. Und darin erkannte sie sich selbst kaum wieder. Sie war bereit, es zu glauben.

Mit einem Mal kam sie sich ungeheuer lebendig vor. Dilara konnte ein Herz in sich klopfen spüren, welches schon vor langer Zeit seinen angenehmen Takt verloren hatte. Sie schaute wie betäubt auf die Blätter in ihrer Hand. Lag in ihnen eine Wahrheit verborgen, die Antediluvian ihr vorzuenthalten versucht hatte? War sie wieder einmal nur beauftragt worden, damit man ihr am Ende die Informationen entreißen, die Macht des Fürsten der Nosferati unter Beweis stellen und sie demütigen konnte? Wie nah war sie an die Wahrheit gekommen, und wie gefährlich konnte sie Antediluvian damit werden? Sie wußte es nicht, doch dieses Papier in ihrer Hand konnte ihr womöglich alle Antworten geben. Die gesamte Suche danach war im Grunde ein stillschweigender Kampf gegen Antediluvian gewesen, das wurde Dilara nun klar. Allein es war durch Gelophee auch irgendwie ein Kampf um ihrer selbst willen geworden, und es schien, als beginne es nun wieder in ihr zu leben. Und wie sehr hatte sie selbst dagegen aufbegehrt?

Dilara schaute Gelophee an und konnte mit einem Mal nicht glauben, daß alles sich derart schlicht fügen sollte. „Du hättest mich nicht hintergehen sollen", hörte sie sich sagen. Es klang lahm. Und sie war nicht zu überzeugen von dem, was sie sagte.

„Nicht *ich* bin es, der dich hintergeht", sagte Gelophee und schaute Dilara tief in die Augen, so daß dieser Blick sie sogar verschreckte. Dilara entrollte die Pergamentseiten und fand dort mit bleierner Tinte geschriebene Texte in Latein und Zeichnungen von aztekischen Symbolen.

„Ein Pergament hast du noch“, sagte Dilara, die gesehen hatte, wie Gelophee einen Teil der Papiere in ihrem Ausschnitt behalten hatte.

„So ist es. Meine Bezahlung, du erinnerst dich?“ Gelophee zog die letzte Seite aus dem Ausschnitt, wickelte das feuchte Papier vorsichtig auseinander und zeigte es Dilara, die nicht viel darauf erkennen konnte. Es hatte nicht nur eine deutlich hellere Färbung, es zeigte auch verschwommene Umrisse einer seltsamen Konstruktion, die wie eine Maschine ohne offenkundigen Zweck oder Nutzen anmutete. Sie rollte es wieder behutsam zusammen und schob es in ihren Ausschnitt zurück.

„Was für einen Sinn hatte dieser Alleingang?“ fragte Dilara, doch Gelophee antwortete nur, indem sie mit einem Kopfnicken in die Richtung wies, die in Dilaras Rücken lag. Und als jene sich umschaute, stieß sie sofort vor die Brust von Kyuzaemon. Seine metallischen Augen blitzten die beiden Frauen an, und ein sparsames Lächeln straffte die dünnen Lippen.

Dilara erschrak und wurde sogleich von Kyuzaemon im Nacken gepackt, herumgerissen und eisern gehalten, so daß ihre Gegenwehr hernach ins Leere lief.

Wortlos griff der Nosferatu nach den Pergamenten des *Codex Vaticanus* und zerknüllte es vor den Augen der Frauen. Dabei begann es schon zu rauchen und zu qualmen, es roch augenblicklich nach Feuer und schließlich züngelten die ersten Flammen aus dem Papierknäuel, so daß Kyuzaemon es zu Boden fallen ließ, wo es von zischender Glut verzehrt wurde. Dort verbrannte das wertvolle Papier in nur wenigen Atemzügen zu einem kümmerlichen Haufen Asche.

„Antediluvian war nie daran interessiert“, schnauzte Dilara, die hilflos in Kyuzaemons Griff zappelte.

„So mag es wohl sein“, sagte der Nosferatu kalt.

„Laß mich los! Es ist ja erledigt“, meinte Dilara.

Kyuzaemon funkelte sie an, verlor kein Wort, ließ sie aber letztendlich frei.

„Ich verstehe all den Umstand nicht.“

„Das mußt du auch nicht. Wir sind hier. Das Gewünschte ist zernichtet, und *fast* alles ist erledigt.“

„*Fast* alles?“ fragte Dilara.

„Fast alles“, wiederholte Kyuzaemon. „Wir beide, wir haben noch eine Rechnung offen.“

„Ich wüßte nicht, welche das sein sollte.“

„Deine Unterredung mit Antediluvian befleckte meinen Leumund. Dein vermeintliches Geschenk für ihn, es war eine Täuschung, die mich in Unehre bringen sollte. Dachtest du wirklich, ich würde das hinnehmen?“

Dilara wußte, daß sie mit Kyuzaemon nicht darüber zu streiten brauchte, was ihre wahren Beweggründe gewesen waren, und daß er sich in seinen Vermutungen irrte. Er würde keiner ihrer Beteuerungen Glauben schenken. „Du darfst mir nichts tun“, mahnte sie.

„Ich weiß.“

„Was soll das, Kyuzaemon?“

„Geh in die Felsspalte zurück“, sagte der Scherge Antediluvians trocken und hatte nicht einmal mehr sein höhnisches Lächeln über.

„Du kannst mich nicht zwingen“, sagte Dilara, doch es klang wenig zuversichtlich.

„Kann ich nicht?“

„Antediluvian wird dich strafen.“

„Wofür? Daß du in Erfüllung deiner Pflicht ein zu hohes Risiko eingegangen bist? Er wird es dir hoch anrechnen. Geh!“ sagte Kyuzaemon und gab Dilara einen Stoß in die Richtung des engen Durchbruchs. Sie versuchte den Schwung abzufangen und ihren Gegner anzugreifen, indem sie schnell auf ihn zusprang. Dilara wußte, daß sie Kyuzaemon nichts antun durfte, denn so waren die Gesetze unter den Nosferati, und sie glaubte auch nicht, daß sie ihm viel entgegenzusetzen hatte, war er doch älter und geschickter im Umgang mit seinen Fähigkeiten. Allein sie mußte handeln, wenn sie noch eine Chance haben wollte. Sofern es Kyuzaemon gelingen mochte, sie in den Felsspalt zu treiben, würde das fließende Wasser an den Wänden zu einer tödlichen Gefahr werden, der sie nur noch wenig entgegenzusetzen hatte.

Dilara hoffte, mit ihrem Angriff Kyuzaemon zurücktreiben zu können, damit sie Raum gewann und zu fliehen vermochte. Aber der Nosferatu empfing sie mit äußerstem Bedacht, brach ihren Lauf mit einem blitzschnellen Zugriff ab, wich ihrem Körper und dessen Schwung zwar aus, fing sie jedoch mit einer gefährlichen Umarmung, in der er ihre Kraft sammelte und mit einem einzigen Griff wider sie wendete. Dilara verspürte einen Schlag in der Brust, als breche jemand ihren Brustkorb von hinten her wie eine Muschel auf. Für einen Augenblick wurde ihr schwarz vor Augen, und sie taumelte, nahm noch war, daß Kyuzaemon sie nicht fallen ließ, sondern sie hielt, bis er sich ihr wieder zugewandt hatte. Dilara glaubte, der Rachen des endgültigen Endes gähne ihr entgegen; da war nur Schwärze, Leere und Gefühlskälte. Sekunden mochten vergehen, Stunden, Tage oder auch Wochen.

Da traf sie ein neuerlicher Stoß gegen die Brust – dieses Mal jedoch von vorn. Plötzlich waren da wieder Licht und Schmerz und Wirklichkeit. Sie flog wie ein lebloses Stück Fleisch herum und schlug gegen rauhes Felsgestein. Dilara spürte weder Knochen noch Muskeln in sich, alles war kraftlos und mit sengendem Feuer erfüllt. Sie schaute müde auf und sah sich vor dem Felsspalt liegen, aus dem ein wenig

Wasser rann – auf einer feisten Wulst aus glänzend beigefarbenen Kalk. Sie suchte müden Blickes ihren Gegner, sah ihn kleinmütig an, daß er ihrem Ende barmherzig sein möge, doch Kyuzaemon war eine Ausgeburt an Kälte. Er starrte ausdruckslos zu ihr herüber und stellte sich gar unbeteiligt.

„Dilara, steh‘ auf, bitte“, flüsterte da eine Stimme an ihrem Ohr. Dilara wollte etwas darauf erwidern, nur etwas sagen, doch sie vermochte nicht die Kraft dazu aufbringen. Sie konnte ihren Körper nur spüren, indem sie an ihn dachte, und war sich nicht sicher, ob noch Gefühl in ihm steckte. Er wirkte wie ein totes Stück Holz, in das Feuchtigkeit zu sickern begann. Jedoch bemerkte Dilara, wie weiche, dünne Finger ihre Brust betasteten, bekümmernd und umsorgend, und verrichteten irgend etwas an ihrem Ausschnitt, das Dilara entging. „Du mußt dich aufraffen, bitte“, flehte die Stimme. Sie mußte Gelophee gehören. „Du mußt zum Ausgang. Dort liegt ein Bergkristall, ihn mußt du erreichen, hörst du? Ich werde ihn aufhalten.“

„Geh weg von ihr!“ dröhnte Kyuzaemon und stürzte auf Gelophee zu.

„Zum Ausgang, du mußt nur den Stein berühren“, flüsterte Gelophee und umfaßte Dilaras Hand wie die einer Kranken, die nicht mehr die Kraft zum Sprechen fand und sich nur noch durch Zeichen bemerkbar machen konnte. Sie hoffte auf einen Griff, einen Druck, der etwas bestätigte, doch Dilara wirkte wie weggetreten. Wieviel ungeheuerliche Kraft mußte in diesem einen Angriff des Nosferatu gesteckt haben? Es lehrte sie das Fürchten, als sie wahrnahm, daß das Ungeheuer nun auf sie zuhielt.

Kyuzaemon warnte kein zweites Mal. Er griff Gelophee und schleuderte sie wie Unrat hinter sich, um Dilaras habhaft werden zu können. Die lag da und sah ihn nur an, als erwarte sie das Ende, könne aber nicht sehen, woher es kommen mochte. Fast erschien sie gelähmt.

Gelophee war in den Mittelteil der Katakombe gestürzt und raffte sich nun wieder auf, nur um sich suchend umzuschauen und schnell fündig zu werden. Sie erspähte unweit einiges Geröll, das vor einem Stapel Knochen lag. Mit einem Schritt war sie da, griff sich einige der größten Steine, die ihr dabei noch immer zu klein vorkamen, waren sie doch kaum größer als die Faust eines Kindes, und warf sie nach Kyuzaemon. Das Werfen lag ihr nicht und so verfehlte sie den Nosferatu zweimal, der ihr Vorgehen nicht einmal zu bemerken schien. Er beugte sich zu Dilara hinunter und packte sie wie eine Stoffpuppe. „Was hast du denn da noch bei dir?“

Der nächste Stein traf Kyuzaemon am Rücken. Es klang, als hätte er einen hohlen Baum getroffen, und sogleich ließ der Nosferatu von Dilara ab und wandte sich um. „Was...?“

Gelophee warf den nächsten Stein, doch er fehlte wieder und hätte beinahe noch Dilara getroffen, derart unglücklich schlug er gegen die Felsmündung und davon ab. Zwei Brocken hatte sie noch, mehr war in dem Geröllhaufen nicht gewesen, und schon schalt sie sich eine Närrin. Gelophee war verbittert, denn Dilara rührte sich noch immer kaum, und Kyuzaemon war ein Gegner, dem sie nun wahrlich nichts entgegenzusetzen hatte. Dennoch warf sie den nächsten Stein, doch jener kam gleich zu niedrig und kraftlos, so daß er vermutlich den Nosferatu nicht einmal erreichen mochte. Und doch...

Er traf Kyuzaemon am linken Oberschenkel knapp über dem Knie. Wieder gab es einen hölzernen Laut, einen anderen Erfolg gab es nicht zu verzeichnen. Der Scherge Antediluvians verzog nicht einmal das Gesicht. Allein ein stiller Zorn schien sein Stirnbein unter den Brauen gewölbt zu haben.

Der letzte Stein, der letzte Wurf, und Gelophee wußte, sie würde es nicht schaffen, daß er sich ausschließlich mit ihr beschäftigte, denn in seinen Augen war sie nichts, was auch nur einen Schlag gerechtfertigt hätte. Sie würde nicht treffen. Und sie würde nicht erreichen, was sie gehofft hatte. Noch blieb ihr die Flucht, denn womöglich würde Dilara es ohnehin nicht schaffen. Kyuzaemon würde sie sicherlich gehen lassen, war sein Interesse an ihr wahrlich nicht groß genug. Doch noch ehe sie einen weiteren Gedanken darauf verwenden konnte, hatte Gelophee schon den Stein geworfen. Er flog geradewegs auf Kyuzaemon zu, ging nur leicht in die Höhe und senkte sich anschließend wieder hinab, so daß es Gelophee schon fast anmutete, als vollzöge die Zeit diese eine Spanne mit einer Muße, wie sie ihresgleichen suchte.

Und Gelophee war sich sicher, er hätte Kyuzaemon inmitten seines Gesichtes getroffen, oder wäre zumindest vor die platte Brust geschlagen, aber der Nosferatu fing das Geschoß in der hohlen Hand und hielt es anschließend wie zum Hohn in die Höhe. Fast erwartete sie, er würde lachen oder grinsen, um seine Freude über seinen Sieg zu bekunden, doch Kyuzaemon schien nicht belustigt. Er wirkte wie eine Statue, voller Ausdruck und dennoch still und starr.

Er warf den Stein beiseite, und es lag nicht einmal etwas Verächtliches darin.

„Dilara, du willst doch sicherlich erstarken, um dich zur Wehr zu setzen? Du willst doch sicherlich nicht kampflos aufgeben?“ sagte Kyuzaemon. „Nun, es trifft sich wunderbar, daß ausgerechnet jetzt ein Opfer für dich parat steht. Ich werde es dir mundgerecht servieren, nur damit ich mich nicht meines Vergnügens beraube, dir eine weitere Chance einzuräumen.“ Dann ging er auf Gelophee zu, die jetzt ahnte, daß es ihr an den Kragen gehen würde. Sie suchte nach etwas, das sich als

Waffe zweckentfremden ließ, doch außer Knochen, Stein und Staub gab es hier nicht viel. Deshalb griff sie sich ein langes Gebein von einem Knochenhaufen, und weil Kyuzaemon schon so nah gekommen war, zog sie ihm den Knochen mit aller Kraft, die sie noch gewinnen konnte, über den Schädel. Dabei knirschte es und knackte. Etwas splitterte und flog seitab.

Der Nosferatu schüttelte sich nicht einmal nach dem Schlag, der an ihm abgeprallt war, als hätte Gelophee auf einen Baum eingeschlagen. Er griff Gelophees Arme und hielt sie mit ungeheurer Kraft fest, zog sie zu sich heran und versuchte sie herumzudrehen, damit er ihr besser habhaft werden konnte, doch ihre Haut und ihre Kleidung waren noch immer triefend naß, und so fand Kyuzaemon keinen Halt. Gelophee entglitt ihm wie ein Fisch, den man mit Händen zu halten suchte, und sogleich fuhr sie mit dem Knochen in ihrer Hand auf ihn zu. Sie fühlte, daß er durch den ersten Schlag leichter und kürzer geworden war, hatte sich jedoch während des Kampfes nicht davon überzeugen können, ob der Rest noch als Waffe dienen mochte. Gelophee hatte ihn nur krampfhaft festgehalten, weil es das einzige war, das ihr nun noch etwas nutzen konnte.

Und sie hatte Glück. Der morsche Knochen war gesplittert und besaß nun eine gefährliche, lange Spitze, die jedoch durch ihren Schlag nur bedingt von Nutzen war. Sie kam zu flach an den Nosferatu heran, traf ihn mit der Breitseite und rutschte an dem Körper ab. Kyuzaemon versuchte trotz seines geglückten Ausweichens Gelophee zu packen, fing jedoch nur den unbewaffneten Arm ab, so daß es der Eurasierin ein weiteres Mal gelingen konnte, auszuholen und zuzustechen. Dieses Mal verfehlte sie den Nosferatu nicht.

Sie stieß ihm den Knochen tief in die Schulter, so daß Kyuzaemon für einen Augenblick zurückfuhr und nach dem knöchernen Dolch griff, der noch immer in ihm steckte. Sein Gesicht war ununterbrochen wie versteinert, zeigte jedoch die glatte Mimik einer inneren, stillen Wut. Beharrlich hielt er Gelophee fest, die an ihm riß und zog, um freizukommen.

Kyuzaemon zog sich den Knochen aus der Schulter und schaute Gelophee dabei tief in die Augen. Sein Blick schien noch silberner zu sein. Er war grabeskalt und böswillig. Aus der Wunde floß nur wenig dunkles Blut, welches in dem spärlichen Licht nahezu schwarz anmutete.

„Leider“, sagte Kyuzaemon und wandte sich mit Gelophee an der Hand Dilara zu, „hat sich deine Freundin gerade dazu entschlossen, mir als Nahrung zu dienen.“

Der Nosferatu stutzte und schaute plötzlich suchend umher. Auch Gelophee wurde aufmerksam, denn Dilara lag nicht mehr auf dem Platz nahe der Felsspalte. Als dann Kyuzaemon entdeckte, daß sie sich wie eine humpelnde Krabbe, der einige Gliedmaßen fehlten, auf den Ausgang der Katakombe zubewegte, begann er leise zu lachen. Zwar hatte sie den Ausgang fast erreicht, doch kam sie derart langsam voran, daß Kyuzaemon nicht annehmen mußte, es bestünde ernstlich die Gefahr, sie könne ihm entkommen.

„Dilara, schnell, der Bergkristall“, rief Gelophee, die glaubte, der Nosferatu würde die Situation anders einschätzen. Als sie aber erkannte, daß Kyuzaemon erst aufmerksam wurde, nachdem sie ausgerufen, schalt sie sich dafür. Er packte Gelophee mit seiner ungeheuerlichen Kraft und stieß sie mit einer Bewegung an, die anmutete, als bewege er sich unendlich langsam und habe lediglich vor, ihr sanft die Stirn zu streicheln. Doch der Stoß raubte Gelophee das Bewußtsein und katapultierte sie wie eine Handpuppe, geworfen von wütender Kinderhand, gegen die nächste Säule, wo sie zusammensackte und liegenblieb. Dann rauschte der Nosferatu mit der Behendigkeit eines jagenden Raubtiers auf Dilara zu, aber in dem Moment, da er sie erreichte, erkannte er, wie Dilara nach einem kleinen, glitzernden Ding griff, welches nahe des Ausganges am Boden gelegen hatte. Und noch bevor sie es mit ihren Fingern umschließen konnte, erschien Dilaras Körper flüssig und durchsichtig, schwappte und wabberte wie eine Flüssigkeit, spiegelte ein wenig von dem warmen Licht der Katakombe und war lautlos verschwunden.

Kyuzaemons Griff fuhr in die Leere.

Cippico hatte den Pater bis zur Treppe begleitet, doch als es an den Aufstieg gehen sollte, klärte er den Geistlichen darüber auf, daß er nicht mitzugehen gedenke. Er werde daselbst warten, um Dilara einen Rückzug gewährleisten zu können, falls dies nötig sei, und, wenn sie sich nicht binnen der nächsten zwei Stunden zurückmelde, sich selbst auf die Suche nach seiner Gefährtin begeben. Pater Eugenio machte einige Einwände, da es ihm offenbar nicht klug erschien, die beiden Fremden hier unten allein zu lassen. Doch nachdem Cippico sich widerwillig zeigte und Pater Eugenio einige Male erklärt hatte, daß er natürlich oben warten sollte, bis die beiden der Tiefe wieder entstiegen, erwies er sich als folgsam und ging.

Der kleine Mann aus Padua kehrte zu dem auffälligen kleinen Holzkasten zurück, in dem sich unablässig kleine Zahnräder und glühende Scheiben drehten. Er hockte sich daneben und betrachtete dies kleine Wunderwerk der Technik mit großer Neugier. Eine milchige, trübe Helligkeit ging von den seltsamen Ringen aus, die sich konzentrisch drehten und auf geheimnisvolle Weise ineinander verschlungen schienen, wenn sie sich, ein jeder seinem eigenen Kreiselablauf folgend, umeinander legten, nur um kurz darauf wieder auseinanderzufächern. Der geheimnisvolle Apparat war nicht groß. Sein hölzernes Behältnis entsprach dem Umfang eines Karteikastens und mochte im geschlossenen Zustand wie ein edles Schmuckkästchen anmuten. Zuweilen war Cippico verführt, behutsam in den Mechanismus einzugreifen, nur um zu sehen, was passieren mochte, aber natürlich wagte er es letzten Endes nicht. Zwar suchte er nach einem Schalter oder einem Knopf, mit dem man dic Apparatur steuern konnte, war jedoch nicht enttäuscht, als er dergleichen nicht zu finden imstande war.

Und so wartete er und hing in trüben Gedanken an Gelophees letzten Worten, die ihm nahegelegt hatten, sich Dilara zu offenbaren. Natürlich hatte er schon oft darüber nachgesonnen, doch es war nie wirklich in Frage gekommen. Nach dem Gespräch mit Gelophee jedoch genoß er einen seltsamen und verhohlenen Stolz und fand dabei auch einen Mut, der darüber hinwegzusehen bereit war, sollte es eine böse Abfuhr geben – etwas, womit ohnehin zu rechnen war. Cippico fragte sich, ob es für ihn nicht wichtiger war, sich zu offenbaren, und daß das Ergebnis dabei eher von geringerer Bedeutung blieb. Und dann erreichte der kleine Mann aus Padua ein jedes Mal den Punkt, an dem ihm nur noch nach Heimat und Frieden war. Er schloß die Augen und dachte an die alten Platanen, die im Wind rauschten, an die eng gebauten Häuser, die Gassen und Giebel, an die Wiesen und Gärten, an *Santa Giustina*, die in ihrer Lage und Bauweise ihm immer ein wenig verschwiegen und fast schon schüchtern wie die jungen Mädchen erschienen war. Er war oft durch Padua gewandert und hatte nicht selten die Anmut der Bäume und auch der Mädchen studiert, mit einer stillen und auch verstohlenen Hingabe. Es störte ihn nicht, wenn sie von ihrem Nähzeug aufsahen, das Tuscheln begannen, dabei taten, als sähen sie ihn nicht, und dennoch über ihn lachten. Es war eben dieses fromme, fröhliche Gelächter, das ihn so leichthin frohgemut werden ließ, glich es doch einer frischen Frühlingsbrise, die noch die Kälte des Winters und auch schon ein wenig Wärme des nahenden Sommers mit sich führte, um sich ausgelassen in den krausen Köpfen der Bäume zu fangen und daran übermütig zu rütteln und zu reißen, daß das junge Laub in rauschenden Applaus verfiel.

Alsdann senkte sich eine schwärmerische Schläfrigkeit über Cippico, doch kurz bevor er ihr gänzlich verfallen konnte, spürte er, daß sich etwas um ihn herum veränderte. Es war, als führe der frühlingshafte Wind durch diese unterirdische Kammer und brächte eine Gefahr mit sich. Er fror mit einem Mal, und als er aufsah, schwappte, ohne einen Laut zu verursachen, ein Bild von Dilara neben die seltsame Apparatur. Sie wirkte flüssig und irgendwie durchscheinend, zeigte zuweilen aber auch einen metallischen Glanz. Und schon einen Augenblick später schien der Zauber vorbei, denn das Bild hatte sich verfestigt und war zu Dilara geworden. Das bizarre Gerät verlor sein Leuchten und verlangsamte seine Bewegungen, bis es vollends zur Ruhe kam.

Cippico kroch an Dilara heran, die wie ein zerbrochenes Spielzeug am Boden lag und sich nicht rührte. Er wagte kaum, sie zu berühren, wußte er doch nicht, ob sie real war oder nur eine bildhafte Gaukelei. Er fürchtete, er könne etwas zerstören, wenn er daran rührte, oder gar selbst zu Schaden kommen. Er raunte ihren Namen, doch sie antwortete nicht. Er wiederholte ihn, eindringlicher und lauter, aber noch immer blieb sie ihm eine Antwort schuldig.

Behutsam streckte er seine Hand nach ihr aus, berührte ihr Haar, und als nichts geschah, stürzte er sich auf sie, und zog sie auf seinen Schoß. Dilara wirkte noch bleicher als sonst, und ihr Körper wirkte bizarr verrenkt, als wären einige Knochen gebrochen und hätten ihre Lage im Leib verändert. Cippico strich Dilara die Haare aus dem Gesicht, streichelte ihre Wangen und berührte mit den Fingern ihre Lippen, als wolle er einen Atem oder ein Wort ertasten. Nichts war zu fühlen und nicht viel mehr zu erwarten, wie es schien.

Jedoch entdeckte Cippico ein Papier, das flachgedrückt und durchfeuchtet in Dilaras Ausschnitt steckte. Offenbar hatten ihre Bemühungen Erfolg gehabt. Behutsam zog er es hervor und legte es beiseite, denn es war ihm gleichgültig, wenn er dadurch Dilara verloren hatte. Er strich ihr über die Wange, ward verzweifelt und biß die Zähne zusammen, damit er nicht jammerte oder gar weinte. Erst als es im Mund zu knirschen begann, gab er nach und eine Träne entfloh seinen Augen. „*Devi svegliare, regina della luna, devi svegliare, devi svegliare, mia regina.*[35]“ Auf diese Weise flehte er sie an. Er schloß die Augen und fragte sich miteins, was geschehen sein mochte. Welchen Gefahren mochte sie getrotzt haben, nur um dieses unwichtige Stück Papier in die Hände zu bekommen? Welchen Unwägbarkeiten hatte sie sich ausgesetzt, nur um Antediluvian neuerlich die Macht zu bestärken?

Da aber berührte ihn Dilaras Hand. Cippicos Herz tat einen Freudensprung.

„Cippico? Gelophee...“

„Was ist mit dir geschehen?“ fragte er besorgt.

„Gelophee ist noch immer dort“, meinte Dilara und keuchte, als müsse sie nach jeder Silbe mit dem Atem und einer Flüssigkeit in den Lungen ringen. Sie mußte sich derart anstrengen, um zu sprechen, daß ihr Körper sich verkrampfte.

[35] *ital.:* Du mußt erwachen, Königin des Mondes, du mußt erwachen, du mußt erwachen, meine Königin.

„Was ist passiert, sprich doch?“

„Kyuzaemon... er hat auf uns gelauert... sie hat mich errettet... mit dem Bergkristall gerettet, aber sie ist noch dort.“

„Ich bringe dich hier heraus.“

„Nein!“ Es klang eindringlich, und ein weißer Schaum trat auf Dilaras Lippen.

„Dilara, du mußt dich nähren und in die Erde. Du scheinst innere Verletzungen zu haben“, warnte Cippico und klang nun ebenfalls streng.

„Das wird... es wird wieder. Cippico, ich bitte dich, geh‘ hinein und versuche... sie herauszuholen.“

Und Cippico schwieg, denn Dilaras Blicke waren flehentlich, und sie hatte ihn gebeten. Sie hatte ihn nicht einfach geschickt, ihm nicht befohlen oder es ihm gesagt, nein, sie hatte ihn ausdrücklich gebeten und tat es immer noch mit einem Blick, den er an ihr noch nie entdeckt zu haben glaubte.

Er konnte nichts erwidern. Ihm blieb nur zu nicken.

„Sei vorsichtig... Kyuzaemon könnte noch dort sein. Rette sie. Jetzt... bitte...“, flüsterte Dilara.

Cippico drückte ihre Hand, wie zur Bestätigung oder um ein Versprechen abzuleisten. Als er sich zu erheben gedachte, hielt sie ihn fest. Schwach waren ihre Bewegungen, als sie in ihre Hosentasche griff und den Talisman hervorholte, um ihn an seinen Eigner zurückzugeben. Cippico nahm ihn und bestaunte den Bernstein in seiner Hand. „Woher hast du ihn?“

„Von Torquato. Er lag in seinem Koffer. Ich fand ihn im Zug“, sagte Dilara.

„Du hast ihn die ganze Zeit bei dir gehabt?“

Dilara nickte und schluckte schwer.

„Er hat ihn mir...“

„Ich weiß, Cippico.“

„Ich...“, begann der kleine Mann aus Padua, doch er brachte kein weiteres Wort heraus, obgleich man ihm ansah, was alles gesagt werden wollte.

„Du mußt dich sputen“, sagte sie.

Cippico nickte, vermochte jedoch keinen Blick von Dilara zu lassen und starrte sie noch an, als er sich erhob und sich zu gehen anschickte. Er lief zwar ungeachtet der Dringlichkeit zuallererst nach oben, um Pater Eugenio zu holen, damit er sich Dilaras annehmen konnte, danach aber verlor er keine Zeit mehr, um in die Katakomben einzudringen und Gelophee Roche zu suchen.

12. KAPITEL

Des einen Tod, des andern Lot

„(...) Sacri a te salgano
Gl'incensi e i voti!
Hai vinto il Geova
De i sacerdoti.[36]"

Giosuè Carducci (1835-1907)

Dunkelheit schmiegte sich an alles, was jenseits des großen Bettes lag. Nur eine kleine Leuchte legte einen kränklich gelben Schimmer über die weißen Decken, die Laken und die Kissen, in denen Gelophee ruhte. Daneben saß Dilara in einem Sessel und döste, während Cippico irgendwo im Dunkel saß und grübelte, ob er nicht doch einen Arzt hinzuziehen sollte. Er besaß genug medizinische Kenntnisse, um zu wissen, daß Gelophee innere Verletzungen davongetragen hatte. Er ahnte, daß sie diese Nacht nicht überleben würde, doch zum ersten Mal in seinem Leben traute er seiner Diagnose nicht. Womöglich, weil ihm vor diesem Ende graute. Vielleicht erhoffte er sich nur von einem Arzt, daß er ihnen Hoffnungen machte, alles könne sich zum Guten wenden, selbst wenn jener dabei log.

Dilara dagegen war genesen. Schon nachdem er mit Gelophee wiedergekehrt war, hatte sich ihr Zustand dank Pater Eugenio deutlich verbessert. Der alte Priester hatte mit seinem

[36] „(...) Heilig sollen zu dir emporsteigen der Weihrauch und die Gelübde! Du hast besiegt den Jehova der Priester."

Leben dafür bezahlt, doch Cippico verschwendete daran keinen Gedanken mehr, wußte er doch Gelophee und Dilara um sich. Es machte ihn derart glücklich, hier mit diesen beiden Frauen in einem Hotelzimmer zu sein, der Reisen und gemeinsamen Erlebnisse zu gedenken, daß es ihn nicht mehr nach Padua und in die Heimat lockte. Heimat, sie war hier, in diesem Raum. Er litt keinen Mangel.

Cippico schaute zur Bettstatt und wünschte sich nichts sehnlicher als ein kleines Wunder, das Gelophee gesunden ließ. Allein er wußte in seinem Innersten, daß es nicht geschehen würde. Die schöne Frau bewegte leicht den Kopf im Delirium, und das Fieber benetzte ihre Stirn mit feinen Perlen aus Schweiß, so daß sich Cippico erhob, einen feuchten Lappen vom Nachttisch aus einer Schale mit kaltem Wasser nahm, ihn auswrang und ihr das Antlitz behutsam abtupfte.

Dilara hob den Kopf und schaute herüber, und als hätte Gelophee die Aufmerksamkeit, die ihr zuteil wurde, gespürt, schlug sie die Augen auf und versuchte sogleich zu lächeln, auch wenn es mißlang. Dilara sprang sofort ans Bett und hielt Gelophees Hand.

„Wir haben es geschafft?" raunte Gelophee.

„Ja, das haben wir", sagte Dilara.

Und jetzt gelang Gelophee auch das Lächeln. „Du bist heil."

Cippico schaute zu Dilara und sah, daß sie sprachlos war und hilflos schien.

Schließlich sagte sie ja, doch es klang rauh und zerbrechlich. „Es war nicht sicher. Der Psychotronische Transporter vermag nur...", versuchte Gelophee zu erklären, doch sie unterbrach sich, weil sie nicht herausbringen konnte, was sie sich zu sagen angeschickt hatte. Dilara war für sie nie tot oder ohne Leben gewesen, und doch war sie wie ein Gegenstand, den allein der Transporter durch begrenzten Raum zu versetzen imstande war.

„Funktionierte es mit dem Bergkristall?“ fragte Cippico.

Gelophee machte einen langen, ruhigen Augenaufschlag, der es bejahte.

„Auf die Weise hast du auch den Leichnam aus dem Koffer transportiert?“ fragte Dilara.

Auch sie erntete ein sanftes Nicken, schien jedoch dadurch nicht zufrieden. „Weshalb der Alleingang, Gelophee?“

„Ich habe versucht, mich um dein Vertrauen verdient zu machen, aber Kyuzaemon nahm mich in jener Nacht in Gentilino in seine Gewalt und zwang mich, ihm gefügig zu sein.“

Cippico hörte aus der Antwort heraus, daß sie danach getrachtet hatte, Dilara vor dem Racheakt des Nosferatu zu beschützen, und als er sah, wie sehr Gelophees Worte Dilara sichtlich beschämten, entsann er sich an das Gespräch mit der schönen Frau und an ihr Bekenntnis, nur die Unvorhersehbarkeit des Wechselspiels von Ursache und Wirkung wahrhaft zu fürchten. „Was hat er getan? Er war nicht mehr da, als ich dich fand.“

„Ich weiß es nicht. Ich dachte, er würde mich beißen“, sagte Gelophee.

„Das hat er nicht“, erwiderte Dilara, und es klang seltsam, wie sie es sagte, fast, als bedauere sie, daß er es nicht getan hatte.

„Wo spürst du Schmerzen, Gelophee?“ wollte Cippico wissen, dem diese Form der Unterhaltung zu mißfallen begann.

„In der Brust, ich kann nicht richtig Atem holen, bekomme kaum Luft“, sagte sie und wirkte noch immer tapfer. Sie schenkte Cippico ein Lächeln, das tief in sein Herz schnitt.

„Gelophee, Cippico sagt, daß du innere Verletzungen hast.“

„Ich weiß.“

„Das... es...“, stotterte Dilara und rang nach rechten Worten, „wir müssen etwas unternehmen.“

„Nein. Nicht. Es wäre nun vergeblich", sagte Gelophee und faßte Dilaras Hand fester.

„Nicht unbedingt. Ich könnte..."

„Nein, Dilara."

„Sei nicht dumm. Du könntest ewig leben. Du könntest deinen Belangen nachgehen, wie es dir beliebt. Es bliebe unser Geheimnis. Antediluvian bräuchte es nicht zu erfahren, daß du ein Nachkomme bist. Der Weg muß hier nicht enden."

„Ich bin froh, daß du dir das wünschst", sagte Gelophee.

„Wünschst du es dir denn nicht?"

„Nein."

Dilara schaute Gelophee verschrocken an. In ihrem Blick lag eine sonderbare Mischung aus Zweifeln und Zanksucht.

„Aber ich liebe dich schon allein dafür, daß du es respektierst", fügte Gelophee an.

„Tue ich das?" fragte Dilara aufbegehrend. Sie schwieg hernach, weil alle schwiegen, doch man sah ihr deutlich an, wie sehr sie mit sich und ihren Worten rang.

Nach einer Weile sagte sie dann: „Es war alles vergebens."

„Hat euch das Manuskript keinen Aufschluß geben können?" fragte Gelophee erstaunt.

„Dieser seltsame Bauplan? Den du mir in den Ausschnitt gesteckt hast?"

„Dahinter klebte ein Blatt aus dem *Codex Vaticanus*", sagte Gelophee.

Jetzt schauten Cippico und Dilara sich an, und sogleich sprang sie auf und holte das Pergament, welches mittlerweile getrocknet war. Es fühlte sich wahrhaftig sehr dick an, und als Dilara behutsam an einer Ecke zog, da trennten sich die Blätter, die von der Feuchtigkeit zusammengeklebt waren. Dahinter lag ein anderes Dokument, dessen Schrift verquollen und verlaufen war.

„Es ist Latein", sagte Dilara und reichte es Cippico, der sogleich einen Blick darauf warf. Er begann zu lesen und nach einigen Zeilen, auch zu übersetzen.

„Die erste Sonne erstrahlte 4008 Jahre, und sie heißt *Matlactli Atl*. Ihre Kinder aßen *atzitzintli,* und der Wassermais machte sie riesig, bevor die Zehn Wasser sie zerstörten. Die große Flut *Apachiohualiztli* verschlang sie, und der Regen fiel ohne Unterlaß. Aus den Menschen wurden Fische, und nur sieben überlebten in einer Höhle unter dem Berg, um die Welt neu zu bevölkern. Sie waren die ersten unter den Letzten. Die zweite Sonne schien 2 Jahre länger und hieß 4010 Jahre lang *Ehecoatl*. Ihre Kinder nährten sich von wilden Früchten, die *acotzintli* geheißen, doch die Schlange des Windes blies sie alle fort, und nur zwei, die zu Affen wurden, durften bleiben. Die dritte Sonne *Tleyquiyahuillo* glühte nach dem 4000. Jahr noch 81 weitere, und die wenigen Kinder, die aus dem Paar der zweiten Sonne hervorgegangen waren, aßen die Frucht *tzincoacoc*, bevor das Feuer kam, herniederregnete und die Welt zernichtete. Nur wenige durften überleben, wenn sie Vögeln glichen. Die Kinder der vierten Sonne *Tzontlilic* weilten 5026 Jahre, doch viele von ihnen starben an Hunger, nachdem die Göttin *Chalchiuhtlicue* Wolkenbrüche und Überschwemmungen aus Blut und Feuer und Wasser brachte, und wieder wandelte man die Menschen zu Fische. Das Zeitalter der fünften Sonne aber ist die Zeit des Sonnengottes *Tonatiuhs*, dessen Zunge hungrig aus seinem Munde ragt und dabei gleicht einem Messer aus Obsidian. Ihm verlangt es nach Speisung in Form von Menschenblut und deren Herzen, und seine Kinder werden hervorgehen unter einem Kind der ersten Sonne, gekleidet wie ein Fisch, begierig wie ein Affe und geschwind wie ein Vogel, denn die fünfte Sonne soll heißen: die Sonne der Bewegung."

„Man wandelte sie zu Fischen?“ flüsterte Dilara, und man sah ihr an, wie viele ihrer Gedanken einander jagten.

„Er trägt immer diesen Mantel, der anmutete, als bestünde er aus Schuppen“, sagte Cippico.

„Seine wulstigen Lippen, sein Gesicht..., dieser Hund!“

„Ob mit dem fünften Zeitalter das unsrige gemeint ist?“

„Cippico, wir sind die Kinder der fünften Sonne. Und Antediluvian? Gekleidet wie ein Fisch, begierig wie ein Affe und...“

„Geschwind wie ein Vogel“, beendete Cippico. „Er ist ein Kind der ersten Sonne, er ist einer der Sieben.“

„Was mochte noch im Codex gestanden haben, daß er ihn zu vernichten suchte?“

„Ich mag gar nicht darüber nachdenken, ehrlich“, sagte Cippico und schaute zu Gelophee, die unendlich müde wirkte.

„Ich bin sicher, Cippico, es hat etwas mit diesem Sonnengott und seiner Blutgier zu tun. Es muß so sein“, sagte Dilara und wirkte wütend und voller Tatendrang. „Und die fünfte Sonne. Die Quintessenz, Cippico. Die Fünf“, raunte sie.

„Ja, ich dachte es auch die ganze Zeit, doch ich kann noch nicht die Parallelen zum weiblichen Prinzip der Rosenkreuzer nachvollziehen“, entgegnete er. „Und vielleicht ist das auch besser so.“

„Könnte Methalumina damit gemeint sein?“

„Wir sollten es nicht wissen.“

„Kann es möglich sein, daß es das ist, was Antediluvian fürchtet?“

„Wir sollten es vergessen“, sagte Cippico und schaute Dilara, die vollkommen abwesend erschien, verängstigt an.

„Das weibliche Prinzip, wohin weist es uns?“

„Du solltest es vergessen“, flüsterte Cippico leise. Und er schaute sie nur an.

„Ich glaube, wir sind der Wahrheit näher als je zuvor."

„Dilara", forderte Cippico sanft Dilaras Aufmerksamkeit.

Doch sie reagierte nicht, sie ging vor dem Bett auf und ab, hielt sich die Stirn und schien versunken unter einem Ozean aus unendlichen Gedanken. Erst als Cippico sie ein weiteres Mal und eindringlicher beschwor, schaute sie zum Bett.

Sie sprang heran und stürzte sich über Gelophee, als wolle sie sich eines Opfers bemächtigen und ihm die Wahl seines Schicksals abringen, ihm den Willen nehmen und sich an seiner Gegenwehr laben, bis diese erlahmen würde. „Gelophee? Warum? Sag mir, warum ich es dulden sollte?"

Die schöne Frau öffnete ihre klaren Augen mit einer Schwere, daß man ihr den Kampf um ihr Leben ansehen konnte. „Dilara, denke an Kyuzaemon und all die anderen Dämonen an der Seite deines Herrn. Und dann sag mir, ist es nicht schlimmer, seine unsterbliche Seele in Gänze zu verlieren, als wenn nur ein Teil von ihr verdammt würde?"

„Seele?" Dilara schnaufte verächtlich.

„Es ist ein Partikel des Göttlichen, der in uns allen ist", sagte Gelophee schwach.

„Du vergeudest deine letzte Kraft daran, mir solch einen Beweis führen zu wollen?"

„Das ist es, wessentwegen du dich nie an mir vergriffen hast. Das ist es, was du in mir siehst. Das ist es auch, woran du dich erinnern mußt. Es ist das letzte, was von deiner Menschlichkeit verblieben ist."

„Das ist es, was Antediluvian dir und deinesgleichen abspricht. Das ist es, was er fürchtet", sagte Cippico, der längst verstanden zu haben schien, und fügte leise an, „*og det er det jeg håper på.*[37]"

[37] *norw.:* und das ist es, worauf ich hoffe.

Und war Dilara noch zuvor bereit gewesen, all dem die Bedeutung abzusprechen, so mußte sie nun schweigen. Sie schaute zu Cippico herüber und kehrte den Blick wieder zu Gelophee zurück, währenddem sie zu verstehen suchte.

Plötzlich aber hatte sie Angst. Sie konnte es sich selbst nicht erklären, doch sie verspürte eine krampfende, panische Angst in sich, und sie erkannte sie als die gleiche, die sie gehabt hatte, als man sie zum Tode verurteilt hatte. Es war die Angst um das Leben. Sie entsann sich an das verlockende Angebot, welches man ihr unterbreitet hatte, kein ewiges Leben, aber eines für eine sehr, sehr lange Zeit. Leben ward ihr versprochen. Leben hatte sie bekommen. Doch was für eines? Welch eine Verdammnis, welch ein Fluch war daran gebunden gewesen? Wieviel sie mit der Entscheidung für das gebotene Dasein eingebüßt hatte, begann sie erst jetzt zu ahnen. Dilara hatte wieder Angst. Diese uralte, grausame und verhaßte Angst.

Dabei war es jetzt nicht mehr ihr Leben, um das es hier ging, sondern das Leben Gelophees, die sie mit ihrem klaren, sonnigen Blick anschaute, als läge die Entscheidung einzig und allein bei Dilara. Diese Blicke gingen ihr durch Mark und Bein. Dilara erwartete Hunger und Lust, itzt da sie der schönen Gelophee so nah war, ihre Haut riechen konnte, das pralle Fleisch sah, die samtene Haut betrachtete und darunter den versiegenden Puls des Blutes wie ein leichtes Beben an ihren Lippen zu spüren vermochte. Und da war tatsächlich ein leiser und verschwiegener Hunger. Es war eine leidenschaftliche Lust in ihr, von den vollen Lippen der Eurasierin zu kosten. Jedennoch überwog einzig und allein die Angst, daß sie etwas verlöre, was allein ihr zugedacht war, gleich einem unverwechselbaren Geschenk, einer ureigenen Gabe, einer göttlichen Gnosis. Es widerstrebte ihr noch, doch es war eine göttliche Erkenntnis, die sie anzuerkennen bereit schien.

„Ich werde dich wiederfinden“, sagte Dilara, doch ihre Stimme klang bebend und rauh. „Ich finde dich wieder.“

Gelophee hob eine Hand an. Sie zitterte. Sie strich Dilara über die Lippen und sagte leise: „Wie oben, so unten, wie vor uns...“

„Bitte, Gelophee...“

„... so hinter uns...“

„Bitte, deine Kräfte...“

„... wie damals, so heute. Fünf. Dilara, du...“ Gelophee keuchte und schluckte schwer.

Dilara schluchzte verhohlen, und man konnte ihr ansehen, wie sehr sie sich gegen die Trauer und Bitterkeit stemmen mußte.

Die Augenlider der schönen Eurasierin flatterten leicht, als sie endete: „... eine Schlüsselgewalt.“

„Zu binden und zu lösen“, raunte Cippico unendlich leise und erkannte indem, was zu tun sei.

Er schnaufte erschöpft und konnte den Anblick nicht länger ertragen, brach es ihm doch das Herz, Gelophee dahinscheiden zu sehen.

Und die Schönheit auf dem Sterbebett lächelte. Da rann ein dünner Faden Blut aus ihrem Mund.

Dilara sah ihn, und sogleich obsiegten der Hunger und die Gier in ihr. Sie schaute auf das karminrote Band und spürte das Raubtier in sich erstarken. Es brüllte. Es schrie nach dem warmen Lebenssaft. Er röhrte Gelophees Namen. Es verlangte nach mehr und danach, sie zu nehmen, ihre Wärme in sich aufzunehmen und darin zu ertrinken, wenn es notwendig würde. Eins mit dieser Schönheit zu sein, sie von Leid und Sorgen zu befreien und ihr ein Leben jenseits all der sterblichen Makel zu ermöglichen, das forderte es im Namen des Blutes.

Allein Dilara bezwang sich und ließ Gelophee gehen.

Für Augenblicke noch war Leben in ihrem Blick, Liebe und Leidenschaft, doch dann fielen ihr die Augen zu, und ewiger Schlaf nahm sie in Empfang.

Doch so, wie Gelophee gegangen war, leise, liebevoll und lebendig, so kehrte sie auch zurück. Es war, als zöge sie aus dem Haus des Lebens in das Haus des Todes. Es war, als erfülle sie Dilara von neuem, befülle den Kelch mit ihrem Blute, stille ihren Hunger, lösche ihren Durst, kleide sie und tröste sie.

Wohin Dilara fortan auch immer zog, wohin ihr Weg sie auch immer führte, sie fand Gelophee in dem Rot eines Kleides, in der Frische von Blumen, in Zugabteilen und in all den Hotelzimmern, in denen sich die Nacht, die Dunkelheit und die Verschwiegenheit einfanden.

Reprise

Herbst 2005, London

Dilara fuhr von ihrem Lager auf. Ihre Augen funkelten wütend, schauten dabei aber in die Ferne, als suche sie weiter nach der Vergangenheit oder nach Rätseln und Mysterien in ihrer eigenen Lebenszeit, von der sie ihrem Gefährten Calvin, der geduldig zugehört, gerade einen kleinen Einblick gewährt hatte.

„Dieser kleine Wicht", entfuhr es ihr.

„Was? Wen meinst du?" fragte Calvin.

„Er trägt die Schuld. Er nahm sie mir weg."

„Wer nahm dir was? Ich verstehe kein Wort."

„Er nahm mir die Erinnerungen. Meine Erinnerungen. Durch die Träume. Durch die Reisen. Verflucht... ich... ich kann...", zischte Dilara verstört, legte ihre Fingerkuppen an die Schläfen, als könne sie sich dann besser konzentrieren.

Calvin sprang auf und versuchte sie zu umarmen. Sie aber sah ihn plötzlich wie einen Feind an und stieß ihn von sich. „Was ist?" fragte er und wurde nun selbst langsam ärgerlich.

„Ich kann mich nicht einmal entsinnen, wie er sich aus meinem Leben gestohlen hat. Wann und wo. Ich weiß es nicht. Es ist weg. Einfach gelöscht."

„Wer denn zur Hölle?"

„Cippico."

„Ich verstehe noch immer nicht."

„Hast du mir denn die ganze Zeit über nicht zugehört? Cippico vermochte meine Trance mit Träumen anzureichern, sie zu leiten und sie auch zu löschen. Dieser Halunke...", entfuhr es ihr.

„Du meinst, du hast dich erst jetzt wieder an all diese Begebenheiten erinnert?“

„Ja, verdammt, das sagte ich doch wohl. Es war weg, bis heute.“

„Aber dann ist doch wieder alles in Ordnung“, sagte Calvin und versuchte erneut, Dilara in den Arm zu nehmen. Sie riß sich los und schaute ihn mit einer Wut an, die er noch nie zuvor an ihr gesehen hatte. „Vielleicht wollte er dich nur schützen“, sagte er. „Danach verlangt es einem, wenn man jemanden liebt, und nach allem, was ich von ihm erfahren habe, muß er dich wohl geliebt haben. Und du weißt ja nicht einmal, ob deine Vermutung der Wahrheit entspricht!“

Sie blitzte ihn haßerfüllt an, und es schien ihr die Sprache verschlagen zu haben, denn sie brachte kein Wort heraus. In ihr brauten sich allerlei Ahnungen und Vermutungen zusammen. Dilara fuhr herum und verließ ihre Zuflucht, reagierte weder auf die Zurufe von Calvin noch auf andere ihresgleichen, die ihr in den Weg traten. Sie lief in die Nacht und auf den größten Friedhof in London – den Brompton Cemetery – hinaus. Der Himmel war klar und blau. Die wenigen Wolken erschienen silbern in der bleichen Helle des schmalen Mondes. Dilara lief über Wege und durch Hecken, über Gräber und an Steinen vorbei.

Was hatte sich Cippico nur dabei gedacht? Und was war noch alles hinter den dunklen Ufern ihrer Erinnerung verborgen? Dilara war derart wütend, daß sie es nicht schaffte, sich auf die Suche nach Antworten zu besinnen. Jedoch bedachte sie auch Calvins Worte. Und als sie plötzlich stehenblieb und sich an einen hohen, verwitterten Grabstein lehnte, blieb nur noch eine Frage in ihr. Hatte Cippico sie beschützen wollen, wie er es immer zu Lebzeiten getan, und war das Verhüllen ihrer Erinnerungen seine einzige Aussicht gewesen, sie über den Tod hinaus zu behüten?

Dilara lief ein Schauer über den Nacken. Die Kälte der Nacht erreichte ihr Herz, wußte sie Cippico längst tot, verschollen in der Fremde, verscharrt auf einem Friedhof wie diesem und Futter für die Würmer. *Sie aber...* – und es hallte immer wieder in ihrem Kopf –, *sie aber* hatte die Kraft und die Macht besessen, ihm ewiges Leben zu geben... einen ewig dunklen Traum zu schenken.

Sie seufzte schwer und senkte den Kopf. Ihr Blick blieb an einer hebräischen Inschrift haften, die sie nicht zu lesen imstande war, doch dazwischen stand ein Grabspruch in einer zierlichen *Antiqua* abgesetzt. Darüber standen die Daten:

* 30.12.1616

† 31.06.1688, *dem böhmischen Vater.*

Daselbst streck' ich mein Gebein dir zum Gedenken,
Denn fort lebe ich im Gedächtnis meiner Lieben,
Doch willst du ferner mir die Auferstehung schenken,
Ich rühr' mich nicht, ich bleibe liegen.

Danksagung

Die Handlung dieser Geschichte spielt an Schauplätzen und mit historischen Persönlichkeiten, für die ich einige Recherchen anstrengen mußte, um ihr ein Höchstmaß an Lebendigkeit verleihen zu können. Dabei bleibt jedoch zu vermerken, daß die Handlung frei erfunden ist, die Ereignisse niemals auf die von mir dargestellte Weise stattgefunden haben und die Dialoge niemals tatsächlich gesprochen worden sind. Jede weitere Ähnlichkeit mit Personen, Orten oder Ereignissen wäre rein zufällig und nicht beabsichtigt.

Mein besonderer Dank gilt all den Personen, die mich tatkräftig unterstützt haben, dieses sehr schwierige Kind auf die Welt zu bringen, allen voran Andrea Marquardt für ihre Geduld und den „Kurztrip“ nach Rom. Darüber hinaus ist vor allen Dingen Christiane Bolte zu nennen, die sich sowohl für die französischen Übersetzungen verantwortlich zeigte als auch für die vielen, wertvollen Hintergrundinformationen zu Avignon und dem kleinen, wunderschönen Hotel – dem *Maison de Vervins*, welches heute übrigens *La Mirande* heißt. Auch den Besitzern, der Familie Stein, möchte ich an dieser Stelle danken, die mir erlaubten, ihr Hotel als Schauplatz zu nutzen, und die ein fabelhaftes Engagement an den Tag legen, ihr Hotel zu einem Ort werden zu lassen, an dem die Geschichte atmet und sich die Gäste wohl fühlen.

An dieser Stelle sei auch angemerkt, daß der Geheimgang vom Hotel zum Papstpalast tatsächlich existiert hat und daß sich der Zugang noch immer im Keller des *La Mirande* befindet.

Des weiteren sind Wilfried Maak zu nennen, der sich aufopfernd für die italienischen Übersetzungen einsetzte, und

Matthias Nickel, der sich des Norwegischen angenommen hatte und es sich nicht leicht machte. Ich möchte auch dem Lugano Tourismus Center danken, das mich mit einigem Material über Lugano und Gentilino versorgte, Frederico Parantini für die Informationen über die geheimen Archive des Vatikan und das Grab von St. Peter, Enrico Pacelli, der mir Auszüge aus dem *Codex Vaticanus* zukommen ließ, und Gilbert Hervais, der sich unter anderem meiner Darstellungen von Claude Monet und Auguste Renoir annahm. Die beiden Maler waren tatsächlich miteinander befreundet und unternahmen zu jener Zeit auch gemeinsame Reisen durch Frankreich und Italien.

Ebenfalls gilt mein Dank und meine Verbundenheit den unversieglichen Quellen, die mich alles über die Rosenkreuzer lehrten und die ungenannt bleiben sollen.

Abschließend möchte ich Wolfgang Hohlbein für das Vertrauen in meine Arbeit danken und natürlich einmütigst Alisha Bionda, ohne die all dies so nicht möglich gewesen wäre.

Wolfgang Hohlbein

wurde 1953 in Weimar geboren und ist der meistgelesene und erfolgreichste deutschsprachige Fantasy-Autor mit einer Gesamtauflage von weit über 20 Millionen Büchern.
Der Durchbruch gelang ihm 1982 mit „Märchenmond“, das seinen Siegeszug in zahlreichen Ausgaben von den USA bis in den Fernen Osten bis heute ungebrochen fortsetzt. Seine mittlerweile über einhundert Bestseller decken die ganze Palette der Unterhaltungsliteratur ab - von Kinder- und Jugendbüchern über Romane und Drehbücher zu Filmen, von Fantasy über Sciencefiction bis hin zum Horror.
Der passionierte Motorradfahrer und Zinnfigurensammler lebt zusammen mit seiner Frau und Co-Autorin Heike, seinen Kindern und zahlreichen Hunden und Katzen am Niederrhein.

Weitere Informationen auf:
www.hohlbein.de, www.hohlbein.net

Marc-Alastor E.-E.

An einem Morgen des Jahres 1971 inmitten der Teutoburger Wälder geboren, schien das Interesse von Marc-Alastor E.-E. schon früh der Literatur verschrieben. Mit 12 Jahren verfaßte er seine ersten Erzählungen und Gedichte, und schon kurze Zeit darauf begann er auch Romane größeren Umfangs zu schreiben. Auf diese Weise entstand das gerne als sein Lebenswerk bezeichnete Okkultepos „Die Offenbarungen eines Dämons“, für das er auf fundiertes okkultes Wissen einer hermetischen Loge zurückgreifen konnte.

1988 und 1989 veröffentlichte er zwei Kurzgeschichten beim BASTEI-Verlag, konzentrierte sich derweil jedoch hauptsächlich auf seine Studien des okkulten Materials, seine schulische und berufliche Laufbahn und seine literarische Entwicklung.

1991 gründete er die Dark-Metal-Band „Spectre Dragon“ mit, schrieb deren Texte, die allesamt der Phantastik zugehörig waren, und übernahm auch den Gesang. Zeitgleich widmete er sich Fantasy-Rollenspielen und schaffte Grundlagen für Rollenspieler-Seminare, bei denen es schwerpunktmäßig um Dramaturgie und character-forming ging. In unzähligen Spielgruppen schuf er viele Charaktere seines Fantasy-Epos GEISTERDRACHE und verfaßte zudem einen Großteil seiner Kurzgeschichten. Nach der Trennung von der Musikgruppe veröffentlichte Marc-Alastor E.-E. 1999 die unzähligen Liedtexte und die Erzählungen um den Geisterdrachen M’Zaarox und die Urgöttin Medoreigtulb im Internet, und zum Ende des Folgejahres suchte er für eine Sammlung phantastischer Novellen einen Verlag.

2001 veröffentlichte der SCHATTENWELT-Verlag den 1. Teil der düsteren Charakterstudie „De Joco Suae Moechae“, eines Zyklus, dem der Kosmos des GEISTERDRACHEn zugrunde lag und der das Einzel-

schicksal eines Anti-Helden wiedergibt: KRIECHER – 5 Nachtschattennovellen.
2003 wurde durch den BLITZ-Verlag KRIECHER in der 2., komplett überarbeiteten Auflage wiederveröffentlicht, gefolgt von dem 2. Teil ADULATOR – Ein Schauerspiel.
Im Frühjahr 2005 erschien der abschließende Band des „De Joco Suae Moechae“-Zyklus: TETELESTAI! – Ein Karmadrama in 3 Aufzügen.
Außerdem wird 2005 noch eine Märchensammlung für Erwachsene im Verlag LINDENSTRUTH unter dem Titel „Maliziöse Märchen“ in einer aufwendigen, bibliophilen Sonderausgabe erscheinen.
Für die Reihe „Wolfgang Hohlbeins Schattenchronik“ verfaßte Marc-Alastor E.-E. den vorliegenden Band „Die Kinder der fünften Sonne“ und hauchte zudem einigen Seriencharakteren Leben ein.
Nach einigen Lebensjahren in Berlin und Hannover kehrte der Autor zurück zum Teutoburger Wald und lebt dort heute sehr zurückgezogen.

Die neuesten Informationen gibt es unter:
www.Marc-Alastor.de.